JEANETTE GREY

Seven Nights

Zum Buch

»Noch einmal sieben gemeinsame Abende. Sieben Dates, in denen Rylan Bellamy beweisen konnte, dass er noch derselbe Mann war, mit dem Kate in Paris ins Bett gesunken war. Er würde jede Minute nutzen. Wie sollte er sich bloß zurückhalten, wo er sie doch so sehr begehrte? Er zwang sich, die Augen zu schließen, rang mit seiner Beherrschung, betete um Geduld. Er schüttelte den Kopf, und die Worte, die aus seinem Mund kamen, waren fast zu ehrlich. »Du hast ja keine Ahnung, wie sehr ich mich danach gesehnt habe.«

Ihr glockenhelles Lachen erfüllte den Raum. Sie duftete und schmeckte noch wie früher, als er zärtlich mit dem Lippen ihren Hals hinunterstrich.

»Ich glaube, ich kann es mir ungefähr vorstellen«, sagte sie, neigte den Kopf noch weiter und ließ die Finger durch sein Haar gleiten.«

Zur Autorin

Jeanette Grey hat Physik und Kunst studiert und arbeitete zunächst als Lehrerin und in der Werbebranche. Wenn sie nicht ihrer größten Leidenschaft, dem Schreiben, nachgeht, töpfert sie und verbringt Zeit mit ihrem Mann und ihrem Haustier: einem Frosch. Nach *Seven Nights. Paris* ist *Seven Nights. New York* der zweite Band ihrer Erotikserie im Diana Verlag. Jeanette Grey lebt, liebt und schreibt im Staat New York.

JEANETTE GREY

Seven Nights

NEW YORK

Roman

Aus dem Amerikanischen
von Charlotte Seydel

DIANA

Von Jeanette Grey sind im Diana Verlag erschienen:
Seven Nights – Paris
Seven Nights – New York

FSC
www.fsc.org
MIX
Papier aus verantwortungsvollen Quellen
FSC® C014496

Verlagsgruppe Random House FSC® N001967

Deutsche Erstausgabe 03/2018

Die Originalausgabe erschien 2016 unter dem Titel *Eight Ways to Ecstasy*
bei Forever, Hachette Book Group, New York

Redaktion: Dr. Katja Bendels
Umschlaggestaltung: t.mutzenbach design, München
Covermotiv: © WladD, chuckstock/Shutterstock
Satz: Leingärtner, Nabburg
Druck und Bindung: GGP Media GmbH, Pößneck

Printed in Germany
ISBN 978-3-453-42202-5

www.diana-verlag.de
Besuchen Sie uns auch auf www.herzenszeilen.de
Dieses Buch ist auch als E-Book lieferbar

Für Scott, weil er mir die Welt gezeigt
und gleichzeitig ein Zuhause gegeben hat.

KAPITEL 1

»Dann sollten wir lieber keine Zeit verlieren«, sagte Kate.

Mit klopfendem Herzen hob Rylan Bellamy den Blick und sah sie an. Er wagte kaum zu glauben, was er da hörte. Diese Frau hatte sein Leben verändert und in ihm Bedürfnisse geweckt, von denen er gar nicht mehr gewusst hatte, dass er sie besaß. Für die Möglichkeit, sie zurückzugewinnen, würde er alles geben, und deshalb war er mit dem Entschluss hierhergekommen, sie um eine zweite Chance anzuflehen.

Auch wenn er nicht wirklich daran geglaubt hatte, dass sie Ja sagen würde.

Er blieb, wo er war – buchstäblich vor ihr auf den Knien, die Hände an ihren Oberschenkeln, wartete er atemlos auf den Haken an der Sache. Aber an ihrem Ausdruck änderte sich nichts. Sie gab ihm wirklich eine Chance.

Noch einmal sieben gemeinsame Abende. Sieben Dates, in denen er beweisen konnte, dass er noch derselbe Mann war, mit dem sie in Paris ins Bett gesunken war.

Er würde jede Minute nutzen.

Sein Blick wanderte von ihren Augen zu ihrem Mund. Er atmete aus und befeuchtete seine Lippen. In seinem Kopf flackerten Bilder von dem auf, was er mit ihr anstellen wollte, und sie brachten sein Blut in Wallung. Entschlossen verstärkte er seinen Griff. Er wollte ihr ganz genau zeigen, wie gut sie zusammenpassten. Mit seiner Haut, mit seinem Körper. Denn das war die einzige Art, auf die er es ihr beweisen konnte. Und sie hatte deutlich gemacht, dass sie es nur auf diese Art akzeptieren würde.

Als er sich vorbeugte und die Hand an ihrem Oberschenkel hinaufgleiten ließ, war es, als würden die Mauern zwischen ihnen erbeben und drohten jeden Moment einzustürzen. Doch anstatt sich ihrem Mund zu widmen und ihr den Kuss zu rauben, nach dem er sich monatelang gesehnt hatte, strich er mit den Lippen über ihr Kinn. Sie atmete hörbar ein und ließ einladend den Kopf zur Seite sinken, woraufhin in ihm die erste, noch unsichere Erregung aufflammte.

Er konnte es haben. Nach all der Zeit, in der er sich nach ihr gesehnt und sich für seine Fehler verflucht hatte. Nach drei Monaten selbst auferlegten Zölibats, verursachte ihre Nähe ihm eine mächtige, fast schmerzhafte Erektion. Er stöhnte, drückte die Stirn an ihre Schläfe und ließ die Nase direkt neben ihrem Ohr an ihren Hals sinken.

Den schwierigen Teil hatte er geschafft, er hatte sie davon überzeugt, sich überhaupt von ihm berühren zu lassen. Doch während sein Körper vibrierte und sich nach ihrer Nähe verzehrte, sah er sich plötzlich mit einem neuen Problem konfrontiert.

Wie sollte er sich bloß zurückhalten, wo er sie doch so sehr begehrte?

Rylan zwang sich, die Augen zu schließen, rang mit seiner Beherrschung und betete um Geduld. Er schüttelte den Kopf, und die Worte, die aus seinem Mund kamen, waren fast zu ehrlich. »Du hast ja keine Ahnung, wie sehr ich mich danach gesehnt habe.«

Ihr glockenhelles Lachen erfüllte den Raum. Sie duftete und schmeckte noch wie früher, als er zärtlich mit den Lippen ihren Hals hinunterstrich.

»Ich glaube, ich kann es mir ungefähr vorstellen«, sagte sie, neigte den Kopf noch weiter und ließ die Finger durch sein Haar gleiten.

Oh, wie gut es sich anfühlte, von ihr berührt zu werden.

Er ließ seine Hand zu ihrem Nacken gleiten, umfasste ihn und strich mit den Lippen zurück zu ihrem Ohr. So sanft er konnte, biss er hinein, saugte an ihrem Ohrläppchen, stieß sanft die Luft aus und raunte: »Was soll ich mit dir anstellen?«

»O Gott.« Sie griff fester in sein Haar. »Mach ... mach, dass ich komme.«

Ein Blitz schoss seine Wirbelsäule hinunter und direkt in seinen Schwanz. Doch ihre Direktheit ließ ihn innehalten.

Wie lange hatte es beim ersten Mal gedauert, bis sie ihm auch nur den leisesten Hinweis gegeben hatte, was sie sich wünschte? Sie hatte Angst gehabt, sich vor ihm zu berühren, war kaum imstande gewesen zuzugeben, dass sie wusste, wie das ging.

Sein Magen zog sich zusammen. Er schob die Hand an die Stelle zwischen ihrem Oberschenkel und ihrer Hüfte und presste den Daumen gegen die Naht ihrer Jeans. »Hat ein anderer es gemacht?«

Er merkte, wie sie sich kaum merklich in seinen Armen verspannte, und Eifersucht flammte in seiner Brust auf.

Instinktiv verstärkte er den Druck seines Daumens und führte die andere Hand zu ihrer Brust, ohne diese jedoch zu berühren. »Sag schon. Hat sich jemand anders um deine süße, kleine Muschi gekümmert? Und sich ihr so gewidmet, wie sie es verdient?«

Sie presste den Schoß gegen seine Hand, drückte den Rücken durch und schob ihm ihre Brüste entgegen – eine Einladung, die er nur zu gern akzeptierte. Als er die Hand um ihre süße Rundung legte, unterdrückte sie ein Wimmern.

»Und?«, hakte er nach, doch er fand die Antwort in ihrem Stöhnen.

Undenkbar, dass ein anderer Mann Hand an sie gelegt hatte. Dazu war sie zu erregt, zu ausgehungert. Viel zu lange hatte sich niemand um sie gekümmert, und er wäre von allen guten Geistern verlassen, wenn er nichts an diesem Zustand änderte und sich dieser Aufgabe nicht mit Haut und Haar verschrieb.

Ihr Körper beantwortete seine Frage mit heißer Leidenschaft.

Sie schüttelte den Kopf, und Besitzgier erfasste ihn. Was spielte es für eine Rolle, dass er schon vorher gewusst hatte, wie ihre Antwort lauten würde? Er war der Letzte gewesen, der sie berührt hatte – und er wollte auch der letzte Mann sein, der sie *jemals* berührte.

Mit den Zähnen strich er über ihre Ohrmuschel und schnappte zu.

Der Gedanke war gar nicht so ungewöhnlich. Einen Ozean überquerte man schließlich nicht aus einer Laune heraus, und wenn man sich entschloss, sein ganzes Leben zu ändern, dann sollte es schon für immer sein. Doch halt, das ging zu schnell. Gerade erst war es ihm mit Mühe und Not gelungen, sie davon zu überzeugen, ihm wenigstens eine Chance zu geben.

Er schüttelte den Kopf, verdrängte den Gedanken und widmete sich wieder der Aufgabe, mit Fingerspitzen und Lippen jene perfekten, kehligen Laute aus ihr herauszukitzeln. Und mit Worten. Sie mochte es, wenn er dabei mit ihr redete. »Komm, sag es, ich will es hören, meine Schöne.«

»Niemand«, keuchte sie schließlich. »Es hat keinen anderen gegeben.«

Tief im Inneren jubilierte er. »Und du? Hast du dich um die hier gekümmert?« Er rieb durch den Stoff über ihre Klitoris und hauchte ihr ins Ohr. »Sie ist bestimmt ganz heiß und will unbedingt berührt werden.«

»Manchmal.« Ihre andere Hand fand seinen Körper. Er spürte sie warm auf seinem Bauch. »Wenn ich nicht …« Sie brachte den Satz nicht zu Ende, was ihm überhaupt nicht gefiel.

Er rückte von ihr ab und blickte ihr in die Augen. Was er dort sah, machte es nicht besser. Sein Magen brannte. »Wenn du was nicht?«

»Wenn ich nicht zu sauer auf dich war, um es mir selbst zu machen.«

Das war ein Schlag ins Gesicht. Dabei wusste er nur zu gut, was sie meinte. Auch sein Körper meldete zwar Bedürfnisse an, doch in den letzten paar Monaten waren sie in den Hintergrund getreten. Er hatte sich nachlässig, fast mechanisch darum gekümmert. Wie konnte er ihr vorwerfen, dass es ihr offenbar ganz ähnlich ergangen war? Doch da war dieser leise Vorwurf in ihrem Tonfall.

Es gehörten mehr als nur ein paar Orgasmen dazu, damit sie ihm verzieh.

Kurz fürchtete er, die Situation verdorben zu haben, doch ihre Hand lag noch immer auf seiner Lende, die andere in seinem Haar. Das Drängende ihres Atems und die Dunkelheit in ihren Augen waren nicht verschwunden.

Langsam zog er die Hand zwischen ihren Beinen hervor und legte den Arm um sie. »Tut mir leid«, flüsterte er an ihren Hals und atmete sein Bedauern auf ihre heiße Haut. »Es tut mir so leid.« Mit weichen, züchtigen Küssen arbeitete er sich über ihr Schlüsselbein und die Rippen nach unten, bis sein Mund direkt über ihrem Herzen lag. Dann blickte er ihr in die Augen und küsste sie auch dort. Mit leiser Stimme versprach er: »Ich schwöre dir, ich werde es wiedergutmachen.«

Kate wusste nicht, wohin mit ihren Armen.

Gerade noch hatte Rylan sie zum Stöhnen gebracht – mit einer besitzergreifenden Leidenschaft, die sie noch nie an ihm wahrgenommen hatte und die ihn dazu trieb, ihr die schmutzigsten Dinge ins Ohr zu flüstern. Doch dann hatte sie etwas Falsches gesagt, und schon öffnete sich zwischen ihnen wieder der Graben, den sie eigentlich hatte ignoriere wollen.

Schließlich war das ihre Abmachung. Er bekam die Chance, sie zurückzugewinnen, und sie bekam Sex. Sie konnte noch einmal in jener Lust schwelgen, die sie bereits für immer verloren geglaubt hatte.

Wenn dann unweigerlich doch alles auseinanderbrach, musste sie sich entschieden von ihm befreien.

Nach kurzem Zögern legte sie die Hände auf seine Schultern, während er an ihrer Brust lehnte und seine Entschuldigungen in ihre Haut murmelte. Sie biss die Zähne zusammen und unterdrückte das Bedürfnis, ihm zu sagen, dass alles wieder gut werden würde. Aber das konnte sie ihm nicht versprechen.

Sie musste den Verstand verloren haben, ihm überhaupt diese sieben Dates zu schenken.

Unruhig verlagerte sie ihr Gewicht von einem Fuß auf den anderen. Die Sehnsucht zwischen ihren Schenkeln hatte trotz der beklemmenden Situation nicht nachgelassen, und sein heißer Atem auf ihrer Brust sorgte dafür, dass sie ihn am liebsten mit sich aufs Bett gezogen und ihn aufgefordert hätte, die Sache doch einfach hinter sich zu bringen. Es ging ihr gut – sie war etwas wachsamer geworden, und vielleicht litt sie seinetwegen noch ein wenig an Liebeskummer, aber okay. Im Grunde hatte er nichts getan, das nicht zu erwarten gewesen wäre. Menschen, zu denen sie Vertrauen fasste, hatten die dumme Angewohnheit dafür zu sorgen, dass sie sich irgendwann wünschte, ihnen nicht vertraut zu haben, und ihr wehzutun, sobald sie sich von ihnen hatte einwickeln lassen. Rylan hatte ihr verschwiegen, dass er der Erbe eines milliardenschweren Familienunternehmens war, doch verglichen damit, wie Kates Vater und ihr Exfreund sie behandelt hatten, war das doch im Grunde nicht der Rede wert, oder?

Zähneknirschend versuchte sie, an etwas anderes zu denken. Verdammt, über diesen Schmerz war sie doch eigentlich längst hinweg. Sie hatte schon fast mit Rylan abgeschlossen, als er plötzlich vor ihrer Tür gestanden, hinreißend ausgesehen und ihr all diese Dinge gesagt hatte, die sie besser nicht glauben sollte. Worte, die nichtsdestotrotz ihre Wirkung nicht verfehlten. Und dann hatte er sie berührt.

Und eine Lust in ihr geweckt, von der sie fast vergessen hatte, dass es so etwas überhaupt gab.

Sie strich mit den Daumen über den Kragen seines Sakkos und bewegte ihre Hüften. Das wäre was, wenn sie ihn jetzt einfach aufs Bett werfen und die Kontrolle übernehmen würde. Bei ihren letzten Begegnungen hatte immer er sie bedrängt, ihm zu sagen, wie sie es haben wollte, und sich der Lust ohne Scham und rückhaltlos hinzugeben. Und je länger sie zusammen gewesen waren, desto leichter war es ihr gefallen, ihre Hemmungen fallen zu lassen.

Doch sie hatte sich dabei so wohl mit ihm gefühlt. Und schließlich hatte er ihr gegenüber etwas gutzumachen.

Endlich, nach gefühlten Stunden, küsste er sich über ihr Dekolleté nach oben, löste einen Arm von ihrem Körper und zog den Ausschnitt ihres Shirts nach unten. Warme, feuchte Lippen berührten ihre Haut, seine Zunge strich durch die Mulde zwischen ihren Schlüsselbeinen, und sie grub die Finger in seine Schultern.

»Hattest du nicht gesagt, du wolltest es wiedergutmachen?«

Er lachte an ihrem Brustkorb und zog ihr Shirt noch etwas weiter nach unten. »Hast du vielleicht ein paar Vorschläge für mich?«

»Da fällt mir bestimmt das eine oder andere ein.«

»Dann lass es mich auf jeden Fall wissen.«

Mit diesen Worten löste er die Lippen von ihr, legte die Hände um ihre Hüften und schob sie aufs Bett. Sie schluckte. So hatte sie sich das vorgestellt.

Noch immer auf den Knien, nickte er sich selbst aufmunternd zu, und die Unsicherheit, die er in den letzten Minuten ausgestrahlt hatte, fiel von ihm ab.

»Aber erst mal«, sagte er mit wundervoller Entschiedenheit, »habe ich ein paar eigene Ideen.«

Er stand auf und bedachte sie mit einem derart heißen Blick, dass er sie fast verbrannt hätte. Verlangen lag in seinen leuchtend blauen Augen, die dichten Wimpern strichen über seine Wangen. Mit raschen, präzisen Bewegungen löste er den seidenen Schlips, nahm ihn ab und faltete ihn zusammen, bevor er ihn beiseitelegte. Als er das Sakko folgen ließ, kamen seine breiten Schultern zum Vorschein. Er drapierte es am Fußende des Bettes. Nun waren die Manschettenknöpfe an der Reihe. Er schnipste mit den Fingerspitzen gegen die polierten Silberknöpfe, steckte sie in die Tasche und rollte die Hemdsärmel hoch.

Und es war zu scharf. Eine makellose anthrazitfarbene Hose mit passender Weste, ein saphirblaues Hemd mit offenem Kragen und dazu seine Unterarme – kräftig und muskulös. Und zur Krönung des Ganzen schließlich sein Blick, mit dem er sie anschaute, als wollte er sie mit Haut und Haaren verschlingen.

Um seinen Mund lag ein Zug, der ihn eher verloren als dominant wirken ließ, doch darüber konnte sie leicht hinwegsehen, wenn sie sich bemühte.

Er stützte sich mit einem Knie auf dem Bett ab, griff nach ihren Füßen und spreizte ihre Beine, damit er Platz zwischen ihnen fand. Einen Fuß behielt er in der Hand und löste die Schnürbänder. »Leg dich hin.«

Der etwas strenge Unterton in seiner Stimme stellte eine Direktverbindung zu ihrer Klitoris her. Ihr stockte der Atem. »Warum?«

»Darum.« Er streifte ihr den ersten Schuh ab, ließ ihn über den Boden rollen und wandte sich dem zweiten zu. »Ich will dich lecken, bis du schreist.« Seine Mundwinkel zuckten nach oben. »Und ich fürchte, du könntest dir wehtun, wenn du dich dafür nicht langlegst.«

Himmel.

Sie blickte ihm unverwandt in die Augen, ließ sich nach hinten sinken und streckte die Arme über ihrem Kopf aus.

»Braves Mädchen.« Er gab ihr einen spielerischen Klaps auf die Wade, dann ließ er ihr Bein los und deutete mit dem Kopf auf ihre Hände. »Schön oben lassen.«

»Während du was tust?«

»Zuerst einmal ...« Er rückte auf dem Bett weiter vor und hakte die Finger hinter den Bund ihrer Jeans. »... werde ich dich von dieser Scheußlichkeit befreien.« Der Knopf schmolz geradezu unter seinen Fingern, und das Geräusch des Reißverschlusses wirkte viel zu laut in dem stillen Zimmer.

Irgendwie schaffte sie es, die Fassung zu bewahren und kess eine Braue hochzuziehen, obwohl sich ihr Brustkorb bereits sichtbar hob und senkte, die Hitze sich in ihrem Unterleib sammelte und ihre Nippel sich aufrichteten. »Scheußlichkeit?«

Doch nicht nur ihre Erregung machte sie verlegen. Während sie getrennt gewesen waren, hatte sie Vermutungen über seine Reaktion auf einfach alles angestellt: auf ihre Frisur, ihr kaum vorhandenes Make-up, ihre Vorlieben, was Restaurants betraf, ihre Naivität.

Und ihre Kleidung.

Ihr fehlten sowohl das Geld als auch die Zeit für angesagte Modetrends, und die Hälfte ihrer Klamotten war früher oder später ohnehin voller Farbflecken und Kohle – wozu also der Aufwand? War es nicht völlig egal, dass diese Jeans alt war und von keiner bekannten Marke stammte? Es war eben ihre Jeans.

Er schüttelte nur den Kopf, schnalzte mit der Zunge und schälte ihr die Jeans von den Hüften. »Sie bringt deine Schönheit nicht annähernd zur Geltung.« Er zog die Hose weiter herunter, beugte sich vor und presste die Lippen auf ihre nackten Knie und Oberschenkel. Warme Fingerspitzen streichelten jeden neuen Zentimeter Haut, den er freilegte. »Andererseits wird dir wahrscheinlich ohnehin nichts gerecht.«

Woher wusste er immer genau, was er sagen musste?

Ach, ja. Übung. Sie riss sich zusammen und drückte sich hoch, damit er ihr die Jeans ganz vom Leib streifen konnte. Die Socken nahm er gleich mit. Seine Sprüche hatten schon immer perfekt bei ihr funktioniert, aber das hatte sie ihm nie gezeigt.

Sie war sich ziemlich sicher, dass er es gerade deshalb immer wieder versuchte.

»Ich weiß nicht.« Obwohl sie sich bemühte, mit fester Stimme zu sprechen, klang es zitterig. »Dafür treibst du es mit deinen Anzügen umso heftiger.«

»Ach?«, fragte er freundlich. Er legte die Hände links und rechts an ihre Hüften und beugte sich nach unten, um Küsse am Bund ihres Slips zu verteilen. »Gefallen sie dir?«

»Sie stehen dir gut«, gab sie zu, legte den Kopf in den Nacken und stöhnte laut auf, als er genau dort verharrte, wo sie ihn am meisten begehrte, mit der Nase über ihre Haut strich und sie seinen Atem heiß auf ihrer Scham spürte.

»Das merke ich mir.«

Als er das erste Mal die Lippen auf sie presste, traf es sie wie ein Donnerschlag – ein Ausbruch der Lust, der sie bis ins Innerste erschütterte und so viel mehr verhieß. Selbst durch den Baumwollstoff ihres Slips – die normale Sorte, die sie trug, wenn sie nicht damit rechnete, dass ein milliardenschwerer Mogul vor ihrer Tür auftauchte – spürte sie seine Berührungen so intensiv, dass ihre Hüften zuckten und sie die Schenkel zusammenpresste, als wollte sie diese um seinen Kopf schlingen. Um ihn wegzustoßen oder an sich zu ziehen, bis von ihr nur noch ein zitterndes, befriedigtes Etwas übrig blieb – da war sie unentschieden.

»Ruhig.« Er schürzte die Lippen um ihren Kitzler und saugte vorsichtig daran. Das war einfach nicht fair. Einen Unterarm legte er über ihren Bauch und drückte sie damit nach unten. »Halt still.«

Sie schüttelte den Kopf. Wie sollte das gehen?

Und dann bearbeitete er sie durch den Stoff hindurch mit seiner Zunge. Alles wurde nass, und die Hitze zwischen ihren Schenkeln unerträglich. Sie krallte sich in die Laken und tastete nach dem Kissen, um sich an etwas festzuhalten.

Als er es zum ersten Mal für sie getan hatte, war die Suche nach ihrem Höhepunkt eine unglaubliche Abenteuerreise gewesen. Noch nie zuvor war es einem Mann gelungen, sie so weit zu bringen. Wie sehr hatte sie sich gewünscht, dass er derjenige sein möge, doch ihr Kopf hatte nicht mitgespielt. Immer wieder war sie ins Stocken geraten, der Punkt ohne Wiederkehr in greifbare Nähe gerückt und ihr dann doch kurz, bevor sie ihn erreichte, wieder entglitten, bis sie schließlich am liebsten geschrien hätte. Als es dann endlich doch geschah und die Lust sie mit sich fortriss, hatte es sie für immer verändert. Diese gänzlich neuen Möglichkeiten hatten ihre Welt auf den Kopf gestellt.

Seither war sie mit jedem Mal leichter zum Höhepunkt gekommen, und an jenem letzten faulen Morgen, bevor alles zusammengebrochen war, hatte sie ohne jegliche Mühe zu ihrer Lust gefunden.

Doch damals war sie täglich in den Genuss von Rylans Liebeskünsten gekommen – manchmal sogar mehrmals am Tag. Das Ganze war Monate her. Es hätte sie nervös machen, Leib und Seele hätten sich erneut verschließen müssen.

Doch als er mit dem Finger über die durchnässte Baumwolle strich und ihre Vulva durch den Slip hindurch liebkoste, schließlich die Lippen um ihren Kitzler legte und zu saugen begann ...

Sie riss die Augen auf und drückte sich vom Bett hoch. Wie konnte sie nur ... wie war das überhaupt nur möglich ... Sie war außer sich, versuchte sich jedoch zu beherrschen und die Hände dort zu behalten, wo er sie haben wollte, als sie gänzlich unerwartet zum Höhepunkt kam – schnell, heftig und fast gewalttätig. Immer wieder erschauderte sie. Und dann war es plötzlich vorbei, und sie fühlte sich leer und fast noch ausgehungerter als zuvor.

Rylan konnte seine Überraschung kaum verbergen, als sie mühsam den Kopf hob. Er wirkte erstaunt und lüstern zugleich, als er sie aus dunklen Augen verlangend ansah. Und dann wich seine Miene auf einmal einem schamlosen Grinsen, so aufreizend, so unerhört selbstsicher, dass sie es ihm am liebsten aus dem Gesicht gewischt hätte. Oder – besser noch – sich darauf gesetzt hätte.

»Oh Baby«, summte er. »Du konntest es kaum erwarten, stimmt's? Du warst total scharf.« Er strich mit einem Finger über ihre noch immer pulsierende Scham. »Ich habe dich ja kaum angefasst, schon bist du gekommen.« Wieder drückte er die Lippen auf den Stoff. »Da reichte ja fast ein Kuss.«

Unter dem Eindruck der Nachwirkungen, die ihren Körper immer noch erbeben ließen, war es ihr zu anstrengend, die Augen zu verdrehen. Sie versuchte es dennoch, so gut sie konnte. »Lass dir das ja nicht zu Kopf steigen.«

»Glaub mir«, er schob vielsagend die Augenbrauen zusammen, »es ist mir schon zu Kopf gestiegen.«

Es juckte ihr in den Fingern. Am liebsten hätte sie ihm eine geklatscht. Oder seinen Kopf nach unten gedrückt und ihn gezwungen, das Gleiche noch mal und noch mal mit ihr zu machen.

»Es ist geradezu ein Verbrechen ...« Er bedeckte sie mit weiteren sanften, lasziven Küssen und reizte sie auf grausame Weise mit seiner Zungenspitze, woraufhin sie sich wand, weil sie sich danach sehnte, seinen Mund ganz und gar auf sich zu spüren. »... dass du so vernachlässigt bist.«

Seine Worte versetzten ihr einen Stich. Seinetwegen war sie solo geblieben. Seinetwegen war sie so verletzt gewesen, dass sie es nicht fertiggebracht hatte, auszugehen und sich einen anderen zu suchen.

Seinetwegen wusste sie, was sie versäumte.

Er strich mit dem Finger am Saum ihres Slips entlang, dann über die Innenseite ihres Schenkels, und von Neuem überkam sie ein leichtes Beben. Gott, sie war da unten wirklich überall nass. Ganz leicht glitt sein Finger über ihre Haut.

»Das lasse ich nicht noch einmal zu.« Er schob den Finger ein Stück weit unter die Baumwolle. »Ich werde dich Tag und Nacht lecken, wenn du willst.«

Sie hatte fast vergessen, dass er so sein konnte. So schamlos. So unglaublich. Sie ließ den Kopf auf die Matratze sinken. »Du kannst ja damit anfangen ...«, sie stockte, dann schloss sie die Augen und blinzelte hindurch, »... mich jetzt gleich zu lecken.«

Er lachte, aber es klang nicht gemein. Wenn überhaupt,

dann aufs Äußerste erregt. »Sieh mal an. Das Kätzchen hat Krallen.« Er küsste die Innenseite ihres Schenkels. »Aber schließlich habe ich es dir angeboten ...«

Ihr ganzer Körper spannte sich an, als er die Daumen unter ihren Slip hakte und ihn Zentimeter für Zentimeter nach unten zog. Kühle Luft strich über ihre erhitzte Haut. Als sie von der Taille abwärts nackt war, spreizte sie die Beine. War das verwegen? Verdorben? Sich für ihn zu öffnen und *das* von ihm zu verlangen?

Sich überhaupt auf so etwas einzulassen, ohne die geringste Vorstellung, wie es mit ihnen beiden weitergehen sollte? Sie wusste nicht einmal, welche Zukunft sie sich für sie beide wünschte.

Doch dann strich er mit der Nase den ganzen Weg von der Innenseite ihres Knies bis zu der Stelle, wo ihre Beine sich trafen. »Du kannst dir gar nicht vorstellen, wie sehr ich das vermisst habe.« Und dann legte er los.

Dabei hatte sie doch schon die Berührung seiner Lippen durch ihren Slip hindurch als äußerst intensiv empfunden. Die erste heiße Spur, die er mit der flachen Zunge auf ihrer Scham hinterließ, fühlte sich unendlich vertraut an, so weich und nass. Er umschloss ihre Knospe mit dem Mund, und sie hatte gar keine Chance mehr, unsicher zu sein.

»Du schmeckst so verdammt gut«, stöhnte er. Seine Zunge kreiste um ihren Kitzler, ohne ihn jemals zu berühren – es war die Hölle und der Himmel zugleich. »Was meinst du – wie oft kommst du bei mir?«

Einen Tag vorher hatte sie es auf drei Orgasmen gebracht, mit ihrem allerbesten Vibrator und mit den Fingern.

Aber das hier war besser. Es war der Wahnsinn.

Sie rang um Atem, schloss fest die Augen und ballte die

Hände zu zitternden Fäusten. »Ich glaube, das werden wir bald herausfinden.«

»Und ob.«

Und es war so wild, so obszön. Er spreizte sie mit den Daumen, leckte sie innen und an den Rändern und fasste ihre Schenkel, um ihre Beine zu heben und noch weiter zu öffnen. Plötzlich lagen ihre Kniekehlen auf seinen Schultern, sie spürte den Stoff seines Hemdes und sah auf.

Bei dem Anblick wäre sie fast augenblicklich wieder gekommen.

Es war beinahe zu viel. Er trug noch immer Hemd und Weste, war praktisch vollständig bekleidet. Nicht einmal die Armbanduhr hatte er abgenommen. Sein dunkles, widerspenstiges Haar war ganz zerzaust, und er fixierte sie aus funkelnden Augen, während ihre Schenkel auf seinen Schultern lagen.

Schließlich schob er einen Finger in sie hinein und ließ seine Zunge schnell und fest gegen ihren Kitzler schlagen, genau da, wo sie es gern hatte, denn natürlich erinnerte er sich daran, natürlich wusste er noch ...

Diesmal erwischte es sie mit ganzer Wucht, kehrte ihr Inneres nach außen. Sein Stöhnen an ihrem Geschlecht fügte der Vielzahl unterschiedlichster Gefühle, die durch sie hindurchflossen, eine weitere Ebene hinzu und vermischte sich mit ihren eigenen Lauten. Sie musste sich auf die Zunge beißen, um nicht seinen Namen zu schreien.

Wie gern hätte sie ihn in dem Moment, als sie ihre Lust herausschrie und sich vor ihm offenbarte, in sich hineingelassen.

Aber nein. Nein.

Sie streckte die Hand nach unten, um ihn fortzuschieben. Sie war überempfindlich und erledigt, doch da hob er den Kopf zwischen ihren Schenkeln, blickte sie wütend an und knurrte: »Du sollst sie lassen, wo sie sind.«

Sie erstarrte mitten in der Bewegung.

Seine Augen glühten vor Verlangen. »Ich bin noch lange nicht fertig mit dir.«

Und dann machte er sich wieder ans Werk. Kräftige Finger füllten sie aus, bogen sich und drückten genau an der richtigen Stelle gerade fest genug, aber nicht zu fest. Mit warmen, feuchten Zungenschlägen trieb er sie wieder auf das Hochplateau der Erregung zurück. Nie hätte sie gedacht, dass sie so schnell wieder so weit sein könnte, nachdem sie bereits zweimal gekommen war. Doch die Empfindlichkeit nach dem Orgasmus ließ unter der lustvollen Berührung seines Mundes nach, und das begierige Drängen nach mehr kehrte zurück.

»O mein Gott.« Sie warf den Kopf hin und her und presste die Hand gegen die fiebrige Stirn. Auf ihrem Rücken sammelte sich Schweiß, ihre Nerven waren überreizt, und ihre Kehle ausgetrocknet.

»Komm noch mal, Süße.«

Sie konnte nicht – völlig ausgeschlossen. Doch er ließ ihr gar keine Chance, sich zu beruhigen, und so schwebte sie noch immer in lustvollen Höhen, und irgendwann, eines Tages würde sie fallen. Da war sie sich ganz sicher. Doch fürs Erste ... fürs Erste wollte sie nehmen, was er ihr bot, und nicht lange darüber nachdenken.

Sie streckte den Hals und schloss die Augen. Gab sich völlig hin und war bereit, sich erneut in ihre Einzelteile aufzulösen, die sich eben erst einigermaßen wieder zusammengesetzt hatten.

Dann schob er den Daumen ein Stück tiefer und berührte sie flüchtig zwischen den Pobacken … Sie riss die Augen auf. »Was machst du da …«

»Vertrau mir.«

Ein festerer Druck, doch noch drang er nicht ganz dort ein, noch verzichtete er auf diese andere Pforte in ihren Körper. Es fühlte sich auf eine Weise unangenehm an, die über das Körperliche hinausging. Schmutzig und eigenartig – so etwas hatte sie noch nie empfunden, und allein das trieb erneut den Saft der Lust auf seine Zunge, obwohl sie versuchte, sich ihm zu entwinden, weil es ihr zu viel war. Es könnte wehtun.

»Denk gar nicht drüber nach«, sagte er an ihrem feuchten Fleisch und berührte bei jeder Silbe mit den Lippen ihren Kitzler. »Genieß es einfach.«

»Aber …« Und wenn es ihr nun gar nicht gefiel?

Er schüttelte den Kopf und brachte sie damit zum Schweigen. Schließlich gab ihre Rosette seinem vorsichtigen, kontinuierlichen Druck nach. Sie schnappte nach Atem, als die Spitze seines Daumens, nass von ihrer Lust, in sie eintauchte, und auf einmal war es keine Frage mehr, ob es ihr gefiel oder nicht. Sie spürte, wie er sie ausfüllte, ein leichtes Dehnen. Es fühlte sich verboten an, aber es tat überhaupt nicht weh und trieb eine Flamme der Lust durch ihren Körper. Es gefiel ihr. Und *wie* es ihr gefiel. Die Finger in ihrer Scham stießen fester zu, und seine Zungenspitze tat ihr Übriges.

Diesmal wurde sie fast ohnmächtig. Die erste Welle rollte über sie hinweg, sie zitterte und zuckte und warf den Kopf zur Seite. Ohne sich zu bewegen, krallte sie die Hände in sein Haar, kratzte mit den Nägeln über seine Kopfhaut und hielt ihn dort, wo sie ihn haben wollte, damit sein Mund da, genau da blieb.

Wie war es überhaupt möglich, dass sie immer noch kam? Ihr dritter Orgasmus ging nahtlos in den vierten über. Es tat fast weh und fühlte sich unglaublich an. Wie schaffte er es nur, sie an ihre Grenzen zu bringen, sie zu so etwas zu überreden? Dass sie Dinge zuließ, von denen sie nie erwartet hätte, Gefallen an ihnen zu finden?

Als sie wieder zu Atem kam, zitterte sie und riss seinen Mund förmlich von ihrem Körper los, bevor er versuchte, sie völlig fertigzumachen.

Aber es gab mehr als eine Art, mit der dieser Mann ihr den Rest geben konnte. Er ließ sich willig an ihr heraufziehen, schob unterwegs jedoch ihr Shirt nach oben und verteilte mit den Lippen auf ihrer Haut, was von ihrer Lust noch an seinem Mund haftete. Als er ihre Lippen erreichte, hielt er dort einen Moment inne.

Plötzlich wurde ihr bewusst, dass er sie zwar mit der Zunge zum Höhepunkt gebracht und sie an einer Stelle berührt hatte, wo sie noch nie berührt worden war, doch geküsst hatten sie sich noch nicht. Kein einziges Mal. Ein leichtes Schaudern lief ihren Rücken hinunter – hatte das etwas zu bedeuten? Wenn sie jetzt zuließ, dass er sie küsste – bedeutete das dann sogar noch mehr?

Ihr blieb nur die Spanne eines Atemzuges, um darüber nachzudenken. Er schloss die Augen. Und als er sie dann leidenschaftlich küsste und ihr die eigene Lust zu schmecken gab, schwand jede Zurückhaltung. Feuchter Moschus und bitteres Salz, sie schluckte alles hinunter, weil er es von ihr verlangte. Wie hatte sie nur so lange ohne all das sein können?

»Bitte«, sagte er an ihren Lippen. Es war schon das zweite Mal heute Nacht, dass er sie um etwas bat, und sie streckte sich aus, obwohl ihre Knie ganz weich wurden. »Bitte.«

Er legte die Finger um ihre Handgelenke und drückte sie zurück über ihren Kopf. Ihr Herzschlag beschleunigte sich. Eigentlich konnte sie nicht mehr, aber sie wollte es trotzdem. Für ihn.

Und dann richtete er sich auf. Nie hatte er so kraftvoll über ihr ausgesehen.

»Bitte sag nicht, dass ich es zu weit getrieben habe und du mich nicht mehr in dir haben willst.«

KAPITEL 2

Rylan ließ es darauf ankommen. In ihrer Anfangszeit hatte er Tage damit verbracht, sich nur zärtlich um Kate zu kümmern und ihr klarzumachen, dass sie ihm überhaupt nichts schuldete. Er hatte gewartet, bis sie sich ganz auf ihn einlassen konnte, bevor er sie auch nur darum gebeten hatte, ihn zu berühren.

Ihr Leben lang hatte sie sich anhören müssen, sie verdiene es nicht, dass man sich um sie kümmerte, und hinzu kamen noch ein schlechter One-Night-Stand und eine noch schlechtere Beziehung. Am Ende war sie zu schüchtern gewesen, um sich im Schlafzimmer zu holen, was sie wollte. Noch bevor Rylan all diese Einzelheiten kannte, hatte er es sich zur Aufgabe gemacht, ihr zu zeigen, dass Sex auch ihr etwas geben konnte – und nicht nur irgendwelchen Knallköpfen, die ihren Schwanz in sie reinstecken wollten. Sex konnte aufregend sein, wenn man es richtig machte. Geduldig. Zärtlich.

Und so weit war er jetzt gekommen – sein Mund, sein Kinn und seine Finger waren feucht von ihr, und das geduldige Abwarten gehörte der Vergangenheit an. Er war so hart, dass es schon wehtat. Sein Körper verzehrte sich nach ihr. Beim letzten Mal war sie so heftig gekommen, während sich ihr Hintern und ihre Vagina um ihn zusammengezogen hatten. Er hatte sie nie zuvor an jener Stelle berührt. Es war schon schwer genug gewesen, sie dazu zu bringen, die Aufmerksamkeit zu genießen, mit der er ihre Muschi verwöhnte, aber es war eine Sache gewesen, die er sich immer von ihr erhofft hatte.

Jedenfalls hatte es ihr gefallen. Es zu sehen, zu spüren und sie dabei zu hören gehörte zu den erregendsten Erlebnissen seines Lebens, und er musste sie auf der Stelle vögeln, bevor ihm der Schwanz abfiel oder kein Blut mehr für sein Hirn übrig blieb.

Monate. Monate war es her, seit er es zum letzten Mal erlebt hatte, und manchmal hatte er sogar gedacht, er würde es nie wieder erleben.

Er war unruhig, und sein Kiefermuskel zuckte, als er in ihre Augen sah. Sie erwiderte seinen Blick und legte die Stirn in Falten. Ihm sank das Herz in die Hose.

Verdammt, er hatte es wirklich zu weit getrieben. Er hätte sich doch denken können, dass er sie nicht so schnell darum bitten durfte, aber er war voller Leidenschaft, und sie fühlte sich so gut an.

»Ich weiß nicht.« Sie krümmte die Finger und strich über seine Handgelenke. »Du hast es wirklich ziemlich weit getrieben.« Bei diesen Worten blieb ihm fast das Herz stehen, aber ein feines Lächeln umspielte ihre Lippen, und sie schob eine Augenbraue hoch.

Moment, wollte sie ihn etwa ... *auf den Arm nehmen?*

Er drückte sein Gesicht in ihre Halsbeuge, und das Verlangen drohte ihn zu überwältigen. Durch die Bewegung streifte sein Schwanz in seiner Hose über ihren Oberschenkel, und lauter Blitze entluden sich in seiner Wirbelsäule.

Sie schob ihren Fuß an seiner Wade nach oben. »Aber *so* schlimm nun auch wieder nicht, finde ich.«

Er wollte sie nackt, wollte, dass sie ausgestreckt unter ihm lag. Er wollte ihr Gesicht sehen, wenn er in sie eindrang, wollte sehen, wie sie es genoss, es sich einprägen und dann ganz in ihr sein. Sie sollte ihm wieder gehören, und diesmal richtig.

Er wollte sie behalten.

Stöhnend richtete er sich auf alle viere auf. Die Qual, sich nicht an sie zu pressen und von jenem pochenden Druck zu befreien, wurde durch den Anblick weicher Haut wettgemacht, der sich ihm offenbarte, als er ihr Shirt nach oben schob. Sie half ihm, es ihr über den Kopf zu ziehen, nahm es ihm ab und warf es beiseite, während er nach dem Verschluss ihres BHs griff. Nervös nestelte er daran herum, bis es ihm schließlich gelang, ihn zu öffnen, dann warf er ihn ebenfalls beiseite.

Ihre nackten Brüste fühlten sich in seinen Händen genau richtig an. Er beugte sich nach vorne, um an ihnen zu lecken und zu saugen, nippte zuerst an der einen, dann an der anderen Seite. Ihre Hüften bewegten sich rastlos, ihre Knie wanderten links und rechts an seinen Seiten empor, ihr Mund drängte sich ihm entgegen und heizte ihn an.

Doch er wollte viel zu viel. Ihr Körper war ein Festmahl und er ein Verhungernder. Solange er sie mit dem Mund verwöhnt hatte, konnte er sich zusammenreißen, doch jetzt ließ er seiner eigenen Libido freien Lauf und verlor zusehends die Kontrolle. Er ließ die Hand an ihr hinuntergleiten und fühlte ihre nackten Kurven.

Eines Tages musste er sie dazu bringen, sich selbst für ihn zu zeichnen. Ein nacktes Selbstporträt, das er in sein

Arbeitszimmer hängen wollte, sobald er für sie beide einen Ort zum Leben gefunden hatte. Eine große, wunderschöne Wohnung in der Nähe ihrer Akademie und des Firmensitzes von Bellamy, mit herrlichem Licht und Platz für ihre Staffelei und ihre Farben.

Verdammt. Schon wieder gingen seine Gedanken mit ihm durch. Die Berührung ihrer Hand an seiner Brust holte ihn in die Realität zurück und erinnerte ihn daran, wo sie sich in diesem Moment befanden. Sie schob die Hand zwischen ihre Körper und zupfte am obersten Knopf seiner Weste.

Sich ausziehen – das war hier das Thema.

Er richtete sich auf die Knie auf, öffnete die restlichen Knöpfe und riss einen ab, als er zu hastig daran herumnestelte. Der Knopf flog gegen die Wand und prallte von dort zurück. Rylan zog die Weste aus und warf sie beiseite. Mochte sie ruhig zerknittern – hier ging es nur noch darum, seine Haut auf ihre Haut zu pressen. Hemd und Armbanduhr folgten der Weste, und plötzlich richtete sie sich auf. Eine zarte Hand voller Farbflecke strich vorne über seine Hose, ihre Lippen waren vor seinen Hüften, und er war kurz davor, den Verstand zu verlieren.

Er griff hinunter und packte ihr Handgelenk – zu fest. Sie schreckte zurück und blickte sofort zu ihm auf. Er zwang sich, den Griff zu lockern, schloss die Augen und hielt sie dort fest, spürte durch den Stoff hindurch die Wärme ihrer Hand.

»Tut mir leid«, sagte er durch zusammengebissene Zähne.

Sie bewegte die Hand in seinem Griff und trieb Wellen der Lust durch seinen Schwanz bis in seine Hoden und dann durch seinen ganzen Körper. »Ist das okay so?«

»Mehr als das.« Langsam und zögernd ließ er von ihr ab. Sein Puls hämmerte, und seine Kehle war wie zugeschnürt. »Ich habe mich so lange danach gesehnt. Ich habe dich schon so lange begehrt.«

Eine ihrer Brauen schnellte in die Höhe, und sie sagte: »Was für ein Verbrechen. Hat man dich so vernachlässigt?«

Sie grinste, und ihre Mundwinkel zuckten, als sie wiederholte, was er zu ihr gesagt hatte. Vor ihren drei schwer verdienten Orgasmen, als sie erregt, rot glühend vor Lust und voller Verlangen nach ihm gewesen war.

Er lächelte. Ein lüsterner Spruch, der nichts zu sagen hatte. »Lass es dir nicht zu Kopf steigen.«

»Ach, weißt du, ich glaube, das könnte durchaus passieren.« Unbeeindruckt führte sie die Finger hinter seine Gürtelschnalle und zog fragend daran.

Als er nickte, schob sie das Leder durch die Schnalle. Sie ließ den Gürtel lose herunterhängen, dann knöpfte sie die Hose auf und streifte den Stoff über seine Hüften. Dabei nahm sie seine Boxershorts gleich mit. Sein Schwanz, der sich nach ihrer Hand, ihrem Mund, nach einfach allem sehnte, sprang heraus. Ob der plötzlichen Befreiung verdrehte er die Augen, bis nur noch das Weiße darin zu sehen war. Als würde er sich selbst von außen beobachten, sah er zu, wie sie mit einem einzelnen Finger von der glänzenden Spitze bis ganz hinunter zum Ansatz strich, dann schließlich zupackte und ihn ihrem Mund entgegenbog.

»Kate, verdammt, mach mich nicht wahnsinnig.«

Doch genau das tat sie. Sie legte den Kopf schräg und sah ihn an. In ihrer Miene war kaum verborgene Verwunderung zu lesen.

Er streckte die Brust vor. »Siehst du, was du mit mir

machst?«, fragte er heiser, genauso rau, wie er sich innerlich fühlte.

»Und ich dachte, ich bin die Einzige.« Sie verstummte, sobald die Worte heraus waren, und blickte zu ihm hinauf, als hätte ihr Eingeständnis sie selbst überrascht.

Er legte ihr die Hand an die Wange und streichelte sie, ohne sie zu drängen. Doch sie war so nah, ihre Lippen perfekt, rosa und voll. Sie befeuchtete sie mit der Zunge, und an seiner Spitze bildete sich ein neuer heißer Tropfen.

»Würdest du?«, fragte er.

Und wer hätte gedacht, dass sie dazu in der Lage war? Sie war noch dasselbe Mädchen, dem er beigebracht hatte, sich vor ihm zu berühren, dasselbe Mädchen, das so schnell errötete, wenn er von ihrer hübschen Muschi redete, doch es war, als würde sie von einem anderen Bild überlagert. Alles lief wie im Zeitraffer ab, und die Dinge veränderten sich. Ihr Blick war so sexy, was ihn mit Stolz erfüllte, aber zugleich auch erschreckte. Allmählich wurde sie sich der Macht bewusst, die sie besaß. Sie hatte sich seine Lektionen zu Herzen genommen.

Jetzt setzte sie diese gegen ihn ein, und verdammt, er konnte kaum erwarten, was sie damit anstellte.

Sie sah ihn unverwandt an und beugte sich vor. Streckte die Zunge heraus und leckte einmal sanft, feucht und warm genau über seinen Schlitz.

»Kate ...«

Mit einer Hand hielt sie ihn fest und ließ ihn gerade eben in das Himmelreich ihres Mundes. Er ließ den Kopf in den Nacken fallen und streckte den Hals. Langsam strich sie mit der anderen Hand über seinen Unterleib nach oben, durch die Haare auf seiner Brust, und ließ sie auf seinem Herzen ruhen. Noch immer spürte er durch und durch die Leere, wo er zuvor den Ring seines Vaters getragen hatte.

Sie berührte ihn genau dort, umfing ihn im selben Moment mit ihren Lippen und *saugte*.

Es war, als würde sein Innerstes nach außen gekehrt. Sie berührte sein Herz, das nun wieder frei war, und ließ ihn in sich hinein.

Einen Moment lang ließ er es geschehen, bis seine Lust zu stark wurde. Dann griff er in ihr Haar und musste sich ermahnen, vorsichtig zu sein. Als er sie von sich fortschob, ließ sie ihn mit einem feuchten Geräusch aus den Lippen gleiten, das ihn nur noch härter machte.

»Was willst du?«, fragte er atemlos.

Ihr Blick wirkte unsicher. »Was willst du?«

»Ich will dich vögeln. Unbedingt.« Er rang nach Atem. Dann legte er die Hand um ihre Hand an seinem Schwanzansatz und packte fest zu, um sich noch einen Moment länger zusammenzureißen. »Aber jetzt geht es nicht um das, was ich will. Was. Willst. Du.«

Mit halb geöffnetem Mund blickte sie zu ihm hinauf, dann hinunter zu seinem aufragenden Schwanz und wieder in sein Gesicht.

Sie löste die Hand, mit der sie ihn festhielt.

Dann drehte sie sich vor seinen Augen um. Fast hätte er seine Zunge verschluckt, als ihr Haar zwischen seinen Fingern hindurchglitt. Er versuchte, nicht auf ihren Hintern zu sehen, der sich ihm rund, fest und lüstern darbot. Sie ging auf alle viere und blickte ihn über die Schulter hinweg an.

»Wie wäre es damit?«

Damals mit Aaron war es diese Stellung, die Kate am wenigsten gemocht hatte. Sie war sowieso nie zum Höhepunkt gekommen, wenn sie mit ihm zusammen gewesen war, doch in der Missionarsstellung spürte sie wenigstens etwas Druck an ihrem Kitzler, sodass sie ein bisschen was davon hatte.

Und schlimmer noch, auch in jener grässlichen Nacht war es in dieser Stellung passiert. Es stimmte schon – der Sex war einvernehmlich gewesen –, aber sie war so betrunken gewesen und hatte sich so einsam gefühlt, dass sie erst richtig begriff, wie ihr geschah, als er von hinten ihre Hüften nach oben gezogen und ihr sein Ding reingesteckt hatte.

Während der Zeit mit Rylan hatte sie immer auf die Gelegenheit gehofft, es einmal mit ihm zu probieren. Wenn es überhaupt jemanden gab, der es verstand, ihr auf diese Weise Lust zu bereiten, dann er. Jetzt bot sich ihnen diese zweite Chance, und wer konnte schon sagen, wie oft sie noch gemeinsam im Bett landen würden – zumal nicht einmal klar war, ob sie die sieben Dates überstehen würden, die er ihr abgerungen hatte. Das hier sollte jedenfalls nicht auf der Liste der Dinge stehen, von denen sie später bereute, es nicht ausprobiert zu haben.

Das Beste daran, sich von ihm von hinten nehmen zu lassen, war jedoch, dass sie ihm dabei nicht ins Gesicht sehen musste.

In Paris hatten sie sich ganze zwei Mal geliebt. So lange hatte sie gebraucht, um ihre Ängste zu überwinden und sich ihm ganz anzuvertrauen. Rückblickend betrachtet, war es das Einzige, bei dem sie *nicht* bedauerte, ihm vertraut zu haben. Er hatte dafür gesorgt, dass es so, so gut gewesen war – fast schon zu gut. Beim ersten Mal hatte sie gerade erst begriffen, dass sie so dumm gewesen war, sich in ihn zu verlieben. Die Intimität des Aktes hatte sie zutiefst berührt und die Intensität ihrer Gefühle hundertfach verstärkt. Sie hatte ihm in die Augen gesehen, als er in sie eindrang, und dabei war ihr das Herz übergeflossen, weil er so schön war und ihr das Gefühl vollkommener Sicherheit gegeben hatte.

Und jetzt war er schon wieder dabei, sie einzulullen, um ihr am Ende das Herz zu brechen. Diesmal würde sie es ihm aber nicht so leicht machen. Sie musste sich und ihre Nerven schützen. Irgendwie würde sie einen Weg finden, ihn davon abzuhalten, zu tief in ihr Innerstes zu blicken.

Aber egal. In diesem Moment sah ihr der Mann wohl kaum ins *Gesicht*.

Sie räusperte sich und überlegte, aus welchem Stoff wohl die Laken waren, in die sie ihre Finger krallte. Sein Blick wanderte von ihrem Po zu ihren Augen, und er schüttelte den Kopf, bis er nicht mehr ganz so weggetreten aussah. Doch dann legte er die Stirn in Falten.

»Nur um das klarzustellen.« Er legte eine Hand auf ihre Hüfte und strich ihr mit dem Daumen über die Haut. »Das soll jetzt aber nicht heißen, dass ich dich ganz hinten nehmen soll?«

Sie riss den Kopf hoch. Er dachte ... sie hatte doch nicht ... »Moment mal. Was?«

Er ließ sie los und hob abwehrend die Hände. »Ich frag ja nur.« Er grinste, und die Falten auf seiner Stirn wirkten eher verwegen als verwirrt. »Es schien dir doch ziemlich gut gefallen zu haben.«

Ihre Wangen brannten, und sie drückte das Gesicht auf

die Matratze. Natürlich. Er hatte ... *das* mit ihr gemacht, und jetzt kniete sie sich auf allen vieren vor ihm hin. Was hatte sie denn gedacht, wie er das interpretieren würde? Sie drehte den Kopf zur Seite und stöhnte: »Tut mir leid.«

»Du brauchst dich nicht zu entschuldigen.« Warme Lippen berührten ihre Wirbelsäule, wanderten nach unten und folgten der Rundung ihres Hinterns. Seine Stimme wurde tiefer, als er sich an ihrer Hüfte hinabküsste. »Es gefällt mir, dich so zu sehen.«

»›So‹ impliziert aber nicht rein zufällig, dass ich es anal haben will?«

»Oh, das willst du. Ich verspreche es dir.« Er legte die Hände auf ihre Pobacken und, oh je, da war sein Daumen wieder und drückte genau aufs Zentrum. Es fühlte sich genauso seltsam und verboten an wie vorhin – vielleicht sogar noch mehr, weil die zusätzliche Stimulation durch seinen Mund wegfiel. »Eines Tages werde ich dich dazu bringen, dass du darum bettelst.« Er rieb fester und küsste sich an ihrer Seite aufwärts, wobei er jede einzelne Rippe bedachte. Als er schließlich die Spitze seines Daumens in ihr versenkte, lag sein Mund gleich neben ihrem Ohr. Ihr lief ein Schauer den Rücken hinunter, und im gleichen Moment raubte es ihr den Verstand, als er sie wieder dort ausfüllte. »Ich kann es mir gut vorstellen. Wie ich dich nackt ausziehe und es dir vielleicht mit den Fingern mache. Dann lecke ich dich einen Moment, aber immer nur so, dass du kurz davor bist und diese leisen Geräusche machst.« Aus ihrem Mund drang ein kehliges Stöhnen, als er mit den Zähnen an ihrem Ohrläppchen knabberte. Er lachte dunkel und sexy. »Genau das meine ich. Es bedeutet, du bist zu heiß, um noch klar denken zu können. Und dann öffne ich dich.« Er stieß ein bisschen tiefer in sie hinein, sie schloss die Augen und spürte ein leichtes Brennen. »Ich werde dafür sorgen, dass alles ganz feucht und glitschig wird. Oh, Kate.« Er schluckte hörbar. »Wenn dir schon ein bisschen Daumen so gut gefällt, dann wirst du total darauf abfahren, wenn ich dich dort nehme.«

Es zuckte heiß in ihr.

Wie war das möglich? Ihr Körper zeigte deutliche Zeichen des Protestes, ihr Geschlecht fühlte sich weich und wund an, doch trotzdem war da dieses Verlangen, das sich mit jedem Wort von ihm noch verstärkte. Jedes Mal, wenn sein Oberkörper ihren Rücken berührte, wenn der Stoff seiner Hose an ihrem Oberschenkel kratzte – oh, zum Teufel, er hatte seine Hose immer noch nicht ganz ausgezogen. Sie zitterte, und ihre Klitoris pulsierte, während er mit ihrer Rosette spielte, sie ein letztes Mal umkreiste und dann den Finger aus ihr herausnahm und sie plötzlich mit einem leeren Gefühl zurückließ.

Und dann besaß er doch tatsächlich die Dreistigkeit, sie auf die Pobacke zu küssen.

»Aber nicht heute Abend«, sagte er. »Heute Abend ...« Er schob das Knie zwischen ihre Oberschenkel und spreizte sie weiter. Ihre Nippel strichen über die Matratze, als sie sich mit dem Oberkörper weiter nach unten beugte. Er löste die Hände von ihrem Po und schob zwei breite Finger tief in sie hinein, wodurch ein ganz anderes Gefühl des Ausgefülltseins in ihr entstand. »Heute Abend will ich dich hier vögeln.« Rylan beugte sich weiter vor, bis sich sein Schwanz heiß auf ihre Haut drückte.

Er hielt für eine Sekunde inne, und sie bemerkte, wie sie nach Luft schnappte.

»Ich werde dich schnell nehmen. Und hart. Und wenn ich in dir komme?«

»Ja?«

»Kommst du auch. Einmal noch für mich, Süße.«

Als er diesmal die Finger aus ihr herauszog, sackte sie zusammen. Wenn er sie nicht berührte, wurde sie butterweich. Hinter ihr hörte sie Stoff rascheln, dann wie eine Folie aufgerissen wurde. Ganz kurz überlegte sie, ihn davon abzuhalten. Sie hatte wieder angefangen, die Pille zu nehmen, seit sie zurück in der Stadt war, was während ihrer enthaltsamen Zeit ziemlich sinnlos gewesen war. Sie könnte ihm sagen, dass ...

Aber nein. Sich von ihm ungeschützt nehmen zu lassen, das war beim momentanen Status ihrer Beziehung ein bisschen viel.

Es dauerte nur einen kurzen Moment, bis er das Kondom übergestreift hatte, dann war er schon wieder über ihr. Seine Brust lag warm auf ihrem Rücken. Sein harter Schwanz drückte gegen ihren Schoß, und sie war bereit. Instinktiv wappnete sie sich.

Doch bevor er zum ersten Mal tief und mit Nachdruck in sie eindrang, zögerte er einen kurzen Moment. Er drückte die Stirn an ihre Schläfe, und seine Arme, die sie umschlossen hielten, zuckten.

»Ich habe dich so vermisst«, flüsterte er.

Und mit diesen Worten drang er in sie ein.

Ihr schwanden leicht die Sinne, und sie biss sich auf die Lippe. Sie hatte ganz vergessen, wie groß er war, und bereitete sich darauf vor, dass es wehtun würde. Doch er glitt ganz leicht in sie hinein, ihr Körper war offen und schlüpfrig.

Als er in sie eindrang, erwachte eine Erinnerung in ihr. Etwas, das tiefer war als die Tiefen ihres Geschlechts und härter als sein Daumen, der sich an ihrem Hintern vergnügt hatte.

Sie hatte es nicht vergessen, und auch nicht, was es bedeutet hatte.

In jenem Sommer in Paris waren sie sich so nahe gewesen. Jedenfalls dachte sie das. Und sie hatte ihn so sehr geliebt. Sie hatte sich ihm mit Leib und Seele hingegeben, und was hatte er ihr gegeben? Orgasmen natürlich. Aber nicht seine Lebensgeschichte. Er hatte sich zurückgehalten. Und jetzt war er hier und wollte mehr.

Er zog seine Hüften zurück, und die Bewegung, mit der er sich aus ihr herauszog, war ebenso intensiv wie das Gefühl, als er in sie eingedrungen war. Er schnaufte gequält, dann drang er wieder in sie ein.

»Verdammt, Kate, du fühlst dich sogar noch besser an, als ich gedacht habe.«

Er fühlte sich auch besser an, und das war das Problem.

Ein paarmal stieß er in einem langsamen, gleichmäßigen Rhythmus zu und berührte mit jedem Mal den Teil ihres Körpers, der ihn willkommen hieß, was dazu führte, dass sie die Beine für ihn spreizen und sich noch weiter für ihn öffnen wollte. Sie ballte die Hände fester zusammen, und ihre Vulva wurde immer wärmer und nasser.

Er drückte die Hüften an sie und hielt inne. »Bist du bereit?«

O Gott, als sie zum ersten Mal zusammen waren, hatte sie den Sex mit ihm so kompliziert gemacht, aber jetzt fühlte es sich an wie das Leichteste der Welt. Viel einfacher als das Chaos, das er in ihrem Herzen angerichtet hatte.

Sie nickte und schloss fest die Augen.

»Kate?«

»Mach schon.« Sie drängte sich gegen ihn, damit er noch ein kleines bisschen tiefer in sie vordrang. Wie konnte es nur sein, dass sich das sogar noch besser anfühlte, obwohl es sie innerlich schon zerriss? »Fick mich.«

Er stöhnte, doch anstatt es zu tun, anstatt zu tun, was er versprochen hatte und sie hart zu nehmen, legte er die Arme um sie und zog sie hoch. Sie wehrte sich. Da, wo sie war, fühlte sie sich wohl. Aber er setzte sich trotzdem auf die Fersen und zog sie mit sich nach oben, bis sie sich nirgendwo mehr verstecken konnte. Sie saß auf seinem Schoß, ihr Gewicht drückte sie noch tiefer auf ihn, und sie war seinen Blicken preisgegeben.

Er hielt sie fest. Verdammt, *er hielt sie fest.*

»Ich möchte spüren, dass du ganz bei mir bist, Kate.«

Sie lachte, und es klang auch in ihren eigenen Ohren hoch und verzweifelt. »Was denkst du denn, wo ich bin?«

»Ich habe keine Ahnung.« Er schüttelte den Kopf. Die Bartstoppeln kratzten über ihre Wange, als er sein Kinn an ihre Schulter kuschelte. »Ich hatte nur gerade das Gefühl, dass du ganz weit weg bist.«

Wenn sie weg war, dann dort, wohin er sie getrieben hatte.

Sie kaute auf ihrer Lippe. »Ich bin genau hier.« Und es tat weh.

»Dann bleib hier. Bitte.«

Er packte sie fester und spannte die Hüften an. Ja, sie konnten es tun.

»Bleib bei mir«, bat er noch einmal und nahm wieder seinen Rhythmus auf.

Aber aus ihrem Mund kam kein Wort. Sie hatten heute Abend schon so viel geredet. Sie hatte ihm gegeben, was er wollte. Konnte sie nicht wenigstens ein bisschen für sich behalten?

Als ob er spürte, dass er sie genug bedrängt hatte, verlangte er nun nichts mehr von ihr, und sie fanden in den Rhythmus des Auf und Ab ihrer Körper. Es war nicht der harte, wilde Ritt, den er ihr versprochen hatte – so, wie er sie auf sich bewegte, sie festhielt und ihr dabei half, ihn zu reiten, war ein intensives Erlebnis. Die Lust, die sie kaum mehr in sich erwartet hatte, bildete sich langsam in ihrem Unterleib, sie war so dicht davor und trotzdem noch nicht befriedigt.

Er durchbrach ihr Schweigen. »Berühr dich für mich«, sagte er heiser.

Früher hatte sie sich dieser Bitte widersetzt, diesmal war es jedoch viel zu leicht für sie, die Hand auf ihr Geschlecht zu legen und durch den glitschig-heißen Raum zwischen ihren Beinen zu gleiten. Sie strich mit den Fingerspitzen über seinen Schaft, der groß und hart in sie eindrang, und er stöhnte. Dann widmete sie sich ihrer Klitoris, und die Glut, die sich dort ansammelte, begann Funken zu schlagen.

»So ist es gut.« Er biss ihr in den Hals. »Genau so. Spür es. Lass es einfach raus.«

Das hatte sie vor. Sie war fest entschlossen, alles zu geben, wenn es so weit war.

Als sich ihr Höhepunkt näherte, warf sie den Kopf in den Nacken. Er fing ihn mit seiner breiten starken Schulter auf, sagte ihren Namen und liebkoste einmal ihren Nippel.

»Kate ...« Er schluckte, und schnappte nach Luft. »Ich ...«

Sie erreichten den Höhepunkt gemeinsam. Genau, wie er es vorhergesehen hatte. Ihr wurde schwarz vor Augen, ihre Muskeln verspannten sich, und eine viel zu tiefe Lust brach über sie herein. In ihrem zuckenden, festen Schoß begann auch er zu pulsieren.

Dann fasste er ihr Kinn, zog sie zu sich herum und küsste sie, und es kam ihr vor, als hätte sie seit Jahren auf diesen Kuss gewartet. Und während sie beide im Taumel der Lust erschauderten, hielt er ihr Gesicht in Händen und sah ihr unverwandt in die Augen.

Es war zu viel. Zu viel Nähe.

Sie musste sich schützen, musste in Deckung gehen.

Sie riss ihren Kopf los und schloss die Augen.

KAPITEL 3

Einen Moment rang Rylan um Atem. Verdammt, das hatte er gebraucht. Doch als sich Befriedigung in seinem Körper breitmachte, kehrten auch die Sorgen zurück und hinderten ihn daran, auf Wolke sieben davonzuschweben.

Der Sex war aufregend gewesen, aber auch ... anders. Kate hatte ihm die Kehrseite zuwenden wollen, und das war echt scharf gewesen. Aber das war nicht *sie*. Als sie sich in Paris begegnet waren, hatten Kate und ihre Probleme sie dazu veranlasst zu warten, bevor sie miteinander schliefen. Rylan hatte tagelang Geduld bewiesen und war am Ende in eine Verbindung hineingestolpert, aus der er sich nicht mehr hatte befreien können – eine, die er noch nicht einmal gewollt hatte. Mit Kate zusammen zu sein, war so viel besser als alles, was er mit anderen Frauen erlebt hatte. Am liebsten hätte er die Vorsicht in den Wind geschossen und sich über alles hinweggesetzt, was seine Familie ihm jemals beigebracht hatte: dass Liebe nur eine Einladung dazu war, verlassen oder benutzt zu werden.

Aber vielleicht wollte Kate aussteigen.

Er strich mit dem Daumen über ihre Wange, damit sie die Augen aufschlug, doch es war zwecklos. Sie hatte die Lider geschlossen und sich abgewandt, sobald ihr Höhepunkt nachgelassen hatte. Sie versteckte sich vor ihm, hielt ihn auf Abstand, und er spürte ein schmerzhaftes Ziehen in seiner Brust.

Und eine lodernde Wut auf sich selbst. Es war alles seine Schuld, und ihm war klar, dass er es auch wieder in Ordnung bringen musste. Wenigstens hatte sie eingewilligt, ihm noch eine Chance zu geben. Doch der sanft ansteigende Weg zur Vergebung, auf dem er sich wähnte, wurde mit einem Mal ziemlich steil. Er schluckte mühsam und ließ den Kopf hängen, lockerte seine feste Umarmung und legte die Stirn an Kates Schläfe.

Wie sollte er das nur angehen?

Doch bevor er überhaupt anfangen konnte, sich Gedanken zu machen, hob sie den Arm und wischte sich über die Augen. Er erschrak und löste sich so weit von ihr, dass er sie richtig ansehen konnte. In ihren Wimpern hingen Tränen.

»Süße …«

Kate schüttelte den Kopf. »Alles in Ordnung.« Sie tätschelte seinen Arm und entzog sich ihm. Rylan ballte die Hände zu Fäusten, um sie nicht wieder an sich zu ziehen. »Das ist nur alles etwas viel, verstehst du?«

Natürlich verstand er das.

Sie stieg von seinem Schoß, und er glitt aus ihr heraus und spürte die kalte Luft dort, wo er gerade noch sie gespürt hatte. Kate wandte ihm den Rücken zu und kroch ans Ende des Bettes, wo ein Karton Taschentücher stand. Sie kam ihm unendlich weit weg vor.

Ohne ihn anzusehen, reichte sie ihm den Karton. Er zog ein paar Taschentücher heraus und kümmerte sich um das Kondom. Die Stille dröhnte in seinen Ohren.

Zwischen ihnen hatte noch nie eine so seltsam unbehagliche Stimmung geherrscht.

Nun, er würde dafür sorgen, dass es nicht so blieb.

Sie hatte schon ihr T-Shirt vom Fußboden aufgehoben, doch bevor sie es sich überstreifen konnte, krabbelte er auf allen vieren zu ihr hinüber. Er warf das Knäuel Taschentücher in den Papierkorb, dann wickelte er die Arme um sie, zog ihr das Kleidungsstück aus den Händen und warf es quer durchs Zimmer.

»Hey ...«

»Das brauchst du nicht.« Er küsste sie hinters Ohr.

Sie taxierte ihn mit hochgezogener Braue. »Es ist ein bisschen kühl hier.«

»Dafür bin ich ja da.« Er und ein Haufen Decken. Rylan versuchte sie dazu zu bewegen, sich neben ihn zu legen, doch sie schüttelte den Kopf.

»Ich würde einschlafen.«

Sein Herz machte einen Satz. Das klang hervorragend, um ehrlich zu sein. Kühl oder nicht – ohne sie war sein Bett schon seit Monaten kalt gewesen. »Und was wäre daran so schlimm?«

Sie wandte den Blick ab. »Wo willst du überhaupt schlafen?«

Es dauerte eine Sekunde, bis der Groschen fiel. Rylan holte tief Luft und biss die Zähne zusammen. Sein Koffer stand in der Ecke, wo er ihn abgestellt hatte, und strahlte eine naive Zuversicht aus. Obdachlos.

»Ehrlich gesagt, habe ich mir das noch gar nicht überlegt.« Er streichelte ihr Arme und bemühte sich, den Mund zu entspannen, weich zu klingen, um seine Enttäuschung zu überspielen.

Im Grunde hatte er gar nicht damit gerechnet, dass sie ihn zum Bleiben auffordern würde. Andererseits hatte er aber auch nicht erwartet, dass sie das *nicht* tun würde.

»Oh«, sagte sie.

»Ich war zu beschäftigt. Schließlich musste ich mich beeilen, um zu einem Mädchen zu kommen.«

Er strich ihr das Haar aus dem Gesicht. So konnte er sie besser sehen, doch anders als zuvor wirkte sie undurchdringlich.

Und dann knurrte ihr Magen laut und vernehmlich.

Das riss ihn aus seinen Gedanken. »Ähm ...«

»Still.« Sie lachte kurz auf, rieb sich mit der Handfläche über die Augen und deutete vage in Richtung Küche. »Ich bin kaum dazu gekommen, meine schreckliche Suppe zu essen.«

Ach ja. Sie hatte auf Ramen zum Abendessen bestanden, irgend so ein Tütenzeug, das nach Salz und Verzweiflung schmeckte. Und als er versucht hatte, vor ihr zu verbergen, wie furchtbar er das Essen fand, war sie aus der Haut gefahren – als ob Instantnudeln der Kern ihrer Probleme wären.

Dabei hatte er ihr im Grunde einen Gefallen getan, als er ihr den Teller aus der Hand nahm. »Gern geschehen?«

»Kaum. Ich habe hier nicht so viel Essbares.«

Vielleicht konnte er ihr anbieten, für sie einkaufen zu gehen, schoss es ihm durch den Kopf – ob sie überhaupt jemals kochte? Jetzt waren sie sich schon so nah gekommen, und es gab immer noch so vieles in ihrem Leben, von dem er keine Ahnung hatte. Aber er wollte es gern herausfinden.

In Paris gab es so viel zu sehen, aber sowohl draußen in der Stadt als auch drinnen in ihrem Hotelzimmer hatten sie sich allein auf die Höhepunkte konzentriert.

Jetzt wollte er die ungekürzte Version. Den Reiseführer mit den Insidertipps. Den Blick auf eine Stadt, auf diese Frau, den man erst nach jahrelangem Erkunden erhielt. Er wollte alles entdecken, was es über sie zu wissen gab, Schritt für Schritt. Sie musste ihm bloß die Chance dazu geben.

Fürs Erste umarmte er sie noch fester und presste seine Lippen auf ihre Wange. »Bestell doch etwas.« Er zögerte einen Moment, dann fügte er hinzu: »Es geht auf mich.«

Sie verdrehte die Augen, aber wenigstens rastete sie nicht aus. »Das ist nicht nötig, das weißt du.«

»Natürlich weiß ich das.« Konnte sie es nicht verstehen? »Ich möchte es aber.«

Diesmal wollte er nicht verbergen, wer er wirklich war. Das hatte er ihr bereits versprochen. Wenn Geld für ihn keine Rolle spielte, warum sollte er es dann nicht für sie ausgeben?

»Komm schon«, sagte er. »Irgendwas Einfaches. Wie wär's mit Pizza?« Das war doch eine gute Idee. Er legte sein Kinn auf ihre Schulter und schmollte geradezu. »Ich hatte seit fast einem Jahr keine vernünftige New Yorker Pizza mehr.«

»Na, das ist ja wirklich ein Verbrechen.« Sie klang spöttisch, aber da war noch etwas anderes.

Also griff er zu seiner Geheimwaffe. Er drückte ihr einen Kuss hinters Ohr und sagte leise, aber leidenschaftlich: »Bitte?«

Sein warmer Atem auf ihrer Haut ließ Kate schaudern.

Das Angebot war wirklich verführerisch. Sie hatte Hunger, und der Gedanke, sich ein wenig von ihm verwöhnen zu lassen, ließ ihr müdes, geschundenes Herz wohlig seufzen.

Aber wenn sie jetzt eine Pizza bestellten, mussten sie warten, bis sie geliefert wurde. Was bedeutete, dass sie noch länger mit ihm allein war – vermutlich nackt, wenn sie seine Reaktion auf ihren letzten Versuch, sich etwas anzuziehen, richtig deutete. Sie fühlte sich so verletzlich, dass ihr nicht wohl in ihrer Haut war. So konnte sie sich nicht schützen, und dabei musste sie genau das diesmal unbedingt tun.

»Tatsächlich …« Ihre Stimme klang angespannt, und es schnürte ihr vor Verlegenheit die Kehle zu.

Seine Arme, die er um sie gelegt hatte, wurden steif.

Mit knurrendem Magen wand sie sich aus seiner Umarmung und ging, ohne ihn anzusehen, quer durchs Zimmer an die Stelle, wo er ihr Oberteil hingeworfen hatte. Sie hob es auf und zog es über. Es war so lang, dass sie sich wenigstens etwas bedeckt fühlte.

»Tatsächlich?«, hakte er nach.

Sie riss sich zusammen, verschränkte die Arme vor der Brust und drehte sich zu ihm um. »Tatsächlich habe ich noch eine Menge zu erledigen.«

Er schien verwirrt. »Aber du hast doch gerade gesagt, dass du nichts gegessen hast. Es geht doch nur ums Abendessen.«

Genau. Nur ums Abendessen. Denn auch wenn es ihr irgendwie gelang, die Wartezeit und das Essen mit diesem Mann zu überstehen, wusste sie genau, wie er danach weitermachen würde. Und wie schwach sie sein konnte. Nach der ersten Runde war sie erschöpft und befriedigt, doch ein einziger Blick von ihm genügte, und schon war sie bereit zur zweiten Runde – und nachdem sie gerade eine so lange Dürrezeit durchlebt hatte, kam es womöglich sogar noch zu einer dritten.

Und dann lägen sie beide nackt in ihrem Bett – sie erschöpft, und er noch immer ohne einen Platz zum Schlafen. Warum sollte er also nicht gleich bei ihr bleiben? Nur für diese eine Nacht?

Und wieder lief ihr ein Schauer über den Rücken.

Genau so war es in Paris abgelaufen, als sie einander begegnet waren und eine Sehenswürdigkeit nach der anderen besucht hatten, bis es sich völlig normal angefühlt hatte, in jeder wachen Minute zusammen zu sein. So lange, bis Kate Rylan schließlich hatte wegschicken müssen, nur um ein paar Stunden Zeit fürs Zeichnen zu haben.

Irgendwie hatte sie diese ganze gemeinsame Zeit vollkommen missverstanden. Dass er sie überzeugt hatte, ihm all diese Dinge von sich zu erzählen, hatte sie für Vertrautheit gehalten. Seine knappen, vorsichtigen Antworten auf ihre einfachsten Fragen für gleichwertig. So hatte er es geschafft, ihr das Herz zu brechen.

Diesmal musste sie ihn auf Abstand halten, ganz gleich, wie groß die Versuchung war. Später würde sie noch dankbar für ihre Disziplin sein.

Sie stellte sich gerade hin, drückte die Schultern durch und hob ihr Kinn. »Wie schon gesagt, ich habe noch zu tun.« Matt deutete sie auf die vielen mit Leinwand bespannten Keilrahmen, die an der Wand lehnten. »Ich habe eine Hausaufgabe in einem meiner Kurse, und ...«

»Dann machst du es jetzt also doch«, fiel er ihr ins Wort. Er klang so verblüfft, dass sie innehielt. »Du gehst auf die Akademie.«

O ja, das stimmte. Als sie sich das letzte Mal gesehen hatten, war sie noch nicht sicher gewesen, ob sie einen Bürojob annehmen oder ihren Master machen sollte.

»Ja.« Sie nickte unruhig. »Meine Reise nach Paris war wirklich erfolgreich.« Ihr Herz war ein Trümmerfeld gewesen, aber ihr Skizzenbuch quoll geradezu über. »Und du hast gesagt ...«

Es war das einzig Gute gewesen, das bei der ganzen traurigen Geschichte herausgekommen war. Rylan hatte sich in aller Ruhe ihre Zeichnungen angesehen und ihr gesagt, dass sie verrückt wäre, wenn sie nicht versuchte, ihre Träume zu verwirklichen.

Sie benetzte die Lippen und sah ihm in die Augen. »Als ich dir erzählt habe, dass ich darüber nachdenke, hast du so getan, als ob ich überhaupt keine Wahl hätte. Das hat mir ...« Er hatte ihr den letzten Schuss Selbstvertrauen gegeben, den sie gebraucht hatte. »... das hat mir sehr viel bedeutet.«

»Das freut mich riesig.« Seine Augen strahlten. »Ich habe die ganze Zeit gehofft, dass du die richtige Entscheidung getroffen hast.«

Sie rollte innerlich mit den Augen. »Ich bin mir immer noch nicht ganz sicher, ob es die richtige war ...«

»Aber ich.«

Dass er nach all der Zeit immer noch unerschütterlich an sie glaubte, drohte Kates Widerstand zu brechen. Doch sie musste stark bleiben.

»Freut mich, dass du so denkst«, sagte sie und drückte wieder die Schultern durch. »Aber es ist enorm viel Druck und eine Menge Arbeit, und ich glaube einfach nicht, dass es so eine gute Idee ist, wenn wir uns jetzt beide eine Pizza kommen lassen.«

Er legte den Kopf auf die Seite, und schien zu versuchen, in sie hineinzusehen. Doch anstatt mit ihr zu diskutieren, stand er plötzlich auf. In ihrem Hals bildete sich ein Kloß, als er sich zu voller Größe aufrichtete und die Muskeln über seiner Brust spielten, während er seine Boxershorts und die Hose einsammelte, sie überstreifte und dann zu ihr trat und sich hinunterbeugte, um ihr in die Augen zu sehen. »Warum?«

Sie blinzelte ihn ungläubig an. »Wie bitte?«

»Warum? Hier geht es nicht darum, dass du zu viel zu tun hast, also versuche nicht, mir das einzureden.«

Eine irrationale Panik schnürte ihr die Kehle zu. »Ich weiß nicht, was du meinst.«

»Du willst, dass ich gehe. Und ich möchte, dass du mir sagst, warum.« Er sagte das so, als wäre es völlig normal, danach zu fragen.

Vielleicht war es gerade das, was sie aus ihrer Starre befreite. Sie löste die Arme vor ihrer Brust, ließ sie an den Seiten herunterhängen und wich vor ihm zurück.

»Weil ... weil ... du nicht einfach hier aufkreuzen kannst, als wäre nichts gewesen«, stammelte sie. »Das habe ich dir schon gesagt, als ich dich reingelassen habe. Ich bin immer noch ... mein Gott, ich bin immer noch so wütend auf dich, ich könnte dich ...« Was könnte sie? Ihn schütteln? Ihm eine verpassen?

Sie trat noch einen weiteren Schritt zurück und grub die Nägel in ihre Handflächen.

»Weil ich dir nicht vertraue.« Die Worte hallten in ihrer Brust wider, denn genau darauf lief es hinaus. »Ich weiß, dass zwischen uns etwas Besonderes war.« Es hatte zwischen ihnen eine Verbindung gegeben, die sie noch nie zuvor gespürt hatte, aber seit sie herausgefunden hatte, dass es nicht auf Gegenseitigkeit beruhte – jedenfalls nicht so offen und ehrlich, wie sie vermutet hatte –, konnte es nicht mehr so sein wie zuvor. Es ging einfach nicht. Ganz gleich, wie sehr er versuchte, so zu tun als ob. »Zwischen uns lief etwas wirklich Unglaubliches, aber du kannst nicht einfach bitte, bitte sagen, und schon ist wieder alles wieder so wie früher.«

»Aber ich habe dir doch gesagt, ich würde alles tun, um mir dein Vertrauen wieder zu verdienen.«

»Und heute Nacht tust du das am besten, indem du gehst.«

Er machte große Augen, und einen Moment lang taxierten sie sich gegenseitig.

Dann trat er mit all seiner kraftvollen Eleganz zielstrebig auf sie zu. Sie wich nicht zurück und gab sich alle Mühe, ihm nicht zu zeigen, dass sie innerlich zitterte wie Espenlaub.

Er legte ihr die Hand um den Nacken und zog sie für einen sanften zärtlichen Kurs zu sich heran.

Nach einer Minute ließ er sie los, und ihr Herz rebellierte. Sie räusperte sich, doch das änderte nichts an dem Nebel, der in ihrem Kopf waberte. »Ich brauche einfach etwas Zeit«, sagte sie. Und Abstand, damit sie hoffen konnte, ihre Gefühle wieder in den Griff zu bekommen, wenn sie wie jetzt zu Pudding in seinen Händen wurde. »Ich muss das hier erst mal verarbeiten.« Sie deutete auf sich und ihn.

»Da hast du recht.« Er lächelte traurig. »Und Zeit ist genau das, was ich mir von dir wünsche. Ich brauche Zeit, dir zu beweisen, dass ich es wert bin.« Sieben Dates, um genau zu sein. »Es wäre nicht richtig, wenn ich dir nicht die Zeit geben würde, in Ruhe über alles nachzudenken.« Er ließ die Hand sinken, und die Stelle, an der er sie berührt hatte, brannte. »Aber glaube nicht, dass ich es gern tue.«

Wenn sie ehrlich war, tat sie es auch nicht besonders gern. Aber sie durfte jetzt nicht schwach werden.

Kate sah zu, wie Rylan sich anzog. Nur den Schlips ließ er lose um den Hals hängen. Als er mit allem fertig war, sah er sie an, und etwas in seinem Blick brach.

»Es geht nicht nur ums Geld, oder?«

»Wie bitte?«

»Das ist nicht der Grund, warum du mich nicht hierhaben willst. Denn darauf kommt es nicht an. Ich wäre mit dir in einem Hotel in Paris genauso glücklich wie in einem Atelier in Brooklyn oder in irgendeiner Höhle. Das ist alles nebensächlich.«

So etwas konnte nur jemand sagen, der Geld besaß. Plötzlich spürte sie ihre eigene Armut wie ein Stigma.

»Es geht nicht ums Geld«, brachte sie heraus.

»In Ordnung.« Er gab ihr einen letzten Kuss. Seine Zunge liebkoste zärtlich ihren Mund, sein Körper war hart und muskulös, wo er ihn an sie drückte.

Doch bevor sie ihre Entscheidung überdenken oder die Glut, die er unter ihrer Haut entfachte, auflodern konnte, entzog sie sich ihm. Er hinderte sie daran, sich allzu weit von ihm zu entfernen, beugte sich vor und legte seine Stirn an ihre. »Noch sechs Dates?«

Ihr wurde flau im Magen. Es klang nach zu viel, und nach zu wenig. Aber vielleicht – je nachdem, wie sie liefen – reichten sie auch aus, um herauszufinden, wer er wirklich war. Ob sie beide überhaupt mehr waren als eine Fantasie.

Und ob es ein Fehler gewesen war, ihn wieder so nah an sich heranzulassen.

Sie nickte. »Das habe ich gesagt.«

»Dann sollte die nächste Nacht möglichst bald folgen. Und ... Kate?« In der Art, wie er ihren Namen aussprach, klang eine stille Verzweiflung an. Sie spürte es auch an der Weise, wie er sie an sich heranzog.

»Ja?«

»Das nächste Mal, wenn du mir erlaubst, mit dir ins Bett zu gehen ...« Seine Augen verwandelten sich in flüssige Lavabecken. »Wirst du niemals vergessen. Das schwöre ich dir.«

Und dann ging er und ließ sie an der Wand stehen, ohne die sie zusammengesackt wäre. Er nahm den Griff seines Rollkoffers und zog ihn zum Eingang, von wo aus er ihr noch einen letzten Blick über seine Schulter zuwarf, bevor er die Tür aufstieß.

Die Tür fiel hinter ihm ins Schloss und saugte alle Luft aus der Wohnung. Und plötzlich war Kates Leben wieder genau so, wie es gewesen war, bevor Rylan hereinspaziert war. Und doch hatte sich alles verändert.

Sie fragte sich, was zum Teufel gerade geschehen war.

Und was um Himmels willen sie jetzt tun wollte.

KAPITEL 4 Kaum hielt das Taxi am Straßenrand, riss Rylan auch schon die Tür auf und setzte den Fuß auf den Bordstein. Hinter der Scheibe bot ihm der Fahrer an, ihm mit dem Gepäck zu helfen, doch Rylan winkte mit zusammengebissenen Zähnen wortlos ab, um nichts Unfreundliches zu sagen. Den Taxifahrer traf nun wirklich keine Schuld.

Rylan hatte sich das alles ganz allein zuzuschreiben.

Und doch gab es einen kleinen wütenden Teil in ihm, der ihm immer wieder vor Augen führte, wie Kate ihn abgewiesen und hinausgeworfen hatte. Den Blick, mit dem sie ihn gebeten hatte, ihr Zeit zu lassen.

Verdammt noch mal, er hatte sie geradezu *angefleht,* ihm eine zweite Chance zu geben. Diesmal wollte er ihr wirklich alles sagen. Alles, was sie von ihm wissen wollte. Aber der Abstand zwischen ihnen, den er sogar in dem Moment gespürt hatte, als er in sie eindrang, war geblieben, und als er ihr mehr geboten hatte, hatte sie ihm praktisch die Tür vor der Nase zugeschlagen.

Er fasste den Griff seines Rollkoffers, trat auf den Bürgersteig, atmete tief durch und seufzte missmutig.

Wie war er bloß auf die Idee gekommen, sich ausgerechnet hierher bringen zu lassen? Er schüttelte den Kopf und straffte die Schultern. Allzu viele Optionen blieben ihm schließlich nicht. Kate wollte ihn nicht bei sich haben, und die Vorstellung, sich in ein anonymes Hotelzimmer zurückzuziehen, gefiel ihm überhaupt nicht. Seine eigene Wohnung hatte er schon lange aufgegeben und kurzerhand verkauft, als er beschlossen hatte, nie wieder in diese Stadt zurückzukehren. Alle seine Besitztümer befanden sich entweder noch in Paris oder in irgendwelchen Kartons in einem Lagerraum in der Villa, und ... dorthin wollte er unter keinen Umständen zurück.

Nein, das hier war das Beste, was er tun konnte.

Er marschierte am Portier vorbei, ohne stehen zu bleiben und sich anzumelden.

Was für diesen offenbar ein Alarmsignal war. Der Kerl rannte sofort hinter ihm her. »Kann ich Ihnen helfen, Sir?«

»Zu Alexis Bellamy«, sagte Rylan, ohne anzuhalten.

»Ich habe keinerlei Informationen, dass sie jemanden erwartet.«

»Sie erwartet mich.«

Vielleicht stimmte das sogar. Er hatte ihr Angebot, bei ihr zu wohnen, abgelehnt, weil er gehofft hatte, dass Kate ihn bei sich aufnehmen würde. Alexis hatte jedoch nicht ganz so überzeugt gewirkt wie er selbst. Der Portier folgte ihm zum Fahrstuhl. Allmählich verlor er die Fassung, weil Rylan einfach weiterging, ohne auf ihn zu reagieren. »Und wen soll ich melden?«

»Ihren Bruder.«

Rylan drückte den Knopf für Lexies Etage, und die Fahrstuhltüren schlossen sich hinter ihm. Als es nach oben ging, atmete er tief durch und bereitete sich auf das vor, was ihn erwartete.

Kurz darauf ertönte die Glocke. Die Türen gingen auf,

und seine Schwester stand im Eingang zu ihrem Penthouse. Sie war in einen rosafarbenen Seidenmorgenrock gehüllt, hielt das Telefon in der Hand und grinste von einem Ohr zum anderen.

»Ich dachte, du würdest ›schon ein Plätzchen finden‹«, spottete sie.

Er gab sich Mühe, nicht die Augen zu verdrehen. »Ich habe es schließlich hierher geschafft, oder nicht?«

»Ich glaube, Lawrence unten hat deinetwegen einen Herzinfarkt bekommen.« Sie trat einen Schritt zur Seite, um ihn hereinzulassen. »Wahrscheinlich dachte er, du wolltest mich umbringen.«

»Dann wollen wir doch mal sehen, ob er nicht am Ende recht behält.«

Mit einem bitteren Geschmack auf der Zunge trat Rylan ein. Er war schon einmal hier gewesen, als seine Schwester die Wohnung gerade gekauft hatte. Damals hatte hier gähnende Leere geherrscht, was man heute ganz sicher nicht mehr behaupten konnte.

Mein Gott, es sah genauso aus wie die Wohnung ihrer Mutter in Paris. Moderne Möbel, weißer Teppich und überall roséfarbene Akzente. Asiatische Einflüsse genau dort, wo sie sein sollten. Das hier war kein Zuhause – das war eine Inszenierung.

Wie ihre ganze verfluchte Familie. Wie ihr ganzes verdammtes Leben.

»Schön, was du aus der Wohnung gemacht hast«, stieß er zähneknirschend hervor. »Hat Mutter dir geholfen?«

»Sie hat mir jemanden vermittelt.«

Also ein Innenarchitekt. »Hast du schon mal darüber nachgedacht, dich selbst einzurichten?«

Als sie nicht antwortete, drehte er sich zu ihr um. Sie zog die Stirn kraus und hatte den Kopf zur Seite geneigt. »Warum sollte ich?«

Er wandte sich wieder von ihr ab. »Ach, keine Ahnung.«

Mit diesen Worten griff er wieder nach seinem Koffer und steuerte auf den Flur zu.

»Letzte Tür links«, rief sie ihm hinterher.

»Alles klar.«

Wahrscheinlich blieb er am besten gleich im Zimmer. Wenn er ihr Verhör auf morgen verschob, wurde zwar alles noch schlimmer, doch er konnte sich dem momentan einfach nicht aussetzen. Er hatte sich heute bereits gegen einen Konferenzraum voller Männer behauptet, die ihn, ohne mit der Wimper zu zucken, am liebsten bei lebendigem Leibe verspeist hätten. Er war vor einer Frau auf die Knie gegangen, die ihn dazu gebracht hatte, sein Leben wieder in die Hand zu nehmen, sich aber weigerte, ihm zu vertrauen. Rylan schloss sich in Lexies Gästezimmer ein, ließ seine Tasche fallen und schob den Koffer zur Seite. Dann raufte er sich die Haare und rang um Atem.

Doch hier gab es einfach nicht genügend Luft. Es war nur ein nichtssagender, repräsentativer Raum von der Person, mit der ihn noch am ehesten familiäre Gefühle verbanden.

Er hatte ein furchtbares Chaos angerichtet, als er vor sich selbst davongelaufen war. Jetzt noch einmal von vorne anzufangen und sein Leben zurückzuerobern – er hatte nicht erwartet, dass es leicht werden würde.

Doch dass es so schwer sein würde, hatte er nicht geahnt.

»Verdammt.« Kate eilte die Straße hinunter, die Fußgängerampel war schon auf Rot gesprungen, als das Telefon an ihrer Hüfte klingelte. Zu spät, zu spät, sie kam schon viel zu spät. Während sie versuchte, die Straße im Blick zu behalten, schob sie sich die Tasche höher auf die Schulter und griff hinein.

Was, wenn es Rylan war? Das Herz klopfte ihr bis zum Hals.

Dann verfluchte sie sich innerlich. Letzte Nacht erst hatte sie ihn gebeten, ihr etwas Zeit zu lassen. Wenn er sie jetzt schon anrief, sollte sie *wütend* sein. Dennoch ging ihr das Herz auf, wenn sie nur daran dachte, dass er es sein könnte. Wie albern.

Noch alberner war ihre Enttäuschung, als sie sah, dass ihre Mutter anrief.

Kate machte sich auf das Schlimmste gefasst, klappte das Telefon auf und hielt es sich ans Ohr. »Hey.«

»Oh, schön, dass ich dich erwische.« Ihre Mutter machte eine kleine Pause. »Hast du heute Nachmittag keinen Unterricht?«

Kate biss die Zähne zusammen. »Bin gerade auf dem Weg.«

Es war schon komisch – ihre Mutter hatte ihr nie direkt gesagt, dass sie Kates Entschluss, ihren Master zu machen, für falsch hielt, doch jedes Mal, wenn sie das Studium erwähnte, hatte sie so einen gewissen Unterton in der Stimme.

»Okay, dann will ich dich nicht aufhalten.« Schon wieder dieser Tonfall. »Ich wollte dir nur sagen, dass ich den Flug wie in der E-Mail geschrieben gebucht habe.«

Kate eilte ins Gebäude der Kunstakademie und steuerte auf die Treppe zu. »Ach ja? Das ist ja toll.«

»Ich kann es kaum erwarten, dich zu sehen.«

»Ich auch nicht.« Und das meinte sie so. Ihre Mutter hatte im Frühling nicht zu ihrer Abschlussfeier kommen können, und seitdem versuchten sie, einen Termin für ihren Besuch zu finden. Aber ihre Mutter arbeitete so schrecklich viel. Kates Brust schnürte sich zusammen. Ihre Mutter hatte immer schwer gearbeitet und so viele Doppelschichten geschoben wie möglich, um sich und Kate durchzufüttern.

Sie hatte Kate gelehrt, wie wichtig es war, unabhängig zu sein und für sich selbst zu sorgen. Weil man sich nie ganz auf jemand anderen verlassen konnte. Das hatten sie beide von Kates Vater gelernt.

Plötzlich vermisste Kate ihre Mutter so sehr, dass ihr fast schwarz vor Augen wurde. Es kam ihr gerade alles so verwirrend vor – Rylan, der wie aus dem Nichts plötzlich wieder aufgetaucht war, und sie selbst, die tatsächlich auf die Kunstakademie ging. Dass ihre Mutter gelegentlich anderer Meinung war, spielte jetzt keine Rolle. Es war gut, seine Mutter in der Nähe zu haben. Es gab einem Halt und erinnerte einen daran, wer man war.

Oben an der Treppe angelangt, blieb Kate einen Augenblick stehen und ließ die anderen an sich vorbeilaufen. Sie lehnte sich an die Wand, hielt das Telefon an ihr Ohr und schloss für einen Moment die Augen.

Als sie sie öffnete, konnte sie wieder klar sehen, obwohl ihre Stimme noch etwas belegt klang. »Tut mir leid, Mom. Ich muss jetzt Schluss machen. Aber wir sprechen bald wieder, okay?« Sie stockte kurz. »Dann erzählen wir uns alles, ja?«

Es gab so vieles, was sie ihrer Mutter nicht gesagt hatte. Damals war es sicher die richtige Entscheidung gewesen, das Desaster, zu dem sich ihre Affäre mit Rylan entwickelt hatte, geheim zu halten, doch wenn er jetzt tatsächlich in ihr Leben zurückkehrte ... Wie lange würde sie in der Lage sein, den Mund zu halten? Wie lange würde sie die Ängste und Sorgen über ihre Kunst und ihre Liebe, über ihre Zukunft für sich behalten können?

Sie spürte durchs Telefon, dass ihre Mutter lächelte. »Verlass dich darauf. Und wir sehen uns bald. Nur noch ein paar Wochen.«

Kate verabschiedete sich und legte auf. Danach brauchte sie geschlagene zehn Sekunden, bis sie sich so weit gefasst hatte, dass sie weitergehen konnte.

Es stellte sich heraus, dass sie bei ihrem Spurt über den Campus mehr Zeit aufgeholt hatte, als gedacht. Sie schlich sich zu ihren Kommilitonen in den Zeichenraum, wo das wöchentliche Seminar stattfand. Professor Robinson stand noch hinten in der Ecke und unterhielt sich mit einer der Studentinnen. Erleichtert drosselte Kate ihr Tempo. Am Rand einer Studentengruppe saß ihr Freund Liam. Er zog eine Augenbraue hoch und winkte ihr unauffällig zu.

Oh Mist. Liam.

Am liebsten hätte sich Kate hingesetzt und laut gelacht oder vielleicht auch geweint. Vor weniger als vierundzwanzig Stunden hatte ihr bester Freund in der Klasse sie gefragt, ob sie nicht Lust hätte, mit ihm auszugehen. Das war, bevor Rylan zurückgekehrt war, ihr den vielleicht besten, aber auch verwirrendsten Sex beschert und ihr ganzes Leben auf den Kopf gestellt hatte. Liam hatte sich nicht klar geäußert, aber es war nicht auszuschließen, dass er mehr als nur ein guter Freund für sie sein wollte. Sie hatte gezögert und ihn enttäuscht, sich aber eine Tür offen gelassen.

Normalerweise würde sie an nichts anderes denken. Doch jetzt hatte sie es völlig vergessen. Sie verlangsamte ihren bemüht lässigen Gang noch weiter, bis sie sich nur noch im Schneckentempo vorwärtsbewegte. Liam senkte seine Braue, und zwischen seinen grauen Augen erschien eine steile Falte, woraufhin sich Kates Magen vor Schuldgefühlen und Scham verkrampfte.

Liam war ein netter Kerl. Eigentlich betrachtete sie ihn nur als guten Freund, aber es war nicht ausgeschlossen gewesen, dass mehr daraus hätte werden können. Im Laufe der letzten Wochen hatten sie einander sowohl als Menschen als auch als Künstler besser kennengelernt. In Cafés, in Bars und von Staffelei zu Staffelei hatten sie miteinander geredet.

Und dann hatte sie alles vergessen und war wieder mit dem Kerl ins Bett gestiegen, der ihr so gut wie gar nichts von sich selbst erzählt hatte.

Sie fühlte sich wie der letzte Dreck.

Ohne Liam anzusehen, zog sie einen Hocker auf den freien Platz neben seinem.

»Hey.« Er stupste sie mit dem Ellbogen an und deutete mit dem Kopf zur Uhr. Eigentlich hatte der Unterricht schon vor einigen Minuten begonnen. »Du bist ziemlich knapp dran.«

»Ja. Ich komme schon den ganzen Tag überall zu spät.« Erst hatte sie nach einer schrecklich unruhigen Nacht den Wecker nicht gehört, dann in ihrer Verwirrung drei Bestellungen durcheinandergebracht und sich dafür bereiterklärt, Geschirr abzuräumen, und schließlich war ihr auch noch die Bahn vor der Nase weggefahren.

Die Falten auf seiner Stirn wurden tiefer. »Ist alles okay?«

Ihre Kehle schnürte sich zusammen. Wo sollte sie anfangen?

Doch sie hatte Glück – sie brauchte gar nichts zu sagen. Denn in diesem Moment kam Professor Robinson nach vorn und stellte sich entschuldigend vor die Klasse. Liam warf Kate einen fragenden Blick zu, doch sie schüttelte den Kopf. Selbst wenn sie bereit wäre, ihm ihr Herz auszuschütten, konnte sie das jetzt nicht tun. Nicht so.

Schon gar nicht, wenn sich Robinson auf ihren Hocker setzte und an alle wandte: »Sicher haben Sie schon gehört, dass wir heute etwas Besonderes zu verkünden haben.«

Kate richtete sich auf. Seit einer Woche wurde ständig davon geredet.

»Im Grunde ist es so etwas wie ein Wettbewerb.« Professor Robinson öffnete einen Aktendeckel, nahm einen Packen Fotokopien heraus und zählte für jeden ein Blatt ab, dann ließ sie den Stapel herumgehen. Kate nahm sich eine Kopie und vermied es, dabei Liams Hand zu berühren.

Sie überflog das Papier, und ihr Puls beschleunigte sich.

»Ein Stipendium«, erklärte Professor Robinson.

Es ging um einen gewaltigen Zuschuss zu den Studiengebühren für die verbleibenden Semester sowie Einladungen zu Networking-Veranstaltungen mit Galeriebesitzern und arrivierten Künstlern der Stadt. Kate verschwamm der Blick. Mehr brauchte sie nicht zu wissen.

Das war es. Die Gelegenheit, auf die sie gewartet hatte. Ein Tritt in den Hintern, der sie aus ihrem kreativen Trott herausholte. Die Chance zu beweisen, dass sich ihre Mutter keine Sorgen zu machen brauchte. Und die perfekte Starthilfe, um wirklich etwas aus sich zu machen.

Sie musste einfach gewinnen.

»Ich muss Sie warnen.« Professor Robinson rückte sich die Brille zurecht. »Der Wettbewerb ist hart. Jeder Kandidat, der an dem Auswahlprozess teilnehmen will, wird anhand aktueller Arbeiten bewertet. Abgabetermin ist vor Thanksgiving. Die Juroren haben das Thema des diesjährigen Wettbewerbs ausgewählt. Es lautet …«, sie blickte nach unten und las es vom Blatt ab, »… Heilige Räume.«

Heilige Räume. Kates Gedanken rasten. Ihr Weg zu dem neuen künstlerischen Ausdruck, an dem sie gerade arbeitete, hatte in der Basilika von Sacré-Cœur auf dem Montmartre begonnen. Seit sie zurück in New York war, hatte sie Stadtlandschaften erschaffen. Das Bild, das gerade auf ihrer Staffelei stand, zeigte sogar eine Kirche. Es war eine wortwörtliche Interpretation, doch von da aus konnte sie weitermachen. Das war ein guter Ausgangspunkt.

Teufel, es war wie ein Omen.

Der Rest des Seminars verging wie im Flug. Kate achtete nur am Rande auf die Dias, die ihnen Professor Robinson heute mitgebracht hatte, und auf die Arbeiten der Kommilitonen, die der Reihe nach gemeinsam angeschaut und besprochen wurden. Kate nahm ein Notizbuch aus ihrer Tasche und fing an, Ideen zu skizzieren.

Die Stunde ging bereits dem Ende zu, als Liam sie mit dem Fuß anstieß und sie erschrocken aufblickte.

Obwohl sie sich an alle Anwesenden richtete, fixierte Professor Robinson Kate mit ihrem Blick. »Hat diese Woche sonst noch jemand etwas dabei, das er uns vorstellen möchte?«

Kate musste schlucken. Es war zwar nicht direkt vorgeschrieben, zu jeder Besprechung ein eigenes Bild mitzubringen, doch dies war bereits das dritte Mal hintereinander, dass Kate nichts vorzuzeigen hatte. Sie schüttelte den Kopf und zuckte innerlich unter dem Stirnrunzeln der Lehrerin zusammen.

Als der Unterricht beendet war, fasste Liam Kate am Arm. »Ganz im Ernst, was ist heute mit dir los?«

Sie machte sich von ihm frei, klappte ihr Notizbuch zu und stopfte es in die Tasche zurück. »Nichts.«

»Blödsinn. Warum hast du ihr nicht die Arbeit gezeigt, mit der du dich gerade beschäftigst? Das Kirchenbild? Es ist doch da.«

Kate blickte durchs Atelier zu der Leinwand auf ihrer Staffelei. Das Bild war ebenso chaotisch wie die gestrige Nacht. »Es ist noch nicht fertig.«

»Du weißt aber schon, was der Sinn von Kritik ist, oder?«

»Natürlich weiß ich das.« Sie sollten voneinander lernen. Zusammenarbeiten, um künstlerisch zu wachsen.

»Deswegen ist es manchmal okay, eine Arbeit zu zeigen, die noch nicht fertig ist. Herrje, so, wie du da festhängst …«

»Ich hänge überhaupt nicht fest.« Doch wem wollte sie etwas vormachen? »Ich meine …« Sie schob sich die Tasche über die Schulter und das Haar aus dem Gesicht. »Ich glaube, ich weiß jetzt, wie ich weitermache.« Die Wettbewerbsausschreibung für das Stipendium hatte Kates Gedanken einen ganz neuen Dreh gegeben. Das Thema Raum mit all der Kraft darzustellen, die darin steckte … Daraus ließ sich eine Menge entwickeln.

Liam zog die Mundwinkel nach unten. »Seit gestern Abend?«

Seit fünf Minuten. »In einer Nacht kann viel passieren.«

Liam hob abwehrend die Hände und wich einen Schritt

zurück. »Na schön. Vielleicht willst du mir ja irgendwann mehr darüber erzählen …«

War das schon wieder eine Einladung? Sie nickte, wandte sich jedoch von ihm ab. »Ja. Bald.«

Erst einmal musste sie selbst alles verdauen.

KAPITEL 5

Rylan hatte seine zweite Tasse Kaffee zur Hälfte geleert und musste die Fäuste ballen, um nichts gegen die Wand zu schmettern.

Er hing in Lexies Penthouse herum, las die Nachrichten, und es war einfach ...

Wie immer. Er war um die halbe Welt gereist, und nun saß er schon wieder in einer Wohnung herum, die ihm nicht gehörte, schlug die Zeit tot und wünschte, er läge neben der Frau, die seine Ansichten über so viele Dinge geändert hatte. Er wartete, ohne wirklich zu wissen, worauf eigentlich.

Irgendwann kurz vor Mittag hörte er, wie ein Schlüssel ins Schloss gesteckt wurde. Als die Wohnungstür aufschwang, hielt er den Blick auf das Tablet in seinem Schoß geheftet und gab sich alle Mühe, konzentriert zu wirken, und nicht wie jemand, der sich vor Verzweiflung beinahe die Haare ausgerissen hätte.

»Du bist früh«, sagte er teilnahmslos.

Absätze klackerten laut über die Fliesen im Flur, bevor sie vom Wohnzimmerteppich gedämpft wurden. Lexie stellte eine weiße Papiertüte auf den Couchtisch, an dem er saß, und ließ sich am anderen Ende des Sofas nieder. »Es hat Vorteile, so nah bei der Firma zu wohnen. Man kann mittags mal eben zum Essen nach Hause gehen.«

Als sie sich vorbeugte und die Tüte nahm, warf er ihr einen kurzen Blick zu. Es war seltsam. Seine Schwester gehörte ebenso lange zur Zentrale von Bellamy wie er selbst, aber früher hatte sie wie ein kleines Mädchen gewirkt, das Verkleiden spielte. Es war bestimmt unfair, das zu sagen, wenn man sich überlegte, wie hart sie daran arbeitete, von den Leuten ernst genommen zu werden, doch so war es gewesen.

Doch diese Naivität war jetzt vollkommen verschwunden. Lexie präsentierte nichts als kalkulierte, makellose Professionalität und Kultiviertheit. Sie trug einen schmalen Rock und ein tailliertes Oberteil, schwarz-weiß mit einem lilafarbenen Akzent in Form eines Gürtels. Das dunkle Haar hatte sie zu einem strengen Knoten hochgesteckt, ohne dass sie matronenhaft ausgesehen hätte. Nein, Lexie sah ...

Verdammt. Seine kleine Schwester sah sexy aus.

»Meine Güte, Lex. Wann bist du erwachsen geworden?«

Sie lachte kurz auf. Es klang rau. »Als hätten wir jemals eine Kindheit gehabt.«

Ihr war nicht zum Scherzen zumute. Rylan betrachtete sie genauer und versuchte zu ergründen, was anders geworden war, denn irgendetwas hatte sich verändert. Während des letzten Jahres, in dem er fort gewesen war, war etwas mit ihr geschehen. Vielleicht lag es an der Uni, vielleicht daran, dass sie ihren MBA gemacht hatte. Aber das war es nicht.

Rylan wandte sich ab und öffnete die Tüte, die sie ihm mitgebracht hatte. Pastrami auf Roggenbrot. Ihm lief das Wasser im Mund zusammen, und sein Magen erinnerte ihn daran, dass er bis jetzt lediglich Kaffee zu sich genommen hatte. »Von Katz's?«

»Woher sonst?«

Er nahm es heraus, biss ab und verkniff sich ein wohliges Grunzen. »Eigentlich hat mir New York gar nicht gefehlt.«

»Aber ein paar Sachen gibt es eben nur hier.«

Sie griff in ihre eigene Tüte und holte einen Salat heraus. »Bestell dir heute Abend eine Pizza, und du willst nie wieder hier weg.«

Für einen Sekundenbruchteil verging ihm der Appetit. Genau das hatte er Kate letzte Nacht vorgeschlagen.

Sein Frust musste sich in seiner Miene widerspiegeln, denn Lexie musterte ihn von oben bis unten. Dann sagte sie vorsichtig: »Du hast mir noch gar nicht erzählt, wie es gestern Abend gelaufen ist.«

»Prima.«

Sie betrachtete ihn noch einen Moment, dann richtete sie ihre Aufmerksamkeit bewusst auf ihren Salat. »Okay.«

»Das war's schon? Einfach nur ›okay‹?«

Sie zuckte mit den Schultern. »Hast du etwas anderes erwartet?«

»Als du mich in Paris besucht hast, hast du mich förmlich ausgequetscht.«

»Damals in Paris hast du dich so geheimnisvoll gegeben. Diesmal kann ich mir eigentlich schon denken, was los war.« Sie stocherte in ihrem Salat und spießte eine Tomate auf. »Du hast eine *Good-Will-Hunting*-Nummer abgezogen und bist losgelaufen, um ein Mädchen zu besuchen. Dann bist du stinksauer zurückgekommen und hast einen Schlafplatz gesucht. Jetzt willst du nicht darüber reden. Man braucht kein Genie zu sein, um sich daraus etwas zusammenzureimen.«

Er spürte einen Stich in seiner Brust und zerbröselte das Brot zwischen den Fingern. »Gut zu wissen, dass ich so leicht zu durchschauen bin.«

»Das warst du schon immer. Für mich jedenfalls.« Sie veränderte ihre Position und streckte sich, wobei ihr Fuß für eine Sekunde sein Knie berührte. »Ist sie überhaupt noch im Spiel?«

»Vielleicht.« Gott, er hoffte es. »Sie hat gesagt, sie braucht etwas Zeit.«

»Das passt ganz gut.« Sie stellte den Salat zur Seite und wandte sich ihm zu. »Denn jetzt, wo du zurück bist, haben wir eine Menge zu erledigen.«

Er stöhnte laut auf. Aber nicht nur weil Lexie gleich über die Arbeit reden wollte. Es war Mittagspause, die einzige Zeit, in der sie fünf Minuten hatten, um sich über persönliche Dinge zu unterhalten. Das hier war genau die Art seines Vaters. »Ich bin gestern angekommen und sofort in die Aufsichtsratssitzung gegangen.«

»Dafür habe ich mich schon bei dir bedankt.« Sie zog die Aktentasche auf ihren Schoß. »Und daraus müssen wir sofort Kapital schlagen. Wenn wir diesen Halunken die Macht wieder abnehmen wollen, müssen wir durch unsere Arbeit überzeugen.« Sie zog eine Akte heraus und reichte sie ihm. »Ich habe heute Morgen eine Liste mit den wichtigsten Entscheidungsträgern erstellt und notiert, auf wen wir am besten etwas Druck ausüben können. Falls es noch Leute gibt, die dir einen Gefallen schulden …« Sie redete weiter, während Rylan auf die Akte starrte.

Am liebsten wäre er sofort aufgestanden, hätte ihr das Sandwich in die Hand gedrückt, mit dem sie ihn hatte gut stimmen wollen, und wäre gegangen. Oder noch besser, hätte ihr die Papiere aus der Hand geschlagen. Er war mit den besten Absichten hergekommen, fest entschlossen, sich nützlich zu machen. Doch er hatte sich noch nicht entschieden, welche Rolle er in der Firma übernehmen wollte – und ob überhaupt. Die Eingebung, die ihm gekommen war, als er den Ring seines Vaters abgenommen hatte, spielte keine Rolle.

Ja, er wollte das Chaos beseitigen, für das er verantwortlich war. Er wollte von dem Unternehmen, das er zusammen mit seinem Vater aufgebaut hatte, retten, was zu retten war.

Doch diesmal ging es nach seinen Spielregeln. Nicht nach denen seines Vaters, und schon gar nicht nach Lexies.

Er zwang sich, tief durchzuatmen. Und dann entschied er sich, ihr den Ordner abzunehmen, den sie ihm hinhielt.

Lexie strahlte.

Während sie weiterredete, schlug er ihn auf und überflog die Liste, die sie zusammengestellt hatte. McConnell, der beste Freund ihres Vaters, der eigentlich mit ihm im Gefängnis sitzen müsste, war rot umkringelt – was richtig war. Staatsfeind Nummer eins. Die übrigen Aufsichtsratsmitglieder, Abteilungsleiter und Stellvertreter waren auf der Liste mehr oder weniger so angeordnet, wie er es sich vorgestellt hatte, mit Thomas, ihrem einzigen echten Verbündeten, ganz oben. Doch einer fehlte ...

»Was ist mit Jordan?«, fragte er.

Jordan war höchstens zehn Jahre älter als Rylan. Ein vielversprechender Harvard-Absolvent, den sein Vater vor ein paar Jahren eingestellt hatte, um frisches Blut in die Firma zu bringen – und wahrscheinlich auch, um Rylan Feuer unter dem Hintern zu machen. Er hatte seinen Sohn daran erinnern sollen, dass er nicht unersetzbar war, wenn er sich weiterhin so zierte, eine Führungsrolle zu übernehmen.

Es hatte nicht funktioniert. Jordan und Rylan hatten sich auf Anhieb verstanden, und am Ende hatte Jordan zu den wenigen in der Firma gehört, denen Rylan vertraute.

Lexies Augen zuckten, und Rylan stutzte. Er war davon ausgegangen, dass die beiden gut miteinander zurecht kamen. Kurz bevor alles auseinandergefallen war, hatte Lexie ihn sogar als Leiter der europäischen Niederlassung vorgeschlagen. Aber Rylan sah ihr an, dass etwas nicht stimmte.

»Lex?«

»Wenn du willst, kannst du ihn dazuschreiben. Wir arbeiten eigentlich gar nicht mehr richtig zusammen.« Dann wechselte sie das Thema. Rylan akzeptierte, dass sie auswich, nahm sich aber vor, später darauf zurückzukommen.

Als sich ihr gemeinsames Mittagessen dem Ende näherte, hatten sie sich auf eine kurze Liste von Leuten geeinigt, mit denen sie zuerst Kontakt aufnehmen wollten. Lexie notierte sich die Personen, um die sie sich kümmern sollte, steckte die Kappe auf ihren Füller und klappte den Ordner zu.

»Ich glaube, das ist ein guter Anfang.« Sie stand auf und strich ihren Rock glatt. »Du hast neunzig Tage für uns herausgeschlagen, aber die wissen jetzt, dass wir im Anmarsch sind, deshalb müssen wir uns beeilen.«

Rylan gefiel es noch immer nicht, dass sie so viel Engagement von ihm erwartete, nickte aber trotzdem. Es hatte etwas Vertrautes, mit ihr herumzusitzen, Ideen zu entwickeln und über Strategien zu reden. Dass ihnen ihr Vater dabei nicht im Nacken saß, machte es noch besser. »Schön, wieder mit dir zusammenzuarbeiten, Schwesterchen.«

»Ich wusste doch, dass du mich vermisst hast, Teddy.«

Er brachte sie mit einem Blick zum Schweigen.

Sie rollte mit den Augen. »Schon gut. Rylan.«

»Im Büro lasse ich es dir vielleicht noch durchgehen, aber zu Hause …«

Sie beugte sich vor und tätschelte seine Wange. »In meiner Wohnung nenne ich dich, wie ich will.«

Er musste Kate davon überzeugen, ihn bei sich aufzunehmen. Und zwar bald.

Lexie packte ihren Kram zusammen und ging zur Tür. Unterwegs blieb sie kurz stehen, um sich im Spiegel zu begutachten, und strich ein einzelnes Haar glatt, das die Frechheit besaß, nicht am richtigen Ort zu sitzen. »Ich werde vermutlich lange arbeiten, deshalb bist du heute Abend dein eigener Herr. Falls du hierbleibst …?«

Er nickte und seufzte. »Fürs Erste.«

Es tat weh, und das nicht, weil er seine Schwester nicht gern hatte. Doch diese Wohnung war nicht gerade der Ort, an dem er sein wollte.

»Ach, weißt du was?«, sagte Lexie und hielt mit der Hand an der Tür inne. »Heute Morgen im Sportstudio bin ich Chase über den Weg gelaufen.«

Jetzt wurde Rylan aufmerksam. »Ach?«

»Ich habe ihm gesagt, dass du wieder in der Stadt bist. Ich hoffe, das war in Ordnung.«

Rylan zuckte zusammen. »War er sauer?«

»Das musst du schon selbst herausfinden. Ich habe ihm gesagt, dass du ihn anrufst.«

Na toll. »Okay.«

Sie warf ihm einen Kuss zu, der nur zu neunzig Prozent aus Sarkasmus bestand.

Sobald sie gegangen war, räumte er die Hinterlassenschaften ihres Mittagessens weg, ließ sich auf die Couch fallen und fuhr das Tablet wieder hoch. Doch die Ruhe, nachdem seine Schwester fort war, erinnerte ihn an die Ruhe nach einem Sturm – auf einmal war es ihm zu ruhig. Es bedrückte ihn.

Ein neuer Tag, ein neuer Kontinent. Er war so viele Stunden, so viele Meilen gereist, aber manche Dinge nahm man immer mit. Die Leere, die er schon so lange in sich spürte – im Grunde schon immer –, die ihm aber erst in diesem Sommer richtig bewusst geworden war, wurde erneut schmerzlich spürbar.

Er schnaufte, setzte sich auf und griff nach seinem Smartphone. Lange ließ er den Finger über Kates Telefonnummer schweben.

Aber sie hatte ihn gebeten, ihr Zeit zu lassen. Schlimmer noch: Er hatte sie zwar dazu gebracht, ihm sechs Dates zu schenken, aber noch gar keinen Plan, wie er sie nutzen wollte. Wenn er seine Zeit mit ihr wirklich nutzen wollte, musste er sich etwas einfallen lassen. Er brauchte eine Strategie.

Er rieb sich mit der Hand durchs Gesicht. Vielleicht brauchte er auch einfach nur einen Drink.

Als Rylan in die Bar kam, saß Chase schon am Tresen. Vor ihm stand ein rechteckiges Glas, das zwei Finger hoch mit einer bernsteinfarbenen Flüssigkeit gefüllt war. Sein kupferfarbenes Haar war etwas länger als bei ihrem letzten Treffen, sonst schien er sich nicht verändert zu haben – weder der Schnitt seines Anzugs noch der lockere Schlips um seinen Hals. Und ganz bestimmt nicht das Grinsen, mit dem er versuchte, das Mädchen hinter dem Tresen zu bezirzen.

Rylan stand schon fast vor ihm, als Chase ihn im Spiegel entdeckte. Mit dem Zeigefinger bedeutete er dem Mädchen an der Bar, ihn kurz zu entschuldigen, dann drehte er sich zu Rylan um, und das Grinsen verschwand von seinem Gesicht.

Rylan hatte keine Ahnung, wie sein alter Freund auf ihn reagieren würde. Der Ton einer SMS war schwer zu deuten und Chase' Antwort auf Rylans Einladung bewusst neutral formuliert gewesen – aber zumindest hatte er eingewilligt.

Rylan hatte nach dem Prozess gegen seinen Vater alles vernachlässigt – seine Position in der Firma – oder dem, was von ihr noch übrig war –, seine Wohnung und seine Besitztümer. Und seine Freunde. Die meisten waren ohnehin nur Arbeitskollegen gewesen, und seine Beziehung zu ihnen war seit der Anklage stark belastet, weil Rylan sich mit seiner Wut völlig abgeschottet hatte. Chase und er jedoch kannten sich schon seit der Schule, und sein alter Freund hatte weder Rylans kalte Schulter noch die unbeantworteten Anrufe verdient, ebenso wenig wie den Mist, den er sich bei Gander & Sons garantiert von allen Seiten hatte anhören müssen, als deren größter Kunde zu einem abschreckenden Beispiel geworden war.

Rylan öffnete den Mund, um etwas zu sagen, doch bevor er auch nur ein Wort herausbekam, holte Chase aus und ballte die Faust.

So lief das also.

Rylan erstarrte, hob aber nicht die Hand, um sich zu verteidigen. Er hatte nichts anderes verdient. Trotzdem rutschte ihm der Magen in die Kniekehlen, als Chase' Faust auf ihn zuschoss.

Doch Chase bremste den Schlag ab und versetzte Rylan am Ende nur einen sanften Hieb auf den Oberarm.

»Du Arsch.« Chase grinste, als ob sie wieder vierzehn wären, und schloss Rylan in die Arme.

Die Erleichterung triefte Rylan förmlich aus allen Poren. »Blödmann.« Er klopfte Chase auf den Rücken, dann lösten sie sich voneinander.

»Du schreibst nicht, du rufst nicht an, und dann erzählt mir ausgerechnet deine Schwester, dass du wieder in der Stadt bist?«

»Tut mir leid.« Rylan setzte sich neben Chase auf den Barhocker und deutete auf dessen Drink. Die Barfrau nickte und goss ihm auch einen ein. »Zu meiner Verteidigung muss ich sagen, dass ich erst seit ...«, er blickte auf die Uhr, »... zweiunddreißig Stunden wieder im Lande bin.«

»Ausreden.«

»Braucht ihr Jungs sonst noch was?«, fragte die Barfrau.

Chase grinste sie an und setzte sich wieder hin. »Abgesehen von deiner Telefonnummer?«

»Abgesehen davon.«

»Versuch war's wert.« Chase winkte ab. »Wir haben alles.«

Rylan wartete, bis sie sich von ihnen entfernt hatte, dann schüttelte er den Kopf. »Du kannst es einfach nicht lassen, was?«

»So wie du?«

Rylan lachte bitter und nahm seinen Drink. »Ich weiß nicht, ob ich es noch könnte.«

Chase sah ihn verwundert an. »Moment mal. Entschuldige, aber ich dachte, ich bin hier auf ein paar Drinks mit Rylan Bellamy verabredet?«

Rylan zuckte mit den Schultern. Er und Chase hatten es nicht selten richtig krachen lassen, aber die Dinge hatten sich verändert. Er hatte sich verändert.

Er stellte das Glas ab und verzog das Gesicht zu einem Grinsen. »Also, was zum Teufel hast du so getrieben?«

Wie sich herausstellte, so einiges. Gander & Sons waren wie verrückt gewachsen, selbst noch in den Nachbeben des Bellamy-Skandals. Sie waren die Chefberater für die Firma von Rylans Vater geblieben, obwohl Chase inzwischen meistens mit anderen Klienten befasst war.

Rylan schüttelte den Kopf. »Es tut mir immer noch leid. Hätte ich geahnt, was der alte Herr so treibt ...«

»Das hat keiner gewusst.«

Aber Rylan hätte es wissen müssen.

Er sah sich selbst im Barspiegel und erschrak. Schnell wandte er den Blick ab und bemühte sich, eine entspannte Miene aufzusetzen und den bitteren Zug um seinen Mund verschwinden zu lassen.

Chase hielt einen Moment inne. Als spürte er, dass es Zeit war, das Thema zu wechseln, ließ er sich ausführlich über den ganzen Mist aus, der sich im vergangenen Jahr in ihrem Umfeld zugetragen hatte. Erbinnen und Magnaten. Gerüchte und Betrug. Rylan hatte nur am Rande mitbekommen, was vor sich ging, und es so geballt zu hören war schlimmer als jede Seifenoper.

»Verdammt.« Er schüttelte den Kopf. Vielleicht war es genau das, was Kate Angst machte. Die Realitätsferne. Die Verschwendung. Ganz plötzlich schnürte es ihm die Kehle zu. Er hüstelte und leerte sein Glas mit einem Schluck.

Chase runzelte die Stirn.

»Fragst du dich manchmal auch, was für ein albernes Leben wir eigentlich führen?«, fragte Rylan mit düsterer Stimme. Als Chase nicht antwortete, machte Rylan eine Geste, als wollte er alles ringsum einschließen. »Dieses ganze Wer-mit-wem-schläft und die ...«, er deutete auf Chase, »... die feinen Pinkel.« Er wusste nicht genau, wie viel dieses Glas Whisky kostete, doch er konnte es sich denken. »Schon allein, in Läden wie diesen hier zu gehen.« Um zu diesem Klub Zugang zu erhalten, brauchte man eine Einladung und einen Treuhandfonds. Überall dunkle Holzpaneele und Kristall. »Die Spielchen.« Er hatte einen bitteren Geschmack im Mund.

Kate würde es überhaupt nicht gefallen.

Chase musterte ihn lange und ausgiebig. Dann leerte er sein Glas ebenfalls, stellte es auf den Tresen und klopfte an den Rand.

Als ob sie darauf gewartet hätte – und natürlich hatte sie darauf gewartet –, kam die Barfrau herbei. Leise und geschickt schenkte sie ihnen nach.

Als sie wieder weg war, wandte sich Chase an Rylan. »Du hattest schon immer eine scheiß Art, die Dinge zu betrachten.«

Rylan verschluckte sich beinahe. »Wie bitte?«

»Weißt du noch, wie wir uns kennengelernt haben?«

Was hatte das damit zu tun?

»Ich kann mich noch ziemlich gut daran erinnern«, sagte Chase. »Mann, was warst du damals für ein Mistkerl. Es war unser erstes Jahr in Exeter, weißt du noch?« Als Rylan nickte, fuhr er fort. »Ich kam nach dem Fußballtraining aus der Umkleidekabine und hatte nichts Böses im Sinn, als ich über dieses Jüngelchen von vielleicht vierzehn Jahren stolperte. Eins sechzig hoch, vielleicht fünfzig Kilo schwer und drischt wie der Teufel auf diesen Boxsack ein. Und weißt du noch, warum?«

Rylan konnte sich erinnern. Obwohl der Whisky gut war, brannte der nächste Schluck in seiner Kehle.

»Weil dir dein Daddy ein schönes Zimmer ohne Mitbewohner beschafft hatte und du davon überzeugt warst, etwas zu verpassen. Als ob er dir damit die Chance genommen hätte, eine lebenslange Freundschaft zu schließen oder so'n Mist.«

Heute wirkte es so lächerlich. Aber die Söhne der Freunde seines Vaters hatten ihm erzählt, dass man sein Zimmer teilen musste, wenn man aufs Internat kam.

Was bedeutete, dass man nicht allein war.

»Ein Zimmer für dich allein.« Chase schüttelte den Kopf. »Jeder andere wäre hin und weg gewesen, ein sicheres Fleckchen für sich allein zu haben, wo man sich in Ruhe einen runterholen kann, ohne dass irgendwer in der Nachbarkoje schnarcht. Und so ist es immer noch, stimmt's?«

»Weil ich mir immer noch in Ruhe einen runterholen kann?«

Chase wischte das Kondenswasser vom Glas und schnipste es Rylan ins Gesicht. »Der arme kleine Teenager Bellamy. Er hat einen reichen Daddy, muss auf eine schicke Schule gehen und ein Zimmer ganz für sich alleine haben. Was für eine Last.«

Rylan zog eine Cocktailserviette vom Tresen und wischte sich die Tropfen vom Kinn. »Du kannst mich mal.«

»Der arme Bellamy. Jetzt ist er endlich erwachsen und hat immer noch einen Stock im Arsch. Sein Leben ist so furchtbar, dass er für ein Jahr nach Paris durchbrennen muss ...«

»Ich hab gesagt, du kannst mich mal.« Es war ein Fehler gewesen herzukommen und mit den Leuten aus seinem früheren Leben Kontakt aufzunehmen. Sie verstanden ihn einfach nicht.

»Rylan. Mensch!« Chase packte ihn am Arm und schüttelte ihn. »Unser Leben ist *geil*. Versteh mich nicht falsch, natürlich gibt es auch schlechte Zeiten. Wir finanzieren schließlich eine Menge Therapeuten. Aber wir können es uns auch leisten.«

Rylan schnaubte in sein Whiskyglas. »Großartig.«

»Jetzt tu doch nicht so, als wäre es eine Tragödie, schöne Dinge zu besitzen und in die angesagten Läden zu kommen. Genieß es doch einfach mal, verdammt.«

Und da wurde es Rylan klar. Die Schuld nagte schon so lange an ihm, dass er sich nicht sicher war, ob sie ihn nicht schon komplett verschlungen hatte. Er hatte es sich mit Kate verdorben und seine Schwester bei ihrem Versuch alleingelassen, sein Erbe zu retten. Er hatte es zugelassen, dass Kates Reaktion auf sein Geständnis, wer er wirklich war, seine Schuldgefühle in Scham verwandelt hatte, und sich von ihr aus dem Bett werfen lassen, weil sie nicht damit umgehen konnte. Weil sie mit *ihm* nicht umgehen konnte, nicht einmal als er sich ihr völlig geöffnet hatte.

Als sie zu dem Schluss gekommen war, dass sein wahres Ich nicht genug war.

Sein Glas knackte, als er es zu fest auf den Tresen stellte. »Na schön.« Er sah Chase an. Vielleicht hatte er recht. Vielleicht war es an der Zeit, sich einfach nur zu amüsieren – wenigstens für eine Weile. An der Zeit, sich von seinem eigenen Leben nicht länger fertigmachen zu lassen. »Und wie genau sollte ich das deiner Meinung nach tun?«

Chases Mundwinkel zuckten nach oben. »Ich habe da schon ein paar Ideen.«

Chase' erste Idee bestand aus einem weiteren, noch größeren Glas mit Alkohol. Danach hörten sich all seine Vorschläge gut an. Vom Limousinenservice, der sie auf die andere Seite der Stadt in einen noch exklusiveren Klub brachte, dem Hunderter, den Chase dem Türsteher in die Hand drückte, bis hin zu der samtbezogenen Sitzecke, in die sie sich schoben. Die Musik dröhnte, und es gab Frauen. Schöne Frauen. Es war noch gar nicht lange her, da wären auch die Rylan wie eine wirklich gute Idee erschienen.

Chase hatte ein wahres Busenwunder auf dem Schoß und den nächsten Drink in der Hand. Verwegen grinste er Rylan von der anderen Seite der Sitzecke aus zu. »Siehst du?«, brüllte er so laut, dass Rylan es trotz des Lärmpegels im Klub verstand. »Erzähl mir nicht, dass das nicht super ist.«

Rylan ließ alles auf sich wirken. Die Frauen sahen wirklich klasse aus, obwohl er sie nicht anfassen wollte. Große Brüste und kurze Röcke. Die Kissen in seinem Rücken waren weich, und der Whisky floss geschmeidig seine Kehle hinunter.

Sein Nacken hatte langsam Probleme, das Gewicht seines Kopfes auszubalancieren, aber es war nicht das erste Mal, dass er sich einen hinter die Binde kippte. Alles fühlte sich gut an.

Er ließ den Kopf nach hinten sacken und starrte an die Decke aus blauem Samt und Sternen. »Es ist jedenfalls nicht schlecht.«

Chase lachte so laut, dass er dabei die Frau und seinen

Drink durchschüttelte. »Na endlich.« Er küsste sie auf die Wange. »Mein Kumpel gibt zu, dass etwas nicht schlecht ist.« Er lehnte sich ein Stück zurück und ließ die Hand auf ihrem Schenkel nach oben gleiten. »Und worin bist du gut? Ich wette, du kannst gut blasen.«

Herrje, aber die Frau ließ sich nicht abschrecken.

Chase fing Rylans Blick auf. »Was sagst du?« Er wippte mit den Knien, das Mädchen wippte auf und ab. Alles wippte. »Auf die guten alten Zeiten.«

Es war schon lange her, seit sich die beiden eine Frau geteilt hatten. Es war nicht schlecht gewesen. Und auch diesmal würde es gut sein.

Doch Rylans Magen rebellierte. Er schüttelte den Kopf. Dabei wurde ihm schwindelig, und er schloss die Augen. »Ich glaube nicht, Mann.«

Das Nächste, was er wahrnahm, war Chase, der sich über den Tisch zu ihm hinüberbeugte. Seine Begleiterin war weg. Er drückte Rylan eine Flasche Wasser in die Hand, die zum Glück schon offen war. Rylan schaffte es, sie sich an den Mund zu führen, und trank die eiskalte Flüssigkeit. Seinem Magen ging es danach zwar noch schlechter, aber seinem Kopf ein bisschen besser.

»Na komm«, sagte Chase.

Irgendwie gelang es ihm, Rylan nach draußen zu bugsieren, dabei er hatte fast genauso viel getrunken wie Rylan. Sie brauchten nicht lange auf den Wagen zu warten, der sie einsammelte, und keine Sekunde, nachdem Rylans Gesicht in das weiche Leder des Rücksitzes gefallen war, träumte er schon von zarten Fingern in seinem Haar.

Fingern, die gar nicht da sein konnten. Plötzlich bekam er es mit der Angst zu tun und hob den Kopf.

Er hatte nichts getan. Und doch würde es ihr nicht gefallen. Absolut nicht.

Er rappelte sich auf und blickte sich um, doch da waren nur Chase und er. »Erzähl Kate nichts davon«, brachte er heraus, aber das war auch schon wieder verkehrt, oder? Schließlich sollte er ihr doch nicht mehr verheimlichen.

Chase lachte. »Das bleibt unter uns, Kumpel.«

Rylan legte den Kopf wieder ab. Als er das nächste Mal die Augen öffnete, war die Welt nicht mehr ganz so verschwommen, und der Wagen hatte angehalten. Chase öffnete die Tür und half Rylan hinaus. »Ich glaube, es ist das Beste, wenn du heute Nacht bei mir pennst. Lexie reißt mir den Kopf ab, wenn ich dich in diesem Zustand zu ihr nach Hause fahren lasse.«

Oje, das konnte Rylan unterschreiben.

Wenigstens sah Chases Wohnung noch mehr oder weniger so aus, wie er sie in Erinnerung hatte – offen und luftig. An den Wänden hingen die Cover von Rock-LPs, und in der Ecke stand ein wirklich schöner Stutzflügel. Erschöpft ließ Rylan sich auf einen der Barhocker vor dem Küchentresen fallen. Er warf einen Blick auf die Uhr und stöhnte. »Mist, ist es wirklich schon so spät?« In anderthalb Stunden war es schon früher Morgen. Chase würde vermutlich gar nicht erst schlafen gehen.

»Jepp. Kaffee?«

Rylan nickte. »Tut mir leid, Mann.«

»Wir haben es schon schlimmer getrieben.«

Chase beließ es nicht bei dem Kaffee, sondern machte auch noch Eier und Toast. Nachdem Rylan sie zusammen mit einer Handvoll Kopfschmerztabletten zu sich genommen hatte, fühlte er sich fast schon wieder wie ein Mensch.

»Also«, sagte Chase und lehnte sich auf seinem Hocker zurück. »Willst du mir sagen, was die ganze Aktion eigentlich sollte?«

»Eigentlich nicht. Falls du dich noch für ein paar Stunden aufs Ohr hauen willst …«

»Um die Zeit ist es besser, einfach wach zu bleiben.« Da lag er nicht so falsch. Draußen vor dem Fenster wurde es bereits hell. Chase sah Rylan in die Augen: »Und jetzt hör auf, mir auszuweichen. Sprich mit mir.«

Rylan hielt den Atem an. Er hatte jetzt schon so lange in seinem selbst auferlegten Exil gelebt, doch vielleicht wäre das gar nicht nötig gewesen. Das war es doch, was ihm Chase heute Abend beweisen wollte, oder nicht? Dieses Leben, das er so verabscheute, war gar nicht so schlecht. Jedenfalls brauchte er sich nicht einsam zu fühlen.

»Shit.« Er ließ den Kopf in die Hände sinken. »Es ist … es ist alles so kompliziert.«

»Was ist so kompliziert?«

»Ich …« Schließlich hob er den Blick, und das Eis in ihm bekam einen Sprung. »Ich habe dieses Mädchen kennengelernt.«

Und dann erzählte er alles. Nur die Details behielt er für sich – wie Kate sich anfühlte, wie sie schmeckte, oder wie sein ganzer Körper triumphierte, wenn er sie wieder zu einem neuen Orgasmus gebracht hatte. Aber das Wichtigste erzählte er ihm – wie er die Frau getroffen hatte, die ihn durchschaute und die Leere spürte, mit der er sich umgeben hatte. Die Frau, die die Kunst liebte und in ihm das Bedürfnis nach mehr geweckt hatte.

Und dann berichtete er Chase, wie alles auseinandergebrochen war, als sie herausgefunden hatte, wer und was er war.

»Sie sagt, sie will wissen, wer ich wirklich bin, aber sie hasst mein Geld. Die Firma oder meine Familie sind ihr völlig egal.«

So war es ihm jedenfalls anfangs vorgekommen. Es war so erleichternd gewesen, um seiner selbst willen und nicht wegen seines Geldes geliebt zu werden. Und jetzt war es das Geld, das sie voneinander trennte.

»Was zum Teufel will sie überhaupt von mir?«

»Das kann ich dir sagen«, meldete sich Chase schließlich zu Wort und stieß mit seinem Becher gegen Rylans. »Es wird das genaue Gegenteil von dem sein, was du denkst.«

»Wie bitte?«

»So ticken die Frauen. Das weißt du doch selbst.«

Er wusste es nicht. Allmählich hatte er das Gefühl, gar nichts mehr zu wissen.

»Wie oft haben wir mit ein paar Drinks oder mit einer Spritztour in einer schicken Karre Mädels aufgerissen? Die sind unter deinen Händen zerflossen wie warme Butter, Mann. Weißt du nicht mehr?«

»Das waren andere Frauen.« Für die hatte er nie so empfunden wie jetzt für Kate.

Chase verzog den Mund zu einer schmalen, grimmigen Linie. Seine Stimme klang gespenstisch kalt: »Frauen. Sind. Alle. Gleich.«

Und für einen Moment war es wie in jener furchtbaren Nacht vor ein paar Jahren. Die Nacht, in der Chase den ganzen Weg nach New York zurückgefahren war, nicht mehr klar denken konnte, seine Kurse hingeschmissen hatte – ja, kurz davorstand, sein komplettes Jurastudium hinzuschmeißen, nur weil seine Verlobte – seine Exverlobte – mit einem Kerl ins Bett gesprungen war, der noch reicher war als er selbst ...

Rylan schluckte. »Nicht alle.«

Eine Weile verging, dann wurden die harten Züge um Chases Mund wieder weicher. Er machte ein Geräusch, das sich nach einem Lachen anhörte, und starrte in seine Tasse. »Aber die meisten.« Als er sich wieder so weit umdrehte, dass Rylan ihn ansehen konnte, war sein Blick nicht mehr so leer und sein Ton etwas gefasster. »So sind sie einfach. Sie sind mit diesem Bild von den Disney-Prinzessinnen aufgewachsen, weißt du? Die warten doch alle darauf, dass der Prinz mit der Kutsche vorfährt.« Er sah Rylan mit einem traurigen, brüchigen Lächeln an. »Die wollen ihren Traumprinzen.«

»Glaubst du wirklich?«

»Ich wette darauf. Vielleicht gibt sie es nicht zu, aber ich garantiere es dir, liefere ihr das Klischee vom reichen Lover, und wenn sie nicht in Ohnmacht fällt, dann ... dann ...« Er überlegte kurz, dann schnipste er mit den Fingern. »Dann schenke ich dir ein Wochenende mit Betty. Nein, eine ganze Woche.«

»Betty?« Als er das hörte, richtete Rylan sich gerade auf.

Es gab nichts – absolut nichts –, das Chase sorgfältiger hütete als sein Auto. So verrückt sein Vorschlag auch klang, er meinte es ernst.

»Betty.« Chase nickte zur Bekräftigung. »Ich sag's dir, Ry. Es ist wie immer im Leben. Du kannst dich in dem ganzen Dreck suhlen, den es mit sich bringt, oder du kannst dich auf die guten Dinge konzentrieren.« Er machte eine Handbewegung, die seine Wohnung umfasste, und der Gegensatz zu Lexies Wohnung war bei genauerer Betrachtung verblüffend.

Lexie hatte ihr Geld in jemanden investiert, der ihre

Wohnung so aussehen ließ, als besäße sie Geschmack. Chase hingegen hatte sein Geld freigiebig für die Dinge aus dem Fenster geworfen, die er liebte. Seine Autos und das Klavier, die Aussicht auf die Stadt und die Bücher.

Er genoss es.

»Freu dich, dass du Geld hast«, sagte Chase. »Zeig ihr, wie schön es sein kann. Und ich verspreche dir, sie wird ihre Meinung ändern.«

Diese Prophezeiung klang derart zynisch, dass sich ein Kloß in Rylans Kehle bildete. Kate hatte ihn bezaubert, weil sie anders war. Falls Chase recht behielt, hieß das, dass sie genauso war wie alle anderen. Doch was blieb ihm anderes übrig? Wenn es zwischen ihnen funktionieren sollte, musste sie ihn in- und auswendig kennen.

Das Gute und das Schlechte.

Und war es denn wirklich so falsch, dass er ihr zuerst die guten Seiten zeigen wollte?

KAPITEL 6 Falsch, falsch, falsch – alles war *falsch*. Kate konnte sich gerade noch zurückhalten, ihren Pinsel quer durchs Zimmer zu schleudern.

Wutschnaubend warf sie den Pinsel stattdessen in ein Glas mit Terpentin und wandte sich ab.

Heilige Räume. Die ganze Woche über hatte sie zu Hause an dem Thema gearbeitet, war sogar losgegangen, um weitere Orte zu suchen. Die Speicherkarte ihrer billigen Kamera war voll mit Aufnahmen von Kirchen aus Brooklyn. Das Bild, an dem sie gerade arbeitete, besaß so viel Potenzial – herrliches, überirdisches Licht, das durch ein Blätterdach auf die alten Steine fiel. Sie wollte feine Farbschichten auf die Leinwand bringen, damit der Raum leuchtete. Damit er heilig wirkte. Ehrfurcht gebietend.

Sie stieß einen Seufzer aus. Vielleicht war das Ergebnis ja doch nicht so schlimm, wie sie dachte.

Mit angehaltenem Atem drehte sie sich wieder um. Tränen stiegen ihr in die Augen. Verdammt. Das Bild war sogar noch schlechter. Die Proportionen und die Perspektive stimmten, aber es fehlte jegliches Gefühl. Leb- und ausdruckslos starrte das Gemälde sie an und löste nicht die geringste emotionale Reaktion in ihr aus.

Sie ballte die Hände zu Fäusten. Na schön. Vorerst würde

sie es ruhen lassen. Sie arbeitete jetzt schon seit Stunden in ihrer Wohnung und konnte nicht mehr klar denken. Morgen wollte sie mit frischem Blick ans Werk gehen.

Doch zuerst kam der heutige Abend.

Die Arme vor der Brust verschränkt, lehnte sie sich gegen die Wand. Sie ließ den Kopf nach hinten sacken und schloss erschöpft die Augen.

Rylan hatte sich mit seinem Anruf eine Ewigkeit Zeit gelassen, was erleichternd und enttäuschend zugleich gewesen war. Exakt drei Tage, nachdem er ihr Leben auf den Kopf gestellt hatte, hatte er sich endlich gemeldet, um sie zu einem Abend in der Stadt einzuladen. Er wollte irgendwo »nett mit ihr essen gehen« und danach in eine Aufführung. Weitere Einzelheiten hatte er nicht verraten, und sie war kurz davor, die Hände in die Luft zu werfen und alles abzusagen. Sein alberner, sinnloser Plan, dass sie es noch einmal versuchen sollten, um sich diesmal richtig kennenzulernen, konnte einfach nicht funktionieren.

Doch dann hatte sie an das Gewicht seiner Hüften gedacht, die sich an sie pressten, an die Wärme seines Atems auf ihrer Haut, an seine Lippen an ihrem Ohr und daran, wie heiß er gewesen war, als er in sie eindrang und sie ausfüllte. Und da war auch noch dieses Bild, wie er in dem Hotelzimmer in Paris auf dem Bett gelegen und seine weiche Haut in der Sonne geglänzt hatte.

Und so sagte sie zu.

In zwei Stunden wollte er bei ihr sein. Noch trug sie ihre Malklamotten und hatte die Haare zum Pferdeschwanz gebunden. Ihr blieben zwei Stunden, um sich auf Vordermann zu bringen.

Diesmal wollte sie sich nicht wieder von ihm überraschen

lassen. Bisher hatte er bei jeder Wendung die Oberhand behalten, heute Abend wollte sie auf alles vorbereitet sein. Sie hatte eingewilligt, sich von ihm ausführen und »sein New York« zeigen zu lassen, was auch immer das bedeuten sollte. Später wollte sie mit zu ihm gehen oder ihn vielleicht mit zu sich nehmen. Dann wollte sie ihn bitten, wieder zwischen ihre Beine zu tauchen, denn schon bei dem Gedanken daran, bei der Erinnerung an dieses Gefühl zog sich alles lustvoll in ihr zusammen. Dann würden sie ...

Dann würden sie vögeln, und es würde großartig sein. Um diesen Teil machte sie sich keine Sorgen mehr.

Anschließend konnte jeder nach Hause gehen. Allein. Sie würde sich nicht noch einmal in ihn verlieben. Das hatte sie sich genau überlegt.

Nicht eingeplant hatte sie die Türklingel, die schrillte, während sie noch aufräumte.

Sie fluchte leise und spülte noch den letzten Pinsel ab, bevor sie an die Gegensprechanlage trat. Falls das Rylan war und er tatsächlich die Frechheit besaß, zwei Stunden zu früh aufzukreuzen, würde sie ihn umbringen.

»Eine Lieferung für Miss Reid?«

Sie erwartete keine Lieferung. »Äh. Okay.« Normalerweise hätte sie den Türöffner gedrückt, aber die Sache war irgendwie merkwürdig. »Ich komme runter.«

Es war zwar nicht Rylan, der vor der Haustür stand, aber man brauchte kein Genie zu sein, um zu erahnen, dass er dahintersteckte. Sie öffnete die Tür, und dort stand nicht der typische Fahrrad- oder UPS-Kurier, sondern ein ... ein ... Sie wusste nicht genau, was er war. Er trug eine Mütze, wie Chauffeure sie in Filmen trugen, und dazu einen Anzug.

Als sie die Tür aufriss, überreichte er ihr einen Arm voll Blumen – zu viele rote Rosen, um sie zählen zu können. Perfekte Blüten. Wunderschön, das Übliche. Sie versuchte, nicht enttäuscht zu sein. Bei ihrem zweiten Date hatte Rylan ihr eine einzelne Rose mitgebracht, die er zwischen den Fingern gedreht hatte, als er an jenem Nachmittag in Paris in dem Skulpturengarten auf sie wartete. Das hatte sie bezaubert. Das hier schien ihr weniger charmant.

Dann bemerkte sie, dass der Mann noch etwas anderes in der Hand hielt, und sah ihn fragend an. Eine Tüte mit Kleidung?

Er hielt sie hoch. »Mit den besten Empfehlungen von Mister Bellamy, Ma'am.«

Irgendwie gelang es ihr, ihm alles abzunehmen und die Treppe hinaufzutragen. Sie legte die Tüte auf ihr Bett und die Blumen neben ihre Palette. Mit unsicheren Fingern durchkämmte sie die Blumen, bis sie eine Karte aus dickem elfenbeinfarbenem Karton darin fand. Sie konnte sich nicht erinnern, jemals Rylans Handschrift gesehen zu haben, aber die kräftigen schwarzen Tintenstriche sahen ganz nach ihm aus.

Ein paar Teile zur Auswahl für heute Abend. Aber nur, wenn sie Dir gefallen.

Bis gleich … – TRB.

Ihr gefror das Blut in den Adern. Entgeistert ging sie von den Blumen hinüber zu der Tüte. Tatsächlich – darin befanden sich Kleider. Drei Stück, alle ohne Preisschild. Wären welche dran gewesen, hätte sie es wahrscheinlich nicht ertragen.

Sie schloss fest die Augen. Er versuchte, nett zu ihr zu sein. Er enthielt sich jeglichen Kommentars zu der furchtbaren Arbeitsjeans, die er ihr mit so viel Verachtung vom Körper geschält hatte, oder zu ihrer übrigen Garderobe. Doch heute Abend ging er mit ihr aus, um ihr *sein* New York zu zeigen, und das bedeutete natürlich, dass sie sich entsprechend schick machen sollte. Wenn sie nichts Passendes zum Anziehen gehabt hätte, hätte sie sich genauso unbehaglich gefühlt wie jetzt, nur dass sie das dann vor seinen Augen hätte ertragen müssen.

Sie rieb sich die Augen und lachte. Da war doch dieses Cocktailkleid, das sie sich letztes Jahr in einem Secondhandladen für eine Vernissage gekauft hatte. Es musste irgendwo hinten in ihrem Schrank vergraben sein. Vielleicht war da sogar noch das Kleid vom Abschlussball, wenn sie nur lange genug suchte. Aber das war's auch schon.

Es war richtig von ihm gewesen, ihr die Kleider zu schicken. Aber das zuzugeben hinterließ tief in ihrem Inneren ein Gefühl der Leere.

Er versuchte, sie zu verändern. Sie zu verbessern. Sie sollte begreifen, dass sie buchstäblich nicht das besaß, was sie brauchte, um in seiner Welt zu bestehen. Ihr wurde übel, doch sie gab sich Mühe, sich davon nicht unterkriegen zu lassen. Dies war nicht ihr Vater, der ihr sagte, dass sie nicht gut genug war, und auch nicht Aaron, der ihr unterstellte, sie würde niemals so erfolgreich sein wie er. Das hier war Rylan, der versuchte, *nett* zu sein. Sie öffnete die Augen und seufzte.

Vor anderthalb Wochen war Rylan noch auf einem anderen Kontinent gewesen und hatte ihr keinen Hinweis gegeben, dass er beabsichtigte, jemals zurückzukehren. Und dennoch fühlte sie sich in diesem Moment von ihm so weit entfernt wie nie zuvor.

Ein mulmiges Gefühl breitete sich in ihrem Bauch aus, aber was sollte sie tun? Sie schleppte sich unter die Dusche und wusch sich mechanisch. Dann wickelte sie sich in ein Handtuch, föhnte ihr Haar und schminkte sich.

Schließlich blieb ihr nur noch eine halbe Stunde, und es gab keine Ausrede mehr, die Anprobe noch länger hinauszuzögern. Also sah sie sich die Kleider an. Sie zog eins nach dem anderen aus der Tüte und musterte es.

Danach fühlte sie sich etwas erleichtert. Das eine war ein schlichtes schwarzes Kleid, ein anderes grau und trägerlos. Das dritte war mitternachtsblau und etwas mondäner – die Säume mit klaren Kristallen bestickt. Aber alle drei waren zumindest Teile, die sie sich vorstellen konnte anzuziehen. Wenn sie Millionärin wäre.

Er kannte mehr oder weniger ihren Geschmack, und ihre Größe hatte er geraten. Im Grunde verkannte er sie vollkommen, aber wenigstens hatte er die Details ganz gut getroffen.

Sie lachte, traurig und bitter, dann ließ sie das Handtuch fallen und probierte ein Kleid nach dem anderen an. Jedes einzelne war wunderschön und fein gearbeitet. Als sie sich mit dem blauen Kleid im Spiegel betrachtete, schnappte sie nach Luft.

Vielleicht war es der Schnitt, vielleicht das taillierte Mieder, der schwebende Rock, der knapp über den Knien endete. Oder der Ausschnitt, der ein klein wenig asymmetrisch war und tiefer ausgeschnitten, als sie es normalerweise zu tragen wagte. Sie wirkte größer und schlanker, ihre Brust voller.

Sie sah gut aus. Wie eine Prinzessin.

Eine Prinzessin, die die Tinte unter ihren Fingernägeln nicht weggeschrubbt bekam.

Als es später an der Tür klingelte, trug sie ein Paar Kitten-Heels, ein Schultertuch und die kleine Clutch dazu. Das Herz schlug ihr bis zum Hals. Sie ging zur Haustür und …

O Gott.

Wenigstens war es keine Stretchlimo. Aber der Wagen, an dem Rylan lehnte, war einer der größten, glänzendsten und schwärzesten, die sie je in ihrem Leben gesehen hatte. Er hatte getönte Fenster, und ja – am Steuer saß ein Fahrer.

Rylan löste sich von der Wagentür und kam ihr entgegen. Ihre Augen weiteten sich. Er sah einfach zu gut aus, absolut schick in einem neuen, irgendwie noch eleganteren Anzug. Der Stoff glänzte matt im Dämmerlicht. Sein Haar war nach hinten gegelt.

Und genau das irritierte sie.

Seine Haare waren stets ein bisschen durcheinander gewesen, und das gefiel ihr. Zu gerne strich sie mit den Fingern durch das volle Haar oder mit den Nägeln über seine Kopfhaut. Manchmal hatte sie sich daran festgehalten, als ginge es um ihr Leben, oder fest daran gezogen, wenn er ihr mal wieder zeigte, was ihr Körper noch für sie bereithielt.

Ihre Haut knisterte vor Erregung, als er auf sie zukam. Er streckte die Hand aus, und sie musterte sie und ließ den Blick von dort über das makellose Sakko zu seinem Gesicht hinaufwandern.

Seine Miene wirkte entschlossen, der Raum zwischen seinen Brauen glatt. Doch seine Augen …

Ihr Herzschlag beschleunigte sich, und sie spürte, wie ihr Herz von innen gegen den Brustkorb hämmerte. Beinahe angstvoll kniff er die warmen blauen Augen zusammen. Er hatte die Lage voll im Griff, aber er fürchtete sich.

Doch dann blinzelte er, und plötzlich war die Furcht verschwunden. An ihre Stelle trat eine ruhige Entschlossenheit. Er streckte den Arm aus und strich ihr mit den Knöcheln seiner Hand über die Wange. Sie spürte die Wärme seiner Berührung.

Seine Fingerspitzen strichen über ihren Hals und verharrten schließlich an ihrer bloßen Schulter. Sie sah, dass er schlucken musste.

»Du siehst großartig aus.«

Ihre Stimme klang heiser, und ihre Knie zitterten, als sie erwiderte: »So gut, wie du gehofft hast?«

»Besser.« Seine Miene wurde weicher. Er wirkte natürlicher. »Du hast ein Talent, selbst meine wildesten Erwartungen zu übertreffen.«

Er beugte sich jedoch nicht vor, um den Kuss einzufordern, der auf so einen Satz eigentlich folgen musste. Er stand nur da, strich mit dem Daumen über ihr Schlüsselbein und bedachte sie mit einem glutheißen Blick.

Dann war der Moment vorbei, und er löste sich von ihr. Er deutete mit dem Kopf auf den Wagen und machte eine einladende Handbewegung. »Wollen wir?«

Es kostete sie nicht so viel Überwindung, wie ihm in ein Museum oder zurück in ein Hotelzimmer zu folgen. Oder ihn in sich hineinzulassen. Sie holte tief Luft. Und legte ihre Hand in seine.

Rylan veranstaltete das alles *nicht,* damit Chase dabei zusehen musste, wie er in seinem Bentley herumfuhr. Er tat es, weil von Anfang an Geld zwischen ihm und Kate gestanden hatte. Und zwar seit er sie zum ersten Mal genauer angesehen, ihren Stolz bemerkt und beschlossen hatte, das Thema nicht zur Sprache zu bringen.

Nun, jetzt brachte er es jedenfalls zur Sprache.

Das Klischee vom reichen Lover – so hatte Chase es genannt. Rylan versuchte, dem Bild gerecht zu werden.

Trotzdem fühlte er sich nicht besonders wohl dabei.

Was, wenn es jetzt wieder so lief wie in Versailles? Damals hatte er auch geglaubt, es würde ihr gefallen – er war davon ausgegangen, dass es jeder Frau gefiel. Aber sie war eben nicht wie jede Frau.

Er hielt ihr die Tür auf und versuchte, seine Nerven zu beruhigen. Sie rutschte über den Ledersitz, wie es jeder gute New Yorker tat, der sich an Taxis gewöhnt hatte. Anstatt um den Wagen herum auf die andere Seite zu gehen, wie er es normalerweise getan hätte, folgte er ihr, schloss die Tür und nickte dem Fahrer zu.

Als der Wagen anfuhr, blickte sie sich um und betrachtete alle Details der Inneneinrichtung. Schließlich sah sie ihn an.

»Also.« Sie saß auf der anderen Seite der Sitzbank – praktisch so weit von ihm entfernt wie möglich. Aber ihre Körpersprache war offen – nur dass sie ein klein wenig die Schultern hochzog. Sie war entspannt, aber wachsam. Sie stellte sich darauf ein, dass das Ganze auch schiefgehen konnte.

Aber das würde er nicht zulassen.

Er schob eine Hand zu ihr hinüber und berührte mit den Knöcheln die bloße Haut ihres Knies, gleich unter dem Saum ihres Kleides. »Also.«

Sie zog eine Braue hoch. »Danke für das Kleid. Und für die Blumen.«

»Gefallen sie dir?«

Zunächst verzog sie seltsam den Mund, dann lächelte sie unsicher. »Doch, ja. Aber es wäre nicht nötig gewesen.«

»Ich wollte es aber gern.« Er befeuchtete seine Lippen. »Nur das Beste.«

»Klar.«

Einen langen Augenblick lang starrten sie einander an. Nichts hätte er jetzt lieber getan, als zu ihr hinüberzurutschen, sie zu küssen und die Wärme ihres Körpers an seiner Seite zu spüren. Er hätte sie gerne im Arm gehalten.

Im letzten Sommer hätte er nicht gezögert, aber ihre Zurückweisung schmerzte noch. Sie hatte ihn in Paris sitzen lassen und ihn letzte Woche aus ihrer Wohnung hinausgeworfen. Er war zu ihr zurückgekommen, und er hatte einiges wiedergutzumachen, aber er war dabei, es mit großer Geste wieder einzurenken.

Und irgendwo ganz tief in seinem Inneren, wo er sich trotz aller Hoffnungslosigkeit einen gewissen Stolz bewahrt hatte, wünschte er sich, dass sie wenigstens einmal einen Schritt auf ihn zumachte. Sie hatte sich so oft einfach nur gefügt und das getan, was er von ihr verlangte.

Er wünschte sich, dass sie ihn auch wollte, dass sie ihn berührte, weil sie es wollte. Dass sie den ersten Schritt machte.

Doch sie senkte den Blick und löste die Verbindung. Dann drehte sie sich zum Fenster.

Angespannt fragte sie: »Und verrätst du mir, wohin wir heute Abend gehen?«

Er nahm die Hand von ihrem Bein, legte sie auf sein eigenes und wippte mit dem Knie auf und ab. Draußen floss die Stadt am Wagen vorbei. Aus den grauen Straßen wurden breitere Verkehrsachsen, als sie sich der Brücke näherten. »Ich möchte dich überraschen.«

»Hmm.« Aber sie widersprach ihm nicht. Und spottete nicht.

Rylan hinterfragte seine eigene Entscheidung sicher hundertmal, bis sie endlich vor dem Restaurant hielten, das er für sie ausgewählt hatte. Es war der richtige Ort für einen romantischen Abend mit Kerzenschein, stillen Ecken und exzellentem Essen. Doch je näher sie kamen, desto stärker sagte ihm sein Bauchgefühl, dass er sich völlig falsch entschieden hatte.

Als er Kate hineinführte, spürte er, wie sich ihr ganzer Körper versteifte. Der Oberkellner erkannte Rylan sofort und begrüßte sie beide mit einem Lächeln. Man brachte sie in eine gemütliche Ecke, reichte ihnen die Speise- und die Weinkarte und ließ sie allein. Rylan schluckte schwer, hasste das Schweigen zwischen ihnen. Hasste alles.

Dann schlug Kate ihre Speisekarte auf und ließ den Blick darüber schweifen. Ihre Kiefermuskeln zuckten, und er hielt den Atem an. Doch sie fuhr nicht aus der Haut und bekam auch keinen Lachanfall, wie er es fast von ihr erwartet hatte. Wie er es im Grunde die ganze Zeit erwartete. Sie klappte die Speisekarte zu und legte sie auf den Tisch. Dann sah sie ihn an.

»Lass mich raten. Du lädst mich ein?«, fragte sie knapp und mit einem kaum merklichen Zittern in der Stimme.

»Wenn du mich lässt«, antwortete er und bemühte sich, dabei selbstbewusst zu klingen, was ihm jedoch nicht gelang.

Sie lachte kurz auf. »Ich glaube, ich habe kaum eine Wahl. Ich weiß, wie viel Tellerwäscher pro Stunde verdienen.«

Natürlich wusste sie das. Schließlich arbeitete sie selbst als Kellnerin, oder? Wenn sie nicht an ihrer Kunst arbeitete.

Er hielt es einfach nicht mehr aus. Er wollte, dass sie ihn anfasste, doch schon wieder war er es, der den Arm über den Tisch streckte und seine Hand auf ihre legte. Der Kontakt beruhigte und beschwingte ihn. Doch gleichzeitig empfand er eine unerträgliche Traurigkeit.

»Genieß es einfach, Kate. Bestell dir, was du möchtest. Ich will dich verwöhnen.« Mit dieser Erfahrung, mit diesem Abend.

Sie holte tief Luft und ließ sie entweichen. Doch dann nickte sie. »Okay.«

Als der Kellner kam, brachte sie flüssig ihre Bestellung vor und widersprach auch nicht, als Rylan eine Flasche Wein bestellte.

Rylan wusste nur nicht, ob das ein gutes Zeichen war.

Für Kate war es das leckerste und zugleich das verkrampfteste Essen ihres Lebens.

Es war ein albernes Filmklischee – das ungebildete Mädchen, das nicht einmal wusste, welche Gabel es benutzen sollte –, aber solche Klischees entstanden nicht von ungefähr. Kate hatte sich vorgetastet, wie es ein Benimmlehrer in einem trivialen, alten Film seiner mutigen Heldin geraten hätte, und hoffte auf gutes Gelingen. Sie trank ihren Wein und aß das leckerste und teuerste Steak der Welt.

Rylan beobachtete sie die ganze Zeit über. Nicht mit der Angst, die ihm in den Augen stand, als er ihr in den Wagen geholfen hatte, sondern auf eine andere Weise, die sich fast unangenehm anfühlte.

Als sie fertig waren, bezahlte er die Rechnung, ohne

auch nur hinzusehen, und führte sie hinaus. Der Wagen wartete bereits. Kate hielt den Atem an. »Wohin jetzt?«

Rylan ließ sie einsteigen, schloss die Tür jedoch, bevor sie auf die andere Seite rutschen konnte. Ach, stimmt ja. Das hier war ein feines Auto. Und ein feines Kleid. Nur sie war überhaupt nicht fein.

Er stieg auf der anderen Seite ein und gab dem Fahrer ein Zeichen, noch zu warten. Mit laufendem Motor standen sie am Bordstein, leise Musik spielte, und die gedämpften Geräusche des Straßenverkehrs drangen herein, doch die Stille schien Kate die Luft abzuschnüren.

Rylan wandte sich zu ihr und sah sie an. »Ich habe Karten fürs Ballett.«

Sie versuchte, sich nicht anmerken zu lassen, dass ihr fast die Augen aus dem Kopf fielen. »Fürs Ballett?«

Er hatte gesagt, dass er mit ihr zu einer Aufführung gehen wollte, doch das war das Letzte, womit sie gerechnet hatte. Sein Mundwinkel zuckte. »Du hast keine Lust.« Es war nicht einmal eine Frage.

»Das habe ich nicht gesagt. Ich war nur noch nie im Ballett.« Die Provinzaufführung des *Nussknackers,* die sie mit acht Jahren gesehen hatte, zählte nicht.

»Wir brauchen nicht zu gehen.«

Er klang resigniert. Enttäuscht.

Wie war ihm dieser ganze Abend wohl vorgekommen? Sie hatte fast vergessen, sich für seine extravaganten Geschenke zu bedanken, und in seinem tollen Restaurant so viel Angst davor gehabt, sich zum Narren zu machen, dass sie kaum mehr als Small Talk mit ihm zustande gebracht hatte. Und jetzt rümpfte sie die Nase über etwas, von dem er geglaubt haben musste, dass es ihr gefallen würde.

Ihre Hand schwebte in der Luft – am liebsten hätte sie ihn berührt und die Wärme seiner Haut gespürt. Doch im letzten Moment bekam sie Angst.

Sie legte die Hand wieder in ihren Schoß und nagte von innen an ihrer Lippe. »Doch«, sagte sie mit mehr Selbstbewusstsein, als sie verspürte. »Wir gehen.«

»Nein.« Er schüttelte den Kopf.

Doch sie gab nicht nach. »Ich möchte aber gern.« Sie zwang sich zu einem Lächeln. »Irgendwann gibt es für alles ein erstes Mal, oder nicht?«

Sein Blick zuckte zu ihrem, und da war dieses Feuer. Das Funkeln, das sie den ganzen Abend vermisst hatte. »Sicher?«

»Absolut«, gab sie entschieden zurück.

Es war zumindest einen Versuch wert.

KAPITEL 7

Kate wusste nicht, was schlimmer war – das Ballett selbst, der Umstand, dass sie anscheinend nichts für Ballett übrig hatte, oder dass Rylan deutlich zu erkennen gab, wie furchtbar er selbst es fand.

Dabei war es eigentlich ganz hübsch. Sie musste an Degas' Pastellkreidezeichnungen mit all den durchgebogenen Rücken und den gestreckten Zehen denken und konnte sich sogar vorstellen, diese anmutigen Gestalten zu zeichnen und zu versuchen, die Energie und die Bewegung, den Raum, die Magie einzufangen.

Aber dort in einer abgeschlossenen Loge zu sitzen, allein und doch umgeben von all diesen anderen Männern und Frauen, die sogar noch schicker gekleidet waren als sie, gemeinsam mit Rylan einer Geschichte ohne Worte zu folgen und dabei eine Musik zu hören, die ihr nichts sagte ... Der erste Akt – oder Aufzug, oder wie man das auch nannte –, war kaum vorbei, als Rylan schon begann, unruhig zu werden. Er war nicht der Einzige. Sie selbst war so hibbelig, dass sie sich die Fingernägel in die Handflächen drückte, um still sitzen zu bleiben.

In dieser Zeit hätte sie so viele andere Dinge tun können. Ihre Mappe für das Stipendium stellte sich nicht von allein zusammen, und ihre Wohnung musste geputzt werden.

Herrje, und wenn sie nur etwas Schlaf nachgeholt hätte, wäre das auch schon sinnvoller gewesen. Vor Langeweile schlief sie im Ballett fast ein.

Die Aufführung schleppte sich dahin, und Kate sank immer mehr in sich zusammen, verschränkte erst die Arme, dann die Beine, aber es half nichts. Rylan und sie waren noch nie gemeinsam in irgendeiner Vorstellung gewesen, und Kate hatte sich immer vorgestellt, wie er dabei ständig an ihr herumfummeln, ihren Arm streicheln, sie aufs Ohr küssen oder unter dem Sitz mit ihr füßeln würde.

Doch er blieb mit versteinerter Miene und zusammengebissenen Zähnen auf seiner Seite der Armlehne. So als wüsste er genauso gut wie sie, dass das hier ein Fehlgriff war.

Es war so frustrierend, eine solche Zeitverschwendung, dass sie mit den Zähnen knirschte. Rylan hatte den ganzen Abend so aufgezogen, als wäre es ihm wichtig, ihr all das zu zeigen, und jetzt hockten sie hier, jeder für sich, und warteten stur darauf, dass es endlich zu Ende war.

Was, wenn sich ihr ganzer zweiter Versuch so gestaltete? Sieben Abende – nach dem heutigen blieben noch fünf übrig. Wenn alle so verliefen wie dieser hier ...

Das wäre unerträglich. Die Zeit in Paris war wundervoll gewesen – doch Kate hatte sich schon damals gesagt, dass es etwas Besonderes war. Sie hatten in einer Traumwelt gelebt, losgelöst von den normalen Alltagssorgen –, und manche Träume vertrugen einfach kein Tageslicht. Dabei hatte Rylan ihre Träume schon zerstört, als er zugegeben hatte, dass er eigentlich jemand anderer war und nicht der Mann, als der er sich ausgegeben hatte. Vielleicht hätten sie es doch dabei bewenden lassen sollen.

Aber das hatten sie nun einmal nicht getan. Rylan sammelte die Trümmer auf und klammerte sich an ihnen fest, als könnten sie sie wieder zusammensetzen. Er hatte sie besucht und um mehr angefleht, und sie hatte sich überreden lassen. Doch wozu sollte das gut sein? Was sollte dabei herauskommen?

Sie war nicht so schlecht erzogen, nicht zu klatschen, als endlich der Vorhang fiel. Rylan neben ihr tat das Gleiche. Sie vermied es, ihn anzusehen, als er sie hinausführte. Sein Wagen war einer der ersten, die draußen in der Schlange warteten, und sie stiegen wortlos ein. Da saßen sie nun – zusammen und doch getrennt. Der Fahrer schlängelte sich durch den Theaterverkehr und bog Richtung Innenstadt ab.

Vor ihrer Wohnung stieg Kate aus, verschränkte die Arme und rieb sich in der abendlichen Kälte über die bloße Haut. Rylan stieg ebenfalls aus. Kate hatte sich während der ganzen fürchterlich langen Autofahrt ihre Worte zurechtgelegt und sie bereits so eingeübt, wie sie ihr Französisch geübt hatte.

Hör mal, das funktioniert doch ganz offensichtlich nicht. Oder: *Dankeschön. Es war nett, aber ...*

Dann sah sie den Ausdruck in seinen dunklen Augen, als er um den Wagen herum auf sie zu kam, und die Worte lösten sich in nichts auf.

»Ich bringe dich noch rauf«, erklärte er schroff.

Es hätte sie erleichtern sollen, in seinem Tonfall dieselbe Enttäuschung zu hören, die sie selbst empfand, aber stattdessen wurde sie nur noch mutloser.

»Okay.« Sie wandte sich um und ging auf das Haus zu. Es war sowieso besser, es unter vier Augen hinter sich zu bringen.

Also ließ sie ihn hinein.

Rylan konnte die Abfuhr fast schmecken, ein Geschmack wie trockener Zunder in seiner Kehle.

Kate hatte sich mühsam die Treppen hinaufgeschleppt. Vor ihrer Wohnungstür fummelte sie mit den Schlüsseln herum, bis er vortrat und sie ihr aus der Hand nahm, um selbst aufzuschließen. Mit gestrafften Schultern ging sie hinein. Ihre Finger waren weiß, wo sie ihre Arme umklammerte. Rylan konnte kaum atmen.

Schon seit der zweiten Hälfte dieser desaströsen Ballettaufführung war er innerlich aufgewühlt und überlegte, was er wohl tun konnte, um die Lage zu retten. Aber ihm war nichts eingefallen.

Er zog die Tür hinter ihnen zu und hielt ihr die Schlüssel hin. Sein Herz klopfte, als sie auf ihn zutrat, und als sie mit den Fingerspitzen die seinen berührte, zerbrach etwas in ihm.

Das war's.

Die Metallzacken pressten sich in seine Handfläche – in ihre vermutlich auch, doch das war ihm egal. Er hielt ihre Hand fest und verschränkte seine Finger mit ihren, spürte ihren Herzschlag. Rylan schüttelte den Kopf, als sie etwas sagen wollte. Er brauchte es nicht zu hören. Er wusste es bereits.

»Ich habe es vermasselt.«

Sie sah ihn mit großen Augen und offenem Mund an.

»Es … ich dachte …« Er hielt inne. Was hatte er sich nur dabei gedacht? »Ich hätte es mir denken können.«

»Rylan …«

»Ich dachte, ich könnte dir einen Traum erfüllen.« Ein raues, schmerzhaftes Lachen stieg seine Kehle hinauf. »Ich wusste schon immer, dass du Geld verabscheust, aber ich besitze es nun mal, Kate. Es braucht nichts Schlechtes zu sein. Ich dachte, das könnte ich dir beweisen.«

»Indem du es verprasst?«

»Indem ich einen netten Abend mit dir verbringe.« Er ließ sie los, und es schmerzte, wie rasch sie sich von ihm löste und dabei die Schlüssel umklammerte. Sie hatte ihn in ihre Wohnung gelassen, doch nicht in ihr Herz, und er hatte keine Ahnung, womit er ihre Schlösser öffnen konnte. »Du magst Kunst und Ballett ...«

Sie wand sich. »Du hast es gut gemeint.«

Er hatte es gut gemeint, aber dabei überhaupt nicht berücksichtigt, was sie eigentlich für ein Mensch war.

»Das Ballett war ein Fehler.«

Sie lehnte sich an die gegenüberliegende Wand. Ihre Brust hob und senkte sich, so heftig atmete sie. Das Kleid, das er ihr geschickt hatte, schob ihre Brüste nach oben und brachte sie auf eine Weise zur Geltung, wie sie es sonst nie taten. Er hatte von ihr verlangt, sich so zu stylen. Ihre Stimme klang brüchig. »Es ist ...« Sie blinzelte und blickte zur Decke. »Ich habe mich geärgert, weil es nicht mal dir selbst gefallen hat.« Schließlich sah sie ihm ins Gesicht. »Oder etwa doch?«

Er hatte geschworen, sie nie wieder zu belügen. »Ich fand es schön, im Dunkeln neben dir zu sitzen.«

»Das glaube ich dir nicht. Du hättest kaum weiter entfernt von mir sein können, wenn du eine Karte für einen anderen Platz gehabt hättest.«

Der Vorwurf saß.

Und was am schlimmsten war: Es stimmte.

Seine Mundwinkel zuckten, doch das Lächeln, das er sich aufzwingen wollte, wirkte künstlich und falsch. »Du hast nicht gerade so ausgesehen, als ob du von mir berührt werden wolltest.«

Es war ihre ganze Art gewesen, die steife Haltung, mit der sie auf ihrem Platz gesessen hatte.

»Was wolltest du denn noch? Eine schriftliche Einladung?« Sie zeigte auf sich. »Ich habe das Kleid angezogen, das du wolltest, und ich bin mit dir zu der Aufführung gegangen, die du für mich ausgesucht hast. Ich habe es versucht.«

Sie hatte sich wirklich Mühe gegeben, die Rolle auszufüllen, die er für sie vorgesehen hatte, die ...

Plötzlich ging ihm ein Licht auf. Eine allzu grelle Glühbirne, die Licht in die finsteren Ecken warf, die er nicht sehen wollte.

Dieser blöde Chase hatte ihm erzählt, alle Frauen wären gleich und wollten dasselbe. Und Rylan war auf die Idee angesprungen, weil er nicht gewusst hatte, wie er die Sache zwischen ihnen sonst wiedergutmachen könnte.

»Ich habe dich in eine Schublade gesteckt«, sagte er plötzlich wie betäubt. Sie zog die Stirn kraus, und er biss sich von innen auf die Wange. Doch der Schmerz brachte keine Linderung.

»Du ...«

»Ich mag dich.« Ein anderes Verb lag ihm auf der Zunge. Eine andere Sichtweise auf all die Dinge, die er getan hatte. Er wollte sich, was seine Gefühle betraf, nichts vormachen. Das hatte er bisher auch nicht getan. Doch das besondere Wort war für sie beide in diesem Moment zu groß. Zu viel. Er fuhr sich mit den Händen durch die Haare. Es war einfach zu perfekt gewesen. Alles, was er für sie geplant hatte, war zu perfekt. Und er war zu blind gewesen, um das zu erkennen – bis jetzt. »Ich habe noch nie jemanden so gern gehabt wie dich.«

Als sie sich kennenlernten, hatte er genau drei Tage gebraucht, um sich darüber klar zu werden. Er war so clever gewesen, hatte Dinge ausgesucht, von denen er wusste, dass sie ihr gefielen – kleine, romantische Restaurants und unbeachtete Flügel berühmter Museen. Doch sobald er begriffen hatte, wie einzigartig sie war, hatte er begonnen, sie wie alle anderen zu behandeln. Zuerst Versailles und dann das hier. Er hatte sie ausgeführt, um sie zu beeindrucken – dabei wäre das überhaupt nicht nötig gewesen, wenn er einfach nur auf den Menschen eingegangen wäre, der sie war.

Er zog sich noch stärker an seinen Haaren. »Ich kenne es nicht anders.«

Dann ließ er von seinen Haaren ab und zeigte auf sie und die Kleider, die sie auf dem Bett verteilt hatte.

In seinen Kreisen war das die Art, wie Leute einander ihre Wertschätzung zeigten. Ein schicker neuer Wagen anstelle einer freundlichen Umarmung.

»Und du bist so viel mehr wert als dieses ganze Zeug«, sagte er.

Zum ersten Mal, seit er sie abgeholt hatte, wurde ihr Blick weicher. Sie ließ die Schultern sinken. »Aber willst du denn wirklich, dass es so abläuft? Langweilige Abende bei Aufführungen, die dir selbst völlig egal sind? Sich in Restaurants mästen?« Sie zupfte an ihrem Dekolleté. »Kleidung, in der man nicht mal atmen kann? Für dich? Für mich?« Sie stockte. »Für uns?«

Dass sie vielleicht immer noch glaubte, es könnte eine Chance für ein *Uns* geben, machte ihm Mut. »Nein.«

»Was willst du dann?«

War das nicht genau die entscheidende Frage? Diese Frage hatte ihn auf einen anderen Kontinent getrieben, hatte ihn ein ganzes Jahr verschwenden lassen, weil er sich nicht hatte festlegen wollen. Nichts hatte sich in der ganzen Zeit geändert.

Und trotzdem war jetzt alles anders.

Als er nicht antwortete, drückte sie sich von der Wand ab. »Ich bin nicht deine Märchenfee, Rylan. Ich kann nicht die Lösung für all deine Probleme sein.« Sie zitterte. »Und ich werde mich auch nicht von dir in etwas verwandeln lassen, das dich irgendwann unweigerlich langweilen wird.«

Das konnte er sich nicht vorstellen.

»Niemals.«

»Aber was *willst* du denn? Ich meine nicht das, was du glaubst, wollen zu müssen, oder was du denkst, dass ich es wollen sollte. Was willst du selbst?«

Die Frage traf ihn mitten ins Herz.

An dem Tag, als Kate ihn in Paris verlassen hatte, hatte sie ihm erklärt, er müsse in seinem Leben gewisse Entscheidungen treffen. Sie war wütend auf ihn gewesen, weil er sich als jemand ausgegeben hatte, der er nicht war, aber im Grunde hatte sie ihm vorgeworfen, auch sich selbst zu belügen. Diese Anschuldigung hatte ihn wie eine Kugel in die Brust getroffen und steckte dort seit Monaten fest.

Bis vor einer Woche, als er mit einem mächtigen Kater und krank vor Liebe auf ihr Skizzenbuch gestarrt hatte. Da war es ihm plötzlich klar geworden.

»So viel«, brachte er mühsam heraus. »Ich habe so vieles in den Sand gesetzt.« Das betraf die Firma seines Vaters, seine Familie und auch sie. »Ich bin hergekommen, um das alles wieder in Ordnung zu bringen, aber ich weiß nicht, wie.«

»Ich habe dir doch gesagt, dass es Zeit braucht ...«

Er schüttelte den Kopf. »Das betrifft nicht nur uns.« Das hier, was sie beide betraf, war der wichtigste Teil von allem, doch es war bei Weitem nicht der einzige. »Die Firma meines Vaters steht am Abgrund. Lexie gibt ihr Bestes, aber wenn wir die Firma retten wollen, muss ich antreten und eine Rolle übernehmen, und ich ... ich weiß nicht, ob ich mich wieder in diese Form pressen lassen will.«

Sein Vater hatte dieses Imperium aufgebaut und ihn als seinen Nachfolger und Erben herangezüchtet. Rylan hätte so gerne wieder an etwas geglaubt und es noch einmal versucht, doch seine Rückkehr nach New York hatte ihn sofort wieder in die Rolle und in das Leben gedrängt, vor dem er davongelaufen war.

Dabei brauchte er gar nicht wieder so zu sein wie früher. Er musste die Dinge nicht mehr so machen wie früher.

»Ich habe versucht, die alten Probleme mit den alten Strategien aus der Welt zu schaffen«, stellte er nachdenklich fest. »Mit dir, mit meiner Familie – das hat nicht funktioniert. Die Dinge müssen sich ändern. Ich muss mich ändern.«

Der ganze Abend war ein kapitaler Fehlschlag gewesen. Aber vielleicht steckte darin auch eine Chance.

»Ich muss noch mal ganz von vorn anfangen.«

Und bei Kate musste er beginnen.

Mit wenigen Schritten durchquerte er den Raum und legte die Hände auf die kühle, weiche Haut ihrer Schultern. Wie dumm von ihm, ihr all diese knappen Kleidchen zu schicken, von denen kein einziges vernünftige Ärmel hatte. Sie musste den ganzen Abend gefroren haben. Nun, er würde sie schon aufwärmen. Ihr Körper schien unter seinen Händen dahinzuschmelzen, und das erfüllte ihn mit einem

Gefühl von Macht. Es gab ihm eine Selbstsicherheit, wie er sie nicht mehr empfunden hatte, seit er aus dem Flugzeug gestiegen und als Bittsteller vor ihrer Tür erschienen war.

Er drehte sie um, sodass sie ihm den Rücken zuwandte. Ihr hauchfeiner Schal fiel zu Boden, und ihren Lippen entfuhr ein Stöhnen. Rylan legte die Stirn an ihren Kopf und ließ sich einen Moment Zeit. Er genoss es, ihren Körper zu spüren, und atmete tief den köstlichen, zarten Duft ihrer Haut ein. Wie gut, dass sie noch da war und dass er noch da war. Fürs Erste.

Er atmete tief ein, dann neigte er sich vor, strich ihr Haar beiseite und drückte die Lippen auf ihren Nacken. Sie zitterte, und er schloss die Augen.

Er fand den Reißverschluss, der über ihren Rücken lief. Zähnchen für Zähnchen zog er ihn herunter und befreite sie aus ihrer Verkleidung. »So.« Er streifte den Stoff über ihre Arme und strich über ihre Seiten, als das Kleid zu Boden glitt. »So will ich dich.«

Die schwache Andeutung eines Lachens kam über ihre Lippen. »Nackt?«

»Ja. Nein.« Natürlich wollte er sie ganz nackt, damit er ihre herrliche Haut küssen, streicheln und ihr huldigen konnte. Aber es war noch mehr als das. »Ich will dich einfach so, wie du bist.« Er bedeckte ihre Schultern mit Küssen und umschlang ihre Taille. »Nackt oder angezogen. In sexy Kleidern oder zerrissenen Jeans.« Mit den Fingerspitzen strich er über ihre Hüften, knapp über ihrem Slip. Seine Kehle war trocken, und seine Haut begann zu kribbeln, als sie sich an ihn schmiegte. »Ich will dich diesen Abend vergessen lassen.«

»Dann vergiss du ihn auch.«

Er musste fest die Augen schließen. Es ging nicht nur um Erregung, es ging nicht nur um Sex, auch wenn es zwischen ihnen beiden in diese Richtung zu laufen schien. Als er die Augen wieder öffnete, nahm er die Hände von ihren Seiten. Er lockerte seine Krawatte, zog sie sich über den Kopf und ließ sie fallen. Seine Hemdknöpfe öffneten sich wie von alleine unter seinen Fingerspitzen. Manschettenknöpfe und Sakko, Gürtel und Hose, Socken und Schuhe. Sie blieb, wo sie war, wandte ihm den Rücken zu und rührte sich nicht, atmete nur.

Als er bis auf die Unterhose ausgezogen war, hielt er inne. Sie hatte immer noch ihre Pumps an, und obwohl sie flach waren, veränderten sie die Art, wie sie voreinander standen, und die Höhe, auf der ihr Kopf seine Brust berührte.

Er sank auf die Knie. Er war früher schon für sie auf die Knie gegangen, um sie mit dem Mund zu verwöhnen oder um sie um den nächsten Tanz zu bitten. Heute Abend strich er mit den Handflächen außen an ihren Schenkeln entlang und umfasste ihre Knie, dann strich er tiefer. Er presste die Stirn von hinten an ihr Bein und nahm ihren Knöchel. Sie verstand den Wink, als er ihren Schuh umfasste, und hob erst den einen, dann den anderen Fuß für ihn.

Auf seinem Weg zurück nach oben küsste er jeden einzelnen ihrer Wirbel. Er stellte seine bloßen Füße links und rechts neben ihre, dann nahm er sie in die Arme und schmiegte sich an sie. In seinem Kopf stürzte eine Mauer ein, und er konnte Kate wirklich spüren, ihre Kurven und Kanten, die weiche Glätte ihrer Haut. Sein harter Schwanz stieß gegen ihren Rücken, und plötzlich war die Erregung da. Es war Sex.

Und doch war es viel, viel mehr.

Er drehte sie in seinen Armen um. Ihre Wimperntusche war verschmiert, die Augenwinkel feucht, und sie war so schön, dass er fast wieder auf die Knie gesunken wäre.

»Besser?«, fragte er mit heiserer Stimme.

Sie nickte, wich seinem Blick jedoch aus und sah auf seine Brust anstatt in seine Augen – so sollte es nicht sein. Er legte eine Hand unter ihr Kinn und hob es an, woraufhin sie ihre Finger um seine legte und sie an ihre Lippen führte. Feuer schoss durch seinen Körper, als sie ihn berührte.

Er hatte sich Zeit gelassen. Jede Bewegung, mit der er zunächst sie und dann sich selbst aus den Kleidern geschält hatte, war von großer Zurückhaltung geprägt gewesen, doch das war nun vorbei. Glühende Lust und Verlangen erfassten jede Faser seines Körpers, und um seine vorsichtige Selbstbeherrschung war es geschehen.

Als er diesmal ihr Kinn anhob, tat er es, um ihre Lippen zu erobern, um ihren Mund zu küssen. Sie erwiderte seinen Kuss mit einer Leidenschaft, die er kaum verstand, doch sie entsprach seinen eigenen Gefühlen.

»Ich werde mich bessern«, stammelte er an ihrer suchenden Zunge und am Druck ihrer Lippen auf seinen vorbei. »Das verspreche ich dir.« Er legte ihr die Hand in den Nacken und den Daumen in das Grübchen an ihrem Kinnansatz und hielt sie fest. »Aber du musst mich lassen.«

Er küsste sie wieder, bis ihre Gliedmaßen weich zu werden begannen, dann trat er zu ihrem Bett und nahm sie mit. Als sie die Matratze erreichten, schob er die beiden Kleider beiseite, die sie dort liegen gelassen hatte. Sie fielen zu Boden, doch das kümmerte ihn nicht. Und sie anscheinend ebenso wenig.

Rylan ließ Kate sich mitten auf das Bett legen. Ein schöner

Anblick aus weicher Haut und sanften Kurven, das dunkle Haar wie eine Wolke über ihren Schultern. So könnte er sie die ganze Nacht ansehen, nur dass er sich danach verzehrte, sie zu berühren. Seine Hände zitterten, und sein Schwanz schrie danach. Wie ein Raubtier kauerte er über ihr, die Knie rechts und links neben ihren Schenkeln, und stützte sich mit geradem Rücken auf den Armen ab. Er blickte zu ihr hinunter. Auf die Hände seitlich neben ihrem Kopf.

Er zögerte. Dort hatte sie die Hände auch beim letzten Mal abgelegt. Er hatte sie selbst dazu aufgefordert, weil er wollte, dass sie sich hilflos der Lust überließ, die sein Körper dem ihren schenkte. Doch jetzt war es etwas anderes. Schon den ganzen Abend über war sie so passiv gewesen, nur in dem Moment nicht, als sie ihm gesagt hatte, wie sauer sie auf ihn war.

Jetzt fühlte es sich falsch an.

Er schüttelte den Kopf, konnte sein Problem aber auch nicht in Worte fassen. Anstatt es zu versuchen, drehte er sich kurzerhand mit ihr zusammen um, sodass er nun flach auf dem Rücken lag und zu ihr hinaufblickte.

Sie schaute verwirrt zu ihm hinunter, und seine Brust zog sich zusammen. Diese scheue Miene hatte er schon zu oft gesehen. Er griff nach ihren Armen, bevor sie sie zurückziehen oder protestieren konnte. Am liebsten hätte er sie geschüttelt.

»Du musst es mich besser machen lassen«, sagte er mit rauer Stimme. »Hilf mir, es besser zu machen.«

Er war zu ihr gekommen. Er hatte einen Ozean überquert, weil sie ihn auf die Lücken in seinem Leben hingewiesen hatte. Er wusste, dass er sie ausfüllen musste, aber er wusste nicht, wie er das ohne sie anstellen sollte.

Sie hatte eingewilligt, ihm eine zweite Chance zu geben. Mehr hatte sie jedoch nicht getan.

In einer anderen Welt, in einem anderen Leben, hatte sie ihn ständig herausgefordert, hatte ihm auf den Kopf zugesagt, wenn er Mist gemacht hatte, und sich über seine unmöglichen Sprüche lustig gemacht. Diese Kate wollte er wiederhaben. Er wollte, dass sie ihm mehr Grenzen setzte und sich nicht nur weigerte, ihn bei sich übernachten zu lassen. Und dann ihre Stimme, als sie ihm gesagt hatte, dass sie ihn nicht retten konnte und dass er wieder alles falsch gemacht hatte. Danach. Als es bereits zu spät gewesen war.

Vielleicht musste er hier ganz von Neuem beginnen, aber allein konnte er das nicht.

»Du musst mir sagen, was du willst.« Er legte einen Finger auf ihre Lippen und brachte ihren Protest so zum Schweigen. »Sag es mir, wenn ich Mist baue.« Das hatte sie früher auch getan. Er hatte es satt, dass sie jetzt so tat, als müsste sie alles stumm ertragen. Auch wenn er es gewesen war, der sie um die Chance gebeten hatte, sich erneut zu beweisen, hing der Erfolg dieses Unterfangens nicht nur von ihm ab. »Wir müssen uns *beide* darum bemühen.« Seine Stimme und sein Herz überschlugen sich. »Sonst ...« Mist. Das hätte er nicht sagen sollen. Er durfte nicht einmal daran denken.

Aber da waren die Worte schon heraus.

»... sonst hat das alles keinen Zweck mit uns beiden.«

KAPITEL 8

Kate schwindelte.

Mit flehendem Blick lag Rylan unter ihr. Seine Worte hingen in der Luft, legten sich schwer auf ihre Brust und machten ihr das Atmen schwer.

Sonst hat das alles keinen Zweck mit uns beiden.

Fast hätte sie höhnisch gelacht. Hatte sie ihm das nicht schon selbst sagen wollen? Als sie durch die Tür gekommen waren, hatte es ihr auf der Zungenspitze gelegen. Sie war kurz davor gewesen, ihm klarzumachen, dass er ihrer beider Zeit vergeudete.

Und jetzt? War er etwa sauer, weil sie zuließ, dass er alles kaputt machte?

Eisige Blitze schossen durch ihren Körper. Einen kurzen, schrecklichen Moment lang war sie wieder in der Wohnung ihres Vaters, wo immer alles ihre Schuld gewesen war. Was sie auch tat, es war falsch. Warum konnte sie nicht *einmal* etwas richtig machen?

Doch die eisige Kälte in ihr wich schon bald brennendem Zorn. Sie kochte vor Wut, und in ihr erwachte ein Kampfgeist, wie sie ihn vor diesem Sommer nicht gekannt hatte. Sie verdiente mehr, als immer nur das Bauernopfer zu sein. Kate grub die Finger in die Laken und spürte, wie lodernde Hitze in ihre Wangen kroch. Sie konnte jetzt von ihm herunterklettern und sich etwas zum Anziehen suchen, sie konnte ihn hinauswerfen und ihn auffordern, nie mehr zurückzukehren, nur ...

Da war sein Blick, und die Art, wie er sie in den Armen hielt, verriet so viel Zerbrechlichkeit. Ihre Brust zog sich zusammen, und sie verstummte.

Rylan witterte offenbar seine Chance und ergriff sie. Er befeuchtete seine Lippen und packte ihre Arme. »Das, was heute Nacht passiert ist, war meine Schuld. Ich habe alles falsch gemacht.« Sie sah, wie er schluckte. »Aber du hast es mitgemacht.«

Fast hätte sie ein Schleudertrauma erlitten, mit solcher Macht riss sie den Kopf zurück. »Wie bitte?«

Er streckte sein Kinn vor. »Wenn du Ballett nicht magst, dann musst du mir das sagen, Kate. Dann darfst du nicht drei Stunden herumsitzen und innerlich kochen.«

»Und was hast du in diesen drei Stunden getan?«

Um seine Lippen spielte die Andeutung eines Lächelns. »Ich habe überlegt, warum ich alles falsch mache.«

Sie ... Was zum Teufel sollte sie damit anfangen?

Sie versuchte, seinem Griff zu entkommen, und zuckte vor Schmerz zusammen. »Du tust mir weh.«

Er lockerte seinen Griff, und das Blut floss zurück in ihre Arme. Zärtlich streichelte er sie dort, wo er sie zuvor zu fest gepackt hatte. Dann zog er die Mundwinkel zur Seite, und in seine Augen schlich sich ein warmer, trauriger Ausdruck. »Siehst du? War das so schwer?«

»Das ...« Das war doch etwas ganz anderes. Oder vielleicht nicht?

»Ich habe eben gesehen, wie du unter mir gelegen hast. Flach auf dem Rücken, die Hände über dem Kopf.« Röte kroch ihren Hals hinauf, und er schüttelte den Kopf. »Das Gefühl, dass du mich alles mit dir tun lassen würdest, was ich wollte, war unglaublich sexy. Aber es geht hier nicht nur um das, was ich will. Nicht in deinem Bett, und auch nicht, wenn wir ausgehen. Es geht nicht nur darum, dass du dich zurücklehnst, mich alles planen lässt und dann entweder zustimmst oder nicht.«

So hatte sie sich nicht verhalten. Das stimmte nicht.

Obwohl ...

Vielleicht doch.

Er war zu ihr zurückgekrochen und hatte sie um eine zweite Chance angefleht. Und sie hatte ihre Wunden geleckt. Sie hatte sich über seine Rückkehr geärgert, darüber, dass er sich einbildete, das Recht zu haben, einfach in ihr Leben eindringen und sich seinen Platz darin suchen zu können. Sie hatte ihm die Chance gegeben, sich ihr zu beweisen, die ganze Verantwortung jedoch ihm überlassen. Aber womöglich trug sie auch ihren Anteil dazu bei, wie es zwischen ihnen lief.

»So wird das nie was mit uns«, sagte er mit leiser, sanfter Stimme. »Jedenfalls nicht, wenn du nicht mitziehst.« Er sah ihr in die Augen. »Lass es uns gemeinsam versuchen, Kate. Bitte.«

Die Wut lag ihr wie ein Stein im Magen. Sie wusste nicht, wie sie sich von diesem Druck befreien oder milde zu dem Mann sein konnte, der sie ausgelöst hatte.

Der Stein bewegte sich. Und dann schrumpfte er, wenn auch nur einen Hauch.

Denn Rylan hatte nicht unrecht. Es war ein Unterschied, ob sie *ihm* eine Chance gab oder ihnen *beiden*. Nur ...

»Ich weiß nicht, ob ich das kann.«

»Ich verlange von dir nur, dass du es wenigstens versuchst.«

Nach einer gefühlten Ewigkeit blickte sie in seine Augen hinunter.

In Wahrheit hatte er sie nicht nur einmal darum gebeten, ihm zu vertrauen, sondern wieder und wieder. Als er sie in Paris zur Museumstour eingeladen hatte, als er sie zum ersten Mal mit dem Mund verwöhnt hatte – immer wieder hatte er ihr Angebote gemacht, und sie war darauf eingegangen. Am Ende hatte sich jedes Mal herausgestellt, dass es fantastische Angebote waren, doch sie waren alle von ihm gekommen.

Vielleicht war es an der Zeit, dass sie sich selbst um ihre Wünsche kümmerte.

Vielleicht sollte sie es einmal ausprobieren.

Sie versuchte, den Schmerz zu verdrängen, den er ihr zugefügt hatte, und betrachtete seinen Mund. Sie waren beide noch immer nackt. Ihre Erregung hatte nachgelassen, doch als sie sah, wie er unter ihr lag und sich ihr auslieferte, erwachte das Verlangen, das in ihrem Unterleib schlummerte, aufs Neue.

Sie legte die Hände auf seine Schultern. Dann beugte sie sich vor.

Er öffnete willig den Mund, erwiderte ihren Kuss mit festen, gierigen Lippen und liebkoste ihre Zunge mit seiner. Sie drückte die Finger in seine festen Muskeln und streichelte mit den Daumen über seine Schlüsselbeine.

»Gemeinsam?«, fragte er sie mit zitternder Stimme.

»Unbedingt.«

Es war eigenartig, so über ihm zu sein. Sie hatte es zuvor ein- oder zweimal mit Aaron versucht, aber es war ihr immer zu peinlich gewesen, weil sie die ganze Zeit daran denken musste, wie ihr Bauch wohl aussah. Bewegte sie sich zu schnell? Zu langsam? Nach einer Weile hatte es stets damit geendet, dass er sie umgedreht hatte, damit er sich so bewegen konnte, wie es ihm gefiel.

Doch Rylan drückte sie an sich, fasste mit den Händen an ihren Po, strich in weiten Bögen über ihre Haut, über den Spitzenstoff ihres BHs und weiter ihren Rücken hinunter.

»Willst du?« Sie ließ den Finger über seine Brust wandern und zupfte dann am Bund seiner Boxershorts.

»Jederzeit.« Er nahm ihre Hand und drückte sie gegen seinen glatten Unterleib. »Wann immer du willst. Schon wenn du mich berührst, ist es ...« Er sog lautstark die Luft ein, als sie ihn mit einem spitzen Fingernagel unter dem Nabel kitzelte. »Es fühlt sich toll an.«

Dann zog er sie wieder zu sich herunter und küsste sie. Es war süß, wie er sie hielt, so offen und herzlich. Sie fühlte sich frei, es zu genießen, und verlor sich in den Berührungen seiner Zunge und in der Hitze seines Mundes.

Den ganzen Abend über hatte sie gefroren. Jetzt spürte sie nur noch Wärme.

»Perfekt«, sagte er und strich mit den Fingerspitzen über ihre Wirbelsäule. Er legte die Hände auf ihre Hüften, und sie entspannte sich.

Dann veränderte sie ihre Position und spreizte die Beine etwas weiter.

Die erste zaghafte Berührung ihres Körpers mit seinem Glied jagte einen Blitz der Begierde durch ihr Geschlecht und bis in die Spitzen ihrer Brüste, und er stöhnte laut an ihrem Mund.

»Das fühlt sich so gut an.« Er drängte ihr seine Hüften entgegen, versuchte aber nicht, sie zu bewegen.

Doch genau das wollte sie.

Konnte es wirklich so einfach sein? Sie presste die Hüften kraftvoller nach unten, sodass er mit seiner Härte gegen ihren Kitzler drückte – ihre Haut stand in Flammen, und ihr gesamter Körper geriet unter Spannung.

»Ja, genau so. Fühlt sich das gut an?« Er streichelte über die Rundung ihrer Brüste. Schob die Finger in die Körbchen ihres BHs und berührte ihre Nippel. Sie keuchte auf.

»Gut?«, wiederholte sie zitternd und ungläubig. Es war so viel mehr als gut.

Mit einem *Schsch* brachte er sie zum Schweigen und presste sich stärker gegen sie. Es gelang ihr, den BH zu öffnen, ohne die Bewegung ihrer Hüften zu verlangsamen. Ihre Brüste sprangen heraus, und die Träger glitten über ihre Schultern, dann waren seine Hände da und halfen ihr, das Ding loszuwerden. Als sie sich wieder über ihn kauerte, strichen ihre Nippel bei jeder Bewegung ihres Körpers über seine Brust und verstärkten ihre Lust.

»Baby.« Er stöhnte, riss sich von ihren Lippen los und legte den Kopf in den Nacken. Sein Schwanz schnellte gegen ihre Klitoris und oh, verdammt. Hatte sie ihn zu weit gebracht, so einfach? Sie verlangsamte ihr Tempo, doch er zog sie wieder zu sich herunter. Schüttelte den Kopf und öffnete die Augen. »Hör nicht auf. Bitte.«

Doch das tat sie.

Sie könnte ihn immer weiter reiten und ihnen beiden mühelos einen Höhepunkt bereiten. Trotzdem gähnte in ihr eine Leere. Lange Zeit war Sex angstbesetzt für sie gewesen. Aus allen möglichen, vorgeschobenen Gründen hatte sie das erste Mal zwischen ihnen ewig hinausgezögert, doch er war so gut zu ihr gewesen, so geduldig. Sie wusste jetzt, wann ihr Körper bereit war. Und er hatte sie gelehrt, ihm zu sagen, was sie wollte …

Sie hörte ihn gequält aufstöhnen, hob die Hüften und löste sich dann ganz von ihm. Als sie ihn nicht mehr unter sich fühlte und der Druck fort war, erzitterte sie. Doch nein. Nein.

Sie beugte sich vor und zog die Schublade ihres Nachttisches auf.

Das Päckchen mit den Kondomen war noch verschlossen. Sie riss daran und fummelte an dem Karton herum, doch er ging nicht auf. Fluchend versuchte sie, die Finger unter die Klappe zu schieben. Und schließlich hatte sie es geschafft. Sie riss ein einzelnes Quadrat ab.

Dann legte sie die freie Hand auf den langen Schaft, den sie durch seine Boxershorts spürte.

Er unterdrückte einen Fluch, ergriff ihre Handgelenke und hielt sie so davon ab, ihn weiter zu streicheln. Dann drückte er ihre Finger fester um das Kondom. »Du brauchst das nicht zu tun.«

»Ich weiß.« Sie schluckte den überschüssigen Speichel in ihrem Mund hinunter. »Ich möchte es aber.« Dann zögerte sie einen kurzen Moment. »Du etwa nicht?«

»Kate.« Seine Stimme wurde leiser und rauer. Der Tonfall war unmissverständlich. Und auch der fiebrige Glanz seiner Augen sprach eine deutliche Sprache.

Triumph trat an die Stelle des Zweifels. Sie entwand sich seinem Griff. »Ich nehme das als ein Ja.«

Sie küsste ihn wieder, saugte an ihm, als er sie auf die Lippe biss, und dämpfte das erstickte Stöhnen, das sich aus seiner Kehle löste, als sie ihm die Boxershorts über die Hüften streifte. Den Rest des Weges trat er sie selbst mit den Füßen hinunter, ohne sich von ihrem Mund zu lösen. Dann legte sie die Finger um seinen starken Schaft und glitt mit dem Daumen über die schlüpfrige Spitze.

Dass er mit seinen Fingerspitzen daraufhin über die ganze Länge ihrer Scham strich, überraschte sie allerdings.

»Bist du sicher, dass du schon für mich bereit bist? Dass du feucht genug bist?«

Er berührte sie doch. Spürte er denn nicht, dass sie klatschnass war? »Was denkst du denn?«, fragte sie.

Er schlüpfte unter den Bund ihres Höschens, aber das genügte nicht. Sie ließ kurz von ihm ab, um sich ganz auszuziehen.

Dann war sie wieder über ihm, völlig nackt, die Beine weit über seinen Oberschenkeln gespreizt. Für einen Moment drehte sich alles.

Wer hätte je gedacht, dass sie einmal an diesen Punkt kommen würde?

Seine Fingerspitzen, die über ihre schlüpfrige Haut strichen, brachten sie wieder in die Gegenwart zurück. Sie ließ den Kopf auf seine Brust sinken, während er mit den Fingern um ihre Öffnung strich und ab und an kurz in sie eintauchte. Er verteilte ihre Feuchtigkeit. Ihn so zu spüren, ohne dass er es zu Ende brachte, steigerte ihre Lust nur noch, und sie richtete sich auf.

Sie riss das Kondom auf, rollte das Latex über ihn und schob seine Hand beiseite. »Glaub mir, ich bin so weit.«

Doch als sie sich auf ihn absenkte, befielen sie Zweifel. Gott, er war so groß, und sie war so eng, aber sie hatte nicht zugelassen, dass er sie zuerst zum Höhepunkt brachte. Sie stöhnte auf, als sie die Dehnung spürte, dann legte er die

Hände auf ihre Hüften und verlangsamte die Bewegung, mit der sie sich auf ihn absenkte.

Er biss die Zähne zusammen, und die Sehnen an seinem Hals standen hervor, als ob er sich enorm zusammennehmen musste. Dann hob er sie ein wenig an, bis er fast wieder aus ihr hinausglitt.

Als sie sich das nächste Mal auf ihn hinuntersenkte, war es einfacher, und sie stöhnten gemeinsam. Dann fasste sie sich ein Herz und bewegte sich vor und zurück, nahm mit jeder Bewegung mehr und mehr von ihm in sich auf – und dann ...

Dann spürte sie es. Das Gefühl, ausgefüllt zu sein, die Verbindung zwischen ihnen.

Sie hatte so verdammt viel Angst gehabt, sich komplett auf ihn einzulassen. Sie hatte immer noch Angst davor. Doch wenn sie nicht bereit war, ihm entgegenzukommen, was hatten sie dann für eine Chance?

Als ihre Hüften sich diesmal trafen, wich sie seinem Blick nicht mehr aus. Sie drückte ihre Stirn auf seine und ließ zu, dass er sie ansah.

Dann fingen sie an, sich ganz langsam und behutsam zu bewegen. Von jedem Punkt aus, an dem sie sich berührten, breitete sich die Lust in alle Richtungen aus. Und in Kates Innerem baute sich immer mehr Hitze auf. Alle paar Stöße drückte sie ihre Klitoris fest an die Kante seines Körpers, wo sie verbunden waren. Sie veränderte ihre Position, küsste ihn auf die Wange, auf den Hals, und versuchte sich zu konzentrieren.

»Hier.« Er legte seine heiße, große Hand an ihre Hüfte und zog sie zu sich herunter, bis sie richtig saß, und der perfekte Druck entfachte ihre Glut und ließ die Funken sprühen. »Tu das, was dir guttut.« Er hielt sie an der Stelle, genau dort, wo es guttat, und half ihr, sich vorwärts und rückwärts zu bewegen. Eine neue, tiefe Lust öffnete sich in ihr, aber sie konnte sie nicht noch steigern, so weit durfte sie sich doch nicht gehen lassen.

»Aber ...«

»Für mich fühlt sich das *alles* gut an.« Er stöhnte und stieß in sie hinein. Er pulsierte tief in ihr, und der Griff seiner Hand an ihrer Hüfte verstärkte sich.

Sie schloss die Augen. O Gott, es konnte doch nicht wirklich so einfach sein, oder?

»Wie ist es?«, fragte er. »Fühlt es sich gut an?«

»Es fühlt sich großartig an.«

»Dann nimm es dir.« Er zog ihren Mund zu sich herab und gab ihr einen Kuss, der nur aus Zähnen und Zunge, aus Feuchtigkeit und Hitze zu bestehen schien. »Nimm dir alles, was du willst.«

Sie verlor sich im Auf und Ab ihrer Bewegung. Jedes Mal, wenn sie sich etwas nahm, schien er darauf vorbereitet zu sein, ihr noch mehr zu geben, und ehe sie sichs versah, steigerte sich ihre Lust so sehr, dass sie es kaum noch ertrug. Er füllte sie perfekt aus, und sein Körper war heiß und fest unter ihr. Er legte die Hände auf ihre Brüste und biss sie noch fester in die Lippe. Dann schob er eine Hand zwischen sie beide, und jetzt war da etwas Härteres, an dem sie sich reiben konnte, ein heller Punkt der Lust und ...

»Mach's dir, Baby.« Er spannte die Muskeln an, sein Kuss wurde lüsterner. »Komm. Lass es mich spüren, wenn du ...«

Und ganz plötzlich erreichte sie den Gipfel. Ihr Körper zuckte um seinen, und die Lust brach sich wie eine Sturzwelle Bahn. Erfüllung. Verschmelzung.

Sie ritt es aus, bis alles vorbei war. Dann schlug sie die Augen auf und sah wie durch Nebel, dass er sie anblickte, als wäre sie das unglaublichste Wesen, das er in seinem Leben gesehen hatte. Sie spürte, dass er noch hart in ihr war.

»Aber du ...«

Da war jene fast vergessene Erinnerung in ihr, die die Erwartung in ihr weckte, umgedreht und genommen zu werden. Sie war zum Höhepunkt gekommen, und das war mehr, als sie normalerweise sagen konnte. Er hatte ihr so viel Lust geschenkt – hatte ihr gezeigt, wie sie sich diese nehmen konnte, und schon deshalb war sie mehr als willig.

Er drückte ihr einen Finger auf die Lippen. »Glaubst du, du kannst noch mal kommen?«

Verdammt, das wusste sie nicht. »Du musst doch völlig fertig sein ...«

»Nur ein bisschen.« Er lächelte. Es war ein ehrliches Lächeln.

Sie küsste es ihm von den Lippen. Sie schmeckten nach Verlangen und nach jenem Echo der Liebe, vor dem sie sich so lange verschlossen hatte. Doch es war da. Ohne die Münder voneinander zu lösen, atmeten sie gemeinsam, sie teilten die Luft und die Lust und die Chance, das miteinander zu erleben. Dann streckte sie die Arme durch und bewegte ihre Hüften.

Ein halbes Dutzend langer, lüsterner Bewegungen, bei denen sie ihn fast aus sich herausgleiten ließ, bevor sie wieder kraftvoll hinunterstieß. Er keuchte an ihren Lippen, sein Körper spannte sich, und von Neuem entflammte die Lust in ihr. Sie nahm ihn mit tiefen festen Stößen, und fast zu schnell war er da, dieser Funke, diese Glut.

»Zum Teufel, ja.« Er reizte sie wieder mit dem Daumen

oben an ihrem Spalt. Es war ein Angebot, sie zu berühren und ihr zu helfen.

Sie schüttelte den Kopf und beobachtete die Ekstase, die sich über seine Gesichtszüge legte. Sie spürte, wie sich der Druck in ihr aufbaute.

Und plötzlich begriff sie. Warum er so viel Zeit darauf verwenden konnte, sie zu verwöhnen. Denn ihm Lust zu schenken bereitete ihr ebenso viel Vergnügen …

Das war neu. Es war aufregend.

Schließlich erreichte das Zittern in seinem Unterleib einen Höhepunkt, und sein Stöhnen klang genauso schmerzerfüllt wie genussvoll. Er lockerte den Griff und ließ die Hände nur mehr auf ihrem Körper ruhen.

In ihr toste die Leidenschaft.

Sie beugte sich zu ihm hinunter und legte die Lippen an sein Ohr. »Komm schon, mein Schöner.«

»Verdammt, Kate. Mach weiter.«

»Komm schon.« Die Macht ließ die zweite Welle der Lust näher an den Höhepunkt heranbranden. »Lass mich spüren, wie du kommst.« Sie schluckte heftig. »In mir.«

Sein Griff wurde eisern. Es war ein rauer Griff. Und sie war nicht die Einzige, die hier über Macht verfügte. Er rammte in sie hinein, einmal, zweimal, und beim dritten Mal bäumte sich sein gesamter Körper auf, er schrie ihren Namen und drückte sein Gesicht an ihren Hals. Er biss sie so fest, dass er Spuren hinterließ.

Als er in ihr kam, legte sie sich die Hand an den Kitzler und eilte ihm nach, bis der Abgrund direkt vor ihren Füßen lag.

Sie ließ sich hineinfallen. Aufs Neue. Gab sich dem Orgasmus hin, und ihm, und sie konnte sich noch weiter fallen lassen, noch tiefer, in die Liebe und in den Herzschmerz. Ihr gebrochenes Herz war wie ein tiefer Abgrund. Es verbreitete einen heftigen Schmerz in ihrer Brust und drohte, sie nach unten zu ziehen.

Doch bevor sie sich völlig verlor, öffnete sie die Augen, krallte sich in die Matratze und fing sich wieder.

Sie mochte bereit sein, Rylan auf halbem Wege entgegenzukommen, doch es gab noch immer Regionen, in die sie sich nicht vorwagte.

Anschließend lagen sie ineinander verschlungen und nackt unter der Decke, die sie bis zur Hüfte hochgezogen hatten, um sich vor der Kälte zu schützen. Rylan lag auf dem Rücken, und Kate kuschelte sich an ihn, den Kopf auf seiner Brust. Sie hatte nicht versucht zu fliehen oder sich gleich wieder anzuziehen, was er als Gewinn verbuchte. Andererseits sah sie ihn nicht an, und gesprächig war sie auch nicht gerade.

Er spannte die Kiefermuskeln an und strich mit den Fingerspitzen über die bloße Haut ihrer Schulter. »Das nächste Mal solltest du etwas aussuchen.«

»Aussuchen?«

»Wo wir hingehen. Was wir unternehmen.«

Es war das zweite ihrer sieben Dates, und sie hatten gewisse Fortschritte gemacht. Was er gesagt hatte, meinte er allerdings auch so. Für ihn war es wichtig, dass sie es auch wollte, und dass ihr das, was sie aufzubauen versuchten, etwas bedeutete. Jedenfalls *hoffte* er, dass sie versuchten, etwas aufzubauen.

Sie lachte unsicher und zog die Arme näher an ihren Körper. »Ich kenne nicht gerade viele tolle Restaurants.«

»Na und? Waren wir uns nicht einig, dass der heutige Abend eine Katastrophe war?«

»Das Ende war doch schön.«

Nun, damit hatte sie nicht unrecht. Sein Schwanz war zwar völlig ausgepowert, zuckte aber noch einmal verhalten. »Stimmt. Aber ich will nicht noch mal denselben Fehler machen.«

Es musste noch andere Wege geben, die zu dem gleichen lustvollen Ende führten. Weniger schmerzhafte Wege.

Sie zuckte mit den Schultern. »Es war kein Fehler, dass du mir zeigen wolltest, wie dein Leben aussieht.«

»Aber das ist nicht mein Leben.« Es war alles nur vorgetäuscht.

Die Katastrophe war nur deshalb passiert, weil er gehofft hatte, ihr mit dem Abend einen Traum zu erfüllen.

Sie zog die Stirn kraus. »Ich dachte, darum ging es. Du wolltest mir doch ›dein New York‹ zeigen.«

»Und genau das hätte ich tun sollen. Aber stattdessen habe ich versucht, dich zu beeindrucken. Ich habe alles falsch gemacht.« Er atmete tief durch. »Und jetzt bitte ich dich, es richtig zu machen. Ich will wissen, wie *dein* Leben aussieht. Dein New York.« Es gelang ihm kaum, die richtigen Worte zu finden. »Wie amüsierst du dich? Wie läuft für dich ein idealer Samstagabend ab?«

Skeptisch schüttelte sie den Kopf. »Ich glaube nicht, dass du allzu beeindruckt davon wärst.«

»Wetten? Lass es mich selbst herausfinden.«

Sie schien nicht zufrieden, versuchte aber auch nicht, weiter mit ihm darüber zu diskutieren. Herausfordernd sah sie zu ihm hoch. »Und wenn ich es tue, wie geht es danach weiter? Probieren wir danach wieder dein Leben aus?«

Er schluckte und nickte. »Wenn du das willst.«

Langsam wanderte ihre Hand über das Bett zu ihm. Als ihre Knöchel seine Handfläche streichelten, löste sich die Spannung in seiner Brust. »Ja, ich glaube schon.« Ein Lächeln flirtete mit ihren Mundwinkeln. »Viel schlimmer als heute kann es ja kaum werden.«

Er rollte mit den Augen und fasste sich mit den Händen ans Herz, als ob sie ihn dort getroffen hätte. »Ja, bohre nur in offenen Wunden.«

Es fühlte sich gut an, das Flirten und die Frotzelei.

Doch dann wurde ihr Blick wieder ernst. Sie veränderte ihre Position, um ihn besser ansehen zu können, legte sich auf die Seite und stützte sich auf einem Ellenbogen ab. »Aus mehr besteht das Leben eines Moguls also nicht? Fünf-Sterne-Restaurants und schicke Klamotten?«

Sie sagte es ganz unbekümmert, aber die Frage, die dahinterstand, war alles andere als ein Scherz.

»Ganz ehrlich? Mein Leben besteht vorwiegend aus einer Mischung von Couchsurfen in der Wohnung meiner Schwester und Meetings mit langweiligen alten Männern, die die Firma meines Vaters leiten und denen ich Honig um den Bart schmieren muss.«

Lexie und er hatten mit Nachdruck an ihrem Plan gearbeitet, ihre Position bei den hochrangigen Managern und im Aufsichtsrat zu verbessern. Rylan musste dabei noch Tritt fassen, doch es war gut, wenigstens wieder etwas zu tun.

Über diesen Teil seiner Ausführungen ging Kate natürlich völlig hinweg. »Musst du bei deiner Schwester wirklich auf der Couch schlafen?«

»Na gut, eigentlich ist es kein Couchsurfen, ich schlafe in ihrem Gästezimmer. Aber es läuft auf dasselbe hinaus.« Das

Gefühl der Entwurzelung war dasselbe. Und hinzu kam, dass er sich bei Lexie so fühlte, als würde er wieder bei seinen Eltern leben – die zupackende Art seiner Mutter kombiniert mit den Schuldgefühlen, die ihm sein Vater immer vermittelt hatte, weil er nicht in der Firma war. Er seufzte. »Es wird langweilig.«

»Klingt jetzt nicht *so* schrecklich.«

»Du kennst meine Schwester nicht. Sie ist anstrengend.« Er streckte die Arme über den Kopf. »Eine tolle Frau, aber anstrengend. Und sie ist grässlich eingerichtet.«

Kate schien ihre nächsten Worte mit Bedacht zu wählen. »Hast du schon mal darüber nachgedacht, dir etwas Längerfristiges zu suchen?« Ihre Stimme klang eine Nuance heller. »Ich habe ein schlechtes Gewissen, dich zu deiner Schwester zurückzuschicken, wenn du dich da nicht wohlfühlst.«

Oh. Das saß. So sah sie das also. Sie wollte auch weiterhin nicht, dass er die Nacht bei ihr verbrachte.

»Nein, damit habe ich mich noch nicht richtig befasst.« Er schlug die Decke zurück, weil er nicht wusste, wie er seine Enttäuschung verbergen sollte, wenn er so nah bei ihr blieb, stieg aus dem Bett und sammelte seine Boxershorts vom Fußboden auf.

»Vielleicht wäre es gut, sich mal umzusehen.«

»Klar.« Gegen seinen Willen kam das Wort etwas barsch aus seinem Mund. Ausweichend und schroff – aber wie sollte er sonst darauf reagieren?

Er war kein Narr und hatte nicht erwartet, dass Kate ihn nach der ersten Nacht gleich einladen würde, bei ihr einzuziehen. Auch nach dem heutigen Abend rechnete er ganz gewiss nicht damit. Doch er hatte gedacht, dass sie vielleicht eines Tages ...

Also nein, bisher gab es noch keine Pläne bei ihm, sich eine längerfristige Unterkunft zu suchen. Wenn er an etwas Längerfristiges dachte ...

Dann dachte er an sie.

»Es ist nur ...« Kate sah ihm zu, wie er in seine Hose stieg. »Du hast doch gesagt, du läufst jetzt nicht mehr davon. Ich dachte, du wolltest in der Stadt bleiben ...« Sie wrang das Laken zwischen den Händen. »Ich bin sicher, dass die Wohnung deiner Schwester nett ist, aber es ist nicht deine.«

Er lachte. »Das ist eine hochgradige Untertreibung.«

»Es ist immer besser, ein eigenes Zuhause zu haben. Mehr will ich gar nicht sagen.«

Es war, als ob sie in sein Herz sehen konnte. Wie leer es dort war.

Ein Zuhause. Darüber hatte er schon oft nachgedacht, seit er den Atlantik überquert hatte. Aber er hatte es noch nicht gefunden. Weder hier noch im Penthouse seiner Schwester.

Vielleicht hatte Kate recht. Vielleicht brauchte er eine eigene Wohnung. Während er seine restlichen Kleidungsstücke sammelte und überstreifte, rückte Kate weiter ins Zentrum des Bettes und drapierte die Decken um sich. Sie fummelte an ihren Fingernägeln herum. »Willst du wirklich schon gehen?«

»Ja, ich denke schon.« Ihre erleichterte Miene versetzte ihm einen Stich. Er blickte beiseite. »Es ist schon spät. Hab noch einiges zu erledigen.« Zum Beispiel konnte er noch an die Decke starren. Und da war noch die Firma, von der er gar nicht wusste, ob er sie überhaupt leiten wollte.

»Bist du sicher?«

Wollte sie ihn quälen?

»Hör zu.« Er schnappte sich sein Sakko, doch anstatt hineinzuschlüpfen, knetete er es zwischen den Fäusten. »Hast du nicht gerade gesagt, dass du mich hier nicht haben willst?«

»Ich …«

Sie verstummte, und am liebsten hätte er die Hände in die Luft geworfen.

Dann kniff er sich in den Nasenrücken, atmete tief durch und schluckte das Gefühl der Enttäuschung hinunter. Sie war schon verletzt worden, bevor sie ihn kennengelernt hatte, und er hatte sie noch mehr verletzt. Es war durchaus verständlich, dass sie auch weiterhin Angst hatte, ihn zu nah an sich heranzulassen.

Er war nicht fair.

Langsam atmete er wieder aus, dann ließ er die Hand sinken und zwang sich zu einem Lächeln. »Das ist schon in Ordnung. Aber wenn du willst, dass ich gehe, dann sollte ich es besser jetzt tun.« Bevor er sie am Ende noch unter Druck setzte und die Sache nur schlimmer machte.

Sie spielte mit den Fingern und hielt den Blick gesenkt. »Ich sage nicht, dass ich generell nicht will, dass du bei mir bleibst.«

»Aber du bist noch nicht so weit.« Die Resignation machte seine Schritte schwer. Doch er kehrte zum Bett zurück. Sie beugte sich vor, und er sich hinunter, dann strich er mit den Fingern durch ihr Haar, bevor er sie an sich zog und sie küsste.

»Es tut mir leid«, sagte sie.

»Das braucht es nicht.« Er zögerte einen Moment, dann fügte er hinzu: »Das kriegen wir schon hin. Irgendwann.«

Er durfte den Glauben daran nicht aufgeben.

KAPITEL 9 »Und die Enkelkinder? Wie hießen sie noch gleich – Denise und Bobby?« Rylans Aufmerksamkeit ließ etwas nach, und er schob das Telefon von einer Hand in die andere, während einer ihrer hochrangigen Manager sich ausgiebig über das Trockenwerden seiner Enkel ausließ.

Es klopfte dreimal kurz hintereinander an seiner Tür. Rylan wirbelte in seinem Stuhl herum und musste grinsen, als er ausgerechnet Jordan dort stehen sah.

»Störe ich?«, fragte Jordan tonlos.

Rylan schüttelte den Kopf und hob einen Finger. Er hatte in dem Telefonat im Grunde alles angesprochen, was besprochen werden musste. Inzwischen waren sie sozusagen beim gemütlichen Teil angelangt. Außerdem hatte er schon den ganzen Tag über Kontakte gepflegt, sich mit zahlreichen Leuten von der Liste ihrer vermeintlichen Verbündeten unterhalten und deren Sorgen angehört. Wie sich herausstellte, hatte das vergangene Jahr mit McConnell an der Spitze in vielen große Besorgnis geschürt. Es tat Rylan weh, die Firma, die sein Vater aufgebaut hatte, in diesem Zustand vorzufinden.

Doch das konnte fürs Erste warten. Es war wirklich eine willkommene Abwechslung, endlich mit jemandem zu reden, mit dem man sich wirklich unterhalten wollte.

Es dauerte eine Minute, doch es gelang Rylan, das Gespräch zu beenden, ohne dabei allzu ungehobelt zu wirken. Er legte das Telefon hin, stand auf und winkte Jordan herein.

»Weißt du …«, Jordan blickte sich um und ging vorsichtig um einen Stapel Kartons herum, »… ich hatte es gerade aufgegeben, darauf zu hoffen, dass dieses Büro jemals wieder benutzt wird.«

»Es ist ein Prozess.« Das galt für das Büro genauso wie für seinen Benutzer.

Es hätte ihn nicht gewundert, wenn während seiner Abwesenheit jemand anders dort eingezogen wäre, doch anscheinend hatte der Raum die ganze Zeit über leer gestanden. Rylan musste noch die Sachen herbringen lassen, die er eingelagert hatte, doch es war immer noch sein Büro. Wenn er es haben wollte.

Nach einer knappen männlichen Umarmung löste sich Rylan von Jordan und deutete auf den Sessel vor seinem Schreibtisch.

»Ich kann nicht lange bleiben«, warnte Jordan, setzte sich aber trotzdem. »Wir haben uns noch nicht gesehen, seit du McConnell letzte Woche mal so richtig auf den Topf gesetzt hast.«

»Auf den Topf gesetzt? Das erzählt man sich?«

»Seine Sekretärin meint jedenfalls, dass er seitdem Blut und Wasser schwitzt.«

»Gut.«

»Aber das sind nicht die einzigen Gerüchte, die in Umlauf sind.«

»Ach ja?«

»Tu doch nicht so, als wüsstest du das nicht.« Jordan

warf ihm einen vielsagenden Blick zu. »Ein Jahr lang weiß keiner, wo du steckst, und dann tauchst du plötzlich aus heiterem Himmel wieder auf und versuchst, jeden leitenden Manager vollzuquatschen und auf deine Seite zu ziehen.«

»Nicht alle.« Er hatte bisher gerade erst die Hälfte geschafft.

»Jedenfalls reichlich viele. Also – was soll das werden? Eine feindliche Übernahme?«

»Mein Name steht an der Tür. Das habe ich überhaupt nicht nötig.«

»Aber du bist wieder da. Und du meinst es ernst.«

Rylan warf einen kurzen Blick zur Tür. »Soll ich ganz ehrlich zu dir sein? Ich weiß es nicht.«

»Also, wenn du nicht wegen der Firma zurückgekommen bist ...«

»Ich hatte meine Gründe.«

Jordan war zumindest taktvoll genug, nicht weiter nachzuhaken. »Okay, okay.« Er hielt die Hände vor die Brust. »Behalte deine Geheimnisse für dich. Aber mir ist aufgefallen, dass du mich noch nicht vollgequatscht hast. Bist du dir so sicher, dass ich den Umsturz, den du möglicherweise planst oder auch nicht, unterstützen werde?«

Rylan öffnete den Mund, weil er ihn daran hindern wollte, von einem Umsturz zu reden, doch dann hielt er inne. Ein Muskel in Jordans Oberlippe zuckte leicht, und Rylan zögerte. Jordan konnte eigentlich nicht verunsichert sein, was seinen Platz in dieser Firma betraf. Und das bedeutete, dass ihn etwas anderes nervös machte.

Als Lexie seinen Namen nicht in die Liste aufgenommen hatte, wollte Rylan nicht zu viel hineindeuten. Doch jetzt bedauerte er, dass er nicht nachgefragt hatte. Da war definitiv etwas im Busch.

Er streckte die Hand aus, nahm seinen Kugelschreiber und ließ ihn rotieren. »Ich hatte schon immer ein gutes Gespür dafür, wen ich hier zu meinen Freunden zählen kann.« Jordan gehörte schon seit Langem dazu.

Jordans Miene erhellte sich, und seine Stirn entspannte sich kaum merklich, doch unübersehbar. »Gut zu wissen.«

Nachdem er erfahren hatte, was er wissen wollte, schlug Jordan ein anderes Thema an, und sie tauschten einige Neuigkeiten aus. Doch es dauerte nicht lange, bis Jordan die übereinandergeschlagenen Beine auf den Boden stellte und zur Tür sah. »Tut mir leid, dass ich mich so kurz fassen muss, aber du weißt ja, wie das ist.«

Rylan wusste es nur zu gut. Das gehörte zu den Dingen, die er während seines Jahres in Paris vermisst hatte. Die Energie, den Rhythmus. »Kein Problem.« Sie standen auf und reichten sich über den Schreibtisch hinweg die Hände. »Also, lass von dir hören.«

»Mach ich.« Jordan löste den Händedruck. »Hast du noch die Wohnung in der Dreiundsiebzigsten?«

»Nein. Die habe ich schon vor einiger Zeit abgestoßen. Seit ich zurück bin, wohne ich bei Lexie.«

»Mein Mitgefühl. Hat sie dich in das rosafarbene Zimmer gesteckt?«

Rylan stutzte. »Warst du bei Lexie zu Hause?«

Da war schon wieder dieses Zucken. »Ein paarmal«, sagte er auffallend beiläufig. »Jedenfalls hat sie gesagt, dass sie dort immer die Gäste unterbringt, von denen sie nicht will, dass sie allzu lange bleiben.«

Lexie hatte Rylan tatsächlich ein Zimmer zugewiesen, in

dem furchtbar viel Rosa war. Bis jetzt hatte er sich darüber keine Gedanken gemacht.

Ihm fiel wieder ein, was Kate gestern Abend zu ihm gesagt hatte.

Er hatte zu unwirsch auf ihren Vorschlag reagiert, sich eine eigene Wohnung zu suchen. Natürlich wollte sie ihm damit vermitteln, dass sie noch nicht so weit war, mit ihm die Nacht zu verbringen, aber sie wünschte sich auch, dass er ein eigenes Zuhause fand.

In seinem Hals bildete sich ein Kloß. »Jedenfalls muss sie sich keine Sorgen machen, dass ich ihr noch allzu lange am Rockzipfel hänge.«

»Ja?«

»Ja. Ich wollte gerade meinen Makler anrufen.«

Jordan verabschiedete sich, und Rylan setzte sich wieder auf seinen Platz hinter dem schlichten alten Schreibtisch, den sein Vater für ihn ausgesucht hatte. Er war von Pappkartons umgeben.

Instinktiv legte er die Hand auf die Brust. Doch da war nichts. Kein Gewicht. Kein Ring.

Er nahm das Telefon und wählte.

Diesmal war Kate bereit, als der Türsummer ertönte. Sie überprüfte noch einmal ihr Aussehen im Spiegel. Ihre einfache Bluse, der Pullover und die Boots schmeichelten ihr zwar nicht so sehr wie das Designerkleid, aber sie erstickten sie auch nicht. Sie strich sich eine Locke hinters Ohr und nickte ihrem Spiegelbild zu.

Das war ihr Abend. Ihr Leben. Und trotz ihrer Vorbehalte lud sie Rylan dazu ein.

Während sie die Treppe hinunterging, rüstete sie sich für

das, was sie an diesem Abend erwartete. Sie hatte Rylan zwar unmissverständlich klargemacht, dass eine Luxuslimousine mit Fahrer nicht nötig war, aber wer weiß, was er im Schilde führte.

Anscheinend war sein erster Schritt, sie an der Tür abzuholen.

Sie hatte kaum den Vorraum durchquert, da legte er schon die Hand an den Türgriff. Die Tür war von innen verschlossen, doch sobald sie sie mit einem kräftigen Ruck aufgestoßen hatte, war er zur Stelle und hielt sie weit für sie auf.

Und dann nahm er sie in die Arme. Diesmal war es kein höflich zurückhaltender Willkommensgruß, kein reserviertes Streicheln mit den Knöcheln über ihre Wange. Er drückte ihr alle Luft aus der Lunge, als er sie in die Arme schloss und ihren Mund mit einem Kuss bestürmte, der ihr den Atem nahm und sie in seinen Duft hüllte. Sie stolperte gegen ihn, hob eine Hand und legte sie auf seine Brust. Dort spürte sie weiche Wolle und darunter die festen Muskeln.

Wie vertraut sich das anfühlte. Wenn es etwas wärmer gewesen wäre und die Nacht stärker nach Zigaretten und frisch gebackenem Brot gerochen hätte, wäre es wieder wie in Paris gewesen.

Als er von ihr abließ, keuchte sie. Ihre Wangen waren trotz der herbstlichen Kühle warm geworden. Sie trat einen Schritt zurück und musterte ihn. Das butterweiche schwarze Leder seiner Jacke und der Schnitt seiner Jeans machten sie sprachlos. Dazu kam der Pullover, der sich über seiner Brust dehnte und alle Winkel und Kurven seiner Muskulatur betonte.

Dabei hatte sie schon fast gedacht, dass ihn nichts so gut kleidete wie ein Anzug. Aber das hier war besser. Realer.

»Du siehst wunderschön aus«, sagte er und nahm ihr die Worte aus dem Mund.

Verlegen senkte sie den Kopf. »Danke.« Sie fasste jedoch genug Mut, um zu antworten: »Du aber auch.«

Er zog eine Braue hoch. »Schön?«

Was hatte sie nur gesagt? Sie sah ihn spöttisch an. »Du weißt schon, was ich meine.«

Er nahm ihre Hand und führte sie an seine Lippen. Sie spürte den Kuss warm auf ihrem Handrücken. Dabei blickte er ihr tief und leidenschaftlich in die Augen. »Ja.«

Eine Welle der Lust durchströmte sie. Sie hatte den Abend durchgeplant, einen Platz fürs Abendessen gefunden und ein paar Vernissagen herausgesucht – aber das konnte alles warten. Am liebsten hätte sie ihn stattdessen gleich mit nach oben genommen. Da oben klappte es jedenfalls zwischen ihnen.

Probleme schienen sie nur in der übrigen Welt zu haben.

Sie widerstand der brennenden Versuchung, schalt sich im Geiste und zog ihre Hand zurück, doch er ließ sie nicht los und verschränkte seine Finger mit ihren.

Als sie das letzte Mal abends ausgegangen waren und alles so entsetzlich in die Hose gegangen war, hatte er so etwas nicht versucht. Dass er jetzt ihre Nähe suchte, ließ die Distanz, um die er sich beim letzten Treffen bemüht hatte, im Nachhinein umso deutlicher zutage treten. Ihr war gar nicht klar gewesen, wie sehr sie seine Berührungen vermisst hatte.

Sie räusperte sich und drückte seine Hand.

»Okay«, sagte sie und versuchte, sich wieder zu konzentrieren. »Ich dachte, wir nehmen die U-Bahn.«

»Nicht nötig.«

Er deutete zur Straße. Wie konnte sie *das* nur übersehen?

»Hm.« *Das* war ein Sportwagen, der sogar in ihren Augen hinreißend aussah. Schick und rot und so poliert, dass er glänzte. In dieser Gegend schrie er geradezu danach, gestohlen oder aufgebrochen zu werden. »Gehört der dir?«

»Für eine Woche, ja.« Er sagte es mit einem gewissen Unterton, als ob sich dahinter noch eine Story verbarg, doch bevor sie fragen konnte, führte er sie auf die Beifahrerseite. »Deshalb nehme ich ihn überallhin mit.«

In dem Fall brauchte er viel Glück, um einen geeigneten Parkplatz zu finden oder ihn am Ende des Abends noch in einem Stück vorzufinden. Aber wenn er darauf bestand ...

Sie stieg ein und ließ sich in den niedrigen Ledersitz sinken. Er schloss die Tür hinter ihr und ging zur Fahrerseite. Mit einer Hand am Steuer und der anderen am Schaltknüppel sah er aus, als ob ihm das alles sehr vertraut war. Sie hätte nie gedacht, dass sie an so etwas Gefallen finden könnte, aber von seinem Selbstvertrauen bekam sie Herzflattern, und sie versuchte, sich den Eindruck für später einzuprägen. Eine perfekte Komposition, herrliche Kontraste und Dynamik in jedem Aspekt seines Körpers.

Er grinste, wandte sich zu ihr um, und sie betrachtete wieder sein Gesicht. »Ich weiß, heute suchst du alles aus, aber hast du etwas dagegen, wenn wir erst einen kurzen Zwischenstopp machen?«

Sie legte den Kopf auf die Seite. »Einen Zwischenstopp?«

»Ich möchte dir etwas zeigen.«

Sie brauchten sich nicht an bestimmte Zeiten zu halten, also zuckte sie mit den Schultern und schnallte sich an. Dann fuhr er los, und sie musste sich an ihrem Sitz festkrallen.

Der Mann konnte fahren. So viel stand fest.

Er schnitt mit dem Wagen auf dieselbe Weise durch den Verkehr, wie er sein Leben lebte – selbstbewusst, fordernd und mit der Erwartung, dass ihm alle anderen Platz machten. Sein Bizeps spannte sich bei jeder Kurve und bei jedem Gangwechsel an, die Muskeln seiner Oberschenkel zuckten, er wirkte äußerst konzentriert.

Kate hatte noch nie in einem Auto Sex gehabt. Sie hatte sich das immer ungemütlich und verkrampft vorgestellt, doch als er jetzt den Arm um das Lenkrad legte und eine scharfe Kurve fuhr, konnte sie es sich plötzlich vorstellen. Wie sie auf dem winzigen Rücksitz übereinanderlagen, sein Körper an ihren gedrängt, seine Hüften zwischen ihren Schenkeln und derselbe Ausdruck auf seinem Gesicht – dieselbe Entschlossenheit, mit der er den Wagen fuhr. Schnell und kraftvoll, verschwitzt und tief.

An einer Ampel stieg Rylan in die Eisen und drehte sich überraschend zu ihr um. Ihr blieb keine Zeit, einen neutralen Gesichtsausdruck aufzusetzen, und er musterte sie mit lüsternem Blick. Er ließ den Schaltknüppel los, legte eine heiße Hand auf ihr Knie und strich aufwärts. Als ob er genau wusste, was sie dachte, und auf dieselbe Idee gekommen war. Es war wie eine Verheißung für das Bevorstehende.

Dann sprang die Ampel um, und es ging weiter.

Sobald sie die Brücke nach Manhattan überquert hatten und sich auf der Schnellstraße Richtung Innenstadt befanden, drückte er auf einen Knopf am Armaturenbrett, um zu telefonieren. In dem kurzen Wortwechsel teilte er jemandem mit, dass er auf dem Weg sei. Kate schnitt eine Grimasse. Als er auflegte, zog sie eine Braue hoch, aber er schüttelte den Kopf und löste das Rätsel nicht auf.

Schließlich gelangten sie zu einem unauffälligen Stadthaus in einer ruhigen Nebenstraße der Upper East Side. Sie parkten in einer Gasse, und Kates Verwirrung wuchs, als sie durch eine baumgesäumte Straße gingen. Eine Frau in Hosenanzug und Trenchcoat kam hinter einem eisernen Rollgitter hervor und begrüßte sie.

»Es ist alles vorbereitet, Mister Bellamy.«

Rylan bedankte sich bei ihr und nahm Kate fest an der Hand. Er führte sie durch das Tor und einen kurzen Weg entlang zu einer offenen Tür. Das Innere war hell erleuchtet.

Als sie über die Schwelle traten, beugte sie sich vor und flüsterte: »Was machen wir hier?«

»Ich habe auf deinen Rat gehört«, sagte er, ließ ihre Hand los, legte seine auf ihren Rücken und führte sie hinein.

Das Haus war leer.

Noch immer verwirrt, doch allmählich etwas ahnend, musterte Kate die polierten Holzböden. Sie warf einen Blick in den Durchgang zur Küche, die komplett in Granit und mattem Edelstahl gehalten war.

»Morgen gebe ich ein Angebot ab.«

Sie wirbelte herum. »Moment mal. Du kaufst ein Haus?«

»Das tun Leute normalerweise, wenn sie meinen, sie bräuchten ein eigenes Zuhause, oder nicht?«

»Klar. Selbstverständlich.« Arrivierte Leute, Leute mit Familie, die schon genau wussten, was sie in dreißig Jahren machen wollten. Zum Teufel – sogar in drei Jahren. »Es ist nur … es ist ein großer Schritt, oder nicht?«

Um seine Lippen spielte ein Lächeln. Er deutete mit dem Kopf zum Treppenhaus.

Und es war, als ob ihr erst jetzt die Augen aufgingen. Jetzt, nachdem er gesagt hatte, dass er beabsichtigte, es zu kaufen, fielen ihr die Details ins Auge. Die polierten, nicht knarrenden Bodendielen und die hochwertigen Einbauten. Sogar die Lichtschalter sahen schön aus.

Er zeigte ihr ein paar Zimmer im ersten Stock, und dann die zweite Etage …

»Okay.« Kate drehte sich langsam im Kreis. Es war ein großer Raum mit Fenstern an jeder Wand. Morgens würde das Sonnenlicht hereinströmen. »Ich glaube, hier gefällt es mir am besten.«

»Du bist also einverstanden?«

»Es ist wunderschön.« Sie ging zur Straßenseite des Gebäudes hinüber. Im orangefarbenen Schein der Laternen wechselten die Blätter der Bäume ihre Farben, und alles war in Herbsttöne getaucht. Sie drehte sich wieder zu ihm um. »Was hast du mit dem Raum vor?«

Einer seiner Mundwinkel sank nach unten. »Ich habe ein paar Ideen.«

Er blieb reglos stehen. Mehr wollte er anscheinend nicht preisgeben. Kate wandte den Blick ab und sah sich weiter um.

»Also, es ist wirklich schön. Ich kann verstehen, warum du es ausgesucht hast.« Es war nicht ganz das, was sie sich bei ihm vorgestellt hatte. Keine schicke Junggesellenbude und auch keine elegante Wohnung. Das hier war besser. Viel besser als …

Sie lächelte matt. »Aber wenn du deine Meinung noch ändern solltest, ich kenne da jemanden, von dem du günstig ein Ein-Zimmer-Apartment in Brooklyn kaufen kannst. Die Kakerlaken gibt es gratis dazu.«

Von ihrem holprigen Versuch, einen Scherz zu machen, wurde sein Blick höchstens noch ein wenig trauriger. »Das werde ich mir merken.« Dann streckte er die Arme aus. »Komm her.«

Sie legte den Kopf schief, ging zu ihm und ließ sich an seine Brust drücken, wobei sie ihm den Rücken zukehrte. Er ließ das Kinn auf ihrem Kopf ruhen.

»Gefällt es dir wirklich?«

Etwas rumorte in ihrem Magen. »Das habe ich doch schon gesagt.«

»Ich wollte nur ganz sichergehen.« Er legte das Gesicht an ihre Schläfe. Dann stockte er. »Es ist mir wichtig, dass du dich hier wohlfühlst. Dass du gerne herkommst.«

Daraufhin rumorte es noch heftiger in ihrem Magen, und sie versuchte, gegen die Trockenheit in ihrer Kehle an zu schlucken. Sie hatte ihm sieben Dates versprochen, und das hier war bereits das dritte.

Er redete nicht von den nächsten vier. Davon war sie überzeugt.

Was er meinte, war sehr viel mehr.

KAPITEL 10

»Na, da habe ich heute Abend wohl das große Los gezogen.«

Rylans Augenbrauen fühlten sich an, als würden sie gleich seinen Haaransatz berühren, es fehlte nur noch ein Stück, dann drohten sie, ganz aus seinem Gesicht zu verschwinden.

Er hatte durchaus etwas übrig für kleine, einfache Restaurants. Während des üblichen Stresses im Arbeitsleben fehlte ihm die Zeit, sie auszuprobieren. In seiner freien Zeit in Paris aber war es ihm ein Vergnügen gewesen, sich eine ganze Liste solcher Restaurants zusammenzustellen. Kleine Läden, in denen sich die Leute an ihre Gäste erinnerten und fragten, wie es ihnen ging. Anlaufstellen, die einem Mann halfen, sich nicht ganz so einsam zu fühlen.

Aber was Kate für sie beide heute Abend ausgesucht hatte? Klein und verschwiegen? Eher das letzte Loch. Sie befanden sich in den Tiefen der Lower East Side, in einem Laden, in dem die Gerichte nach Punkbands benannt waren, deren Namen er kaum kannte. Die Tische standen so dicht beieinander, dass man dem Nebenmann praktisch auf dem Schoß saß, und an den schwarzen Wänden hingen »Kunstwerke«, nach denen seine Mutter vermutlich ihr Weinglas geworfen hätte – abwechselnd obszön oder hässlich oder unverständlich.

Als sie eintraten, wäre er am liebsten gleich wieder rückwärts hinausgegangen.

Doch Kate hatte den Griff um seinen Arm verstärkt und das Kinn vorgestreckt, und da fiel es ihm wieder ein. Er war es gewesen, der von ihr verlangt hatte, etwas auszusuchen und ihm ein Stück aus ihrem Leben zu zeigen. Vielleicht versuchte sie, ihn abzuschrecken, aber vielleicht wollte sie hier tatsächlich essen – umgeben von diesem ganzen Hipstermist. Jedenfalls hatte sie heute das Sagen.

Aber irgendwie war er doch nicht ganz darauf vorbereitet gewesen, sich von einer eins achtzig großen schwarzen … *Person* bedienen zu lassen, die ein Kleid und einen Vollbart trug.

»Ich bin George, und ich heiße euch beide heute Abend ganz herzlich willkommen.« Der … Kerl(?), der sich als George vorgestellt hatte, also vermutlich ein Kerl sein musste, klimperte Rylan mit seinen langen Wimpern zu und grinste. »Was darf ich dir bringen, mein Hübscher?«

Nicht dass Rylan nicht tolerant war, aber das war hart an der Grenze.

Wie aus dem Nichts kam plötzlich Kates Hand und legte sich auf sein Handgelenk. Als er die warme Berührung weicher Finger auf seiner Haut spürte, atmete er tief durch.

»Ist es okay, wenn ich für uns beide bestelle?«

Plötzlich überkam ihn ein ganz seltsames Gefühl, wie bei einem Déjà-vu, nur mit umgekehrten Rollen. An ihrem zweiten Abend in Paris hatte er in dem äthiopischen Restaurant, in das er sie geführt hatte, genau dasselbe mit ihr gemacht. Sie hatte verloren gewirkt, und da war er eingeschritten, weil er wollte, dass sie Dinge probierte, die sie noch nicht kannte. Er hatte für sie bestellt, und als die Bestellung eingetroffen war, hatte er sie mit den Fingern gefüttert und ihr einen Bissen nach dem anderen auf die hübsche rosa Zunge gelegt. Nach dem Essen hatte er sich zusammenreißen müssen, um sie nicht gleich auf dem Tisch flachzulegen. Eine lange Sekunde verstrich, während der er Kate anstarrte und diese Erinnerung Revue passieren ließ.

Doch als er zögerte, geriet auch sie ins Stocken. Sie blinzelte und machte Anstalten, ihm ihre Hand zu entziehen. Doch er hielt sie fest.

»Nur zu«, sagte er etwas unwirsch und strich mit dem Daumen über ihr Handgelenk.

Sie atmete tief durch und nickte, dann sah sie zu ihrem Kellner hoch. Mit der freien Hand blätterte sie durch die Speisekarte und ratterte ein paar Dinge herunter, die er im Leben nicht als Nahrung identifiziert hätte. Der Kellner schrieb ihre Bestellung auf, dann klappte er sein Notizbuch zu und verstaute es im Dekolleté seines Kleides.

»Meine Augen sind hier oben«, sagte er, streckte Rylan zwei V-förmig gespreizte Finger hin und deutete damit auf sein Gesicht. Er grinste Kate an und stolzierte – ein anderes Wort konnte es dafür nicht geben – davon.

Rylan blinzelte ein paarmal, doch dieses Bild würde er mit Sicherheit nicht wieder aus dem Kopf bekommen. Dann wandte er sich zu Kate, um deren Lippen ein Lächeln zuckte.

»Ehrenwort«, sagte sie, »der Typ von der Akademie war total begeistert von diesem Laden.«

Als er ihre eigene Unsicherheit sah, zwang sich Rylan dazu, seine Schultern zu entspannen. »Ich halte mich mit meinem Urteil noch zurück.« Jedenfalls gab er sich alle Mühe.

Das hier war ihr Abend. Er hatte sich bereits hinreichend eingebracht und darauf bestanden, mit dem Wagen zu fahren, nur um eine Entschuldigung dafür zu haben, Chases Wagen zu benutzen. Im Stillen machte er sich allerdings Vorwürfe deswegen. Wenn Chase sehen könnte, in welcher dunklen Ecke sie sein Baby geparkt hatten, hätte er Gift und Galle gespuckt.

Aber das geschah ihm recht, nachdem er Rylan dermaßen schlecht beraten hatte. Schließlich hätte Rylan dadurch fast alles ruiniert.

Und dann das Haus.

Gott, wie viel hatte es ihm bedeutet, sie dort zu sehen. Er hatte in den letzten paar Tagen ein Dutzend Wohnungen abgeklappert, die zwar alle ganz nett gewesen waren, aber von denen keine einzige das Potenzial für ein Zuhause gehabt hatte. Als er jedoch dieses dreigeschossige Sandsteinhaus gesehen hatte, konnte er nur noch eins denken: Kate. Es war so offen und luftig, und es hatte so ein schönes Licht.

Er konnte sich alles lebhaft vorstellen. Sie, ihre Staffelei und die Farben. Wie er die Treppe heraufkam, um ihre Arbeit zu bewundern, bevor er sie in die Arme nahm und ins Schlafzimmer trug.

Er war so aufgeregt gewesen, ihr das Haus zu zeigen, und es hatte ihr richtig gut gefallen. Da war er sicher.

Doch sie hatte es nicht begriffen. Sie hatte nicht gemerkt, dass er das Haus für sie kaufen wollte.

Und er war zu feige gewesen, um es ihr direkt zu sagen.

Rylan schüttelte innerlich den Kopf über sich selbst, dann schnaubte er. Er dachte viel zu weit voraus, das war schon immer sein Problem gewesen – bis zum letzten Jahr war es immer sein Problem gewesen. Aber ungeachtet aller Fantasien – ihm blieben noch fünf Abende mit dieser Frau, der heutige eingeschlossen. Seine einzige Chance, sich die restlichen zu sichern, bestand darin, genau das zu tun, was sie von ihm verlangt hatte, als sie sich darauf eingelassen hatte.

Er musste sie optimal nutzen.

Rylan kehrte wieder in die Gegenwart zurück und nahm Kates Hand zwischen seine beiden Hände. Dann strich er mit den Daumen über die Linien und die Erhebungen ihrer Finger – dort, in den verborgenen, leicht zu übersehenden Stellen, konnte man einen Blick davon erhaschen, wer sie wirklich war.

»Ich vermisse die Zeichenkohle«, sinnierte er.

Sie zog die Brauen hoch. »Wie bitte?«

»Im Sommer hast du meistens gezeichnet.« Er drehte ihre Hand herum. »Damals war diese schwarze Staubschicht überall. An deiner Kleidung, auf deiner Nase.« Er zuckte mit den Achseln. »Inzwischen sehen deine Hände anders aus.«

Jetzt war dort Farbe. Tiefe Rot-, Grün- und Blautöne, Reste von Pigment, die tief in die Fingerrillen eingedrungen waren.

Sie verzog das Gesicht und betrachtete ihre Finger. »Ich schwöre, ich habe sie gewaschen.«

»Ich beschwere mich doch gar nicht.« Herrje – ganz im Gegenteil. »Man sieht doch daran nur, dass du dich ernsthaft mit einer Sache beschäftigst.«

Sie schnaubte leise. »Anscheinend nicht ernsthaft genug.«

Jetzt war es an ihm, irritiert den Kopf schräg zu legen. Es hatte sich angehört, als würde sie die ganze Zeit malen. Sie hatte so viele Leinwände gefüllt – von denen sie ihm zwar keine einzige zeigte, aber trotzdem.

»Ich bin einfach ...« Sie verstummte, zog ihren Mund schief und seufzte. »Vergiss es. Ich hatte einfach ein paar schlechte Tage.«

»Wie kommt's?«

»Ich bin nicht ... im Fluss, das ist alles.« Sie hob eine Schulter und ließ sie wieder sinken. »Manchmal entstehen die Bilder wie von selbst. Aber manchmal ...«

Ah. »Manchmal ist es aber auch so, als würde man mit dem Kopf gegen eine Wand laufen.«

»Ganz genau.«

»Mein Bruder ...« Die alte Angewohnheit, nicht zu viel von sich preiszugeben, ließ ihn zögern. Im Konferenzraum war das reiner Selbstmord, und auch in seinem Privatleben ... Seine Eltern fanden immer einen Weg, das, was er ihnen erzählte, gegen ihn zu verwenden.

Aber diese Angewohnheit half ihm hier nicht weiter.

»Mein Bruder«, wiederholte er, »Evan. Der Künstler ...?« Als sie nickte, fuhr er fort. »Er macht vorwiegend Skulpturen. Als wir noch zu Hause gewohnt haben, konnte man ihm immer ansehen, wie es mit den Sachen voranging, an denen er gerade arbeitete.« Ein Lächeln umspielte seine Lippen. »Manchmal war er furchtbar frustriert!«

Und total launisch. Aber wenn alles gut lief, konnte es nicht schöner sein. In dem schrecklichen, leeren Haus hatte Evan für einen Funken Leben gesorgt. Wie sehr hatte Rylan sich bemüht zu verhindern, dass sein Vater diesen Funken erstickte.

»Steht ihr zwei euch nahe?«

Rylans Lächeln verblasste. »Nicht besonders.« Jetzt nicht mehr.

Evan wusste nicht, was Rylan wirklich beabsichtigt

hatte, als er ihn auf ein Internat am anderen Ende des Landes schickte, anstatt ihm einen Scheck für Exeter auszustellen, wo alle anderen Männer der Familie Bellamy hingegangen waren. Rylan hatte die Wut in seinen Augen gesehen, als Evan sich damals am Flughafen noch ein letztes Mal umgeblickt hatte. Sein Bruder hatte sich von ihm betrogen gefühlt.

Evan hatte Rylan nie wieder so angesehen wie früher.

»Das ist schade.«

»Ja, das ist es.« Aber darüber wollte Rylan im Moment nicht zu viel nachdenken.

Ob es nun ein Glück war oder nicht – jedenfalls wurde er von seinen Erinnerungen erlöst, als der Kellner mit einem Korb leicht grünlich gesprenkelten Brots erschien. Kate zuckte mit den Achseln und nahm sich ein Stück. Rylan wartete ihre Reaktion ab.

Sie machte große Augen. »Das schmeckt richtig gut.«

Das war mal eine Überraschung. Er wollte sich ein eigenes Stück nehmen. Dann zögerte er. »Aber du nimmst mich nicht auf den Arm?«

»Nein. Ehrenwort. Ich ...« Ihre Hand und ihre Stimme zitterten. Doch dann fasste sie sich, und an die Stelle ihrer Unsicherheit trat Entschlossenheit. Sie riss eine Ecke von dem Brot ab. »Hier.«

Überrascht beobachtete er, wie sie ihm das Stück über den Tisch hinweg entgegenstreckte. Als ihm klar wurde, was sie vorhatte, wurde ihm warm ums Herz. Das Gleiche hatten sie schon einmal mit umgekehrten Rollen getan, und sie zu füttern war eine wirklich aufregende Erfahrung für ihn gewesen. Ihre Wangen waren gerötet gewesen, und sie hatte unregelmäßig geatmet. Ihr Blick war lüstern, ihre Augen dunkel.

Er fasste sie am Handgelenk, aber nicht, um sie zu stoppen, sondern um ihre Hand zu stützen. Dann senkte er den Kopf und öffnete, während er ihr unverwandt in die Augen sah, den Mund. Sie legte ihm das Brot auf die Zunge, und er schloss die Lippen um ihre Fingerspitzen, gab ihnen einen weichen, feuchten Kuss, bevor er sie wieder losließ und sich aufrichtete.

Sie leckte sich die Lippen und beobachtete seinen Mund, während er kaute. Sie hatte nicht gelogen. Trotz seiner Farbe war das Brot weich, lecker und warm, und er aß es mit Genuss.

»Köstlich«, sagte er mit rauer Stimme. Fast so köstlich wie ihre Haut.

Das Restaurant mit den lauten Nachbarn, der exzentrischen Bedienung und der schrillen Kunst trat in den Hintergrund – und Rylan nahm nur noch sie beide wahr. Nur sie und ihn und dieses winzige Tischchen zwischen ihnen. Er schob sein Bein nach vorn und strich mit der Wade an ihrem Bein entlang. Erneut erfüllte Wärme seinen Körper. Es war ein eindringlicher, bedeutungsvoller Moment. Mehr als nur traute Zweisamkeit.

Doch dann drehte Kate den Kopf zur Seite und löste den Blick von ihm. Mehr war nicht nötig, um die Blase, in der sie kurzzeitig geschwebt hatten, zum Platzen zu bringen. Sofort waren sie wieder vom Lärm des überfüllten Raumes umfangen. Kate atmete tief ein, und ihre Brüste hoben sich, so als ob sie, während sie sich in die Augen geblickt hatten, keine Luft bekommen hätte. Als hätte er ihr den Atem geraubt.

Er fühlte sich selbst etwas kurzatmig.

Im Geiste den Kopf schüttelnd, sammelte er sich. Worüber hatten sie gerade gesprochen? Bevor er sich im Geschmack ihrer Haut und in der Tiefe ihres Blickes verloren hatte? Bevor er versucht gewesen war, sich mit ihr fortzustehlen, um herauszufinden, ob die Toiletten hier Schlösser an der Tür hatten?

Ach, genau, Kunst.

Er räusperte sich. »Woran arbeitest du gerade? Etwas für deinen Kurs?«

»Es ist, äh …« Sie schüttelte kaum merklich den Kopf und blickte auf ihre Hände. Geistesabwesend zupfte sie an ihrem Brot. »Es ist ein Projekt. Eigentlich ein Wettbewerb.«

»Oh?«

»Ein Angebot der Fakultät. Wir müssen Mappen zu einem bestimmten Thema anfertigen.« Sie ratterte ein paar Details herunter – das Stipendium, um das es ging, und die Ideen für Kirchenbilder, die sie hatte. Ihre Augen begannen zu leuchten, als sie davon erzählte, doch dann erlosch das Funkeln wieder, und ihre Miene verdunkelte sich. »Als das Thema bekannt gegeben wurde, dachte ich, das würde mir total liegen. Aber bisher läuft es nicht gut.«

»Nein?«

»Vor meinem inneren Auge sehe ich es genau vor mir, aber wenn ich es auf die Leinwand bringen will …« Sie zuckte mit den Schultern. »Dann ist es einfach nicht richtig.«

Die Bedrücktheit in ihrer Stimme gefiel ihm nicht. Sie nahm die Sache persönlich.

Dieses Gefühl kannte er nur zu gut. Wenn man sein Selbstwertgefühl nur aus seinem Erfolg ableitete.

Man durfte seinen Wert nicht auf diese Weise definieren.

Erneut streckte er den Arm über den Tisch. So sanft wie möglich, nahm er ihr die zerrupften Reste des Brotes aus den Fingern und legte die Krümel auf ihren Teller. »Das kriegst du schon hin.«

»Ja, ich weiß.« Sie wich ihm aus, und das gefiel ihm noch weniger.

»Nein, wirklich. Ich sage das nicht nur so dahin.« So, wie man das eben machte. *Das wird schon alles gut, mach dir keine Sorgen.* »Ich glaube das wirklich.«

Jetzt endlich sah sie ihn an. Der Anflug von Hoffnung in ihren Worten berührte ihn. »Das meinst du ehrlich, oder?«

»Absolut.« Mit jeder Faser seines Seins. »Du arbeitest so hart, und du siehst so viel.« In Paris hatte sie wieder und wieder diese Orte gezeichnet. Notre Dame und den Blick von den Treppen von Sacré-Cœur.

Ihn hatte sie auch gezeichnet, nackt, mindestens ein Dutzend Mal – eilig angefertigte Skizzen auf der Suche nach ihrem inneren Gleichgewicht und ihrer Mitte, bis sie etwas Wunderschönes entdeckt und seinen Körper damit gezeichnet hatte.

»Du musst nur deinen persönlichen Zugang dazu finden«, sagte er. »Deine eigene Sichtweise.«

Kate schob die Brauen zusammen und schien darüber nachzudenken. Ihr Blick sank auf ihre Hände. »Vielleicht hast du recht.«

»Natürlich habe ich recht.«

Damit handelte er sich die Andeutung eines Lächelns ein. »Ich wünschte, ich hätte dein Selbstvertrauen.«

Sein Herz machte einen Sprung. »Das wünschte ich auch.« Am liebsten hätte er ihr etwas davon abgegeben. Er streichelte ihre Hand und neigte den Kopf, bis sie ihn wieder anschaute. »Bis es so weit ist, werde ich wohl genug Selbstvertrauen für uns beide haben müssen.«

»Ich bitte darum.« Sie seufzte, und es war, als ob ein Stück ihrer Zurückhaltung von ihr abfiel. Als ob sie ihm einen Blick hinter ihre Fassade gewährte. »Es ist nur so peinlich, verstehst du?«

Nein, das verstand er nicht. »Weshalb?«

»Ich habe eigentlich erst diesen Sommer begriffen, wo ich als Künstlerin stehe. Mit …« Sie verschluckte ihre Worte, aber er hörte sie trotzdem. *Mit dir.* »Und deswegen habe ich mich überhaupt entschieden, meinen Master zu machen. Dann fange ich dort an und will alle vom Hocker hauen, aber stattdessen trete ich auf der Stelle.«

Allmählich begriff er.

In jener ersten Nacht, als er vor ihrer Wohnung auf sie gewartet hatte, um sie davon zu überzeugen, ihm eine zweite Chance zu geben …

Sie hatte alle ihre Bilder zur Wand gedreht. Und auch an ihrem zweiten, so katastrophalen gemeinsamen Abend hatte er kein einziges ihrer Bilder zu Gesicht bekommen.

Damals hatte er gedacht, dass sie ihm nicht vertraute, und vielleicht stimmte das ja auch. Aber … »Deshalb sollte ich es nicht sehen?«

Sie sah ihn mit großen Augen an. Was er zuvor nur geahnt hatte, wurde ihm jetzt zur Gewissheit. Doch er sprach es trotzdem aus: »Deshalb wolltest du mir nicht zeigen, woran du gerade arbeitest.«

Sie wandte den Blick ab. »Vielleicht.« Es klang wie ein Geständnis. »Zum Teil.«

»Du weißt aber, dass du schon einen sehr guten Eindruck auf mich gemacht hast.«

Ihre Zeichnungen hatten ihn verblüfft. Ihr Talent und ihr Verständnis, ihr Können und ihre Sensibilität.

Sie hatte ihn mit ihrem Duft und ihren Küssen bezaubert, mit der Leidenschaft ihres Körpers und ihrem Geist. Mit der Art, wie sie ihn angeschaut hatte und mehr in ihm zu sehen schien als sein Geld und seinen Namen.

Aber auch mit den Dingen, die sie geschaffen hatte. Ihre Kunst war ein Teil von ihr – vielleicht war sie sogar das, was Kate als Person noch viel interessanter für ihn gemacht hatte.

»Ich habe es dir doch schon erklärt«, sagte sie. »Es fällt mir schwer, Leuten Arbeiten von mir zu zeigen, die noch nicht fertig sind.«

Diese Sache war sehr wichtig. Er drückte ihre Hand und nahm sich einen Moment Zeit, um seine Gedanken zu sammeln. Er musste das Richtige sagen.

»Es muss doch nicht perfekt sein.« Er schluckte, seine Kehle war trocken. *Du musst doch nicht perfekt sein.* »Wenn du es gemacht hast, werde ich es lieben.«

Ich werde dich lieben.

Für eine Sekunde konnte er nicht mehr atmen.

Er hatte es jetzt schon so oft weggeschoben. Jedes Mal, wenn er sie berührte, drängte es sich gegen seinen Willen wieder in sein Bewusstsein, und jedes Mal unterdrückte er es aufs Neue. All diese Fantasien von einer gemeinsamen Zukunft, einem Zuhause, das er mit ihr teilen wollte. All die Wärme in seinem Herzen und dieses Bedürfnis, mit ihr zusammen zu sein. Es hatte ihn über Kontinente gejagt, durch Stadtviertel und über die Schwelle dieses verrückten Restaurants.

Und es würde noch viel mehr mit ihm machen. Weil er sie liebte.

Nicht so wie seine Eltern, die die Liebe als Waffe eingesetzt hatten. Nicht so, wie sie ihn geliebt hatten, denn sie hatten die Liebe als Mittel benutzt, um ihn zu kontrollieren. Sie hatten seine eigene Liebe wie eine Schwäche behandelt, die man ausmerzen musste.

So liebte er nicht. Sondern mit Verständnis und mit Zuversicht.

Mit einem Teil seiner Persönlichkeit, den er schon längst verloren geglaubt hatte.

KAPITEL 11

»Und wohin als Nächstes, die Dame?«

Ein leichtes Kribbeln kroch Kates Rücken hinauf, als Rylan sie anblickte, als stünde er ihr vollständig zur Verfügung, wäre bereit, alles zu tun, was sie von ihm verlangte.

Und da war noch etwas anderes – eine Wärme, die in dem sanften Blau seiner Augen leuchtete. Ihr Herz flirrte, und dabei hatte sie sich doch geschworen, diesem Gefühl nie wieder nachzugeben. Daran hielt sie sich auch, aber verdammt noch mal, er machte es ihr nicht gerade leicht, weder dadurch, dass er sie bestärkte und unerschütterlich an sie und ihre Kunst glaubte, noch mit seiner warmen Hand, die er um die ihre gelegt hatte.

Die Tür des Restaurants schwang hinter ihnen zu, die Geräusche von drinnen wurden gedämpft, und an ihre Stelle trat der Lärm der Motoren, des Windes und der Millionen anderer Menschen, die wie sie in dieser Stadt lebten. Sie atmete tief durch, sah sich um und deutete die Straße hinunter.

»Heute Abend gibt es ein paar Vernissagen. Ich dachte, vielleicht gehen wir mal hin? Wenn du Lust hast?«

»Das habe ich doch schon gesagt«, antwortete er und strich mit dem Daumen über ihren Handrücken. »Alles, was du willst.«

Es stimmte. Er hatte die Gestaltung des heutigen Abends vollkommen ihr überlassen, und sie hatte damit gerechnet, dass es etwas merkwürdig werden könnte. Es machte sie immer nervös, Entscheidungen für andere Menschen zu treffen. Doch wenigstens hielt er bisher sein Wort und war für alles, was sie vorgeschlagen hatte, offen gewesen, selbst für ein verrücktes Restaurant in einem Teil der Stadt, in den er bisher vermutlich noch nie einen Fuß gesetzt hatte.

Aber schließlich hatte er sie darum gebeten, ihm einen kleinen Einblick in ihr Leben zu gewähren.

Sie deutete mit dem Kopf in die Richtung der ersten Galerie, die ihr vorschwebte. »Es ist nur ein paar Straßenecken weiter. Gar nicht weit von der Stelle, wo wir geparkt haben.«

»Gehen wir.«

Als sie die erste Galerie auf ihrer Liste erreichten, war die Vernissage bereits in vollem Gang. Es war eine kleine, unabhängige Galerie, ein ehemaliges Industriegebäude, das man zu einer Ausstellungsfläche umgestaltet hatte, und das Publikum bestand vorwiegend aus Leuten wie ihr. Junge Kreative, die meistens Schwarz trugen. Alle waren exzentrisch, hatten bunte Haare und trugen ihre Tattoos zur Schau. Als sie sich durch die Menge und an einer Gruppe vorbeischoben, die dem kostenlosen Wein anscheinend schon zu heftig zugesprochen hatte, blickte Kate zu Rylan hoch.

Sie zögerte. Er stach zwar nicht gerade aus der Menge, ging aber auch nicht unbedingt in ihr unter.

»Ist das okay?«

»Klar.« Er zog die Augenbrauen hoch. »Auf jeden Fall interessant.«

Interessant war selten ein Kompliment. Aber sie nahm es ihm fürs Erste ab, wischte ihre Zweifel beiseite, hakte sich bei ihm ein und ging mit ihm zu einer der Wände.

Eigenartig, wie ähnlich und doch ganz anders es gewesen war, als sie gemeinsam durch die Pariser Museen gestreift waren. Anstelle der stillen Flure voller alter Meisterwerke befanden sie sich jetzt in diesem riesigen, modernen Raum. Und der Künstler, wie auch immer sein Name lauten mochte, schien es absolut großartig zu finden, seine Leinwände mit Blutbädern zu füllen.

»Stell dir das mal in deinem Schlafzimmer vor«, bemerkte Rylan, der dicht an sie heranrückte, als sie stehen blieb, um eines der Gemälde zu betrachten.

Sie verzog das Gesicht, weil er recht hatte. Das Bild zeigte einen mit Draht gefesselten Körper, dem das Herz herausgerissen worden war. Der Brustkorb war aufgebrochen, und die zerschmetterten Rippen klafften auseinander. Das Bild beunruhigte sie. Erschreckte sie. Und doch ... »In der Kunst geht es nicht nur darum, dass etwas hübsch aussieht.«

»Das habe ich auch nicht behauptet.«

»Sie soll Gefühle in dir auslösen.«

»Und welches Gefühl löst das hier in dir aus?«

Sie trat einen Schritt von der Leinwand zurück und neigte den Kopf zur Seite.

Das Bild löste unbestreitbar etwas in ihr aus. Es hatte sie veranlasst, stehen zu bleiben und es sich genauer anzusehen.

Es wirkte zutiefst verstörend auf sie.

Brutal und grausam. Tatsächlich spiegelte es ihre Gefühle in der Situation, als sie Rylan verlassen hatte. Jemandem zu vertrauen, an sich heranzulassen und zu glauben, was er ihr erzählte. Ihn zu lieben.

Nur um dann festzustellen, dass dieser Mensch gar nicht der war, für den sie ihn gehalten hatte.

»Ausgeliefert zu sein«, brachte sie schließlich mühsam heraus.

Dann machte sie auf dem Absatz kehrt, entfernte sich von dem Bild und ging zum nächsten. Dabei spürte sie, wie ihr das Herz heftig in der Brust schlug. Und das war auch gut so, weil es ihr die Gewissheit gab, dass sie es immer noch hatte, und es sicher in ihrer Brust verschlossen war.

Dank seiner Mutter war Rylan nicht völlig unbefleckt, was die Kunstszene betraf.

Doch das hier war nicht ganz jene Kunstszene, die er kannte.

Keine der Vernissagen, die sie danach noch besuchten, war so gruselig wie die erste, trotzdem bekam er das volle Programm. Zwar mochte es Aufgabe der Kunst sein, Gefühle in einem auszulösen, aber Verunsicherung war kein Gefühl, auf das Rylan besonders erpicht war.

Er bildete sich gern ein, dass die Welt schöner war, als sie auf den ersten Blick schien. Und er mochte die Gefühle, die Kates Kunst in ihm auslöste.

Ganz und gar nicht gefiel ihm jedoch, dass das unsägliche Bild einer aufgebrochenen, leeren Brusthöhle vermutlich genau die Gefühle zum Ausdruck brachte, die in ihrer eigenen Brust herrschten. Nachdem sie es betrachtet hatten, war Kate jedenfalls ganz still geworden. Rylan befiel eine nervöse Unruhe, und er konnte es kaum erwarten, zur nächsten Galerie auf ihrer Liste weiterzuziehen. Doch auch dort, in einer positiveren Umgebung mit Skulpturen, die nicht so wirkten, als wären sie bewusst verstümmelt worden, blieb sie in sich gekehrt.

Bis sie zur fünften und – wie Kate ihm versichert hatte – letzten Galerie des Abends kamen, wo sie einem Kerl über den Weg liefen, der über das ganze Gesicht strahlte, als er Kate erblickte.

»Ich dachte schon, du lässt dich gar nicht mehr blicken«, sagte er und stellte sein Getränk ab. Ihm war deutlich anzusehen, dass er selbst zur Künstlerszene gehörte – struppiges, dunkelblondes Haar und Farbflecken am Knie seiner Hose. Er war etwas kleiner und schmaler als Rylan.

Ohne Rylan eines Blickes zu würdigen, streckte er die Arme nach Kate aus.

Rylan spürte einen Anflug von Eifersucht, unterdrückte das Gefühl jedoch. Er ballte die Hände zu Fäusten, schob sie in die Jackentaschen und versuchte, nicht grimmig dreinzublicken. Kate hatte das Recht zu umarmen, wen sie wollte. Sie war eine eigenständige Person und konnte tun, was ihr gefiel. Gefallen musste das Rylan allerdings nicht.

Verdammt, und es musste ihm erst recht nicht gefallen, dass sie dem Kerl förmlich um den Hals fiel. Rylan kochte innerlich.

Wenigstens hielt sie es kurz. Der Kerl machte Anstalten, sie festzuhalten, doch sie zog sich bereits zurück. »Tut mir leid«, entschuldigte sie sich. »Aber wir waren zuerst in der Galerie auf der Rivington.«

Das Wort *wir* entging dem Blonden nicht. Er sah auf und blickte sich um, bis sein Blick auf Rylan landete. Rylan nahm die Hände aus den Taschen, verschränkte die Arme und nickte.

Der Kerl schluckte und trat einen Schritt zurück, womit er zeigte, dass er Rylans Besitzansprüche respektierte. Das hätte Rylans innerliches Brodeln lindern müssen. Tat es aber nicht. Denn der Kerl wirkte überrascht und verletzt.

Und plötzlich wich Rylans hitzige Eifersucht eisiger Kälte.

Kate hatte dem Typen nichts erzählt. Nicht von Rylan, und auch nicht, dass sie sich überhaupt mit jemandem traf.

Und der Kerl hatte sich Hoffnungen gemacht. Das stand ihm quer übers Gesicht geschrieben.

Kate zögerte und folgte dem Blick ihres Freundes über ihre Schulter zu Rylan, bevor sie sich wieder nach vorn drehte. »Oh ... äh ...« Sie nestelte an ihrem Ärmel. »Liam, das ist Rylan. Rylan, das ist mein Freund Liam. Wir studieren zusammen.«

»Das stimmt«, sagte Liam. Er streckte eine Hand vor. »Nett, dich kennenzulernen.«

»Ganz meinerseits.«

Liam hatte einen ziemlich festen Händedruck – nicht so fest, wie es in der Wall Street üblich war, aber da konnten nur die wenigsten mithalten. Rylan verstärkte seinen Händedruck, als Liam sagte: »Kate hat mir gar nicht erzählt, dass sie jemanden mitbringt.«

»Kate«, warf Kate ein, »war sich gar nicht sicher, ob sie überhaupt kommt, falls du dich noch erinnerst.«

Das entsprach vermutlich der Wahrheit. Sie hatte sich erst tags zuvor überlegt, was sie mit Rylan unternehmen wollte.

»Okay.« Liam ließ die Hand sinken, als Rylan ihn losließ.

Rylan sah ihm so lange in die Augen, bis Liam den Blick abwandte.

Und natürlich sofort wieder Kate zuwandte. »Die Ausstellung ist wirklich gut. Wollt ihr euch umsehen?« Er deutete zum Rand des Raums, strich ihr mit der anderen Hand über den Arm und brachte damit Rylans Blut förmlich zum Kochen. »Ich kann dir ein Glas Wein holen. Rot oder Weiß?«

Rylan war drauf und dran, sich einzuschalten. Er war mit Kate zusammen hergekommen. Wenn ihr jemand einen Drink holte, dann ja wohl er. Sich wie ein Gentleman zu verhalten hätte aber auch bedeutet, sie mit Liam allein zu lassen, und das wollte er unter gar keinen Umständen.

Kate nickte, und Rylan blickte dem Kerl einen Moment hinterher, bevor er sich zu Kate umdrehte.

»Der ist scharf auf dich.«

Kate sah zu ihm auf, reckte das Kinn vor, und um ihren Mund legte sich ein ungewöhnlich trotziger Ausdruck. Entschlossenheit stand ihr gut. Es sah sexy aus.

»Ich weiß«, sagte sie.

Und damit ... hatte Rylan irgendwie nicht gerechnet. »Das weißt du?«

Als sie sich kennengelernt hatten, schien sie sich ihrer Anziehungskraft überhaupt nicht bewusst gewesen zu sein. Rylan hatte keinen Hehl aus seinen Absichten gemacht, und selbst dann hatte sie noch eine Versicherung gebraucht.

Sie verdrehte die Augen. »An dem Tag, als du wieder aufgetaucht bist, hat er mich gefragt, ob ich mit ihm ausgehe.«

Seine Eifersucht meldete sich aufs Neue. »Was hast du ihm geantwortet?«

»Was denkst du denn?«

Langsam dachte er überhaupt nichts mehr.

Sie schnaufte und fuhr sich mit den Fingern durch die Haare. »Ich habe ihm gesagt, ich sei müde, wenn du es unbedingt wissen willst. Denn ich …« Ihr Blick wurde unruhig, und ihre Wangen liefen rot an. »Ich war noch nicht so weit.«

Sie klang verletzt, und Rylan empfand Mitgefühl.

Seinetwegen war sie noch nicht so weit gewesen, und er machte sich zum wiederholten Mal Vorwürfe, dass er es so weit zwischen ihnen hatte kommen lassen. Gleichzeitig verspürte er so etwas wie Dankbarkeit. Was wäre gewesen, *wenn* sie bereit gewesen wäre? Was, wenn er es nie begriffen hätte oder erst ein paar Tage später? Er hätte doch auch an ihre Tür klopfen und dann diesen Jungen bei ihr finden können …

Sie hatte ihm nur diese sieben Abende gewährt, um sie zurückzugewinnen, und fast wäre es nicht einmal dazu gekommen. Wäre er zurückgekommen und hätte festgestellt, dass sie bereits in einer anderen Beziehung war … Nun, er hätte auch dann nicht aufgegeben. Er hätte mit allen Mitteln um sie gekämpft. Trotzdem dankte er dem Schicksal, dass es ihm diese Chance gegeben hatte.

Und dennoch. Sein Mund wurde ganz trocken. Wenn sie noch nicht bereit gewesen war, sich auf jemanden einzulassen, wie standen dann seine Chancen? Kate und er hatten eine gemeinsame Geschichte, das stimmte, doch erst jetzt hatte er sich eingestanden, dass er diese Frau liebte. Hoffnungslos und verzweifelt, und wenn sie nicht mit seinen Plänen einverstanden war, die Zukunft und das Zuhause ablehnte, das er mit ihr teilen wollte …

Er musste sie überzeugen. Er würde es ihr beweisen, und dann würde sie es verstehen. Es konnte großartig zwischen ihnen werden.

So viel stand fest.

»Kate …«

Sie schüttelte den Kopf. »Ich will jetzt nicht darüber sprechen.«

Ob sie wohl jemals dazu bereit war?

Etwas von der Verzweiflung, die er empfand, musste sich in seiner Miene abgezeichnet haben. Er hatte so lange trainiert, sich seine Gefühle nicht ansehen zu lassen, aber vor dieser Frau funktionierte es einfach nicht.

Sie wurde etwas weicher.

»Na komm«, seufzte sie. »Ich will dir noch ein paar andere Leute vorstellen.«

Sie klang nicht gerade enthusiastisch. Aber er ließ es trotzdem über sich ergehen.

Im Laufe der nächsten Minuten wurden ihm ein gutes Dutzend anderer Menschen vorgestellt, darunter auch einer der ausstellenden Künstler, der anscheinend ein Absolvent ihrer Hochschule war. Rylan versuchte, sich ihre Namen zu merken, so wie er versuchen würde, sich die Führungsriege eines Konkurrenzunternehmens einzuprägen, und es gelang ihm verdammt gut, wie er fand. Nach einiger Zeit kehrte Liam mit Kates Drink zurück und schob sich auf dem Weg zu ihr an Rylan vorbei. Sie taten völlig unschuldig, als sich ihre Finger an dem Plastikbecher berührten. Kate dankte ihm mit einem Lächeln, und Rylan schlug ihm nicht in seine aufdringliche, blöde Visage und klemmte sich Kate auch nicht unter den Arm und schleifte sie schnurstracks zum Wagen zurück. Er übte sich in Zurückhaltung.

Auch wenn es ihm verdammt schwerfiel.

Er wollte diesen Einblick in Kates Leben, aber noch mehr wollte er sie für sich haben. Zuvor, in Paris, waren sie nur zu zweit gewesen, allein in einem fremden Land und umgeben von einer anderen Sprache. Sie waren so voneinander abhängig gewesen, wie sie es hier niemals sein konnten, und das vermisste er. Damals waren sie so isoliert gewesen, so zweisam.

Hier musste er mit so vielem um ihre Aufmerksamkeit buhlen. Aber das würde er schon schaffen.

Er würde sie noch früh genug für sich erobern.

Sie stieß ihn mit dem Ellenbogen in die Seite, und er riss den Kopf herum. »Hör auf damit«, zischte sie.

»Womit?«

»Jeden anzuknurren, der mich auch nur ansieht.«

Regelrecht *geknurrt* hatte er doch eigentlich nicht, oder? »Ich habe keine Ahnung, was du meinst.«

»Schon klar.«

Wie um ihn zu testen, trat Liam genau in diesem Moment zu ihm und verzog den Mund zu einem versöhnlichen Lächeln. »Also, Ryan.«

Rylan mahlte mit den Zähnen. »Rylan.«

»Oh. Tut mir leid.« Er wirkte sogar richtig zerknirscht, als ob es kein Spielchen wäre und er den Namen nicht absichtlich falsch ausgesprochen hätte. Und außerdem würden die meisten Menschen, die nicht zu seiner Familie gehörten, den Namen vermutlich falsch aussprechen. »Das ist ungewöhnlich.«

»Eigentlich ist es sein zweiter Vorname«, bemerkte Kate spitz, was er jedoch ignorierte.

»Cool.«

Rylan räusperte sich. »Es ist ein Familienname. Der Mädchenname meiner Mutter.« Er blickte zur Seite und stellte fest, dass Kate ihn neugierig beäugte. Dann zuckte er mit den Schultern und fuhr fort. »Ich habe denselben Vornamen wie mein Vater, nur mit dem Zusatz Junior, und als ich auf die Uni kam, dachte ich ...« Ja, was hatte er eigentlich gedacht, abgesehen von der Erwartung, dass ihm Wut und Vorurteile entgegenschlagen würden? Man schickte ihn auf das College seines Vaters, um den gleichen Abschluss zu machen wie sein Vater, damit man ihn an den Platz seines Vaters setzen konnte und er dessen Namen, dessen Anzüge und ... Er musste schlucken. »Ich dachte, ich brauche was eigenes.«

Kates Blick wirkte weich, als sie zu ihm hochsah. Weicher als zuvor. »Das hast du mir gar nicht erzählt.«

Er hatte ihr auch seinen richtigen Vornamen nie gesagt, bis es sich nicht mehr vermeiden ließ.

Rylan unterdrückte den Impuls, ihr über die Wange zu streicheln, und behielt seine Hände bei sich. »Aber nicht, weil ich es dir nicht erzählen wollte.«

So, wie sie einander in die Augen blickten, schien der Raum zwischen ihren Körpern zu vibrieren. Dieser Moment hätte ewig dauern können.

Liam lachte etwas verlegen, als spürte er, dass er störte. »Und was machst du so?«

Rylan löste den Blick nicht von Kate. Dieselbe Frage hatte sie ihm auch schon gestellt, auf einer Straße in Paris, und er war ihr ausgewichen. »Ich mache ein paar Sachen in der Firma meines Vaters.«

Liam sagte etwas Banales über seine eigene Familie, aber Rylan machte sich nicht die Mühe, ihm zuzuhören.

Wie anders würden die Dinge jetzt liegen, wenn er Kate gegenüber von Anfang an offener gewesen wäre. Reichtum mochte ihr nichts bedeuten, aber ob sie ihn wirklich so abgewiesen hätte, wie er es sich damals ausgemalt hatte? Er hatte sich eingeredet, dass Halbwahrheiten zur Verführung dazugehörten, doch sie dienten auch noch einem anderen Zweck. Sie gaben ihm die Chance, jemand anderer zu sein. Besser zu sein, als er wirklich war – zumindest in den Augen einer bestimmten Person.

Und ihr Blick war immer noch der Einzige, der ihm etwas bedeutete. Ihre Augen, ihre Haut und ihre Wärme, ihr Duft und ihr Geschmack auf seiner Zungenspitze. Sein Blick haftete an ihren weichen Lippen, die er schon seit Stunden nicht mehr geküsst hatte, Lust vernebelte seinen Verstand, und er wurde ganz unruhig.

Und dann, mitten in seiner Erzählung, legte Liam die Hand auf Kates Arm. Rylan war ohnehin schon grün vor Eifersucht gewesen, aber jetzt sah er rot, und das war gefährlich.

Er hatte versucht, seine Besitzansprüche so weit zurückzudrängen, wie er konnte, aber das war zu viel für ihn.

Er vergaß seine guten Manieren und ignorierte den Knaben, er ignorierte alles außer dem kleinen Stück Haut, das andere Haut berührte, und polterte los.

Rylan schnitt Liam das Wort ab und wandte sich direkt an Kate. »Hast du jetzt gesehen, was du hier sehen wolltest?«

Sie hatten kaum einen Blick auf die Kunstwerke geworfen. Diese Leute hier hatten sie davon abgehalten, und jetzt nahm er ihr mit seiner Hektik auch noch die Chance dazu. Am liebsten hätte er einen Rückzieher gemacht, aber dafür war es jetzt zu spät.

»Wie bitte?« Kate blickte ihm in die Augen und zog die Stirn kraus. Dann schien sie zu begreifen. Ihr Atem stockte, ihre Miene schwankte irgendwo zwischen Empörung und Erregung. Selbst wenn sie nur halbwegs mit ihm übereinstimmte, wollte er sich damit zufriedengeben.

»Wir müssen gehen.« Er packte ihren Arm und zog sie an sich. Wo sie hingehörte. Liams Griff um ihr anderes Handgelenk verstärkte sich, und Rylans Wut erreichte ihren Siedepunkt.

»Ihr seid doch gerade erst gekommen …«, hob Liam an.

Rylan war kurz davor zu explodieren, er streckte die Hand nach ihm aus. »Hör mal zu …«

Doch dann machte sich Kate von beiden frei, und Rylans Hand erstarrte in der Luft. Sie wandte sich an Liam, und Rylan drehte sich das Herz im Leib um, als sie sich lächelnd bei dem Kerl entschuldigte. »Tut mir leid.« Sie deutete mit dem Daumen auf Rylan. »Ich glaube, der hat nicht genug gegessen. Wenn er unterzuckert ist, wird er immer ziemlich unleidlich.« Sie warf ihm einen durchdringenden Blick zu. »Stimmt doch, oder?«

Dass ihm etwas fehlte, war klar, Essen war es allerdings nicht. Doch Kate log gerade für ihn, damit er sein Gesicht wahren konnte. Und um sein steinzeitliches Benehmen vor den Augen der Menschen zu rechtfertigen, deren Meinung ihr wichtig war. Sie zeigte mehr Geduld mit ihm, als er verdiente.

Die Eifersuchtsbestie in ihm beruhigte sich ein wenig, und er nickte steif. »Geh du doch los und hol dir ein paar Cracker und Käse, während ich mir die Ausstellung ansehe«, sagte sie mit einer Bestimmtheit, die keinen Widerspruch duldete. »Ich komme in einer Minute zu dir.«

Rylan wollte nicht zulassen, dass sie sich auch nur drei Schritte von ihm entfernte, aber ihr war deutlich anzumerken, dass sie etwas Abstand brauchte. Er zwang sich, tief durchzuatmen. »Klar.« Er sah zu Liam.

Der wollte mit Kate einen Rundgang durch die Ausstellung machen. Er würde Rylans Platz einnehmen. Schließlich passte er sowieso besser hierher, oder etwa nicht? Er hatte Verständnis für ihre Kunst, für ihr Leben und ...

Sie wandte sich ebenfalls an Liam. »Tut mir wirklich leid. Sehen wir uns am Montag?«

Das war keine Einladung. Wenn überhaupt, dann war es eine unverblümte Abfuhr. Die wütende Eifersucht, die in Rylan brodelte, beruhigte sich noch ein klein wenig mehr.

»Klar.« Liam sah genauso frustriert aus, wie Rylan sich fühlte.

Dann blieben sie, wenn auch weit voneinander entfernt, stehen und sahen zu, wie Kate wegging.

KAPITEL 12 Zum Teufel.

Mit gemessenen, gleichmäßigen Schritten ging Kate an den Wänden der Galerie entlang und blieb vor jedem Gemälde mindestens so lange stehen, wie es dauerte, um bis zehn zu zählen. Falls man sie dabei beobachtete – vielleicht die Männer, die ihr Löcher in den Hinterkopf starrten –, sah es wahrscheinlich so aus, als würde sie den Werken ihre volle Aufmerksamkeit widmen und sie so intensiv betrachten, wie sie es verdienten. In Wirklichkeit war sie innerlich viel zu aufgewühlt.

Und das war wirklich schade. Es war für sie auf jeden Fall die beste Ausstellung des Abends, weil der Künstler zumindest gewisse Wurzeln im Realismus zu haben schien. Die Bilder zeigten überwiegend Stadtansichten und boten interessante Hinweise für die Arbeit, an der sie sich momentan im Atelier versuchte. Sie waren es wert, genauer betrachtet zu werden.

Doch Kate sah sie kaum.

Sie trat einen Schritt zurück, wie um sich die Leinwand besser ansehen zu können, und blickte sich um, damit sie niemanden anrempelte. Dabei fiel ihr Blick ganz zufällig in einen Winkel des Raums – auf den Mann in Schwarz mit den dunklen, sinnlichen Augen, dem zerwühlten Haar und dem bohrenden, wütenden Blick, der ihr durch und durch ging ...

Sie hielt den Atem an und drehte den Kopf zurück. Liam versuchte sie gar nicht erst zu entdecken. Sie mochte ihn wirklich gern und hoffte inständig, ihre Freundschaft aus den qualmenden Trümmern retten zu können, die Rylan anscheinend aus dem Abend machen wollte. Aber das war es nicht, was sie beschäftigte.

Rylan stand genau dort, wo sie ihn hinbeordert hatte, neben dem Tisch mit dem Wein und den Hors d'œuvres, aber er sah nicht so aus, als ob ihm der Brie besonders zusagte.

Vielmehr sah er aus wie ein Mann, der auf der Lauer lag, um sich auf seine Beute zu stürzen, und schon der kurze Blick auf ihn ließ ihr Herz so heftig schlagen, dass sie es fast hören konnte.

Sie wäre nicht im Traum auf die Idee gekommen, dass er eifersüchtig sein könnte. So wie er sie angefasst und wegen eines Kerls die Zähne gefletscht hatte, der ihm nicht einmal annähernd gefährlich werden konnte ... Es war hässlich. Er benahm sich unmöglich. Aber trotzdem, irgendwie war es auch das Schärfste, was sie jemals gesehen hatte.

Sie atmete gegen die Lust an, die er allein durch seine Anwesenheit in ihr ausgelöst und durch seine Besitzgier zum Lodern gebracht hatte, und ging zum nächsten Bild. Vielleicht hatte sie sich wieder halbwegs unter Kontrolle, wenn sie ihren Rundgang beendete. Sie durfte sich nicht gleich lüstern auf ihn stürzen oder sich von ihm nach draußen zerren lassen. Sie mussten über den Vorfall reden und klären, warum das nicht okay war.

Doch ihr langsamer Galeriedurchgang führte sie immer näher zu ihm zurück, ohne dass ihre Gedanken klarer wurden. Als sie das Ende der Ausstellung erreicht hatte, brodelte in ihr noch immer eine Mischung aus Verlangen, Empörung und Begierde.

Sie drehte sich um, sah ihm in die Augen und spürte die flirrende Lust mit jeder Faser ihres Körpers.

Mit einem Dutzend ausladender Schritte, wütender Miene und zusammengebissenen Zähnen überwand er den Abstand zwischen ihnen. »Fertig?«, fragte er schroff, und ihre Kehle war trocken wie eine Wüste.

Sie nickte beklommen, und bevor sie wusste, wie ihr geschah, legte er schon den Arm um sie und schob sie in Richtung Tür.

Liam kam auf sie zu, als sie fast schon am Ausgang waren, und sah sie besorgt an. Sie konnte es ihm nicht verübeln. Das hier machte keinen guten Eindruck. Es wirkte vielmehr wie das, wovor ihre Mutter sie immer gewarnt hatte. Doch ihr Blut und ihre Haut waren in Aufruhr, und sie befand sich in einem Erregungszustand, der unleugbar erotische Züge hatte. Sie suchte Liams Blick und schüttelte den Kopf, um ihm ohne Worte klarzumachen, dass bei ihr alles in Ordnung war. Vielleicht hatte sie in diesem Moment nicht völlig die Kontrolle über sich, aber sie war sich durchaus bewusst, worauf sie sich einließ, und sie wollte es.

Liam zog die Mundwinkel nach unten, doch er hielt sich zurück. Nicht einmal als Rylan ihn beim Vorbeigehen mit der Schulter anrempelte, ließ er sich provozieren. Er sah ihnen einfach nur hinterher.

Sie stürmten aus der Tür und hinaus auf die Straße. Die kalte Nachtluft umfing sie, doch das änderte nichts. Auch nicht bei Rylan, der sie noch ein Stück die Straße hinunterführte und gegen eine Mauer drückte.

Er presste seinen Mund auf ihre Lippen. Der Kuss war heiß und fordernd, und sie gab sich ihm ohne Zögern hin. Sie öffnete sich ihm, akzeptierte den sanften Druck seiner Zunge und spürte, wie seine Zähne über ihre Lippen fuhren. Mit seinem muskulösen Oberkörper presste er sie fester gegen die Mauer, sodass sie kaum noch Luft bekam, nichts anderes wahrnahm als seinen heißen Atem und den Geschmack seiner Lippen.

Sie entzog sich ihm und rang nach Luft, doch er machte an ihrer Wange weiter und bedeckte ihre Kehle mit feuchten, saugenden Küssen. Er würde Spuren hinterlassen, und das wollte sie.

Allerdings ...

Allerdings befanden sie sich auf einer öffentlichen Straße. Jeden Augenblick konnte einer ihrer Freunde herauskommen. Vielleicht beobachtete man sie sogar schon durch das Fenster. Herrje, sie war sich ziemlich sicher, in der Galerie sogar einen ihrer Professoren gesehen zu haben.

Sie versuchte, sich zusammenzureißen, und drückte gegen Rylans Schulter. Als das nicht funktionierte und ihn nur dazu anstachelte, ihr mit seinen heißen Küssen ein Stöhnen zu entlocken, nahm sie seinen Kopf zwischen ihre Hände.

»Rylan. Wir können doch nicht ...«

»Oh, und ob wir können. Und wir werden auch.«

Sie schluckte mühevoll. In ihrem Unterleib staute sich immer mehr Lust. Ihre Brustwarzen richteten sich von seiner rauen Stimme zu zwei empfindlichen Knospen auf. Aber das durfte jetzt nicht passieren. Eigentlich mussten sie miteinander reden.

Doch das Einzige, was sie keuchend hervorbrachte, war: »Nicht hier.«

Rylan konnte sie nicht einmal anfassen.

Er hatte die Hände zu Fäusten geballt, um so das Verlangen zu unterdrücken, das in seinem Körper vibrierte, und ging auf kürzestem Weg zu der kleinen Gasse, in der sie Chases Bentley abgestellt hatten. Es war eine Qual, Kate so dicht neben sich zu spüren. Sie musste fast rennen, um mit ihm Schritt zu halten, doch wenn er auch nur ihre Haut spürte oder ihren Duft witterte, wäre es um ihn geschehen.

Erleichtert stellte er fest, dass die Gasse menschenleer war. Um diese Nachtzeit und in diesem Teil der Stadt war das ein kleines Wunder, doch er wollte es nicht infrage stellen. Als sie den Wagen fast erreicht hatten, war es um seine Selbstbeherrschung geschehen.

Er griff nach ihr und zog sie an seine Brust. Diesmal verschmolz sie nicht mit ihm, sondern es fühlte sich an, als würde sie ihn besteigen, und als er sie hochhob, war es so köstlich – er hätte weinen mögen. Er legte die Hände auf ihren Rock, unter dem er die Rundung ihres Hinterns spürte, hievte sie auf den Rand des Kofferraums und liebkoste ihren Mund mit kleinen Bissen – ihre Zunge schmeckte schwach nach Wein, und ihre Finger rissen leidenschaftlich an seinen Haaren. Ihre Hüften trafen sich, und er stöhnte laut, als er den Druck auf seinem Schwanz spürte. Er hatte einen Ständer, seit er sie vor der Galerie an die Wand gedrückt hatte, und inzwischen war er kurz davor zu explodieren.

Mit der Hand strich er über ihren Oberschenkel, fasste ihr Knie und brachte sie dazu, es höher zu heben. Er wollte, dass sie die Beine um ihn wickelte und sich für ihn öffnete. Sie klang, als wäre sie ebenso wehrlos wie er, atmete schnell und heiß, als verspürte sie dieselbe Leidenschaft wie die, die in seinen Adern kochte.

Am liebsten hätte er seinen Schwanz rausgeholt, ihr den Rock hoch- und den Slip beiseitegeschoben und wäre gleich an Ort und Stelle in sie eingedrungen. Hätte sie gleich hier draußen genommen, wo jeder zusehen konnte, auf dem verdammten Kofferraum dieses verdammten Wagens.

»Rylan …«

Schon die Art, wie sie seinen Namen sagte, trieb ihn dazu, sein Vorhaben ernsthaft in die Tat umzusetzen.

Doch dann ertönte ein Lachen. Von jemandem in der Straße oder vielleicht sogar aus einer der Wohnungen, die an der Gasse lagen. Rylan löste sich von ihr. Er konnte sich besser benehmen. Sie verdiente etwas Besseres.

Sie blickten sich an, seine Hände auf ihrer Haut, ihre in seinem Nacken und in seinem Haar. Er musste schlucken, und die Erregung verwandelte sein Blut in flüssige Lava.

Er warf einen kurzen Blick auf den Wagen hinter ihnen, sah Kate an und zog eine Braue hoch. Ein Herzschlag verging, dann der nächste, jeder Muskel seines Körpers stand unter Spannung, so anstrengend war es, sich zurückzuhalten und nicht sofort in sie einzudringen.

Sie holte zitternd Luft. Und dann nickte sie kaum wahrnehmbar.

Oh, danke, Gott.

Er küsste sie wieder, hob sie hoch und tastete sich zur Seite des Wagens vor. Noch nie in seinem Leben war er so dankbar gewesen, die Hintertür eines Autos ohne Schlüssel öffnen zu können. Er warf Kate geradezu auf den Rücksitz.

Chases Wagen würde bestimmt total nach Sex riechen, wenn sie fertig waren, nach ihrer süßen Erregung und dem Aroma des gemeinsam vergossenen Schweißes, aber er konnte nicht mehr warten.

Rylan kletterte hinter Kate auf den Rücksitz, und plötzlich fragte er sich, ob es das war, was normale Teenager trieben. Sich in einem geliehenen Wagen zu lieben und dabei zu hoffen, dass niemand vorbeikam. Diese wahnsinnige Lust, als ob auf der ganzen Welt nichts wichtiger war, als eine Hand unter den Rock dieser Frau zu bekommen. Diese Lust.

Als er sich umdrehte, um die Tür hinter ihnen zu verschließen, krachte er mit dem Kopf gegen die Wagendecke und fluchte laut. Kate quietschte und schaffte es kaum, den Fuß in den Wagen zu ziehen, bevor er die Tür zuzog. Er vergewisserte sich, dass sie verschlossen war, dann drehte er sich um, und – herrje.

Es war so eng hier drin. Mit einem Bein kniete er auf der Sitzbank zwischen ihren gespreizten Schenkeln, das andere stand auf dem Boden. Er musste sich ziemlich zusammenklappen, um hier hereinzupassen, und sie war sogar noch schlimmer eingequetscht. Aber das spielte keine Rolle.

Sie sah fantastisch aus. Und jetzt endlich gehörte sie ihm.

Lüstern fiel er über sie her. Ihre Schenkel öffneten sich für ihn, und er riss an ihrem Rock, schob ihn hoch und versuchte, näher an sie heranzukommen. Als er ihre Hitze spürte, durchfuhr es ihn ebenso heiß. Er drängte sich an sie, und sein Schwanz rieb hart über den Stoff an ihrer weichen, feuchten Mitte. Er erstickte ihr Stöhnen mit seinem Mund, bäumte sich auf und legte die freie Hand auf ihre

Brust. Aber das reichte ihm nicht. Er brauchte Haut, er wollte in sie eindringen. Er wollte viel zu viel.

Schwer atmend hielt er inne, er konnte kaum noch klar sehen, so erregt war er.

In diesem Moment regierte nur noch die Lust. Kate schien dasselbe zu wollen wie er, schien bereit zu sein, von der Klippe zu springen und sich darauf einzulassen, ihre beiden Körper in diesem kleinen Raum miteinander zu verbinden. Dabei war sie anfangs noch so schüchtern gewesen. Er hatte so vorsichtig mit ihr sein müssen.

Jetzt waren seine Hände ganz und gar nicht mehr sanft und zärtlich.

»Bist du bereit?«, fragte er und jedes Wort klang wie ein tiefes Grollen. Blitz und Donner, sie war der Regen. Nur sie konnte für Entspannung sorgen.

»Bereit?« Sie hatte ganz glasige Augen. Im Dämmerlicht wirkte ihr Mund rot und geschwollen, ihre Lippen zerbissen, und am liebsten hätte er ihnen noch mehr mit den Zähnen zugesetzt.

Er nahm seine Hand von ihrer Brust und krallte sie in die Rückenlehne, das Leder gab unter seinem festen Griff nach. »Das hier wird nicht zärtlich, langsam oder sanft.« Er japste nach Luft. »Das geht auch, wenn du das willst.« Er hatte ihr versprochen, dass er sich bei ihr immer Zeit lassen wollte.

»Aber du willst es anders.«

»Ich will es dir richtig besorgen, Kate.« Er wollte es rau und schnell, wollte in sie hineinstoßen, bis die Begierde in seinen Händen, seinen Gliedern und seinem Schwanz nachließ. So lange, bis nur noch sie in seinem Blut und auf seiner Zunge übrig blieb.

Ein langer, quälender Augenblick verstrich. Dann legte

sie mit zitternden Fingern die Hand um seinen Nacken. Sie zog ihn zu sich herunter, bis sie dieselbe Luft atmeten. An seinen Lippen keuchte sie: »Dann besorg es mir.«

Seine Lunge leerte sich kraftvoll, als ob der Sauerstoff aus ihnen herausgedrückt würde. Er vereinte seine Zunge mit ihrer zu einem Kuss, der nur aus Zähnen und Lust bestand. Erregt brachte er seine Lippen an ihr Kinn und saugte. Glitt zu fest ihre Kehle hinunter, hielt nur so lange inne, wie er brauchte, um zu fragen: »Sag mir, dass du dir sicher bist.«

»Oh, mein Gott, ja!«

Er schob den Kragen ihrer Bluse beiseite, biss und lutschte an ihrer Haut. Wartete, bis sie aufschrie, dann machte er weiter. Er saugte das Blut bis an die Oberfläche, deutliche Zeichen seiner Inbesitznahme, damit alle Welt es sehen konnte. Sie war vergeben. Sie gehörte ihm, ihm allein.

Die zarte, weiche Haut an der Innenseite ihrer Schenkel schmiegte sich an seine Hände. Er gelangte zu dem heißen Bereich zwischen ihren Beinen und musste sie wieder küssen, damit sie die Lust, die sie plötzlich packte, nicht herausschrie. Sein Schwanz rieb über den feuchten Spalt, und er ließ die Finger unter ihren Slip gleiten.

»Wow, du bist so weit, stimmt's?« Er konnte mühelos in sie eindringen und sich nehmen, was ihm gehörte, in ihr kommen, sie füllen und sie fester und fester nehmen, bis sie vor Lust verging.

Nur um sicherzugehen, verteilte er den Saft ihrer Lust, tauchte die Finger in sie hinein und umkreiste ihren Kitzler. Schon als er sie zum ersten Mal flüchtig dort berührte, riss sie die Knie hoch, und ihre Beine zuckten. Sie warf den Kopf in den Nacken.

»So ist es gut, Baby«, sagte er.

Sie gab ein tiefes Stöhnen von sich und griff nach seinem Gürtel. »Ich dachte, du wolltest mich ficken.«

»Oh, glaub mir, das werde ich.«

Es spielte keine Rolle, wie viel Lust er darauf hatte, sie an Ort und Stelle zu nehmen. Er wollte ihr nie wehtun, wollte auf keinen Fall, dass sie bedauerte, sich mit ihm eingelassen zu haben, so wie sie es bei den anderen bedauert hatte. Er widmete sich jetzt mit dem Daumen der heißen kleinen Knospe über ihrem Schlitz und schob ein paar Finger in sie hinein. Sie glitten mit glitschigen, köstlichen Geräuschen rein und raus, und er wollte sie lecken, und sei es auch nur für ein paar Sekunden.

Aber in diesem verdammten Wagen hätte er sich dafür zusammenfalten müssen. Vielleicht sogar aus dem verdammten Fenster herausgehangen. Es ging einfach nicht.

Er zog die Finger aus ihr heraus und entschied sich für das, was möglich war. Auf den Knien hockend, den Kopf eingezogen, um sich nicht erneut zu stoßen, sah er ihr fest in die Augen, dann schob er sich die Finger zwischen die Lippen.

Ihr geiler Geschmack ging direkt in seinen Schwanz, und er schloss die Augen.

Doch er riss sie gleich wieder auf, als er ihre Fingerspitzen am Hosenbund seiner Jeans spürte.

»Verdammt«, zischte er, »Kate.«

Sie klemmte die Lippen zwischen die Zähne und löste seinen Gürtel. Dann fummelte sie an seinen Hosenknöpfen herum, aber irgendwann schaffte sie es und griff zu.

Die erste Berührung ihrer Hand auf seiner nackten Haut war ein Schock der Lust, der durch seine Eier hindurch seine Wirbelsäule hinaufschoss. Sie fühlte sich so gut an – nicht allein, dass sie ihn berührte, sondern auch, wie sie die Finger um seinen Schaft verschränkte, als sie ihn herauszog. So wie sie ihn streichelte, die Flüssigkeit an seiner Spitze zum Quellen brachte und an ihm verrieb. Er verdrehte die Augen, bis nur noch das Weiße zu sehen war.

Ihre Passivität der vergangenen zwei Abende war wie weggeblasen. Sie war da, und sie war bei ihm, präsent auf eine Art, die ihn zum Zittern brachte.

Doch genug des Zögerns, genug des Wartens.

Er saugte ein letztes Mal an seinen Fingern, dann nahm er sie aus dem Mund. Er zog das Portemonnaie aus der Tasche und zupfte das Kondom aus dem Fach. Mit den Zähnen riss er das Päckchen auf. Sie nahm ihre Hand weg, als er das runde Latexteil über seine Eichel stülpte, doch dann war sie wieder da und streifte seine Haut, als sie ihm half, es an seinem Schaft hinunterzurollen. Er musste seinen harten Schwanz fest am Ansatz fassen, um sich wieder unter Kontrolle zu bekommen.

»Leg dich hin«, sagte er, und die finstere Entschlossenheit seiner Stimme überraschte ihn selbst.

Sein Herz klopfte heftig, er folgte ihr auf die Rückbank, legte sich ihre Beine zurecht, schob eines ihrer Knie hoch und presste es fest auf ihre Brust. Er öffnete sie und machte sie für sich bereit.

Mist, in dieser Position hatte er überhaupt keinen Spielraum, doch das war ihm egal. Er zog ihr Höschen beiseite, strich mit der Schwanzspitze an ihrem feuchten Spalt hinauf und hinunter, jedes Mal nur ein kleines bisschen tiefer, umkreiste schließlich ihren Kitzler, wieder und wieder, bis ihm schwindelte. Er klebte an ihren Lippen, küsste sich den

Weg an ihrer Wange hinauf bis an ihr Ohr, kratzte mit den Zähnen über ihr Ohrläppchen, und das reichte noch nicht, nichts würde jemals reichen.

Erst wenn sie ihm ganz und gar gehörte.

Die Erregung, die ihn in der Galerie gepackt hatte, tat ihr Übriges, sorgte für schmutzige Gedanken und lüsterne Worte, die aus seinem Mund strömten.

Er stöhnte an ihrem Ohr, rutschte fester über ihr Geschlecht, ganz dicht davor, aber noch nicht ganz so weit, ihr das zu geben, was sie beide brauchten. »Sag mir, dass du es willst«, keuchte er. Sie wand sich, legte den Kopf auf die Seite und wirkte so einladend. »Ich hab doch schon ...«

Er schüttelte den Kopf. »Du hast mir gesagt, dass du bereit dafür bist. Sag mir, dass du es willst. Du willst meinen Schwanz, du willst gefickt werden, du willst *mich* ...«

Er verkniff sich das letzte Wort. Denn er wollte es von ihr hören. Genau das brauchte er. Das brauchte er immer. Jemanden, der ihn begehrte. Nicht sein Geld, nicht seine Macht und auch nicht das, wozu sie ihn befähigte. Einfach nur ihn selbst.

Genau so, wie sie ihn begehrt hatte.

Damals, in einem anderen Leben, hatte sie es getan.

»Sag es«, beharrte er, es war ein Befehl und eine flehentliche Bitte zugleich.

»Rylan.« Ihre Stimme verursachte ihm eine Gänsehaut. Sie schlang ein Bein um seine Hüften, dann fasste sie hinunter in seinen Hosenbund. Sie griff an seine Hüfte und schob ihn mit Nachdruck nach unten. Das war gut und hätte normalerweise auch gereicht, aber er war versessen darauf, sie darum betteln zu lassen.

Er biss die Zähne zusammen und verharrte genau an der

Schwelle ihres Eingangs. Er war so hart, dass es wehtat, doch er wollte auf keinen Fall nachgeben. Sie musste doch auch vor Lust vergehen, sie musste so kurz davor sein, ihn darum anzubetteln. »Fühlst du dich nicht leer, Baby? Sag das Wort. Sag es einfach …«

»Rylan«, wiederholte sie, und diesmal schob sie ihre Finger durch sein Haar. Sie riss so heftig daran, dass ihm die Augen brannten, doch er richtete sich auf. Er stützte eine Hand am Fenster über ihrem Kopf ab, und sie sah ihn mit diesen halb geschlossenen, lüsternen Schlafzimmeraugen an. Doch bei aller Lust war auch eine Klarheit in ihrem Blick. Als ob sie ihn durchschaute. Als ob sie wusste, was in ihm vorging.

»Rylan. Ich will dich.«

In seiner Brust rastete etwas am richtigen Ort ein.

Er schob sich mit einer einzigen, langen Bewegung in sie hinein, grub sich in die feuchte Hitze und hätte am liebsten laut aufgebrüllt. Zitternd stöhnte er ihren Namen und drückte sich auf sie. Ihre Lippen trafen sich, es war kein richtiger Kuss, weil er noch den Schock überwinden musste, so plötzlich von ihr umgeben zu sein, aufgesogen von ihrer Wärme und ihren Worten. Ihre Hand an seiner Hüfte griff fester zu, und er biss die Zähne zusammen, weil er spürte, wie der Druck in ihm wuchs, und die Lust, sich in ihr zu ergießen.

Er sollte warten, sollte sein Tempo verlangsamen. Sollte es hinauszögern. Aber die Energie vibrierte durch ihn hindurch und erreichte fiebrige Höhen. Er rang nach Atem.

»Bleib so«, knurrte er durch zusammengebissene Zähne.

Er versuchte, mehr Bewegung herauszuholen, und zog die Hüften zurück. Wartete eine ganze Sekunde, dann drang er wieder in sie ein. Vor seinen Augen verschwamm alles, so gut fühlte es sich an. Er verharrte kaum in ihrer Tiefe, dann zog er sich schon wieder zurück, schneller diesmal, und er konnte nicht mehr aufhören.

Sein Rhythmus war brutal, viel aggressiver, als er es je gewagt hätte, wenn er bei Sinnen gewesen wäre. Er wollte es wiedergutmachen, aber dieser verdammte Wagen … Es gab einfach keinen Platz, um Hand an sie zu legen oder sie zu bitten, sich selbst zu berühren, doch er wollte es wenigstens versuchen. Er veränderte seine Position und mühte sich, einen Arm freizubekommen.

Aber er rutschte mit dem Fuß weg, stieß gegen die Tür und änderte seinen Winkel, woraufhin ein tiefes Wimmern aus ihr herausbrach, ihre Finger gruben sich in seine Haut, und verdammt, er stand so darauf, wenn sie ihre Fingernägel benutzte.

Nur, dass … Mist.

Er vergrub das Gesicht in ihrem Haar, aber er verlangsamte sein Tempo nicht, er keuchte.

»Zu viel?«

Es war bei Weitem zu viel und konnte doch nie genug sein. Hier war er. Er stieß in sie hinein und nahm sie wie ein Tier. Er benutzte sie, weil er sich in ihrem Körper ganz verlieren wollte. Weil *er* es brauchte, nicht sie …

Verdammt, er musste aufhören.

Doch sie schüttelte den Kopf und bäumte sich ihm entgegen, nahm seinen Rhythmus auf, und es war, als würden in seinem Kopf Blitze explodieren.

»Es ist gut«, versicherte sie.

Das Donnern ihrer Lust betäubte seine Sinne.

»Ja?« Oh Gott, er war so tief in ihr. Er beschleunigte seine

Stöße, drang wieder und wieder in sie ein, doch er musste ihre Stimme hören. Er musste wissen, dass sie noch bei ihm war. »Magst du es hart?«

Ihre Nägel gruben sich in seine Haut. »Ja.«

»Komm, sag es. Sag mir, dass es dir gefällt, wenn ich dich ficke.«

»Ich …« Ihr stockte die Stimme, dann kam dieser kehlige Laut aus ihr heraus, der direkt in seinen Schwanz zielte. »Ich liebe es.«

Ich liebe dich.

Er biss sich so fest auf die Zunge, dass er schon fürchtete zu bluten. Sein ganzes Leben lang hatte er erlebt, wie man Liebe benutzte, wie leicht es war, sie wegzuwerfen, doch jetzt erwachte sie mit solcher Kraft in ihm, dass sie ihn zu überwältigen drohte.

Er wollte ihr seine Liebe geben, und sie sollte sie annehmen. »Sag, dass du mir gehörst«, keuchte er, dabei war überhaupt nicht der Moment dafür – sie gehörte ihm nicht. Sie hatte gerade erst zugestimmt, sich genau siebenmal mit ihm zu treffen, und sie war so verschlossen. Sie war so wütend auf ihn gewesen …

»Ich gehöre dir. Rylan …«

Und da war es. Ganz plötzlich traf ihn der Orgasmus, durchfuhr ihn und kehrte sein Innerstes nach außen. Schon beim ersten Impuls öffnete er den Mund, um sie zu warnen, doch sie zog ihn für einen Kuss an sich, der nach Himmel schmeckte und nach ihr, und er verlor sich darin. Er zitterte in ihren Händen, in ihrem Körper. Er ergoss sich in sie, bis nichts übrig war, bis seine Beine, seine Arme und seine Lunge ihr Äußerstes gegeben hatten.

Als er wieder zu sich kam, lag er auf ihr, mit geöffnetem,

feuchtem Mund an ihrer Kehle, und ihre Finger zupften ungelenk an seinem Haar. Er stöhnte und versuchte, einen Arm unter sich zu bekommen, um ihr etwas von seinem Gewicht zu nehmen. Er musste sie ja fast zerquetschen, und schlimmer noch, er war vor ihr gekommen und hatte danach praktisch das Bewusstsein verloren. Erbärmlich. Aber er wollte sein Bestes geben, um es wiedergutzumachen.

Mit einem leisen Stöhnen zog er sich aus ihr heraus, verklemmte sich dabei aber das Knie. Die merkwürdigen Verrenkungen seiner Gliedmaßen und die beanspruchte Wirbelsäule, die er nicht gespürt hatte, als er seinem Orgasmus entgegengehetzt war, machten sich plötzlich schmerzhaft bemerkbar. Er fluchte leise, und sie lachte.

»Sex im Auto klang eigentlich immer ganz gut«, sagte sie mit hoher Stimme.

»Besonders in einem Auto, das so sexy ist wie dieses.«

»Aber in der Praxis ist es dann doch nicht so gut, oder?«

Nicht *gut?* Noch ein bisschen besser, und er hätte eine gebrochene Hüfte.

»Das würde ich nicht gerade sagen.«

In einer Minute wollte er ihr helfen, sich ganz sicher zu sein. Sobald er wieder zu Atem kam.

Mühsam hob er sich von ihr hoch und versuchte, nicht besinnungslos auf den Boden zu sinken. Er zog sich das Kondom herunter, wickelte es in ein Taschentuch und legte es beiseite. Er befeuchtete sich die Lippen, voll neuer Entschlossenheit. Diesmal wollte er es besser machen. Doch als er sich wieder zu ihr umdrehte, sah er, dass sie versuchte, sich aufzurichten, und ihren Rock herunterzog. Als ob sie dachte, die Sache sei erledigt.

Von wegen.

»Was treibst du da?«, knurrte er aus den Tiefen seiner Kehle.

Sie sah ihn mit großen Augen an, die Hände am Saum ihres Rockes erstarrten. »Äh ...«

Sein Männerstolz regte sich: »Hast du gesagt, dass du mir gehörst oder nicht?«

»Ich ...«

»Ich kümmere mich um das, was mir gehört.«

Mit einem frischen Energieschub nahm er ihre Handgelenke und schob sie aus dem Weg. Schlug ihren Rock wieder nach oben.

Verdammt, ihr Slip war klatschnass.

Er ignorierte die Art, wie sie sich wand, setzte sie in die Mitte der Rückbank und brachte sie dazu, die Beine weit zu spreizen. Dann legte er die Hände unter ihre Knie und zog sie vorwärts, bis sie ganz am Rand des Sitzes saß.

»Himmel«, sagte sie, als er sich hinunterbeugte.

Er saugte an dem feuchten Stoff ihres Höschens und kratzte mit den Zähnen durch das Gewebe über ihren Kitzler. Die Stellung war noch seltsamer, als er es sich vorgestellt hatte, doch er kümmerte sich nicht darum. Er schlang ihren zitternden Schenkel über seine Schulter, zog ihren Slip zur Seite und entblößte all das süße, willige Fleisch.

Ihr Atem stockte, als er mit dem Daumen durch ihren schlüpfrigen Schlitz fuhr. »Oh, mein Gott.«

»Vergiss das nicht«, murmelte er, spreizte sie auf und beugte sich vor.

Der Geschmack des Kondoms vermischte sich mit ihrem Saft, doch er achtete nicht weiter darauf, arbeitete sich vor und legte die Lippen um ihre Klitoris. Es war sowieso seine

Schuld – er war zu ungeduldig gewesen, sie zu lecken, bevor er in sie eingedrungen war.

Doch es hatte auch seine Vorteile, sie gerade erst gevögelt zu haben. Sie war fast so weit, ihre Beine zitterten an seinem Kopf, als er sich vorbeugte und sie feucht und lüstern küsste. Er drückte die Zunge in sie hinein und leckte dann in breiten Zügen über ihren Kitzler. Und sie war offen für ihn, drei Finger glitten mühelos in sie hinein. Er füllte sie mit den Fingern, so sträflich schnell und fest, wie er es mit seinem Schwanz getan hatte, und sie schrie seinen Namen.

Er blickte an ihr hinauf, und sein völlig ausgelaugter Schwanz zuckte noch einmal schmerzhaft. Sie sah wundervoll aus. Alle Zurückhaltung war weg. Sie widersprach nicht, denn er hatte sie gelehrt, es sich zu nehmen, sich ganz hinzugeben.

Mit einer Hand half sie ihm dabei, ihren Spalt für ihn offen zu halten, mit der anderen Hand riss sie an seinem Haar. Sie hatte den Kopf in den Nacken geworfen, auf ihren bloß liegenden Brüsten glänzte der Schweiß, und wenn es nach ihr gegangen wäre, hätte er damit bis in alle Ewigkeit weitermachen können. Und das wollte er auch, so lange bis sie einfach …

»Gib dich hin«, sagte er. »Gib es mir.«

Ihre Lust, ihr Körper und ihr ganzes verdammtes *Leben.*

Als sie schließlich kam, schrie sie, und er hoffte, dass alle Welt es hören konnte. Dass man noch ein paar Straßen weiter erfuhr, dass er sie in Höhen katapultierte, wie es keinen Mann vor ihm und keinen Mann nach ihm jemals gelingen würde. Er jagte die zuckenden Spasmen in ihrer Vagina mit den Fingern, er leckte und leckte, bis sie die Hand nach unten streckte und auf seinen Kopf legte.

Mit einem letzten Kuss auf ihre Klitoris zog er seine Finger aus ihr heraus. Er presste die Stirn auf die Innenseite ihrer Schenkel und schloss die Augen.

Um ihn herum drehte sich alles.

Er hatte vorher schon so oft Sex gehabt, und das an weitaus bequemeren Orten, doch so wie jetzt war es noch nie zuvor gewesen. Noch nie hatte er so intensiv seine Gefühle wahrgenommen und gespürt, was er verlieren konnte. Etwas Heißes kroch seine Kehle hinauf und drängte fast schmerzhaft aus ihm heraus.

Dabei wünschte er sich nur, einfach hierbleiben zu können. In diesem kleinen, sicheren Raum. Mit ihr.

Kate war noch gar nicht wieder ganz bei sich, als sie vor ihrem Haus anhielten. Rylan legte den Leerlauf ein und wandte sich ihr zu. Seine blauen Augen glitzerten im Dämmerlicht der Straßenlaternen, und sein Adamsapfel zuckte.

»So«, sagte er.

Sie senkte den Blick und betrachtete ihre Hände, als könnten sie ihr eine Antwort geben.

Der Abend war in vielerlei Hinsicht gut verlaufen. Sie hatte eine Menge Kunst gesehen, ein bisschen Networking betrieben und ein neues Restaurant ausprobiert.

Sie hatte unglaublichen, ungewöhnlichen, intensiven Sex auf dem Rücksitz eines Wagens gehabt, an den sie sich fortan nur noch mit extrem unzüchtigen Hintergedanken erinnern würde. Und es war … anders gewesen. Rylans Berührungen hatten eine ganz andere Energie gehabt, als er sich von ihr genommen hatte, was er haben wollte, seien es nun ihr Körper oder ihre Worte gewesen. Und dann, nachdem er fertig gewesen war, hatte er sich ihr wieder gewidmet. Er hatte dafür gesorgt, dass sie genauso viel davon hatte, wie er – vielleicht sogar mehr.

Vielleicht auch weniger.

Die Besitzgier in seinen Händen und in seinem Blick hatte sie bis ins Mark erschüttert.

Sag, dass du mir gehörst. In diesem Augenblick, von ihm überwältigt, gepfählt und unter seinem lüsternen Blick dahinschmelzend, hatte sie ihm gehört. Sie hatte ihm die Bestätigung gegeben, die er anscheinend unbedingt brauchte. Später erst, als sie langsam von ihrem Höhepunkt herunterkam, sein Kopf noch zwischen ihren Schenkeln, und sie den eigenen Atem laut in jenem kleinen, stillen Raum hörte, war es ihr, als würde alles auf sie einstürzen.

Sie gehörte nur sich selbst. Das war sie sich schuldig. In Paris hatte sie sich ihm komplett ausgeliefert, und das hatte ihr nichts als Kummer gebracht. Als sie ihm zugestanden hatte, er dürfte versuchen, ihr Vertrauen zurückzugewinnen, hatte sie sich geschworen, sich niemals ganz hinzugeben und immer einen Teil für sich allein zu bewahren. Denn sie musste ihr Herz schützen.

Doch er wollte alles. Und das war das Problem – auf so vielen Ebenen.

Es fing schon mit der miesen Show an, die er vor ihren Freunden abgezogen hatte.

Auf dem Heimweg hatte sie geschwiegen. Doch sie mussten darüber reden. Diesmal gab es eine Menge Dinge, die nicht ungesagt bleiben durften.

Sie knibbelte an ihren Fingernägeln und atmete tief durch. »Also. Willst du mir jetzt vielleicht sagen, was das Ganze eben sollte?«

Er lachte einmal kurz und trocken auf. »Was genau?«

»Liam ist nur ein Freund.« Das musste sie klarstellen. Sie gab sich keinen Illusionen hin und wusste genau, dass es die Eifersucht war, die Rylans Verhalten heute Abend bestimmt hatte. »Ja, er ist interessiert, und unter anderen Umständen wäre ich es vielleicht auch. Aber momentan läuft da nichts.«

»Momentan.«

Sie zuckte mit den Schultern. »Die Dinge ändern sich. Ich kann dir nicht versprechen, dass er für mich nicht infrage kommen könnte, falls das hier ...« – sie wedelte mit der Hand zwischen ihnen hin und her – »... nichts wird.«

»Ich will aber, dass es was wird.«

»Ich weiß.« Ein Teil von ihr wollte das auch. Aber ein größerer Teil traute der Sache noch nicht, traute seinen Beteuerungen nicht und auch nicht ihr selbst.

In Paris hatte sie auch gedacht, er wäre anders als die anderen Männer, und wohin hatte sie das gebracht?

Sie blickte ihm in die Augen – zum ersten Mal, seit er angehalten hatte. »Ich werde meine Freundschaft mit ihm nicht beenden.«

»Das hätte ich auch nicht von dir verlangt«, erwiderte er so bitter, dass klar war, dass er es am liebsten doch tun würde.

»Wirklich?«

Er kniff sich in den Nasenrücken. »Ich weiß, ich habe mich heute Abend wie ein Neandertaler aufgeführt ...«

»Ja, das hast du.« Und das war noch nicht alles. »Du warst unhöflich zu ihm, und mir gegenüber bist du regelrecht ausgeflippt.« Hatte ihre Mutter sie nicht vor genau diesem Mist gewarnt? Eifersucht mochte zwar manchmal schmeichelhaft und sexy rüberkommen, aber wenn sie den anderen von seinen Freunden abschnitt ... wenn sie isolierte und abhängig machte ... »Versteh mich nicht falsch, es war scharf. Aber es war nicht okay.«

»Ich weiß. Es tut mir leid.«

Er sagte das so ernsthaft, dass sie innehielt.

Sie war auf alles gefasst gewesen. Das hier war genau die Art von Streit, die sie wieder und wieder zwischen ihren Eltern hatte erleben müssen. Sobald ihre Mutter etwas kritisiert hatte, wurde sie von Kates aufbrausendem Vater mit Vorwürfen überschüttet. Er hatte immer alles so gedreht, als wäre *sie* schuld an allem. Als trüge *sie* die Verantwortung dafür, dass er sich so verhalten hatte. Wenn *sie* ein besserer Mensch wäre, hätte *er* so etwas gar nicht nötig ...

Als die Stille andauerte, streckte Rylan seine Hand über den Spalt zwischen ihren Sitzen und nahm ihre. Seine Wärme und die Art, wie er vorsichtig mit dem Daumen über ihre Handfläche strich, halfen ihr, sich wieder zu erden.

»Es wird nicht wieder vorkommen«, versprach er.

Sie wollte ihm gern glauben, doch sie konnte seine Entschuldigung nicht einfach so akzeptieren. Es musste ganz klar sein.

»In Paris«, sagte sie, »war alles so leicht. Es gab nur uns beide. Keine Arbeit, keine Akademie, keine ...« Sie deutete mit großer Geste um sich, wie um all die Dinge zu umfassen, die er damals vor ihr verborgen gehalten hatte. »... Firmen. Oder Familien oder Freunde.«

»Es war herrlich.« Er lächelte sie wehmütig an.

»Aber es war nicht die Realität.« Tief in ihrer Brust verspürte sie einen Stich, weil es stimmte. Die Blitzromanze, die fremde Umgebung, das Gefühl des Losgelöstseins, mit dem sie sich hineingestürzt hatten. »Es war eine Fantasie.«

Ein Märchen.

In der realen Welt heiratete man seinen Prinzen nicht. Man warf den einzelnen Schuh in den Müll und kehrte wieder die Asche zusammen.

»Kann es denn nicht beides sein?«, fragte er mit rauer Stimme und dunklen Augen. Sie zog eine Braue hoch. Er drückte ihre Hand und zog sie in seine Richtung, bis sie im Spalt zwischen ihren Sitzen lag. »Vielleicht war es eine Fantasie, aber für mich war das, was ich empfunden habe – das, was ich immer noch empfinde –, real.«

Kates Herz zog sich zusammen.

Damals hatten sich ihre Gefühle auch real angefühlt. Doch wie es jetzt war, wusste sie nicht so recht. Sie liebte die Ausgabe von ihm, die er ihr damals von sich präsentiert hatte. Auch wenn sie nicht ganz der Realität entsprach.

»Egal, was wir fühlen ...« Sie riss sich zusammen. »Egal, was wir daraus machen ... Es muss sich auch mit unserem übrigen Leben vertragen. Ich ...« Sie konnte es gar nicht richtig ausdrücken, doch es musste heraus. Sie durfte nicht dieselben Fehler machen wie ihre Mutter. Und sie konnte auch nicht länger die alte Version ihrer selbst sein. Sie nagte mit den Zähnen innen an der Lippe und schnaubte. »Es kann einfach nicht sein, dass ich aus Vernissagen hinausgeschleift werde, nur weil mein ...« Und da stockte sie schon wieder. *Mein Freund.* War diese Bezeichnung überhaupt angemessen? »Weil es meinem Kerl nicht passt, dass mich andere Männer ansehen. Alle meine Kommilitonen haben das mitbekommen. Die haben sich Sorgen um mich gemacht.« Herrje, am Montag alles erklären zu müssen würde bestimmt kein Zuckerschlecken sein.

»Ich werde mich bessern«, versprach er und ersparte ihr

damit, weiter nach den richtigen Worten für das suchen zu müssen, was sie ihm unbedingt sagen wollte. »Es ist einfach … plötzlich über mich gekommen.« Sein Mundwinkel zuckte irgendwo zwischen einem sarkastischen Grinsen und einer Grimasse. »Ich wusste, dass du dein eigenes Leben lebst, Freunde hast, Berufspläne. Aber mir war nicht klar, was es in mir auslösen würde, es direkt zu sehen.«

»Was hat es denn ausgelöst?« Anscheinend doch Eifersucht.

Doch stattdessen antwortete er: »Ich war stolz auf dich. Und ich hatte Angst.«

Sie ließ den Satz einen Moment auf sich wirken. »Das mit dem Stolz gefällt mir.«

»Nun, das wird sich wohl nie ändern.« Mit diesen Worten führte er ihre Hand an seine Lippen und drückte einen sanften Kuss darauf.

Sie schluckte und legte die Finger um seine. »Dann wollen wir doch mal sehen, was wir mit der Angst machen.«

»Sehr gern.«

Er ließ sie los. Sie öffnete den Reißverschluss ihrer Handtasche und zog die Schlüssel heraus. Eigentlich war dies der Teil des Abends, an dem sie ihn einlud, noch mit nach oben zu kommen, und sie hätte es am liebsten auch getan. Zum ersten Mal seit ihrer Wiedervereinigung hatte sie keine Angst davor, an ihn gekuschelt einzuschlafen, ihn überhaupt so dicht an sich heranzulassen.

Aber sie war sich nicht sicher, ob sie es wirklich tun konnte.

Seine Gedanken gingen anscheinend in dieselbe Richtung. »Wäre es zu plump, wenn ich dich frage, ob ich mit raufkommen und deine Grafiken ansehen darf?«

Nein, ihre Arbeiten wollte sie ihm wirklich noch nicht zeigen, auch wenn er ihr schon sehr viel Selbstvertrauen gegeben hatte. Und das allein bestärkte sie darin, dass die Zeit noch nicht reif war, ihn zu bitten, die Nacht bei ihr zu verbringen. »Keine Grafiken, tut mir leid.«

»Eine Tasse Kaffee vielleicht?«

Schweren Herzens antwortete sie: »Nicht heute Abend.«

»Ah.« Er legte die Hand auf den Schalthebel zurück und sah sie nicht an. Sie hatte nicht vor, dafür um Entschuldigung zu bitten, dass sie noch nicht so weit war. »Vielleicht nächstes Mal.«

»In Ordnung«, sagte er, lächelte aber immer noch nicht.

»Rylan ...«

Er drehte den Kopf und sah sie wieder an.

Schließlich hatte sie ihm gerade einen Korb gegeben. Wenn sie also noch etwas von ihm wollte ... Sie musste nicht immer erst warten, bis er die Initiative ergriff.

Sie kratzte all ihr Selbstvertrauen zusammen, dann öffnete sie den Sicherheitsgurt und beugte sich zu ihm rüber. Die feinen Stoppeln an seinem Kinn kratzten, als sie die Hand an seine Wange legte. Ihre Lippen begegneten sich, und er überließ ihr die Regie für den Kuss. Sie ließ ihn sanft und zärtlich bleiben.

Genau so wollte sie ihn haben, nach all dem, was geschehen war.

Nach einer ganzen Weile löste sie sich von ihm. »Gute Nacht.«

Ganz leicht hob er die Mundwinkel, aber diesmal war es echt. »Gute Nacht.«

Er wartete, bis sie im Haus war, dann fuhr er los. In der allerletzten Sekunde hätte sie ihn fast noch zurückgerufen.

Doch schließlich ließ sie ihn ziehen. So war es leichter. Sicherer.

Und es erinnerte sie daran, dass sie immer noch sich selbst gehörte.

KAPITEL 13

Freitag schon was vor?

Kate sah auf ihr Smartphone und verzog das Gesicht. Fast wäre sie mit einem anderen Passanten zusammengestoßen. Sie hatte eine Sechs-Stunden-Schicht hinter sich und war auf dem Weg zum Campus, um noch ein wenig an ihren Bildern zu arbeiten.

Außerdem durfte sie sich nicht verkriechen und musste sich der Situation stellen.

Gerade heute fiel es ihr besonders schwer, nicht den bequemeren Weg zu wählen und in ihrer eigenen Wohnung zu malen. Doch sie hatte seit jener Vernissage am Freitagabend weder Liam noch sonst einen ihrer Kommilitonen gesehen, und wenn sie ihnen nicht bald unter die Augen trat, wie sollte sie sich dann jemals dazu überwinden?

Immer wieder sah sie Liam vor sich, seinen fragenden Blick, als Rylan sie förmlich aus der Galerie gezogen hatte. Seine sorgenvolle Stirn. Sie wusste immer noch nicht genau, wie sie ihm die ganze Sache erklären sollte.

Ein halbes Auge auf den Weg vor sich gerichtet, drückte sie den Antwort-Button.

Nein, warum?

Tatsächlich war es ein kleines Wunder. Freitags hatte sie keinen Unterricht in der Akademie, und irgendwie hatte sie es hinbekommen, das ganze Wochenende auch nicht arbeiten zu müssen. Das bedeutete zwar, dass der Rest der Woche wahnsinnig anstrengend sein würde, aber vielleicht war es das wert. So hatte sie die Gelegenheit, sich intensiv um dieses Stipendium zu kümmern oder einfach mal den Kopf freizubekommen.

Natürlich könnte sie das Wochenende auch mit Rylan verbringen. Innerlich verdrehte sie über sich selbst die Augen. Der Mann schien einen sechsten Sinn für die Zeit zu haben, die sie sich für ihre Skizzenbücher und Leinwände freigeschaufelt hatte. Das war schon seit ihren ersten gemeinsamen Tagen in Paris ein schwieriges Thema gewesen, an dem sich wohl so bald nichts ändern würde.

Auch das gehörte zu den Dingen, die sie klären mussten, wenn sie es wirklich miteinander versuchen wollten. Wenn sie hier, in der realen Welt, eine Beziehung führen wollten, mussten sie all die Menschen und Dinge und Verpflichtungen in ihrer beider Leben irgendwie unter einen Hut bekommen.

Allmählich glaubte sie wirklich, dass er genau das wollte.

Seine Antwort kam schon wenige Sekunden später.

Einzug in die neue Wohnung. Dachte, du hast vielleicht Lust, mir beim Kistentragen zu helfen?

Ihre Brauen schossen nach oben. Wollte er ihr wirklich weismachen, er würde den Umzug selbst machen?

Sie hatte noch gar nicht zu Ende gedacht, da trudelte schon die nächste Nachricht ein.

Na ja, den Umzugshelfern beim Kartontragen zusehen.

Wenigstens war er ehrlich. Das wusste sie zu schätzen.

Gibt es Bier und Pizza?

Auch wenn er Leute dafür bezahlte, die Schlepperei zu übernehmen, war es eine Tradition, die nicht an bestimmte soziale Schichten gebunden war. Oder?

Wird gemacht.

Das war nicht ganz das, was sie sich fürs Wochenende vorgenommen hatte, aber es könnte lustig werden. Seine Pariser Wohnung hatte sie nie zu sehen bekommen, und er hatte sie auch nie zu sich eingeladen, seit er in der Wohnung seiner Schwester lebte.

Kate wusste nicht genau, ob es sie störte oder nicht.

Es werden auch noch ein paar Freunde von mir da sein.
Ich dachte, du möchtest sie vielleicht kennenlernen.

Sie dachte kurz darüber nach. Auch deine Schwester?

Ja, falls sie es schafft, in der Firma einen Tag freizubekommen.

Ihr Herz schlug ein wenig lauter. Jetzt lud er sie also wirklich in sein Leben ein. Zum allerersten Mal forderte er sie auf, einen Blick hinter den Vorhang zu riskieren. Es gab nur einen einzigen Grund, warum er eine zweite Chance bei ihr bekommen hatte. Er sollte ihr beweisen, dass er wirklich der Mann war, in den sie sich drüben in Paris verliebt hatte – bevor sie erfahren hatte, wie sein Leben wirklich aussah. Vielleicht bekam sie jetzt die Gelegenheit dazu. Bislang hatte sie fast nur zu sehen bekommen, was er ihr bewusst zeigen wollte.

Bevor sie es sich anders überlegen konnte, simste sie schnell zurück: Einverstanden.

Es war bereits ihr viertes Date. Die offizielle Mitte der sieben, um die er sie gebeten hatte. Und es fühlte sich an, als hätten sie gerade erst an der Oberfläche gekratzt.

Kate steckte ihr Handy ein. Dann ging sie ins Gebäude und lief die Treppen hoch. Als sie den Zeichenraum betrat, zog sie ihre Jacke aus und nahm die Tasche ab.

Und blieb abrupt stehen, weil Liam direkt auf der anderen Seite der Tür stand.

Er sah aus wie immer – das dunkelblonde Haar zerzaust, die engen Jeans voller Farbflecken –, aber die Art, wie er sie ansah, war anders. Nicht unbedingt vorwurfsvoll, aber …

Enttäuscht.

Sie spürte es geradezu körperlich. Mit diesem speziellen Blick hatte sie reichlich Erfahrung – vielen Dank auch.

»Hey.« Er hatte sich die Jacke schon halb angezogen und hielt nun inne. »Ich wollte mir nur schnell einen Kaffee holen.« Er warf ihr einen vielsagenden Blick zu. »Hast du Lust mitzukommen?«

Mist, sie war doch gerade erst gekommen. Sie atmete tief durch und erinnerte sich an ihren Vorsatz, sich nicht zu verkriechen. »Klar.«

Sie zog die Jacke wieder an und drehte sich um. Es war

nur ein kurzer Spaziergang über die Straße, trotzdem dauerte es eine gefühlte Ewigkeit. Liam schwieg die ganze Zeit, vermutlich biss er sich wortwörtlich auf die Zunge, so verkniffen, wie er aussah. Als sie endlich ihre Getränke in der Hand hielten, deutete er mit dem Kopf auf einen freien Ecktisch.

Er setzte sich ihr gegenüber auf den Stuhl und drehte seinen Becher zwischen den Händen. Kate machte sich darauf gefasst, Rylan verteidigen zu müssen. Zu sagen, dass er sie normalerweise nicht so mit Beschlag belegte und auch nicht so asozial war, sondern äußerst charmant und einfühlsam und …

»Ich wusste gar nicht, dass du einen Freund hast.«

Oh. Damit konnten sie auch anfangen.

Sie zuckte mit den Schultern und fummelte an der Kartonmanschette ihres Kaffeebechers. »Ist auch noch frisch. Irgendwie.« Sie schnitt eine Grimasse. Wie viel wollte sie ihm erzählen? »Wir hatten eine … eine Affäre. Im Sommer. Vor ein paar Wochen sind wir uns wieder über den Weg gelaufen und haben beschlossen auszuprobieren, ob mehr daraus werden kann.«

Er ließ es kurz auf sich wirken, dann sagte er leise: »Das hättest du mir sagen können.«

Er hatte recht, und jedes Mal, wenn sie die Gelegenheit dafür hatte verstreichen lassen, hatte sie sich schrecklich gefühlt. »Ich wusste nicht, wie viel es da eigentlich zu sagen gab.« Eigentlich hatte sie auch angenommen, dass sich das Thema recht bald von selbst erledigen würde.

»Schon eine kleine Andeutung wäre nett gewesen. Ich dachte nämlich …« Er brachte den Satz nicht zu Ende. Um seinen Mund lag ein bitterer Zug.

Dass Liam Interesse an ihr hatte, war bisher nie richtig

zur Sprache gekommen, aber es stand jetzt und hier unbestreitbar zwischen ihnen. Vielleicht war es das Beste, die Karten offen auf den Tisch zu legen.

»Das dachte ich auch. Irgendwie.« Sie atmete tief durch. Bisher hatte sie es vermieden, dem, was zwischen ihr und Rylan geschah, einen Namen zu geben – oder es sich überhaupt selbst einzugestehen. Aber sie musste Liam gegenüber ehrlich sein. Sie wusste, dass aus Liam und ihr durchaus etwas hätte werden können, doch jetzt war Rylan wieder in ihr Leben getreten und beanspruchte den Teil ihres Herzens, der unbewusst auf ihn gewartet hatte. Es war der Teil, den er zerbrochen hatte, der bei seinem Anblick jedoch sofort wieder zu neuem Leben erwacht war. Kate war diesmal zwar mehr darauf bedacht, ihr Herz zu schützen, doch es gab Dinge, die sie nicht leugnen konnte. »Aber ich bin mit Rylan zusammen.«

Selbst wenn morgen alles auseinanderbrach, würde dadurch kein Raum für jemand anderen frei werden. Auf lange Zeit nicht. Vielleicht auf Dauer.

Sie schwiegen eine Weile.

Schließlich seufzte er. »Er wirkt sehr ... leidenschaftlich.«

Sie lachte. »Wenn du wüsstest.« Kaum zu glauben, dass ihre eigentliche Affäre nur so kurz gewesen war. Sie war ihm so schnell verfallen. Sein Aussehen, sein Charme und die Art, wie er sie berührte, hatten sie einfach von den Socken gehauen. All die Dinge, die er ihrem Körper beigebracht hatte.

Aber trotz seiner Leidenschaftlichkeit hatte er sich nie so benommen wie an dem Abend in der Galerie.

Sie wählte ihre Worte mit Bedacht. Die Aussage »Eigentlich ist er gar nicht so« klang nach den typischen Versuchen von Missbrauchsopfern, die Täter zu entschuldigen, und sie wollte unbedingt vermeiden, ihn in ein falsches Licht zu rücken. »Nun, er wusste auch nichts von dir.«

»Das habe ich mir fast gedacht«, erwiderte er staubtrocken. »Der Typ ist wahnsinnig eifersüchtig, oder?«

»Sieht so aus.« Sie trank einen Schluck Kaffee. Rylans Besitzansprüche hatten sie überrascht und ihr die Augen geöffnet. Er hatte immer so kontrolliert gewirkt. Ihn dermaßen in Rage zu sehen … das war sexy. Und besorgniserregend. »Ich habe ihm hinterher gesagt, dass ich nicht vorhabe, meine Freundschaft mit dir aufzugeben.«

»Man kann sich ja auch über die kleinen Dinge freuen«, bemerkte er ironisch.

Ihr Magen zog sich schmerzlich zusammen. Sie hatte anmaßend geklungen, oder nicht? Kate sah ihm wieder ins Gesicht und setzte ein Lächeln auf. »Natürlich nur, wenn du auch weiterhin mit mir befreundet sein möchtest.«

Er taxierte sie einen Moment lang, und sie fühlte sich zunehmend unwohl. Doch dann zuckte einer seiner Mundwinkel nach oben. Es war nicht ganz so ungezwungen, wie es vielleicht noch vor ein paar Tagen gewesen wäre, aber als er den Arm vorstreckte und ihr einen scherzhaften Klaps auf den Arm versetzte, war sie unendlich erleichtert. »Komm schon. Wie soll ich denn das Seminar durchstehen, wenn ich nicht mehr mit dir rumalbern kann?«

Sie atmete so tief aus, dass keine Luft mehr in ihrer Lunge übrig blieb. Okay. Damit konnte sie arbeiten.

»Stimmt«, sagte sie leise.

Zurzeit gab es nicht allzu viele Menschen in ihrem Leben. Und zu wissen, dass sie einen Vertrauten hatte, einen Mann sogar, der zu ihr hielt, ohne Bedingungen zu stellen und ohne die Aussicht auf Sex, das bedeutete ihr eine ganze Menge.

KAPITEL 14

Rylan hatte sich von vielem verabschiedet, als er an jenem Tag den Gerichtssaal verlassen und mit der Absicht, nie mehr zurückzukehren, in ein Flugzeug nach Paris gestiegen war. Als die Pläne, die sein Vater für ihn gehabt hatte, als qualmende Trümmer hinter dem Horizont verschwanden, hatte er seinen Frieden damit gemacht. Er würde seine Schwester, Chase, und vielleicht auch die Arbeit vermissen. Doch der Rest konnte ihm gestohlen bleiben.

Vor allem dieses Haus.

Beim Anblick des großen, schmiedeeisernen Zauns, der das Grundstück umgab, erreichte seine Wut einen neuen Höhepunkt. Der Efeu war immer dicht gewesen, inzwischen war er aber derart gewuchert, dass man kaum mehr hineinsehen konnte, und das war gut so. Keiner sollte sehen können, was von seiner Familie übrig geblieben war.

In diesem leeren, einsamen Haus hatte er seine Kindheit verbracht. Doch man hatte ihm nie erlaubt, wirklich Kind zu sein.

Mit einem dicken Kloß im Hals näherte er sich dem Eingang. Er balancierte die Kaffeebecher, die er in einer Hand hielt, zog seinen Schlüsselbund heraus und suchte, bis er den alten Messingschlüssel fand, den er aus irgendeinem Grund nie abgenommen hatte.

Das Tor zur Einfahrt fuhr so leicht und leise zur Seite wie eh und je. Der Garten wirkte vernachlässigt, doch die Angestellten, die sich darum kümmerten, das Haus in Schuss zu halten, verrichteten weiterhin ihren Dienst. Vermutlich sollte er dankbar dafür sein.

Er warf einen Blick auf das monströse Gebilde aus Ziegel und Stein, das sein Vater als Denkmal für sein verdammtes Ego errichtet hatte, und seine Brust zog sich zusammen.

Wie erstarrt blieb er an der Grundstücksgrenze stehen.

Er sollte hineingehen. Die Möbelpacker trafen jeden Augenblick ein. Kate würde vermutlich sogar noch früher kommen. Es waren eine Million Dinge zu erledigen.

Schließlich schaffte er es bis zu einer niedrigen Steinbank, die mitten im Vorgarten stand. Er ließ sich darauf fallen und blickte über den verdorrten Rasen zum Haus.

Automatisch wanderte sein Blick zur südöstlichen Ecke und in den ersten Stock. Zum Büro seines Vaters. Wie oft hatte er dort hinaufgeschaut, wenn er nach Hause gekommen war. Um festzustellen, ob dort noch Licht brannte.

Als Junge hatte er darauf gehofft, dass noch Licht brannte, dass sein Vater noch wach war und vielleicht mit ihm reden wollte, ihm wenigstens ein kleines bisschen Aufmerksamkeit schenkte.

In den furchtbaren Monaten, die Rylan hier als Erwachsener verbracht hatte, hatte er sich genau das Gegenteil gewünscht. Er wollte sich nicht schon wieder anhören müssen, dass er sein Leben auf Partys verschwende, dass er härter arbeiten, mehr sein und mehr tun müsse. Die Tatsache, dass er schon achtzig Stunden in der Woche arbeitete, spielte dabei keine Rolle. Die Zukunft der Firma hing von ihm ab, verdammt noch mal.

Rylan stellte die Kaffeebecher auf der Bank ab und stützte die Ellenbogen auf die Knie.

Die Zukunft der Firma hing noch immer von ihm ab, vermutlich sogar stärker als damals.

Aber darüber konnte er ein anderes Mal nachdenken. Jetzt war er hier. Auf dem Anwesen seines Vaters, um sich zu holen, was ihm gehörte, und um sich mit dem, was noch zu retten war, etwas Neues aufzubauen.

Als sich am Rand seines Blickfelds etwas bewegte, riss er den Kopf hoch. Verdammt, er war so angespannt. Als er hörte, wie jemand gegen die Eisenstäbe klopfte, öffnete er die Fäuste, und die weißen Druckstellen, die seine Nägel in den Handflächen hinterlassen hatten, füllten sich wieder mit Blut.

Das Tor, das er angelehnt gelassen hatte, schwang auf, und eine Sekunde später steckte Kate den Kopf durch den Spalt.

Rylan entspannte sich noch ein wenig mehr. Unwillkürlich erschien ein Lächeln auf seinem Gesicht.

»Hey«, sagte er und richtete sich auf.

»Selber hey.« Kate schlüpfte herein und zog das Tor hinter sich zu.

Sein Lächeln wuchs, als er sie genauer betrachtete. Sie sah aus, als wollte sie gleich mit anpacken, obwohl er ihr versichert hatte, dass er Leute mit der Schlepperei beauftragt hatte. Ihr langes dunkles Haar war hinten zu einem einfachen Zopf geflochten, und er stellte sich vor, wie er ihn später lösen und mit den Fingern durch die losen Locken kämmen würde. Er befeuchtete sich die Lippen und freute sich schon darauf, ihr die Jeans herunterzuziehen und diese kleinen, lilafarbenen Sneakers abzustreifen.

Doch so weit mussten sie erst noch kommen. Nicht zum ersten Mal fragte er sich, ob es richtig gewesen war, sich hier mit ihr zu verabreden. Wenn es etwas gab, das sie abschrecken konnte, dann das Haus seines Vaters. Es verkörperte all die Dinge, von denen er immer angenommen hatte, dass sie sie verabscheute. Es war angeberisch, oberflächlich und zu nichts nutze. Die reine Verschwendung.

Genau wie er, als sie sich kennengelernt hatten. Trotzdem hatte sie ihn akzeptiert.

Alle Achtung – es gelang ihr wirklich gut, so zu tun, als würde sie keine Notiz von ihrer Umgebung nehmen. Entspannt schlenderte sie auf ihn zu. Doch ihr Blick wanderte unablässig umher, und ihre Brauen stiegen immer höher. Rylan konnte ihr ansehen, wie viele Fragen ihr auf der Zunge lagen.

Er klopfte auf den Platz neben sich und lud sie ein, sich zu setzen.

Sie ließ sich neben ihm nieder und deutete auf die Kaffeebecher. »Ist einer davon für mich?«

»Könnte sein.« Er nahm ihren Becher und hielt ihn ihr hin. Als sie ihn nehmen wollte, zog er ihn jedoch schnell wieder zurück. »Den gibt's aber nicht umsonst.«

»Ach, nein?«

»Nein.« Er hielt ihr seine Wange hin, damit sie ihn mit einem Kuss bezahlen konnte.

Sie verdrehte die Augen und stöhnte, beugte sich aber trotzdem vor. Ihre Lippen berührten seine Haut, und er umfasste ihren Hals und hielt sie fest, während er sich ihr zuwandte.

Ihr Mund öffnete sich unter seinen Lippen, und er stahl sich einen Kuss, streckte die Zungenspitze aus und berührte die sanfte Wölbung ihrer Unterlippe. Sie duftete frisch geduscht, warm und angenehm, und ihr Haar war noch ein wenig feucht, als er die Hand höher gleiten ließ und sie auf ihren Hinterkopf legte.

Eine lange Sekunde später löste sie sich von ihm und blinzelte ihn mit leicht glasigen Augen an. Doch sie fasste sich schnell wieder. »Das war aber ein teurer Kaffee.«

Lachend reichte er ihr den Becher und beobachtete, wie sie ihn an den Mund führte und die sanft geschwungenen rosa Lippen öffnete.

Sie warf ihm einen raschen Seitenblick zu. »Du hast es nicht vergessen.«

Natürlich nicht. Zwei Zuckerstücke mehr, als er für vernünftig hielt, und genug Milch, um dem Kaffee einen hellen Braunton zu verleihen.

Er erinnerte sich an alles, was ihr gefiel, an alles, womit er ihr Lächeln hervorzaubern konnte.

»Ich hatte gehofft, dir morgens mal einen bringen zu dürfen.« Unwillkürlich schlich sich ein wehmütiger Unterton in seine Stimme. Er hätte ihr den Kaffee gern ans Bett gebracht, nachdem er bei ihr oder sie bei ihm übernachtet hatte. Wenn sie noch nackt dalag, vielleicht sogar noch schlief, würde er schnell runter zum Bäcker laufen oder einfach nur in die Küche. Danach würde er mit dem Becher in der Hand zu ihr zurückkommen, das Laken zurückschlagen und sie aufwecken – indem er sich ihre Wirbelsäule hinunterküsste ...

Ihr Lächeln verblasste. »Wenn du dich gerne mit mir zum Frühstücken verabreden möchtest ...«

»Das habe ich nicht gemeint.« Er war nicht in der Stimmung, um den heißen Brei herumzureden.

»Ich weiß.«

Einen Moment lang saßen sie schweigend nebeneinander und tranken von ihren Kaffees. Dann räusperte sie sich und blickte sich um. »Sind deine anderen Freunde schon hier?«

Er schüttelte den Kopf. »Wir treffen sie am Haus. Hier …« Er zögerte einen Moment. Wie sollte er ihr das erklären? »Hier sind nur wir beide, du und ich.«

Ihr Blick glitt an ihm vorbei, und endlich nahm sie zur Kenntnis, was sich nicht länger leugnen ließ. »Das ist das Haus deiner Familie?«

»Das war es einmal.«

Zuletzt hatte nur noch sein Vater hier gewohnt. Rylan und Lexie waren schon vor Jahren ausgezogen. Evan verbrachte seine Ferien normalerweise bei Lexie, wenn er überhaupt herkam. Wohin ihre Mutter verschwunden war, wusste niemand.

Jedenfalls fühlte es sich schon lange nicht mehr an wie ein Zuhause.

»Wow.« Sie schob den Unterkiefer ein paarmal vor und zurück, und er spürte, dass sie sich nicht recht wohlfühlte.

»Es ist nur ein Haus.« Es klang gegen seinen Willen entschuldigend.

»Stimmt.«

Ihm war mulmig zumute, doch er wollte sich weder dafür entschuldigen, wer er war, noch dafür, sie hierher eingeladen zu haben. Ihre Probezeit sollte ihnen die Gelegenheit geben, einander besser kennenzulernen, und man konnte es drehen und wenden, wie man wollte, dieser Ort war ein Teil seiner Geschichte. Ein Teil von ihm. Er wollte, dass sie es sah.

Und es war auch ein wenig eigennützig, denn er wollte nicht allein sein, wenn er sich dem Haus stellte.

Er stand auf. Mit der einen Hand nahm er seinen Kaffeebecher, die andere streckte er ihr hin. »Na komm.« Er versuchte, selbstbewusst zu klingen. »Ich möchte dir etwas zeigen.«

Sie sah ihn aus schmalen Augen an und zögerte, doch bevor er allzu unsicher werden konnte, ergriff sie seine Hand und ließ sich von ihm hochziehen.

Er legte ihr den Arm um die Schultern, und gemeinsam gingen sie auf die großen Bronzetüren zu. Bevor er sie aufschloss, holte er tief Luft.

Trotzdem stockte ihm der Atem, als ihm die Erinnerungen und die Stille auf der Schwelle entgegenschlugen.

»Ist alles okay bei dir?«, fragte Kate und sah ihn von der Seite an.

»Alles klar.« Er brauchte einen Moment, bis sich seine Augen an die Dunkelheit gewöhnt hatten. Sein Brustkorb fühlte sich an, als wäre er in einen Schraubstock eingespannt. »Ich war eine ganze Weile nicht mehr hier.«

Mindestens seit sein Vater verurteilt worden war. Er spähte durch die Halle in die verstaubten Zimmer. Möbel und Lampen waren mit weißen Laken abgedeckt. Nach seiner Abreise musste jemand hier gewesen sein, um alles abzudecken und für eine lange Abwesenheit vorzubereiten. Rylan ging voraus. Ihre Schritte hallten auf dem Marmor. Alles wirkte hohl und leer.

Und gespenstisch. Er erschauderte, als er sich daran erinnerte, wie sein Vater vom obersten Treppenabsatz heruntergerufen hatte. An das Gelächter seines Bruders und seiner Schwester. Und wie ihre Mutter, wenn sie einmal zu Hause war, auf ihren Pumps herumgeeilt war.

Die Erinnerungen überwältigten ihn, und er versuchte sie zu verdrängen. Mit einem bemüht zuversichtlichen Lächeln sah er Kate an und steuerte auf die große Freitreppe zu, die sich in der Mitte des Raumes spiralförmig nach oben wand. Mit jedem Schritt fiel ihm das Atmen etwas leichter. Es fühlte sich nicht mehr ganz so an, als würde die Geschichte ihn erdrücken. Das Schlimmste hatten sie hinter sich, den Teil des Hauses, der dafür gedacht war, Gäste zu empfangen und zu beeindrucken. Jetzt kamen sie an den Zimmern seiner Eltern im dritten Stock vorbei.

Im vierten Stock entspannte er sich schließlich. Hier hatte er mit seinen Geschwistern gewohnt. Jeder in einer kleinen Suite. Für das Kindermädchen gab es eine Einliegerwohnung. Während des ganzen Weges nach oben hatte Kate sich neugierig umgesehen und versucht, sein Tempo zu drosseln oder um die Ecken zu spähen. Hier oben machte ihm das nichts aus.

Er drehte sich um, nahm die beiden Kaffeebecher und stellte sie in einem leer geräumten Regal ab. Während er rückwärts den Flur hinunterging, hielt er locker ihre Hände in seinen.

»Hier hat meine Schwester gewohnt«, sagte er, als sie an einer offen stehenden Tür vorbeikamen. Rosa Wände.

»Lexie, stimmt's?«

Er nickte, dann deutete er mit dem Kopf nach links. »Und das war das Zimmer von meinem Bruder Evan.«

»Der Künstler.«

»Du hast ein gutes Gedächtnis.«

Sie verlangsamte das Tempo ihrer Schritte und drehte ab, als ob sie gerne hineingeschaut hätte. »Sind hier noch Skulpturen von ihm?«

Rylan verspürte einen leichten Stich. »Ich glaube nicht. Im Haus war nie viel von ihm.«

Und das aus gutem Grund. Nachdem Evan ins Internat gegangen war, hatte Rylan das wenige, das er finden konnte, zusammengepackt und es ihm geschickt. Damit es nicht verloren ging und ihm dasselbe passierte wie Rylan …

Er zwang sich zu lächeln und zog Kate weiter. Schließlich gelangten sie zu den letzten Zimmern. »Und hier …«, er breitete die Arme aus, »… war mein Reich.«

»Oh.« Ihre Arme hingen locker an ihren Seiten, nachdem er sie losgelassen hatte.

Er hörte die Enttäuschung in ihrer Stimme und konnte es ihr nicht verübeln.

Langsam drehte er sich um und versuchte, alles mit ihren Augen zu sehen. Die geschmackvollen blauen Wände und den beigefarbenen Teppich. Die elfenbeinfarbenen Leinenvorhänge mit feinen Nadelstreifen in der Farbe der Wände. Er war fast überrascht, dass man die Möbelstücke nicht mit farblich abgestimmten Stoffen abgedeckt hatte.

Er wanderte zum Bett, auf dem ein weiteres weißes Laken lag, und ließ sich auf den Rücken fallen, um an die Decke zu starren. Ein vertrauter Anblick.

»Also, was meinst du?«, fragte er.

»Ich dachte, es wäre …« Sie hielt mitten im Satz inne, doch er konnte sich denken, was sie sagen wollte.

Sie hatte es sich interessanter vorgestellt. Hatte gehofft, dass es mehr über ihn preisgab und nicht so nichtssagend war, wie es eben war.

Eine polierte Oberfläche.

Einen langen Moment lang kaute er an der Innenseite seiner Wange.

Als er dann etwas sagte, klang seine Stimme leise. Die Verletzungen saßen noch immer tief. »Die meiste Zeit war ich ohnehin im Internat.«

»Oh?« Jetzt endlich zeigte sich das Interesse, auf das er gewartet hatte.

»Jepp. Exeter. Wie mein alter Herr. Neun Monate im Jahr. Um zu lernen.« Und Verbindungen zu knüpfen, um gleich einen guten Start in das Leben zu haben, das sein Vater für ihn arrangiert hatte. Er schloss die Augen und spürte das Brennen in seiner Kehle. »Im ersten Jahr bin ich für die Weihnachtsferien nach Hause gekommen, und alles ...« All seine Bilder. Die paar Spielsachen, die ihm noch geblieben waren. »Alles war weg.«

Sie hatten ihm erklärt, sie hätten ein Zimmer für einen Mann daraus gemacht. Dabei hatten sie es in etwas Durchschnittliches, Nichtssagendes verwandelt und alles Individuelle ausgemerzt.

»Wie alt warst du damals?«

»Vierzehn.« Alt genug, um über seine Zukunft nachzudenken. Über das, was er sein wollte. Als ob das jemals eine Rolle gespielt hätte.

»Sie haben einfach alles in Kartons gepackt?«

»Das weiß ich gar nicht.« Sein Vater hatte damals gesagt, sie hätten alles weggeräumt. Vielleicht waren die Sachen noch irgendwo auf dem Dachboden. Obwohl er das bezweifelte.

Das Bett gab nach, als sie sich neben ihn setzte, und er öffnete die Augen. Sie war so wunderschön. Ganz besonders, wenn sie ihn so ansah.

Nicht wie den armen, kleinen reichen Jungen, dem man zu früh befohlen hatte, erwachsen zu werden.

Sie sah ihn an, als ob sie verstand.

Nachdenklich legte sie eine Hand auf seine Brust. »Das ist ja schrecklich.«

»Es könnte schlimmer sein.«

Sie blickte ihm in die Augen. »Trotzdem ist es schlimm genug.«

Jetzt musste er grinsen und war plötzlich heilfroh, sie hergebracht zu haben. Hier mit ihr, wie sie ihn ansah und berührte, konnte er heute zum ersten Mal wieder durchatmen.

Er legte eine Hand auf ihre Hand. Alles andere wurde zusehends unwichtig. Mit sanftem Blick sagte er: »Momentan kommt mir das alles gar nicht mehr so schlimm vor.«

Ohne sie loszulassen, hob er den anderen Arm, legte ihn um ihren Nacken und zog sie zu sich herunter. Er schmeckte ihren Mund und ließ die Hand zu ihrer Schulter gleiten, dann an ihrer Seite hinunter bis zu ihrer Hüfte, wo er den Daumen unter ihr Shirt schob, um ihre Haut zu berühren.

Sie war so viel anschmiegsamer und offener als früher. Als er sie anstupste, schwang sie ein Bein über ihn und setzte sich rittlings auf ihn. Sie stützte sich links und rechts neben seinem Kopf ab und öffnete willig die Lippen, als er mit der Zunge nach ihnen tastete. Seine Hände lagen auf ihrer bloßen Taille, er schob ihr Oberteil hoch und hätte allzu leicht den Kopf verlieren und vergessen können, wo sie waren und was er noch tun musste.

»Kate«, murmelte er und presste sich an sie, als sein Körper zum Leben erwachte. Sie rutschte etwas tiefer und rieb mit dem Schoß über sein allmählich härter werdendes Glied. Er stöhnte leise. Dann drehte er sie auf den Rücken, in diesem Bett, das er immer gehasst hatte, in diesem Haus, das sich für ihn schon lange nicht mehr wie ein Zuhause angefühlt hatte. Ihre Wangen waren gerötet, sie biss sich auf die Lippe, und er ließ die Fingerspitzen zu ihrer Brust tanzen ...

Da klingelte es plötzlich an der Haustür.

»Verdammt.« Er drückte sein Gesicht neben ihrem Kopf in die Matratze. »Das sind die Möbelpacker.«

»Vielleicht gehen sie ja wieder, wenn wir sie ignorieren?«

»Vielleicht.« Er stieg von ihr herunter und stieß einen frustrierten Seufzer aus. »Aber dann müsste ich sie für einen anderen Tag bestellen.«

Er könnte gut damit leben. Ein ganzer freier Tag mit Kate hier unter sich – das war überaus verlockend.

Er rollte sich auf die Seite, atmete tief ein und aus, zählte bis drei und richtete sich dann auf.

Unter keinen Umständen wollte er noch eine Nacht im Gästezimmer seiner Schwester verbringen. Jetzt wollte er sich sein eigenes Zuhause schaffen, so wie er es sich vorgenommen hatte, als er nach New York zurückgekehrt war. Wenn Kate, seine Schwester und seine Freunde ihm dabei halfen, konnte er es schaffen.

Er blickte zu Kate hinüber, auf die weiche Haut ihres Bauchs und den rosigen Schimmer, der an ihrem Hals aufstieg. Das weiche, warme Braun ihrer Augen. Dann zog er ihr Shirt herunter und beugte sich für einen letzten Kuss über sie.

Heute Abend würde er mit ihr in seinem eigenen Bett liegen. In seinem eigenen Haus.

Und sogar er konnte sich so lange gedulden.

Rylan Bellamy war die schlimmste Versuchung, die es gab. Kates Puls raste von seinem heißen Kuss und dem Gewicht seines Körpers, und ihre Erregung war nicht das Einzige, das er entfacht hatte.

Sie war auch ein bisschen neugierig geworden.

Sie richtete sich, so gut es ging, wieder her und folgte ihm die Treppe hinunter in die Halle seiner ... seiner *Villa*. Hier war er also aufgewachsen. Herrje, und sie fand schon das Haus, das er für sich gekauft hatte, übertrieben. Dieses hier war größer als das ganze Mietshaus, in dem sie wohnte, dabei hatte hier nur eine einzige Familie gelebt – damals, als hier überhaupt noch jemand gelebt hatte.

Sie hasteten genauso schnell nach unten, wie sie hinaufgestiegen waren, und hatten keine Zeit, sich weiter umzusehen. Schließlich warteten unten Leute. Aber wer lud seine Freundin in ein Haus wie dieses ein, ohne sie wenigstens herumzuführen? In jeder Etage blickte sie neugierig in die leeren Flure. Was befand sich hinter diesen Türen? Wie hatte es hier einmal ausgesehen, als noch alles bewohnt gewesen war?

Wie war Rylan wohl damals gewesen? Als Kind inmitten einer solchen Extravaganz?

Und wie musste es gewesen sein, als Jugendlicher nach langen Monaten im Internat heimzukommen und festzustellen, dass jemand alle seine Sachen weggeräumt hatte?

Ihr wurde ganz anders, wenn sie nur daran dachte. Sie konnte es sich kaum vorstellen. Sie war zwar in den letzten Jahren nur selten zu Hause gewesen, aber in der winzigen Wohnung ihrer Mutter hatte sie immer noch ein eigenes Zimmer. Zwar mussten ihre alten Teddybären und Bücher den Raum inzwischen mit einem Crosstrainer teilen, aber es gab sie noch. Und sie war immer willkommen.

Andererseits …

Sie erschauderte, als sie den Treppenabsatz der zweiten Etage erreichten und weiter die Treppe hinunterliefen.

Bei ihrem Vater hatte sie sich nie zu Hause gefühlt. Sie hatte zwar ihr eigenes Zimmer und ihre eigenen Sachen gehabt, aber die waren stets in Gefahr gewesen. Wenn ihr Vater wütend wurde, machte er vor nichts halt. Er zerstörte ihre Puppen und zerriss ihre Bücher. Ihre Tür hatte kein Schloss gehabt.

Vielleicht gab es Dinge, die einem auch das schönste Haus verleiden konnten. Vielleicht mussten manche Menschen ihr Zuhause verlassen, um herauszufinden, was ihnen wirklich gehörte.

Auf dem Weg ins Erdgeschoss hatte Rylan seinen Vorsprung Schritt für Schritt vergrößert. Als Kate um die letzte Kurve bog, erwartete sie, ihn schon an der Tür zu sehen, doch stattdessen wartete er am Fuß der Treppe auf sie. Eine Hand ruhte auf dem Geländer, die andere streckte er ihr entgegen. Sie verlangsamte das Tempo und blieb auf der vorletzten Treppenstufe stehen. So waren sie fast gleich groß. Sie lächelten einander an, und Kate ließ sich von ihm für einen zärtlichen, süßen Kuss hinunterziehen. In dieser Position war der Winkel anders als sonst, und sie gab sich dem Gefühl hin, gab sich ihm hin.

Nach einer langen Minute rückte er von ihr ab, beließ aber eine Hand in ihrem Nacken, um ihr Halt zu geben. Blinzelnd öffnete sie die Augen und sah ihn an.

Und dann flackerte sein Blick, und er zeigte sich ihr so unverhüllt und offen, dass sie schauderte.

»Danke«, sagte er mit leiser Stimme, »dass du bei mir bist.«

Das berührte sie tief in ihrem Innersten.

Es klang nicht so, wie er sich bei jedem anderen bedankt hätte, es klang auch nicht so, als ob er ihr einfach nur dafür danken wollte, dass sie ihm bei den praktischen Dingen des Umzugs half. Es klang, als ob er sie wirklich *brauchte*.

Sie fühlte sich ihm so nah, dass es ihr die Kehle zuschnürte. Sie spürte seinen Atem auf ihren Lippen. »Jederzeit.«

Und das meinte sie von ganzem Herzen.

Danach ließ er von ihr ab und eilte zur Tür, als es gerade noch einmal klingelte.

Die Crew, die er angeheuert hatte, bestand aus sechs kräftigen Männern in weißen Uniformen. Rylan schüttelte ihnen der Reihe nach die Hände, deutete zu Kate hinüber und stellte sie ebenfalls vor. Dann führte er die Männer einen anderen Flur hinunter, an einer Reihe von Zimmern vorbei, von denen eines größer und prächtiger war als das andere. Das Mobiliar war ebenso abgedeckt wie in den oberen Etagen, doch der Esstisch, groß genug für ein Staatsbankett, war kaum zu übersehen. Ebenso ein Kronleuchter in einem Raum, der wie ein Ballsaal aus dem *Phantom der Oper* wirkte.

»Es ist nur ein Haus«, hatte Rylan draußen zu ihr gesagt, und wenn man sah, mit welcher Beiläufigkeit er sich hier bewegte, war es für ihn tatsächlich so.

Hinter dem Ballsaal machte der Flur einen scharfen Knick, und am Ende des nächsten Flurs öffnete Rylan eine Tür. »Hier ist die Laderampe.« Er erklärte einem der Männer, wo sie ihren Laster wenden konnten, dann drehte er sich um.

Als Kate begriff, worauf sie gerade blickte, machte sie große Augen. »War da etwa die ganze Zeit ein Fahrstuhl?«

Rylan grinste. »Sagt die Frau, die selbst im zweiten Stock wohnt. Ich dachte, du nimmst gern die Treppe.«

Ohne lange nachzudenken, holte sie aus und verpasste ihm scherzhaft einen Schlag auf den Arm. Er fing ihr Handgelenk auf und hielt sie fest. Dann verschränkten sie die Finger, und er zog sie mit sich in den Fahrstuhl und stellte sich viel zu dicht zu ihr. Schließlich standen die Möbelpacker im Aufzug um sie herum, doch die wandten diskret den Blick ab.

»Mach dir keine Gedanken.« Rylan kam ganz nah an sie heran. »Die haben schon Schlimmeres gesehen.«

Das beruhigte sie nicht gerade.

Der Fahrstuhl spuckte sie in dem größten, geräumigsten Dachboden aus, den sie sich vorstellen konnte. Er war bis zum Anschlag mit Kartons und Kisten, Statuen und Möbeln gefüllt. Sogar Gemälde waren dabei, vermutlich waren sie ein Vermögen wert. Genau genommen, war es so etwas wie ein Raum der Wünsche.

»Was ist das alles für Zeug?«, flüsterte sie.

Er hatte anscheinend keine Bedenken, in normaler Lautstärke zu antworten. »Ich habe nicht die leiseste Ahnung.«

Er führte sie in eine Ecke, wo ein separater Stapel mit Kisten stand, und machte eine umfassende Armbewegung. »Das ist es.«

Während sich die Männer an die Arbeit machten, ging Rylan mit Kate in eine etwas entferntere Ecke, nahm einen Pappkarton und pustete den Staub vom Deckel. Dann setzte er sich darauf und lud sie ein, sich zu ihm zu gesellen. Gemeinsam sahen sie zu, wie die Packer ihre Sackkarren platzierten und anfingen, alles darauf zu stapeln.

Sie schüttelte den Kopf. »Das ist wirklich der leichteste Umzug, bei dem ich jemals ›geholfen‹ habe.«

Rylan grinste. »Wenn du dich betätigen willst, kann ich dir auch eine Sackkarre organisieren.«

»Vergiss es.« Sie versetzte ihm einen Stups mit der Hüfte. »Mal ganz ehrlich, du hast wirklich keine Ahnung, was das alles ist?«

Er deutete auf den Bereich, den er den Umzugshelfern gezeigt hatte. »Ich weiß nur, dass das die Sachen sind, die früher in meiner Wohnung standen.«

»Und der Rest?«

»Überbleibsel der Familie«, sagte er und zuckte mit den Schultern. »Das meiste davon stand schon immer hier. Der Rest ...« Er brachte den Satz nicht zu Ende und blickte in die Mitte des Raumes. »Ein Teil davon gehört wahrscheinlich meiner Mutter. Bestimmt sind da auch Sachen von mir, Lexie und Evan dabei. Aber wir haben uns nie die Mühe gemacht, sie durchzusehen.«

Er wirkte bedrückt, doch es klang, als ginge es dabei weniger um die Dinge selbst als um die Erinnerungen.

Das zumindest konnte sie verstehen. Wenn sie in die Wohnung ihres Vaters gehen und sich durch das Minenfeld aus Erinnerungen kämpfen oder gar einen Dachboden aufräumen müsste, der buchstäblich so groß war wie ein Fußballfeld ... Keine Ahnung, ob sie das könnte.

Andererseits ... »Wenn das alles mir gehörte, verginge ich vor Neugierde.«

Für einen kurzen Augenblick zeigte sich ein seltsames Lächeln in seinem Gesicht. Doch es war genauso schnell wieder verschwunden, und er legte seine Hand auf ihre. »Wenn du willst, kannst du hier jederzeit rumstöbern.«

Sie musste den Kloß in ihrem Hals hinunterschlucken. Das bedeutete Zugang – und zwar zu weitaus mehr als nur zu einem Haus.

Sie lehnte den Kopf an seine Schulter und drückte seine Hand. »Gern.«

KAPITEL 15

Die Möbelpacker hatten ungefähr ein Viertel des LKW ausgeladen, als nach und nach Rylans übrige Helfer eintrudelten. Er stand gerade im vorderen Zimmer und zeigte, wo alles hingehörte, da hörte er das nur allzu vertraute Schnurren eines Motors. Als er von einer Kiste alter Lehrbücher aus der Wirtschaftsakademie aufblickte, sah er, wie Chase seinen knallroten Bentley in zweiter Reihe vor seinem neuen Haus parkte. Rylan musste unwillkürlich grinsen, stand auf, gab Anweisung, die Kiste in sein Arbeitszimmer zu bringen, und rief dann über die Schulter: »Kate?«

Sie hatte sich darangemacht, seine Küchensachen auszupacken und den richtigen Ort für all die Töpfe, Pfannen und Geräte zu finden, von denen er kaum wusste, wie man sie benutzte. Noch den Aufsatz eines Mixers in der Hand, kam sie um die Ecke ins Vorderzimmer. Er deutete mit dem Kopf auf das große Panoramafenster, das auf die Straße hinausging. »Wir bekommen Besuch.«

»Oh.« Als sie seinem Blick folgte, verspannten sich ihre Schultern. »Okay.« Sie verschwand wieder, kam kurz darauf ohne den Aufsatz zurück und strich mit den Händen die widerspenstigen Strähnen beiseite, die sich aus dem Zopf gelöst hatten.

Seine Mundwinkel zuckten, als er beobachtete, wie sie nervös an ihrer Lippe herumknabberte und sich unauffällig bemühte, anständig auszusehen. »Sie werden dich lieben.«

Wie konnten sie auch nicht? Wenn sie auch nur einen Bruchteil von dem erkannten, was er sah ...

Nun, dann würde er sie wohl mit dem Stock vertreiben müssen – weshalb er hoffte, dass es nicht so weit kam.

Rylan dirigierte Chase in eine kleine Durchfahrt, damit er Betty hinten in der kleinen Garage parken konnte. Da er jetzt Platz dafür hatte, sollte Rylan wohl auch einen seiner Wagen aus dem Lager holen. Eines der sportlicheren Modelle, denn anscheinend stand Kate auf so etwas.

Er musste unwillkürlich grinsen, als er sich daran erinnerte, wie sie Chases Rücksitz entweiht hatten. Und wie skeptisch Chase ihn angesehen hatte, als er das Ding zurückgebracht hatte.

Rylans Arm lag fest um Kates Taille, und gemeinsam warteten sie auf den obersten Stufen, dass alle heraufkamen. Zusammen mit Chase trafen auch ein paar andere Kumpel aus der Oberstufe ein, mit denen er mehr oder weniger gerechnet hatte. Rylan legte jedoch überrascht den Kopf zur Seite, als er sah, dass Sophie den Reigen beschloss.

»Na, sieh mal an, wer in der Stadt ist«, sagte er und grinste.

Sophie verdrehte die Augen. »Das Gleiche könnte ich auch sagen.«

Sophie und Chase waren uralte Freunde aus der Kindheit, und nach der Oberstufe war sie wie von selbst auch eine Freundin von Rylan geworden. Vor seiner überstürzten Abreise nach Paris war sie über ein ganzes Jahr lang durch die Welt getourt und hatte Babys in Nepal gerettet oder einen Dokumentarfilm über Menschenrechtsverletzungen in China gedreht. Oder in Brasilien in einer Aufzuchtstation für verwaiste Bonobos gearbeitet, so genau wusste Rylan das nicht mehr. Er hatte immer Mühe, ihre Projekte auseinanderzuhalten.

»Schön, dich zu sehen.« Er ließ Kate gerade lange genug los, um Sophie kurz zu umarmen, dann machte er einen Schritt nach hinten und nahm Kates Hand. »Das ist Kate.«

»Nein, wirklich?« Chase, das Arschloch, zog eine Braue hoch, und Rylan bedauerte sofort, ihm jemals irgendetwas erzählt zu haben.

Er warf seinem alten Freund einen strengen Blick zu, der *Benimm dich* heißen sollte, und stellte alle vor. Sie blieben einen Augenblick stehen und musterten sich.

Doch bevor es peinlich werden konnte, deutete Chase auf das Haus. »Das ist also deine neue Bude.«

»Ja.« Weil gerade ein Möbelpacker vorbeiwollte, der einen Karton in den Armen balancierte, bat Rylan alle hinein. »Wollt ihr eine Führung?«

»Auf jeden Fall.«

Mit den paar Kartons sah das Haus schon längst nicht mehr so leer aus. Rylan zeigte ihnen die ersten beiden Etagen und erklärte ihnen, welche Räume er als Schlafzimmer und als Büro nutzen wollte.

»Wer macht die Inneneinrichtung für dich?«, fragte Chase und steckte die Nase in einen der Wandschränke.

Rylan zuckte mit den Schultern. »Vielleicht sehe ich erst mal, wie ich alleine zurechtkomme.«

Chase drehte sich um und runzelte die Stirn. »Du?«

»Na ja.« Sie hatten zwar noch nicht darüber gesprochen, doch er zog Kate an seine Seite. »Ich hoffe auf etwas Hilfe beim Aussuchen.«

Jetzt war es an Kate, überrascht zu sein. »Von mir?«

»Mir gefällt, was du aus deiner Wohnung gemacht hast.«

Sie wandte den Blick ab, sah unsicher zu seinen Freunden hinüber und musterte die kahlen Wände, die sie umgaben. »Ich glaube nicht, dass du dein Haus mit Flohmarktsachen einrichten willst.«

Nun, vielleicht doch. Die Vorstellung erschien ihm irgendwie reizvoll. Aber darauf kam es nicht an.

»Ich möchte, dass es ... gemütlich aussieht.«

Er wollte, dass es sich wie ein Zuhause anfühlte. Für sie beide.

Rylan hatte Kate nicht viel von seiner Schwester erzählt. Er hatte ihr nicht mal ein Foto gezeigt, sondern nur erwähnt, dass sie eine Überfliegerin sei, ein Workaholic und eine wahre Naturgewalt.

Und Kate erkannte sie sofort, in dem Augenblick, als sie durch die Tür stürmte.

»Teddy!«, rief sie und machte sich nicht einmal die Mühe zu klopfen. An ihrem Arm baumelte eine winzige rosa Handtasche, in der Hand hielt sie ein Smartphone, und das dunkle Haar fiel ihr in großzügigen Locken über die Schultern. Von Rylans Freunden hatte sich keiner so angezogen, als ob ihm ein harter Arbeitstag bevorstand, aber diese Frau schoss den Vogel ab. Sie trug ein wallendes Oberteil und perfekt sitzende Jeans und dazu hochhackige Stiefel, die aussahen, als kämen sie direkt vom Laufsteg.

Was Kate jedoch wirklich verblüffte, war ihr Gesicht. Sie hatte Rylans Augen und seine Nase, und dazu diese spezielle Art, die Schultern zu straffen. An Rylan war diese Haltung Kate erst wenige Male aufgefallen, wenn er versuchte, Autorität auszustrahlen – zum Beispiel, als er einen ihrer Freunde hatte einschüchtern wollen. Diese Frau jedoch ... nun, diese Frau sah aus, als würde sie ständig so herumlaufen.

Hinter ihr stand ein Mann mit Chauffeursmütze, der mit drei Pizzakartons, zwei weißen Papiertüten und einem Kasten Bier jonglierte.

Lexie blieb abrupt mitten im vorderen Zimmer stehen, sodass der Mann hinter ihr fast in sie hineingelaufen wäre.

Kate, die gerade einen Bücherkarton durchgesehen hatte, sprang ihm zu Hilfe. »Hier«, sagte sie und machte Anstalten, das Bier zu nehmen. »Das kann alles in die Küche.«

Lexie wirbelte herum und musterte Kate von oben bis unten, bis die sich richtiggehend unwohl in ihrer Haut fühlte. Jetzt wusste sie wenigstens, wie sich damals im Biounterricht der Frosch gefühlt haben musste.

Aber sie hatte nicht vor, sich einschüchtern zu lassen. »Hi.« Sie hätte Rylans Schwester auch die Hand hingestreckt, aber der Kasten Bier war so schwer, dass sie beide Hände dafür brauchte. »Ich bin ...«

»... die Frau.« Lexie zog einen Mundwinkel hoch. »Oh, das wird bestimmt lustig.«

Kate klappte der Unterkiefer runter. Es hörte sich an, als würde die Frau es ernst meinen. Vielleicht wollte sie ja auch nur ihren Bruder ärgern, trotzdem klang es äußerst ehrlich.

Lexie legte den Kopf in den Nacken und auf die Seite, dann rief sie wieder: »Oh, Teddy ...«

Sekunden später kam Rylan mit schmalen Augen die Treppe heruntergerast, doch sein Versuch, wütend zu wirken, war nur Show. »Vergiss es, Lex. Mein Haus, meine Spitznamen.«

»Dein *Haus*. Das kann man wohl sagen.« Lexie wies mit einer alles einschließenden Geste um sich. »Ist dir die alte Wohnung zu klein geworden? Wirst du auf deine alten Tage etwa häuslich?«

Sie warf Kate einen Blick zu, der diese erröten ließ, doch Rylan ignorierte es.

»Sehr witzig.« Er tat, als wollte er Lexies perfekt gestyltes Haar durcheinanderbringen, ließ sich aber gleich verscheuchen, schoss zu Kate und nahm ihr mit einer Hand den Bierkasten ab. »Wie ich sehe, hast du Kate schon kennengelernt?«

»Wir hatten gerade das Vergnügen.« Lexie zeigte auf sich. »Lexie. Die Hübscheste unter den Geschwistern.«

»Oh, das wüsste ich aber«, sagte Chase, der gerade um die Ecke bog. »Dein Bruder ist hübsch.« Er nahm dem schon länger leidenden Fahrer die Pizzakartons ab. »Hast du Anchovis geholt?«

»Eine halbe Pizza mit Anchovis, nur für dich.«

»Du bist ein Schatz.« Er küsste Lexie im Vorbeigehen auf die Wange. »Komm schon. Kate und Soph haben die Küche schon fast komplett eingeräumt.«

Mehr oder weniger. Sie hatten den Großteil des Nachmittags damit verbracht. Es war ... nett gewesen. Etwas surreal, aber nett.

Noch surrealer wurde es, als sie sich alle um den großen Esszimmertisch scharten. Eine der Tüten, die Lexie mitgebracht hatte, enthielt Pappteller und Servietten, dazu ein paar Plastikbehälter mit Salaten, denen sich Lexie und Sophie widmeten, während sich die Jungs auf die Pizzas stürzten, als ob es nie wieder etwas zu essen gäbe.

Nachdem Kate sich ein bisschen von allem auf den Teller getan hatte, setzte sie sich auf den freien Stuhl links neben Rylan. Er legte ihr eine Hand aufs Knie und sah sie fragend an. Sie nickte, um ihm zu signalisieren, dass alles in Ordnung war. Dann nahm sie die Gabel und ließ das Geschehen um sich herum auf sich wirken.

Es war in vielerlei Hinsicht genau wie all die anderen Umzüge, bei denen sie ihren Freunden an der Uni geholfen hatte. Nur dass die Pizza und ganz besonders das Bier viel, viel besser waren, als sie es gewohnt war, und das Ambiente deutlich gehobener. Am Ende waren es jedoch nur ein paar Leute, die sich gut verstanden, eine Pause vom Kartonauspacken machten und sich gemeinsam stärkten.

Seit sie mit Rylan zusammen war, hatte sie jedoch gelernt, auf die Details zu achten. Trotz der Arbeit, die sie heute erledigten, trugen die Jungs teure Uhren, dazu Pullover und Jeans, die eine Spur zu adrett waren. Sophie war etwas freizeitmäßiger gekleidet als Lexie, doch mit ihrem langen, seidig blonden Haar sah sie aus wie eine zum Leben erwachte Waldnymphe.

Kate lehnte sich auf ihrem Stuhl zurück und gab sich für einen Moment mit der Rolle der Beobachterin zufrieden, während die Unterhaltung sich geradezu unvermeidbar immer wieder um die Arbeit zu drehen schien. Man sprach über Geld, über Firmenzusammenschlüsse, Mandanten und Aufsichtsräte, dass Kate der Kopf schwirrte.

Rylan berührte sie immer wieder beiläufig am Knie oder legte den Arm über die Rückenlehne ihres Stuhls. Es war beruhigend und verhinderte, dass ihr Gefühl überhandnahm, am liebsten davontreiben zu wollen, fort von dieser lauschigen Gesellschaft aus schönen Menschen in diesem schönen Haus. Und im Boden zu versinken.

Denn in ihrem Hinterkopf war diese Stimme, die ihr immer wieder sagte, dass sie nicht hier hingehörte.

Am Ende war es Sophie, die das Wort ergriff. Als eine Gesprächspause eintrat, wandte sie sich an Kate: »Tut mir leid, wenn die Jungs einmal ein Thema gefunden haben, kauen sie endlos darauf herum.«

»Kein Problem«, sagte Kate.

»Doch, ist es«, erwiderte Chase am anderen Ende des Tisches. »Denn dieser alte Knabe hier ...«, er zeigte auf Rylan, »... hat uns schließlich mit der Aussicht, seine neue Freundin kennenzulernen, hierhergelotst und dazu gebracht, mit anzupacken.«

Plötzlich richteten sich alle Augen auf Kate. Sie rutschte auf ihrem Stuhl herum und legte ihr Pizzastück hin. »Oh. Ähm.«

»Ja«, stimmte Lexie ein. »Schließlich bekommen wir nicht alle Tage die Gelegenheit, eine neue Herzensdame in Rylans Leben kennenzulernen.«

»Leute!« Rylan erhob warnend die Stimme.

Chase brachte ihn mit einer Geste zum Schweigen. »*Schsch.* Lass sie reden.« Er richtete den Blick auf Kate. »Erzähl uns alles von dir.«

Das Gefühl, auf dem Seziertisch zu liegen, kehrte unter Chase' forschendem Blick mit aller Macht wieder zurück. Er hatte Kate schon den ganzen Nachmittag über diese Blicke zugeworfen – abwechselnd neugierig und misstrauisch. So als wüsste er vielleicht mehr über sie und Rylan, als er zugab. Und als würde ihm das nicht gefallen.

Und das war okay. Nur weil Kate niemandem von ihrem aktuellen Liebesleben erzählt hatte, bedeutete das noch lange nicht, dass Rylan es nicht tun durfte. Sie war froh, dass er einen Verbündeten hatte.

Allerdings trug das nicht gerade dazu bei, ihre Nerven zu beruhigen.

Sie zuckte mit den Schultern und trank einen Schluck Bier. »Da gibt es nicht viel zu erzählen.« Sie gab sich Mühe, einen offenen Blick zu behalten, und erzählte in Stichworten von ihrem Leben. Mutter aus dem Mittleren Westen, Vater über alle Berge, Grundstudium Malerei und jetzt das Studium an der Akademie.

Sie hörten ihr mit unterschiedlichem Interesse zu, und auch wenn Kate den Eindruck hatte, so etwas wie eine Sozialstudie zu sein, fühlte sie sich jetzt wenigstens nicht mehr wie eine Amphibie, deren Eingeweide seziert wurden.

Als sie fertig war, legte sie den Kopf auf die Seite. »So. Jetzt wisst ihr Bescheid. Im Grunde ein ganz gewöhnliches Mädchen.«

Rylan verstärkte den Griff um ihr Knie.

Sie blickte ihm in die Augen, und das Feuer, das darin brannte, entzündete ein sanftes, warmes Gefühl in ihr. Zu leidenschaftlich und zu leise für den Raum sagte er: »Du bist alles andere als gewöhnlich.«

Und plötzlich trat alles um sie herum in den Hintergrund, bis es nur noch sie beide gab und das flirrende Gefühl, das seine Worte in ihr weckten. Er hatte sich so sehr gewünscht, dass sie ihm diese Worte glaubte, und jetzt merkte sie, dass sie – egal, wie oft sie sich vorgenommen hatte, es nicht zu tun – allmählich damit anfing.

Ein Räuspern holte sie in die Realität zurück. Sie wandte sich wieder zum Tisch um und blickte auf ihren Teller hinunter. Ihr Gesicht glühte.

Aber sie hatte jetzt keine Lust mehr, das schüchterne Blümchen zu geben, sondern nahm einen Schluck Bier und stellte die Flasche ab. »Mich hat er auch mit dem Versprechen hergelockt, euch alle kennenzulernen. Also, warum erzählt ihr mir nicht ein bisschen ...«, sie verkniff sich ein Grinsen, dann zeigte sie auf Rylan, »... über ihn?«

Rylan neben ihr stöhnte auf, und rings um den Tisch wurde es laut. Rylan nahm die Hand von ihrem Bein, legte sie warm auf ihren Nacken und drückte ihn einmal kurz, um ihr seine Zuneigung zu zeigen.

»Du wirst dir wünschen, nie gefragt zu haben«, sagte Chase und erzählte dann eine Geschichte über ein paar Eroberungen aus ihrer Jugendzeit. Kate grinste die ganze Zeit über, auch bei der Geschichte, die folgte. Für sie waren das alles neue Informationen, und sie hörte aufmerksam zu.

Doch obwohl sie all diese Geschichten noch nicht gehört hatte, erkannte sie grundlegende Charakterzüge. Rylan als reicher Junge, der sich etwas beweisen wollte und mit seinem besten Freund in Schwierigkeiten geriet. Es war nicht ganz so leicht sich anzuhören, welche Rolle Frauen bei ihren Abenteuern gespielt hatten, doch Rylan hatte nie so getan, als könnte er nicht auf ein paar Eroberungen zurückblicken. Und wenn Kate daran dachte, wie Rylan und sie sich kennengelernt hatten, dann passte das genau ins Bild. Als Chase also an einigen Stellen zu ihr hinüberblickte, um zu sehen, wie sie reagierte, sah sie ihm direkt in die Augen.

Die anderen kommentierten Abenteuer, bei denen sie dabei gewesen waren, und steuerten ein paar Details bei. Rylan lehnte sich derweil zurück und bemühte sich, genervt auszusehen, was ihm nicht recht gelang.

Als Chase nichts mehr einfiel, ergriff Lexie das Wort, die

bisher überwiegend schweigend zugehört hatte. Rylan richtete sich auf, und sein Körper verspannte sich kaum merklich, während seine Hand weiter um Kates Nacken lag.

»In einem Sommer habe ich ihm ein Kleid unserer Mutter angezogen.«

Am Tisch erschallte ein lautes »Oh!«, und ein Lächeln umspielte Lexies Mundwinkel. Rylan jedoch wurde nur noch stiller.

»Moment, Moment«, unterbrach Chase. »Wie alt wart ihr da?«

»Ich war sechs, das heißt, Teddy muss neun gewesen sein.«

»Und gibt es Fotos davon?«

»Leider nicht.« Ihr Lächeln schwächte sich etwas ab. »Wir waren für ein paar Monate in London und hatten keine Freunde, weil unsere Eltern – Gott weiß warum – keine zehn Sekunden Zeit hatten, sich um Spielkameraden für uns zu kümmern.« Sie klang nun etwas bedrückt, und das allgemeine Gejohle verstummte. »Teddy und Evan wollten ständig Jungsspiele spielen, und da sie zu zweit waren, haben sie mich jedes Mal überstimmt. Aber dann hat Evan es geschafft, in so eine Art Kinderkunstklasse zu kommen, und Teddy und ich sind allein übrig geblieben. Ich war der Meinung, die Hälfte der Zeit sollten wir das tun, worauf *ich* Lust hatte.«

»Die kleine Chefin«, sagte Rylan zwar zärtlich, doch nicht ohne einen gewissen angespannten Unterton.

»Ihr hättet den armen Kerl sehen sollen.« Ihre Augen strahlten, als sie über den Tisch zu ihm hinübersah. »Er musste einiges ertragen. Die Abendkleider unserer Mutter, hochhackige Schuhe und Teegesellschaften mit Plüschtieren.«

Das war ein wenig peinlich für Rylan, doch er ertrug es mit Fassung. »Was soll ich sagen? Wenn du schmollst, kann ich dir einfach nicht widerstehen.«

Sie wölbte die Lippen vor, setzte ihren schönsten Rehblick auf, und Kate musste zugeben, dass es äußerst wirkungsvoll war.

Dann wischte Lexie den Gesichtsausdruck wieder weg. »Es ist unnatürlich, wie gut du dem Blick heute widerstehen kannst.«

»Jahrzehntelange Erfahrung«, erwiderte Rylan. »Damals war ich noch nicht immun dagegen.«

»Es waren ein paar lustige Wochen.« Dann stockte Lexie für eine Sekunde, und ein Schatten legte sich über ihr Gesicht. »Bis Dad es herausgefunden hat.«

Rylans Hand drückte fest auf Kates Rücken. Sie sah zu ihm hinüber und stellte fest, dass sein Blick erstarrte.

»Eines Tages kam er früher nach Hause und ...« Lexie unterbrach sich mitten im Satz und zog die Mundwinkel nach unten. Um sie herum wurde es still. Ein Augenblick verging, dann noch einer, bis sich ihre Lippen wieder entspannten. Schulterzuckend nahm sie ihr Bier, als wäre nichts gewesen. Als gäbe es dazu nichts mehr zu sagen. »Und das war das Ende vom Lied.«

Als jetzt Rylan das Wort ergriff, hatte seine Stimme einen bitteren Unterton. Es war eine alte Verletzung, die nicht heilen wollte. »Er hatte eine ziemlich genaue Vorstellung davon, wie sich sein Nachfolger benehmen sollte.«

Kate wurde beklommen ums Herz. Sie hatte diesen Schmerz in ihm bereits zuvor gespürt, doch selten so unverblümt, nie so nah an der Oberfläche.

Sie holte tief Luft und hielt den Atem an. Denn ein Teil

von ihr, der immer stärker wurde, wollte ihm unter die Oberfläche folgen, weit hinein in seine Tiefen, selbst wenn sie Gefahr lief, darin zu ertrinken.

Zuerst suchte Rylan in allen anderen Stockwerken des Hauses. Kate war weder in der Küche noch in einem der Badezimmer, und sie hantierte auch nicht mit der Bettwäsche im Gästezimmer herum. Er war sich zu achtundneunzig Prozent sicher, dass es ihr nicht gelungen war, sich unbemerkt davonzuschleichen. Somit blieb nur ein einziger Platz, an dem er noch nicht gesucht hatte.

So leise wie möglich stieg er die Treppen hinauf. Kurz bevor er ganz oben ankam, hielt er inne.

Er hörte Musik. Etwas Ruhiges, Sanftes. Luftige Gitarrenklänge und eine Sängerin. Und darüber, ganz leise, eine andere Stimme.

Das Herz schlug ihm bis zum Hals, als er die letzten Treppenstufen nahm. Dann blieb er fasziniert stehen.

Der zweite Stock, jener große, offene Raum, in den er sich genauso verliebt hatte wie in diese wunderschöne Frau, war … erleuchtet. Kate hatte anscheinend Weihnachtslichterketten gefunden, die er ganz vergessen hatte, und sie an den Rändern um den Raum herumgeführt, sodass alles in einen warmen, sanften Schein getaucht war. Sie saß in der Mitte des Zimmers und blätterte durch einen Karton mit alten Schallplatten, die er gerettet hatte, als seine Mutter sie wegwerfen wollte. Neben ihr auf dem Fußboden stand ein uralter Plattenspieler, der provisorisch mit zwei Lautsprechern verbunden war, und ganz plötzlich erkannte er den Song.

Er wurde von inneren Bildern überflutet und griff unwillkürlich nach seiner Brust, nach dem Ring, den es dort nicht mehr gab.

Er musste damals … wie alt gewesen sein? Fünf? Er war aus dem Bett geklettert und die Treppe hinuntergelaufen, als er eigentlich schon lange hätte schlafen sollen. Unten sah er Mom und Dad. Sie waren in Abendgarderobe und anscheinend gerade von einer Party zurückgekehrt. Die Platte spielte im Hintergrund, und sie hielten sich beide im Arm. Ausnahmsweise stritten sie nicht. Und sie ignorierten einander nicht, sondern sie tanzten und lachten.

Am liebsten wäre er dort geblieben und hätte ihnen stundenlang zugesehen.

Das innere Bild verblasste, und er blinzelte, bis das Hier und Jetzt wieder in den Vordergrund trat. Kates Lippen bewegten sich – sie sang ganz leise –, und er fühlte sich so glücklich, als wollte ihm das Herz zerspringen. Sie sah aus, als wäre sie hier zu Hause. Genau dort, wo sie hingehörte.

Er räusperte sich und ging einen Schritt auf sie zu. »Ich dachte mir schon, dass ich dich hier finde.«

Sie schreckte zusammen und riss den Kopf hoch. Als er zu ihr trat, sah er die Dinge, die um sie herum verteilt waren. Die halb geleerten Kartons. Noch mehr Schallplatten, dazu ein paar Fotos. Er ließ sich neben ihr auf den Boden sinken und stutzte, dann hob er eine schwarze Ledertasche hoch.

»Das ist ein Fotoapparat«, erklärte sie. »Ein alter.«

Er öffnete den Reißverschluss und fand genau das, was sie beschrieben hatte. »Ich glaube, der hat meinem Vater gehört.« Schon wieder so ein aussortiertes Teil, das Rylan aus unerfindlichen Gründen vor dem Müll gerettet hatte.

»Der ist schön.« Eine gewisse Wehmut lag in ihrer Stimme.

Er zog den Reißverschluss wieder zu und hielt ihr die Tasche hin. »Du kannst ihn haben, wenn du möchtest.«

»Das geht doch nicht.«

»Das geht. Wenn du ihn gebrauchen kannst. Vielleicht habe ich irgendwo sogar noch Filme.«

»Aber er hat deinem Vater gehört ...«

»Ihm hat alles Mögliche gehört.« Rylan hatte den Apparat behalten, weil er ihn an die Zeiten erinnert hatte, als ihr Vater noch Fotos von ihnen gemacht hatte. Als es ihn noch zu interessieren schien, was seine Kinder so machten, und nicht nur, welchem Zweck sie einmal dienen sollten. Er drückte ihr den Fotoapparat in die Hand. »Nimm ihn. Ich möchte es gerne.«

Diesmal nahm sie ihn an. »Danke.«

Er zögerte kurz und griff dann in seine Tasche. Überlegte noch einmal, doch jetzt schien der geeignete Moment gekommen zu sein. »Ich habe etwas für dich.«

»Ja?«

Er schloss die Finger um das Metall, dann zog er es heraus und reichte es ihr.

Mit gerunzelter Stirn ließ sie es sich von ihm in die Hand legen.

»Was ...?«

»Einen Schlüssel.« Das war unschwer zu erkennen. »Für das Haus.«

Er merkte, dass sie ihm den Schlüssel fast wieder in die Hand drücken wollte. »Ich kann doch nicht ...«

Er legte seine Hand um ihre, sodass sich ihre Finger um den Schlüssel schlossen. »Du kannst.«

»Aber ...« Viele Gegenargumente schienen ihr nicht einzufallen.

Er hatte einen Kloß im Hals, überspielte es jedoch und drückte ihre Hand mit dem Schlüssel auf ihren Schoß. »Ich vertraue dir«, sagte er. So wie sie ihm hoffentlich eines Tages auch vertrauen würde.

Etwas widerwillig verstaute sie den Schlüssel in ihrer Tasche, und ihm fiel ein Stein vom Herzen. »Ich verspreche dir, dass ich ihn nicht missbrauchen werde.«

»Solange du hier keine Party schmeißt, bei der ich nicht eingeladen bin, kannst du ihn missbrauchen, so viel du willst.« Bei diesem Scherz rollte sie mit den Augen, aber es steckte auch ein Kern Ernsthaftigkeit darin. »Das meine ich ernst.« Das klang fast ein wenig zu ernst. »Du kannst herkommen, wann immer du willst.«

Er hatte nichts mehr zu verbergen. Diese Zeiten waren vorbei. Sie durfte alles erfahren.

Inzwischen lief ein anderer Song, und sie hörten ein paar Takte lang zu. Wieder stiegen ihm dieselben Bilder in den Kopf. Vielleicht hatte dieser ganze Tag zu viele Erinnerungen wachgerufen. Möglicherweise hatte es auch damit zu tun, Kate hier an diesem Ort zu sehen und zu erleben, wie mühelos sie sich in die Reihe seiner Freunde gefügt hatte. Die Freude darüber, dass sie seine Einladung annahm, sich hier zu Hause zu fühlen.

Noch bevor er selbst begriff, was er tat, stand er auf und hielt ihr die Hand hin.

Fragend legte sie den Kopf schief.

»Tanz mit mir«, sagte er.

»Wirklich?«

Er musste schlucken. »Wirklich.«

Vielleicht tat sie es nur ihm zum Gefallen, doch sie ließ sich von ihm hochziehen und in die Arme nehmen. Vielleicht sollte er eine kleine Show daraus machen und ihr ein paar Tanzschritte zeigen, die er als Teenager gelernt hatte. Doch sie drückte sich an ihn, und am Ende legte er nur den Kopf an ihren, hielt sie fest und spürte ihre Wärme.

Die Musik spielte weiter, und sie drehten sich auf der Stelle langsam ein paarmal im Kreis. Bei jeder Umdrehung entspannte sie sich etwas mehr, und allmählich sah man ihr die Erschöpfung nach dem langen, anstrengenden Arbeitstag an.

Sie legte ihr Ohr an seine Brust und fragte: »Sind die anderen schon weg?«

»Sie sind eben gegangen.« Es blieben nur sie beide übrig.

Schweigend tanzten sie, bis das Lied zu Ende war. Der Tonarm des Plattenspielers klackte und fuhr zurück. Sie seufzte. »Es ist spät.«

»Sehr.« Den ganzen Tag lang hatten sie geschleppt und ausgepackt, und noch immer war viel zu tun. Aber er hatte keine Energie mehr. Und so, wie sie sich an ihn lehnte, schien es ihr nicht anders zu gehen. »Soll ich dir ein Taxi rufen?«

Da löste sie sich von ihm, und es fühlte sich an wie ein feiner Riss im Glas. Der weiche, schützende Kokon, den sie um sich gesponnen hatten, drohte zu zerfallen. Zu zersplittern. »Wär wohl das Beste.«

Er schluckte gegen die Enge in seiner Brust an und legte ihr, so sanft er konnte, die Hände auf die Schultern. Dann sagte er mit tiefer, kehliger Stimme: »Oder du bleibst hier. In meinem Bett.« *In meinem Zuhause.* »Bei mir.«

Etwas in ihm zitterte, er wünschte es sich so sehr.

Sie schüttelte den Kopf. »Ich bin zu müde.«

»Ohne Erwartungen.«

Sie hob den Kopf und sah ihn an, blickte ihm direkt in die Augen, und er versuchte, so sanft zu sein, wie er nur konnte.

Natürlich begehrte er sie. An einem Ort wie diesem hatte er sie noch nie gehabt, und nichts auf der Welt hätte er lieber getan, als sich ihr zu widmen, bis sie wachsweich war und er in ihrer gemeinsamen Lust schwelgen konnte.

Doch schon sie zu halten und an ihrer Seite zu schlafen wäre mehr als genug.

Sie atmete hörbar aus, und der Widerstand in ihren Schultern schmolz. »In Ordnung.«

Ihm wäre vor Freude fast das Herz aus der Brust gesprungen.

Er beugte sich vor und drückte ihr einen einzigen sanften Kuss auf die Lippen. Dann nahm er sie bei der Hand und führte sie die Treppe hinunter.

KAPITEL 16

Kate öffnete blinzelnd die Augen und fand sich in einem fremden Zimmer wieder. Durch die vorhanglosen Fenster fiel fahles Licht, und sie fühlte sich viel zu wohl – das Bett war zu weich, die Laken zu glatt auf ihrer Haut. Sie streckte die Glieder, rollte sich auf den Rücken und blickte hinauf zur hohen Decke.

Das hier war Rylans Zimmer.

Das Bett neben ihr war leer, doch das spielte keine Rolle. Sie erstarrte, und ihr stockte der Atem. Sie hatte sich doch geschworen, so etwas nie wieder zu tun. Aber sie war so erschöpft gewesen, und es war schon so spät. Und dann hatte Rylan sie auch noch mit diesem hoffnungsvollen Blick angesehen und ihr den Arm hingehalten. Er hatte nicht einmal versucht, sie auszuziehen, sondern ihr einfach nur die Schuhe abgestreift und ihr geholfen, sich aus der Jeans zu schälen. Dann hatte er ihr, ohne sie zu berühren, dabei zugesehen, wie sie ihren BH aufhakte und durch den Ärmel zog. Er selbst hatte sich bis auf die Boxershorts ausgezogen und die Decken aufgeschlagen. Ihr hatte einfach die Willenskraft gefehlt, um sich ihm zu widersetzen.

An ihn gekuschelt war sie eingeschlafen, ihr Rücken an seiner Brust, seine warmen, starken Arme um sie – es war perfekt gewesen.

Vielleicht zu perfekt. Sie hatte sich doch vorgenommen, auf ihr Herz achtzugeben – und jetzt stolperte sie schon wieder kopfüber denselben Pfad hinunter, auf dem sie sich schon einmal fast den Hals gebrochen hatte.

Nur, dass es diesmal anders war. Oder etwa nicht? Er hatte sie zu sich nach Hause eingeladen und sie seiner Familie und seinen Freunden vorgestellt. Falls er ihr tatsächlich noch etwas vorzumachen versuchte, hätte sie es bestimmt längst gemerkt.

Und wenn er wirklich nur Sex von ihr wollte, hätte er es letzte Nacht versucht.

Doch es gab noch immer so vieles, über das er nicht sprach. So viele Bereiche seines Lebens, die er verbarg und die sie zweifeln ließen.

Doch bevor sie sich noch weiter über sich selbst ärgern konnte, hörte sie leise Schritte über den Flur knarren. Sie stützte sich im selben Moment auf die Ellenbogen hoch, als sich die Tür einen Spaltbreit öffnete. Da stand Rylan. Mit strahlenden blauen Augen und einem warmen Lächeln spähte er ins Zimmer.

Schmetterlinge flatterten in Kates Bauch. Schon sein Anblick ließ sie dahinschmelzen. Sie fühlte sich, als hätte jemand ein Licht in ihrem Innern angeknipst, und all ihre Zweifel verflüchtigten sich.

Er stieß die Tür weiter auf und kam herein. Mit seinem schwarzen T-Shirt und den Jeans war er legerer gekleidet, als sie ihn jemals gesehen hatte, und auf seinen Strubbel-Look hatte er weniger Mühe verwandt als üblich. In einer Hand hielt er einen Pappträger mit zwei Kaffeebechern, in der anderen eine Kollektion Papiertüten. »Du bist ja schon wach.«

Sie rieb sich die Augen und warf sich ihren halb auseinandergefallenen Zopf über die Schulter. »Noch nicht richtig.«

»Dann wollen wir doch mal sehen, was wir da tun können.«

Das Bett wackelte unter seinem Gewicht, als er sich neben sie auf die Matratze setzte. Seine Bewegungen waren vorsichtig, und seine Stimme sanft. »Hier.« Er hielt ihr einen der Kaffeebecher hin. »So, wie du ihn magst.«

Sie stopfte sich ein Kissen in den Rücken, setzte sich auf und nahm ihm den Becher aus der Hand. Nachdem sie daran genippt hatte, nickte sie. »Perfekt.«

»Gut. Ich war auch beim Bäcker. Und ...«, er deutete auf eine der Tüten, die er mitgebracht hatte, »... du wirst es kaum glauben, aber ich habe in der Stadt einen Laden entdeckt, der Filme verkauft.«

»Wie lange bist du denn schon wach?«

Er zuckte mit den Schultern. »Eine Weile. Nach dem Aufwachen wieder einzuschlafen ist mir noch nie gelungen. Und das da hat auch nicht geholfen.« Er deutete auf die Fenster. »Ich dachte, wenn du Lust hast, könnten wir heute vielleicht einkaufen gehen. Ich brauche Vorhänge.«

Vor Kates innerem Auge flackerten diverse Filmausschnitte mit glücklichen Pärchen auf, die lachend durch Ikea schlenderten. Vielleicht war das nicht ganz das Einkaufserlebnis, das ihm vorschwebte, aber trotzdem. Es klang nach unbeschwertem Spaß.

Und schon wieder hatte sie das Gefühl, in etwas hineinzuschliddern. Sich weiter auf etwas einzulassen, als sie eigentlich wollte, aber es fühlte sich toll an. Jetzt wollte sie ganz sicher nicht auf die Bremse treten.

Aber irgendwie musste sie sich vergewissern, dass es sie überhaupt noch gab, eine kleine Bremsprobe, um zu sehen, ob sie noch funktionierte.

Sie zögerte und nestelte an der Manschette um den Kaffeebecher herum. »Weißt du, wenn ich jetzt auch noch den ganzen Tag mit dir verbringe, zählt das aber als zwei Dates.«

Vier ihrer sieben Dates waren bereits vergangenn und es sah aus, als ob sie gleich mit dem fünften beginnen wollten. Über die Hälfte lag bereits hinter ihnen. Der Gedanke machte sie ganz beklommen.

Er schüttelte den Kopf und grinste sarkastisch. »Du passt auf, dass ich nicht schummele.«

»Einer muss es doch tun.«

Er schob die Hand unter die Bettdecke, legte sie auf ihr Knie, beugte sich vor und strich mit der Nasenspitze über ihre Wange. Dabei berührten seine Lippen ihr Gesicht. »Was soll ich dazu sagen? Ich würde alles tun, um etwas mehr Zeit mit dir zu gewinnen.«

Ihr Atem stockte. Der warme Duft, der ihn umgab, machte es ihr schwer, einen klaren Kopf zu behalten.

Es gelang ihr trotzdem. Denn genau das hatte er auch gesagt, als sie ihm damals auf die Schliche gekommen war. Vom allerersten Tag an hatte er ihr verheimlicht, wer er war, weil er wollte, dass sie mit ihm schlief und Zeit mit ihm verbrachte.

Diese Erinnerung hatte einen bitteren Nachgeschmack.

Sie hatte keine Lust, dass er dasselbe ein zweites Mal mit ihr abzog.

Sie legte ihm die Hand auf die Brust und schob ihn zurück. Nicht weit. Nur ein paar Zentimeter – gerade weit genug, dass sie ihm direkt in die Augen sehen konnte. »Bitte mich doch einfach darum.«

Ein langer Augenblick verging. Er suchte ihren Blick und schluckte. Dann nickte er kaum merklich. Er nahm ihre Hände zwischen seine und legte sie sich an die Lippen. »Bitte. Bleib heute mit mir zusammen. Ich kann dich jetzt noch nicht gehen lassen.«

All ihre Pläne, ins Atelier zu gehen, lösten sich unter der Glut seines Blicks auf. »Okay«, antwortete sie mit brüchiger Stimme.

Sofort strahlte er über das ganze Gesicht. Er ließ ihre Hände los, beugte sich vor und küsste sie liebevoll auf den Mund.

Doch er ließ von ihr ab, als sie selbst sich gerade in dem Kuss verlieren wollte, weil er jetzt das Feuer in ihr entfachte, für das sie gestern zu erschöpft gewesen war. Es schwelte weiter auf niedriger Stufe, als er sich neben sie ins Bett setzte und eine Gebäcktüte aufriss.

Sie tranken Kaffee, diskutierten über nötige Veränderungen im Haus, und währenddessen fütterte er sie immer wieder mit Stücken von dem Gebäck, das er mitgebracht hatte und ihr mundgerecht, süß und knusprig auf die Zunge legte. Als sie sich revanchierte, naschte er von ihren Fingerspitzen. Einmal hielt er ihr Handgelenk fest, weil er einen klebrigen Tropfen Zuckerguss von ihrem Daumen lutschen wollte.

Und dabei sah er unglaublich attraktiv aus. Völlig entspannt und lässig in seinem Bett. Mit lebhaften Augen und warmen Händen.

Es war so ein schönes Bild, dass sie es festhalten wollte.

Sie hatte weder ihr Skizzenbuch noch ihre Zeichenkohle

dabei. Aber plötzlich fiel ihr ein, dass sie etwas anderes besaß, das sich vielleicht sogar noch besser eignete.

Zitternd atmete sie aus, zog den Daumen aus seinem Mund und strich damit feucht über seine Lippen. »Bleib, wo du bist.«

Sie ließ sich kaum Zeit, die Hände an einer Serviette abzuwischen, dann nahm sie die Kameratasche, die sie letzte Nacht mit nach unten genommen hatte. Das Ding war unförmig, uralt und massiv, und sie liebte es. Als sie die Klappe öffnete, machte die Mechanik hinreißende Geräusche. Sie sah sich die Filmrollen an, die Rylan mitgebracht hatte, und suchte sich einen Schwarz-Weiß-Film aus, den sie an der Uni entwickeln konnte, wo sie Zugang zu einer Dunkelkammer hatte.

»Was machst du da?«

»Was glaubst du denn?« Es war schon lange her, dass sie so etwas getan hatte, aber ihre Hände erinnerten sich daran, wie sie die Filmpatrone einlegen musste. Sie hantierte einen Moment mit den Einstellungen, dann blickte sie mit einem Auge durch den Sucher.

Als sie den besten Bildausschnitt für ihn gefunden hatte, zoomte sie sich an seine Augen und sein Lächeln heran.

»Weißt du, was mir bei der heutigen Art des Fotografierens am meisten fehlt?«

»Was denn?«

»Das Geheimnis.« Vor ihrem Auge wurde es kurz schwarz, als sie den Auslöser drückte und sein Bild einfing. Diesen Augenblick.

»Ach?«

»Digital ist nett. Man weiß sofort, wie das Bild geworden ist.« Sie richtete sich auf die Knie auf und rutschte ein

Stückchen zurück, damit er besser ins Bild passte. »Aber bei Film ist es spannend. Man muss warten.«

Sein Mundwinkel zuckte wie von selbst nach oben, als sie ihn fotografierte.

»Findest du es nicht besser, wenn die Befriedigung nicht auf sich warten lässt?« Seine Stimme wurde leiser, sein Tonfall anzüglich, und sie spürte es in ihren Brüsten und an jenem weichen, warmen Ort zwischen ihren Schenkeln.

»Alles hat seine Zeit.« Sie machte immer mehr Fotos, suchte neue Bildausschnitte und bewegte sich um das Bett herum, um ihn aus unterschiedlichen Winkeln zu erwischen.

Dann nahm sie ganz langsam die Kamera vom Auge.

Er war näher, als ihr klar gewesen war, während sie sich hinter der Linse versteckt hatte. Seine Brust hob und senkte sich mit jedem Atemzug. Seine Pose hatte etwas Verletzliches, sie spürte die Anspannung, so wie beim letzten Mal, als er ihr Modell gestanden hatte.

Auch damals hatte er sich ihr geöffnet und sie ganz nah an sich herangelassen. Wenigstens dabei hatte er sich ihr ausgeliefert, doch hatte sie zugleich seine Befangenheit gespürt – damals wie heute. Es geschah nicht oft, dass er sich so vor einem Menschen öffnete.

Doch für sie machte er eine Ausnahme.

Kate schluckte ein wenig verlegen. Ihre Kehle war staubtrocken. Dann benetzte sie die Lippen und nahm ihren Mut zusammen: »Würdest du dein T-Shirt ausziehen?«

Rylan zögerte nur selten, wenn ihn eine schöne Frau bat, sich auszuziehen, denn normalerweise kam dabei etwas Gutes für ihn heraus. Er fasste sich in den Nacken, griff den

Kragen und war drauf und dran, sich den Stoff über den Kopf zu ziehen.

Doch dann zögerte er. Kate kniete nur ein kurzes Stück von ihm entfernt auf dem Bett, ihre nackten Beine wirkten endlos lang, und die sanften Rundungen ihrer Brüste drückten gegen den Baumwollstoff ihres Oberteils. Es war gar nicht lange her, da hatte er sich nichts sehnlicher gewünscht, als dass sie überhaupt etwas von ihm wollte. Nun, jetzt wollte sie etwas von ihm und hatte sogar selbst damit angefangen.

Sie hatte ihn gebeten, sich für sie und die Kamera auszuziehen, und er fühlte sich fast schon wieder so nackt, wie er es in jenem Zimmer gewesen war, in dem sie einander so viel von sich gegeben hatten. Es war auf der anderen Seite des großen Teichs gewesen und lag erst ein paar Monate zurück.

Er klemmte den Kragen des Shirts zwischen Zeigefinger und Daumen, und eine unruhige, nervöse Energie beschleunigte seinen Puls. Sein Schwanz regte sich in seiner Jeans, und normalerweise hätte er jetzt schon einen Ständer, so nah, wie sie war, und so gut, wie sie auf seinen Laken aussah. Aber die knisternde Spannung zwischen ihnen und ihre Bitte, sich für sie auszuziehen – das war keineswegs rein sexuell, es war mehr. Besser.

Aber auch einschüchternd, und vielleicht zögerte er gerade deshalb.

»Die stellst du aber nicht ins Internet, oder?«, fragte er.

Sie schüttelte den Kopf. »Die sind nur für uns.«

Uns. Dieses kleine Wörtchen genügte ihm als Bestätigung. Für einen Sekundenbruchteil verschwand die ganze Welt wie hinter einem schwarzen Vorhang, dann tat er, worum sie ihn gebeten hatte, und zog sich das Shirt aus. Er war noch gar nicht ganz fertig, da hörte er schon den Auslöser klicken. Er knüllte den Stoff in einer Hand zusammen und stützte die Arme hinter sich aufs Bett. Dann schaute er direkt in die Linse, durch die sie ihn beobachtete.

Sie machte noch ein paar weitere Aufnahmen, aber irgendwann machte es ihn zu nervös, so beobachtet zu werden. Es fühlte sich zu einseitig an. Das brachte ihn auf eine Idee ...

Er richtete sich auf und streckte den Arm nach ihr aus. Sie schoss ein Foto von ihm mit ausgestrecktem Arm, dann senkte sie die Kamera und legte den Kopf schräg.

»Jetzt lass mich ein paar Fotos machen.«

Der Vorschlag schien sie zu überraschen. Sie schüttelte den Kopf. »So, wie ich aussehe ...«

»Du bist schön. Na komm.« Er griff nach ihren Händen, mit denen sie den Metallkasten hielt. »Zeig mir mal, wie das funktioniert.«

Er setzte sich neben sie und spürte den Druck ihres Körpers an seiner Seite. Sie erklärte ihm, wie man fokussierte – ihre zarten Finger spielten an den Einstellungen. Als er es begriffen hatte, gab sie nach und ließ sich die Kamera aus der Hand nehmen. Sie wirkte nicht gerade begeistert, und auf seinem ersten Bild von ihr würde man sie mit der Unterlippe zwischen den Zähnen sehen.

Sie lachte nervös und hielt die Hände vors Gesicht. »Ich war noch nicht so weit.«

»Aber ich.« Er machte gleich das nächste Foto. Darauf sah man, wie sie hinter den Fingern hervorlugte, die sie sich vors Gesicht hielt. Ein Anblick, der sein Herz berührte.

Ganz genau so wollte er sie haben. Echt, unverfälscht, mit Ecken und Kanten – und bei ihm.

»Bleib, wo du bist.« Er stand auf und ging um sie herum.

Vorsichtig schob er das Haarband herunter, mit dem sie ihren Zopf zusammengebunden hatte, und legte es beiseite. Mit den Fingern kämmte er durch ihr Haar. Wie er es erwartet hatte, flossen die schwarzen Strähnen wellenartig wie Wasser durch seine Hände. Als er fertig war, machte er einen Schritt nach hinten und wartete gerade so lange, bis sie ungeduldig wurde und sich zu ihm umdrehte.

Genau so fotografierte er sie und hätte am liebsten gleich nachgesehen, ob das Foto seiner Vorstellung entsprach. Doch wie hatte sie so richtig gesagt: Wenn man auf Film fotografierte, musste man warten können. Es ging um einen vergänglichen, flüchtigen Augenblick, der plötzlich da war und schon wieder vorbei. Erst viel später merkte man, ob es einem gelungen war, ihn festzuhalten – sofern man überhaupt die Gelegenheit dazu bekam.

Er hoffte so sehr, dass es geklappt hatte.

Er setzte sich neben sie, nahm die Kamera vom Auge und zupfte am Ärmel ihres Shirts. »Das ist nur gerecht«, erwiderte er auf ihr Schmollen.

Darüber wollte sie nicht mit ihm streiten. Sie zog das Shirt hoch und über ihren Kopf. Zum Vorschein kam die weiche Haut ihres Bauches, dann die untere Wölbung ihrer Brüste, rosige Brustwarzen, die sich in der kühlen Morgenluft sofort aufrichteten.

»Und jetzt?« Sie streckte das Kinn hoch und sah ihn herausfordernd aus jenen tiefen braunen Augen an. Sie legte sich nichts über, sein Atem beschleunigte sich, und sein Körper reagierte auf sie. Seine mutige Frau. Seine mutige, schöne Frau.

Er machte ein letztes Foto von ihr, dann legte er die Kamera beiseite.

»Und jetzt …«, wiederholte er. Er musste sich sehr zurückhalten, aber lange konnte das nicht mehr gut gehen.

Dafür hatte er sich viel zu sehr danach gesehnt. Es war nicht nur die knisternde, erotische Spannung zwischen ihren Körpern – obwohl er weiß Gott nichts dagegen hatte –, doch was er ersehnte, war tiefer. Jener schüchterne, intime Blick, mit dem sie ihn durch die Kameralinse angesehen hatte. Wie sich ihr Atem beruhigt hatte, als sie in seinen Armen eingeschlafen war.

Der Blick, mit dem sie ihn gerade ansah.

Und ganz plötzlich waren selbst die wenigen Zentimeter, die sie voneinander trennten, noch zu viel.

Er legte eine Hand auf ihren nackten Schenkel, dann gab es kein Halten mehr.

Aber sich zusammenzureißen und Zurückhaltung zu üben war sowieso nicht sein Ding.

Das Blut pulsierte ihm heiß durch die Venen, und er richtete sich auf den Knien auf. Es dauerte nicht länger als einen Atemzug, bis er sie an seine Brust zog. Ihre Brüste drückten sich warm und voll an seine Haut, und er stöhnte lauter, als sich endlich ihre Lippen trafen. Es war Sex, es war Vertrautheit, es war alles auf einmal.

Er hielt sie in seinen Armen geborgen, gab ihr einen leidenschaftlichen Kuss und verlor sich darin. In diesem Moment.

In ihr.

Alles veränderte sich so schnell.

Eben noch hatte Rylan Kate angeschaut und sie im Stillen bewundert, im nächsten Moment küsste er sie schon voller Leidenschaft. Sie spürte den süßen Schwindel, als sein Duft sie umfing und sie seinen Körper spürte. Sie klammerte sich an seine Schulter und an seine Hüfte, nur um etwas zum Festhalten zu haben, doch das reichte ihr nicht.

Atemlos ließ sie sich von ihm auf die Matratze drücken. Die war so weich, die Laken so angenehm kühl – ganz im Gegensatz zu seiner heißen Haut und seinen leidenschaftlichen Lippen.

»Verdammt.« Er kratzte mit den Zähnen über ihre Lippe und strich mit den Lippen zu ihrem Ohr. »Du hast ja keine Ahnung.«

Einladend drehte sie den Kopf zur Seite. »Keine Ahnung?«

»Wie sehr ich mich danach gesehnt habe, dich hierzuhaben.« Seine Worte trafen sie ins Herz, gleichzeitig entfachten die feuchten Küsse an ihrem Hals eine Erregung, die ihre Brüste voller werden ließ und sich zwischen ihren Beinen als ein rascher Pulsschlag bemerkbar machte. »In meinem Bett. Wie sehr ich mich danach gesehnt habe, an deiner Seite einzuschlafen. Und dich morgens mit meinen Küssen zu wecken.«

Er arbeitete sich an ihrem Körper nach unten, schob eine Hand unter ihren Schenkel und spreizte ihn weit. Sie folgte seinen Bewegungen und machte ihm Platz zwischen ihren Beinen. Er schmiegte sich an sie. Sein rauer Jeansstoff rieb an ihrer nackten Haut, und sie bäumte sich unter dem Druck auf, bis seine Erektion genau dort war, wo sie es brauchte. Sie stöhnte erregt und fuhr ihm mit den Fingern durchs Haar, holte sich den nächsten Kuss und dämpfte so die Geräusche, die er aus ihr hervorlockte, als er seine Hüften an ihr rieb.

Und trotzdem war es weit mehr als nur die Hitze seines Körpers oder die elektrischen Spannungen, die sich zwischen ihren Körpern entluden, wenn Haut auf Haut traf. Es war viel intensiver, viel wärmer als das besitzergreifende Begehren, mit dem er sie im Auto hinter der Galerie genommen hatte. Es war ergreifender als die oberflächliche Art, mit der sie sich auf den Rücken gelegt und sich von ihm hatte nehmen lassen, als er zurückgekommen war. Es waren seine Worte und seine Berührungen, die sich verbanden und widerhallten, und sie erinnerten …

Sie kratzte mit den Nägeln an seinem Rücken herunter.

O Gott, es war wie bei ihrem ersten Mal. Gleich, nachdem sie ihn gezeichnet hatte, als sie innerlich so aufgewühlt gewesen war, weil sie gerade erst begriffen hatte, dass sie sich Hals über Kopf in ihn verliebt hatte. Jeder Kuss und jede Berührung schienen voller Versprechen zu sein, und zugleich hing ein Schatten über allem, als könnte aus ihnen nie etwas werden, und beides spürte sie auch jetzt wieder. Das Drahtseil, auf dem sie balancierten.

Wie oft hatte sie an diesen Moment zurückgedacht. Egal wie wütend sie gewesen war, sie hatte diesen goldenen Nachmittag nie vergessen. Ihre Erinnerung daran war bruchstückhaft, Lust und Leidenschaft hatten sie überwältigt. Sie hatte sich ihm hingegeben, und dafür so viel von ihm bekommen.

An dieses Mal wollte sie sich später besser erinnern können.

»Warte«, keuchte sie. Ihre Brust bebte von seinen heißen Berührungen, sie konnte kaum sprechen, und ihre Lippen brannten.

Er hielt inne und stöhnte laut auf. Dann stützte er sich

über ihr hoch und sah sie an. Schon seine fragend hochgezogene Braue ging ihr ans Herz. Sie konnte es nicht erklären, tastete blind neben sich, bis sie das kalte Metall der Kamera berührte. Sie nahm das Band in die Hand und zog daran.

Sein Blick folgte ihrer Bewegung, und ihm stockte der Atem. Als er ihr dann erneut in die Augen sah, war sein Blick leidenschaftlich und lüstern, er schluckte schwer.

»Kate. Was ...« Einen Moment lang ließ er den Kopf sinken, dann schien er sich wieder besser unter Kontrolle zu bekommen. »Ich wusste ja schon immer, dass eine kleine Voyeurin in dir steckt. Erinnerst du dich noch an die erste Nacht, als ich es dir besorgen durfte?«

Erregt erwiderte sie: »Als ob ich das je vergessen könnte.«

»Du hast mir von deinen Zimmergenossinnen erzählt, die es in der anderen Ecke des Raumes getrieben haben. Dabei bist du ganz rot angelaufen.«

Eine ähnliche Hitze empfand sie auch in diesem Moment. Sie lief ihr den Rücken hinunter und konzentrierte sich zwischen ihren Beinen.

Seine Stimme wurde tiefer und er mit jedem Atemzug erregter, als er mit den Fingerspitzen ihre Oberschenkel streichelte. »Schaust du gern zu, schöne Frau?«

»Dir sehe ich gern zu.«

Er strich mit den Daumen über den Saum ihres Höschens, und ihr Unterleib spannte sich an. Einen halben Atemzug lang presste sie ihre Augenlider fest zusammen. Es wäre leicht gewesen, sich einfach hinzugeben, sich von ihm berühren und zum Höhepunkt bringen zu lassen.

Doch dann zwang sie sich, die Augen zu öffnen und sich zu konzentrieren.

Irgendwie bekam sie die Kamera in die Hand und führte sie an ihr Auge. Doch bevor sie ihren Blick von ihm abwandte und durch den Sucher blickte, lag ihr noch etwas auf der Zunge. Sie nahm ihren ganzen Mut zusammen. Wie oft hatte er ihr gesagt, dass sie ruhig sagen sollte, was sie von ihm wollte? Er hatte ihr bewiesen, dass es ihr Recht war – sowohl im Bett als auch in allen anderen Lebensbereichen. Sie befeuchtete ihre Lippen mit der Zungenspitze, dann ließ sie den Blick an seinem Körper nach unten wandern.

Ihre Stimme zitterte nur leicht, als sie ihn bat: »Jetzt zieh dich ganz aus.«

Der Raum zwischen ihnen schien zu vibrieren, seine Brust hob und senkte sich. Er richtete sich auf, kniete zwischen ihren gespreizten Schenkeln, und seine Muskeln spannten sich an.

Dann führte er eine Hand an seinen Hals.

Der Mann war einfach umwerfend. In ihr loderte das Feuer, und sie bekam einen trockenen Mund, als er mit den Fingerspitzen über seine Schlüsselbeine strich, seine weiche Haut schimmerte im gelben Morgenlicht, er sah einfach perfekt aus. Er zeichnete mit den Fingerspitzen seine Bauchmuskeln nach, rieb mit dem Daumen über die eigenen Nippel und keuchte – wäre das eine Idee für später? Sie könnte ihn dort berühren und herausfinden, ob sie ihn auf diese Weise genauso zum Stöhnen bringen konnte wie er sie.

Dann glitten seine Hände tiefer. Ihre Brustwarzen wurden steif, ihr Geschlecht feucht und heiß.

Sie stieß die Luft aus ihren Lungen und führte den Sucher der Kamera an ihr Auge. Das brachte ihn ihr näher und sorgte zugleich für Distanz. So konnte sie wenigstens noch atmen, während er sie so scharf machte, dass sie es kaum mehr aushielt.

Sie drückte in dem Augenblick auf den Auslöser, als er die Hand flach auf die Grübchen und Furchen seiner Bauchmuskeln legte, und erneut, als er über seine nackten Hüften und den Bund seiner Jeans strich. Dann schob er sich die Hand in die Hose. Es sah aus, als würde er sich selbst streicheln, und unwillkürlich löste sich ein lustvolles Wimmern aus ihrer Kehle.

»Soll ich mich für dich berühren?« Seine Stimme war heiser. »Ich bin so hart für dich, Kate.«

Nein. Doch. Sie wollte es. Aber am liebsten hätte sie ihn bereits auf sich gehabt und gespürt, wie er sie öffnete und in sie eindrang. Sie wollte seinen Mund, seine Hände und seinen Schwanz – wie sollte sie sich nur entscheiden?

Aber vielleicht konnte man damit anfangen. »Zeig es mir.«

Mit einer langsamen, lasziven Bewegung zog er die Hand wieder heraus. Dann strich er über den Jeansknopf und ließ eine Fingerspitze unendlich lange um das Metall kreisen. Sie brauchte einen Moment, bis sie verstand, worauf er anspielte. Sie riss ihr Knie hoch, strich mit dem Fuß an seiner Wade entlang, und in ihrem Zentrum pulsierte es. Genau auf diese Weise ließ er gern den Finger um ihren Kitzler kreisen, so machte er sie heiß und feucht und aufnahmebereit.

Dann ließ er den Knopf aufspringen und zog den Reißverschluss herunter – Zähnchen für Zähnchen. Ihr wurde noch heißer, als er die Finger spreizte und sie über die lang gestreckte Beule unter dem Stoff legte. Er stöhnte leise und rieb sich mit dem Handrücken über die Spitze.

»Zeig es mir«, sagte sie noch einmal.

Und es war so scharf, als er es tat. Er hakte die Daumen an den Hüften in den Hosenbund und zog sich die Jeans herunter. Sein Schwanz war mächtig und erregt, die Spitze schimmerte, als er die Finger darum schloss und langsam nach vorn bewegte. Aus seiner Lunge drang ein Laut reiner Lust.

»Siehst du, wie hart du mich machst? Und wie ich darauf stehe, wenn du mir sagst, was du willst?«

Sie fummelte mit der Kamera herum, eilig, sie zur Seite zu legen, doch da nahm er sie ihr schon aus den Händen. Er stützte sich mit einem Arm ab, senkte sich auf sie herunter und küsste sie auf den Mund. Wie hatte sie nur so lange ohne das hier leben können? Wie konnte sie auch nur eine einzige Sekunde überstehen, ohne ihn zu küssen? Es linderte die Höllenglut zwischen ihren Schenkeln und ließ das Feuer gleichzeitig höher lodern, er gab ihr, was sie begehrte, und half ihr, ihre Lust zu lenken.

Neben ihren Köpfen klickte der Auslöser, sie bekam es nur am Rande mit, während sie mit den Zähnen über seine Zunge kratzte und wieder und wieder seinen Lippen begegnete. Sie wollte ihn überall anfassen, wo er seine Hände gehabt hatte, wollte seinen heißen Schwanz an ihrer Haut spüren. Sie keuchte, streichelte über seine Brust bis zum Zentrum seiner Hüften. Als sie über seine feuchte Spitze strich, stöhnte er auf, doch dann schob er ihre Hand beiseite.

Er ließ seinen Mund heiß an ihrem Körper hinuntergleiten, fotografierte seine Zungenspitze an ihrer Brust und dann, wie er sie neben den Nabel küsste. Sie keuchte seinen Namen, als er tiefer rutschte und mit der Nase an ihrem

Spalt entlang über ihren Slip strich. Um sich von dem Stoff zu befreien und ihn näher an ihrer nackten, schlüpfrigen Haut zu fühlen, wand sie sich, doch er hielt erneut ihre Hand fest. Er nahm sie in den Mund, saugte an ihren Fingerspitzen und schob sie dann in ihr Höschen, wobei er sie unverwandt aus seinen von Lust verdunkelten Augen ansah.

»Zeig es *mir.*« Es klang fast wie ein Knurren.

Und was war überhaupt aus ihr geworden? Sie konnte sich kaum noch an das verängstigte, verklemmte und naive Mädchen erinnern, das er dazu hatte überreden müssen, sich vor ihm zu berühren. Jetzt glitt sie mit den Fingern durch ihre nasse Spalte, tauchte einmal ein und umkreiste dann ihren Kitzler. Wieder war der Auslöser der Kamera zu hören. Wenn sie das entwickeln wollte, musste sie es mitten in der Nacht tun und sich in der Dunkelkammer verbarrikadieren, denn das durfte niemals jemand sehen.

Kein anderer sollte sie jemals so sehen. Das war nur für ihn.

Die Kamera plumpste auf die Matratze. Rylan legte die Hände auf ihre Schenkel, und sie bäumte sich ihm entgegen. Er schob den Streifen ihres Slips beiseite und drang mit der Zungenspitze in sie ein. Dabei hielt er ihr Handgelenk fest, damit sie blieb, wo sie war. Eine ganz neue Art von Hitze zitterte in ihr, als er um ihre Fingerspitzen herumleckte, wieder in sie eintauchte, dann etwas höher küsste und an ihrem Kitzler saugte.

Sie schloss die Augen, als sie kam und sich fest zusammenzog. O Gott, das waren tatsächlich Tränen in ihren Augenwinkeln. »Ich brauch dich in mir«, flehte sie.

Er füllte sie exakt in dem Moment, als die zweite Welle

über sie hinwegrollte, presste die Finger genau dorthin, wo sie es ersehnte, seine Zunge war heiß und feucht an ihrem Kitzler und peitschte sie durch die Zuckungen, durch die heißen schwarzen Blitze, die durch sie hindurchschlugen und sie mit sich rissen.

Als sie wieder zu sich kam, hatte sie das Gefühl, es seien Jahrzehnte vergangen, sie stöhnte und ließ ihr Bein zur Seite sinken. Er küsste eine Spur von ihren Schamlippen bis zu ihrem Hüftknochen, dann hob er den Kopf, und seine Lippen glänzten sinnlich, als er sie ansah. Sie war von der Lust noch ganz benommen, zog die Finger heraus und führte sie an sein Gesicht. Dann presste sie sie ihm in den Mund, und er kratzte mit den Zähnen über ihre Knöchel.

Wortlos ließ er ihre Hand sinken. Wie von Sinnen arbeitete er sich an ihrem Körper hinauf. Dann war er auf allen vieren über ihr, die Jeans hing noch lose um seine Hüften. Er nagelte sie mit seinem Blick fest.

»Diese Bilder.« Er schluckte, und sie sah, wie sich sein Adamsapfel bewegte, wie die Muskeln arbeiteten. »Ich will sie sehen. Alle.«

Sie brachte ein Nicken zustande. Die Erregung in seinem Blick versetzte ihren Körper aufs Neue in Aufruhr, obwohl sie sich noch gar nicht ganz von dem vorangegangenen Höhepunkt erholt hatte.

Sein Ausdruck wurde weicher. »Sie werden wunderschön sein.« Er legte ihr die Hand an die Wange. »Du bist wunderschön.«

Ein warmes Gefühl durchströmte sie. Das sagte er so oft. Dass er es selbst glaubte, hatte sie nie angezweifelt, aber es vertrug sich nicht mit ihrem Selbstbild. Immer wieder war sie früher herabgesetzt worden, so lange, bis sie es schließlich selbst geglaubt hatte.

Doch jetzt ließ sie seine Worte zum ersten Mal an sich heran. Sie *fühlte* sich wirklich schön. So als ob sie unter seinem Blick erblühte.

Sie streckte den Arm nach ihm aus, legte die Hand um seinen Nacken und zog ihn zu sich herunter. Er schmeckte nach Sex und nach ihr. Sie hätte sich in seinem Duft verlieren mögen und in der Art, wie er so zärtlich über ihr hockte. Er stützte sich auf den Unterarmen ab, drückte seine Brust gegen ihre Brust, und sie konnte nicht genug davon bekommen.

Sie hatte sich wirklich bemüht, ihn auf Abstand zu halten. Doch dann hatte er sie zu sich nach Hause eingeladen, ihr gezeigt, wo er aufgewachsen war und sie seinen Freunden vorgestellt. Er bat sie, ihm dabei zu helfen, diesen Ort zu seinem Zuhause zu machen. Und jetzt war er hier, teilte die Kamera mit ihr und küsste sie so, dass sie es bis in die Fußspitzen spürte. Sie erschufen Kunstwerke mit ihren Körpern und mit dem Film, und Distanz wäre nur dumm gewesen. Jeder Zentimeter Abstand, den sie die ganze Zeit zu ihm gehalten hatte, löste sich in Nichts auf.

Alle Muskeln ihres Körpers wurden weich. Als ob er die Veränderung spürte, stöhnte er in ihren Kuss. Er legte die Hand auf ihre Brüste und senkte die Hüften, und sie spürte seinen harten Schwanz auf ihrer Haut.

»Ich will dich«, raunte sie an seinen Lippen.

Sie wollte das hier. Sie wollte, dass es funktionierte.

Einen Moment lang zerrann die Zeit ebenso wie ihr Widerstand. Ihre restliche Kleidung verschwand wie von selbst von ihren Körpern, als heiße Hände den Stoff von ihrer Haut schoben. Fast hätte sie ihn aufgefordert, sofort in sie einzudringen, doch noch bevor sie die Worte herausbekam, streifte er den Schutz über, und sie spreizte die Beine.

»Gefällt dir das?«, fragte er und strich mit der Spitze seines Schwanzes über die Knospe ihrer Klitoris.

Es fühlte sich so vertraut an, dass ihr ganz schwindelig wurde. »Genau so.«

Wie bei ihrem ersten Mal. Von Angesicht zu Angesicht und Haut an Haut.

Er erwiderte ihren Blick und ließ ihre Hände los.

Als er zum ersten Mal heiß in sie eindrang, war ihr ganzer Körper in Aufruhr. Er füllte sie ganz aus, sie spürte den Druck seiner Hüften und seinen warmen Atem auf ihren Lippen. Er küsste sie feucht und innig, als er sich wieder aus ihr herauszog, und sie wickelte die Beine um ihn, als ob sie ihn festhalten wollte. In sich. In diesem sonnendurchfluteten Raum, in dem es nur ihn gab und sie. Für alle Ewigkeit.

Er bewegte sich endlos lange in ihr. Ihre Erregung wuchs mit jedem Stoß, und sie hielt die Augen geöffnet. Er ebenfalls, bis sie ganz miteinander verbunden waren.

Das Gefühl wuchs, bis er es schließlich nicht mehr aushielt. Er blinzelte, und ein ersticktes Stöhnen und seine zitternden Hüften verrieten ihn. »Du fühlst dich so gut an.« Jetzt stieß er fester zu. »Kannst du ... ich will, dass du ...«

»Ja.« Sie legte den Kopf in den Nacken, konzentrierte sich auf die Berührung seiner Hüften an ihrem Kitzler, auf das süße Stöhnen bei jedem Stoß, mit dem er in sie eindrang.

»Oh, Kate, ich muss es spüren, ich will dich hören ...«

Seine Hände umfassten ihre Hände noch fester, drückten

sie hinunter, und sie bäumte ihm ihre Hüften entgegen und sah hinauf in jene perfekten, wunderschönen blauen Augen.

Sie waren voller Bewunderung. Voller Liebe.

Ihr ganzer Körper zuckte. Dunkelheit rauschte über sie hinweg, und dann waren seine Lippen über ihrem Mund, sein Atem in ihren Lungen, sie zuckte und zuckte. Ohne dass er sie berührte, ohne seine Zunge oder einen anderen Reiz, hatte sie das Gefühl, von der Tiefe verschlungen zu werden. Als könnte sie nie wieder an die Oberfläche gelangen.

Er stöhnte ihren Namen und stieß fest in sie hinein. Als er kam, war sein Körper so mit dem ihren verschmolzen, dass sie nicht mehr wusste, wo er aufhörte und wo sie anfing. Es war fantastisch. Es war perfekt, und sie *wollte* es gar nicht wissen.

Sie wollte, dass dieser goldene, leuchtende Morgen niemals endete, an dem es nur sie beide gab.

An dem sie die Stimme in ihrem Hinterkopf ignorieren konnte, die darauf bestand, dass das hier nicht von Dauer sein konnte.

KAPITEL 17

Okay. Es gab ein paar Dinge, an die Kate sich in Rylans Haus durchaus gewöhnen könnte. Der Wasserdruck gehörte eindeutig dazu.

Wasserdampf füllte die Luft, machte sie feucht und neblig, der heiße Wasserstrahl prasselte auf Kates Haut, und sie wollte hier nie wieder weg. Aus dieser fantastischen, großen Dusche mit den Marmorfliesen.

Aus diesem perfekten kleinen Moment, in dem alles gut zu sein schien.

Allerdings bekam sie allmählich schrumpelige Finger.

Sie seufzte und lehnte sich an Rylan. Auch daran könnte sie sich hier ernsthaft gewöhnen. Er summte. Seine breite, nackte Brust berührte ihren Rücken, und muskulöse Arme umschlangen sie. Er küsste jene Stelle unter ihrem Ohr, und sie schmolz dahin.

»Fertig?«, fragte er.

»Muss ich?«

»Absolut nicht.« Er legte ihr die Hand an die Wange, drehte sie zu sich um und gab ihr einen innigen Kuss.

Sauber waren sie schon lange. Sie spürte noch die Nachwirkungen seiner Hände, die ihre Haut eingeseift hatten, und das erhitzte sie heftiger als der Wasserstrahl – nur seine Lippen waren heißer.

Doch allmählich fand sie keine Ausrede mehr, das Duschen noch weiter in die Länge zu ziehen. Sie löste sich zögernd aus dem Kuss und wollte das Wasser abstellen.

Anscheinend erwischte sie den falschen Knopf. Es gab hier so viele Regler und Düsen, und der, den sie berührt hatte, verwandelte den weichen Wasserstrahl in pulsierende Wasserstöße. Rylan lachte und drehte einen anderen Regler ganz nach rechts, bis der Wasserfluss versiegte.

Finster betrachtete sie die Armatur. »Den hätte ich als Nächstes ausprobiert.«

»Daran habe ich keinen Zweifel.«

Er strich sich das nasse Haar aus dem Gesicht, und kurz verlor sie sich in seinem Anblick – den Wassertropfen, die über seinen Körper glitten, den Muskeln, die sich in seinen Schultern und Armen bewegten.

Als er aus der Dusche stieg und ihr ein kuscheliges weißes Handtuch reichte, fasste sie sich.

»Danke.« Sie nahm das Handtuch und drückte es sich auf Hals und Gesicht.

Rylan trocknete sich schnell ab, während sie dastand und fast vergaß, das Handtuch über ihre Haut zu bewegen. Er grinste sie an, als er merkte, wie sie ihn ansah. Dann hängte er das Handtuch auf und gab ihr einen schnellen Kuss. »Ich werde mich jetzt anziehen.«

Wie schade. Aber fürs Erste war es vermutlich das Beste.

Sie nickte und ließ ihn gehen, allerdings nicht ohne ihm beim Hinausgehen noch auf den knackigen Hintern zu starren.

Sobald er weg war, veränderte sich die Atmosphäre im Raum. Sie trocknete sich schneller ab, weil sie nicht mehr abgelenkt wurde. Dann wickelte sie sich das Frotteetuch um die Brust, tapste durchs Badezimmer und kämmte mit den Fingern durch ihr nasses Haar.

Über dem Waschbecken wischte sie mit einem Waschlappen ein Stück vom Spiegel frei. Sie blickte in ihre dunklen Augen und betrachtete eine ganze Weile ihre rosafarbenen Wangen, ihre Brüste und die geröteten Spuren, die Rylans Lippen an ihrem Hals hinterlassen hatten.

Und es war seltsam. Als sie vorhin unter Rylan gelegen und ihm erlaubt hatte, sie dabei zu fotografieren, wie sie sich mit den Fingern durch den feuchten Spalt strich, hatte sie einen köstlichen Rauschzustand erlebt. Es war, als ob sie sich selbst von oben gesehen hätte. Sie erkannte das Mädchen kaum wieder, das sie gewesen war, bevor sie Rylan kennengelernt hatte. Damals war sie so ängstlich gewesen, und diese unverblümte Lüsternheit, mit der sie sich ihm heute Morgen präsentiert hatte ... dazu wäre sie vorher niemals fähig gewesen. Rylan hatte sie nicht lange überreden müssen – sie hatte das Spiel mit den Fotos begonnen. Er hatte ihr jedoch das Vertrauen geschenkt und sich darauf eingelassen. Gegen das Ergebnis ließ sich nichts einwenden.

Sie lehnte sich ans Waschbecken und betrachtete sich genauer. Sie sah nicht anders aus, doch sie fühlte sich so.

»Kate?«

Sie machte einen Schritt nach hinten und blickte durch die halb offene Tür in Rylans Zimmer. »Ja?«

»Dein Telefon klingelt.«

Sie schnitt dem Spiegel eine Grimasse. »Ich komme.«

Bis sie draußen war, war das Klingeln verstummt. Fast hätte sie es vergessen. Rylan hatte sich frische Boxershorts übergezogen, war davon abgesehen aber herrlich nackt, das dunkle Haar feucht und strähnig.

»Ich kann mich einfach nicht daran gewöhnen«, sinnierte sie und legte sich einen Finger an den Mund.

»Hmm?«

»Wie gut du aussiehst.« Wie gut sie sich mit ihm fühlte.

Seine Mundwinkel verzogen sich zu einem sanften, schönen Lächeln. »Ach, ich glaube, ich auch nicht.«

Sie machte eine abwehrende Bewegung und ging zum Nachttisch, wo sie ihr Telefon abgelegt hatte. »Ich hoffe, du hast nichts dagegen, wenn ich mir wieder eines deiner Hemden ausleihe.«

»Und ich hoffe, du hast nichts dagegen, wenn ich gemein bin, und es dir gleich wieder ausziehen möchte.«

»Ich wäre enttäuscht, wenn du es nicht versuchen würdest.«

Sie nahm ihr Smartphone, klappte es auf und stutzte.

Sie hatte drei Sprach- und jede Menge Textnachrichten. Als sie auf die Uhr blickte, wuchs ihre Verwirrung. Obwohl sie heute bereits einiges geleistet hatten, war es noch ziemlich früh für einen Samstag.

Dann drückte sie die Taste, um die SMS zu lesen, und wurde blass.

»Oh, Mist.«

Sofort setzte sich Rylan alarmiert auf. »Was ist?«

»Oh, Mist.«

Die Nachrichten stammten alle von ihrer Mutter. Sie schaute auf die Uhrzeit, und ihr wurde ganz anders.

Wie hatte sie das nur vergessen können?

Sie blieb wie angewurzelt in der Ecke des Zimmers stehen und fluchte ein halbes Dutzend Mal, während sich alles um sie drehte.

Starke Hände legten sich auf ihre Schultern, und sie fuhr

unweigerlich heftig zusammen. Jede Zelle ihres Körpers zuckte. Sie war darauf gefasst, in ein wütendes Gesicht zu blicken, und konnte es fast schon hören: *So dumm, was hast du dir nur gedacht, nie passt du auf …*

Instinktiv wollte sie sich losreißen, aber die Hände ließen sie nicht. Sie erstarrte und wandte den Kopf ab, weil sie damit rechnete, dass gleich die Schreierei losging.

Doch dann war Rylan da. Er neigte sein Gesicht zu ihr hinunter, sodass sie nur noch ihn sah, machte große Augen und runzelte besorgt die Stirn. Da war keine Wut. Noch nicht.

»Kate«, sagte er mit so viel Nachdruck, als versuchte er nicht das erste Mal, sie auf sich aufmerksam zu machen. »Sag mir, was los ist.«

Und vielleicht war es seine ruhige Stimme, die sie schließlich aus der Erstarrung holte.

»Meine Mutter ist hier.« Sie merkte, dass ihm eine Frage auf der Zunge lag, doch sie schüttelte den Kopf. Sie scrollte durch die Serie von Textnachrichten, die ihre Mutter hinterlassen hatte und die immer energischer wurden. »Nicht *hier*, aber hier. In der Stadt.« Die Welt um sie herum drehte sich immer schneller. »In meiner Wohnung.«

Verdammt. Es war genau so, wie ihr Vater immer gesagt hatte. Sie war unaufmerksam und zerstreut, und in den letzten Tagen war sie zwischen der Arbeit, der Uni, ihrer furchtbaren Mappe und Rylan herumgerannt wie ein kopfloses Huhn.

Sie lachte hysterisch. Am Montag war sie zur Arbeit in das Restaurant gekommen, in dem sie jobbte, hatte in den Arbeitsplan gesehen und war total erleichtert gewesen, als sie gesehen hatte, dass sie vier Tage am Stück frei hatte.

Endlich Zeit, hatte sie gedacht. Die Gelegenheit, sich mit dem Malen zu beschäftigen, anscheinend aber auch, sich mit einem Kerl zu verkriechen, den sie kaum kannte und den ihre Mutter garantiert nicht ausstehen konnte ...

Nur, dass Kate selbst um diese Tage gebeten hatte, als sie wusste, wann ihre Mutter zu Besuch kommen wollte. Kate hatte den Termin im Restaurant in den Kalender eingetragen, ja, sie hatte sich sogar schon einen Tag vorher freigenommen, um genug Zeit zu haben, die Wohnung auf Vordermann zu bringen. Oh Gott, bei ihr musste es furchtbar aussehen.

Sie rieb sich mit der Hand durchs Gesicht und ließ sich auf den Bettrand fallen. Sie musste sofort ihre Mutter zurückrufen. Sie musste sich anziehen. Sie musste in ihre Wohnung, und das würde ewig dauern, weil die Bahn am Wochenende vormittags nur sporadisch fuhr.

Gerade in dem Moment, als sich ihre Gedanken zu einer regelrechten Panik auszuwachsen drohten, tauchte plötzlich wieder Rylan vor ihr auf. Inzwischen halb angezogen, in T-Shirt und Jeans, kniete er vor ihr. Mit vorsichtigen, zärtlichen Fingern nahm er ihr das Handy aus der Hand.

»Gibt es jemanden, der einen Schlüssel hat und deine Mutter hereinlassen könnte?«

Kate nickte wie betäubt. »Mrs. Stephens in der Wohnung 3A.«

»In Ordnung.« Rylan klappte ihr Handy auf und verzog das Gesicht, während er etwas hineinschrieb.

»Was machst du da?«

»Ich schicke ihr eine SMS und teile ihr mit, dass du unterwegs bist und sie es zunächst bei Mrs. Stephens versuchen soll.«

»Ich muss sie anrufen ...«

»Du musst dich anziehen.« Er klappte das Telefon zu, legte es auf den Tisch und deutete dann auf eine Stelle im Bett neben ihr.

Dort lagen, ordentlich zusammengefaltet, ihre Jeans von letzter Nacht und eines seiner Anzughemden. Dazu ein paar dünne Sportsocken.

»Slips habe ich leider nicht zu bieten, fürchte ich.«

»Schon in Ordnung«, hörte sie sich antworten.

Er beugte sich vor und drückte ihr einen kurzen Kuss auf die Lippen. »Wir kriegen das schon hin.«

Mit diesen Worten stand er auf. Sie war wie gelähmt und sah ihm zu, wie er sein eigenes Telefon nahm und ein Taxi bestellte, während er zu seinem Schrank zurückging.

Und da wurde es ihr plötzlich klar – nicht *sie* bekamen alles in den Griff, sondern *er*. Als er zurückkehrte, hatte sie es zumindest geschafft, ihre Jeans und den BH von gestern Abend anzuziehen. Er zog sich einen weich aussehenden grauen Pullover über, dazu ein Paar schwarze Schuhe. Damit war er fertig angezogen. Es war einfach ungerecht. Kate musste vor ihrer Mutter zu Kreuze kriechen, und Rylan sah im Handumdrehen so aus ... wie er nun einmal aussah.

Die Frage war schon aus ihrem Mund, bevor sie sich auf die Zunge beißen konnte. »Warum machst du das?«

»Was denn?«, fragte er sofort und furchte die Stirn.

»Warum hilfst du mir?«

Einen Sekundenbruchteil funkelten seine Augen dunkel, er biss die Zähne aufeinander, und ihr stockte der Atem. Jetzt ging es also los. Jetzt kamen die Vorwürfe. *Ich muss alles für dich erledigen, habe ich nicht ...*

Doch dann hellte sich seine Miene auf. Er trat zu ihr,

setzte sich neben sie auf die Matratze und schob ihr eine verhedderte Strähne hinters Ohr. »Warum bist du denn gestern gekommen, um mir beim Einzug zu helfen?«

Was hatte das eine denn mit dem anderen zu tun? »Weil du mich darum gebeten hast.«

Er legte ihr einen Arm um die Schulter, zog sie an sich und drückte ihr einen Kuss auf die Schläfe. »Und wenn ich dich nicht darum gebeten hätte, hättest du es mir angeboten.«

Sie zuckte mit den Schultern. Vermutlich.

»So ist das eben, wenn man jemanden mag.« Seine Stimme und sein Griff wurden fester, als er das sagte. So als ob er es gerade selbst zum ersten Mal aus seinem Mund hörte. So als ob es auch für ihn selbst eine ganz neue Erkenntnis war. »Man hilft sich gegenseitig, wenn es nötig ist. Egal, ob der andere einen darum bittet oder nicht.«

Er hielt sie einen langen Moment in seinen Armen. Dann atmete er aus, löste seinen Arm von ihrer Schulter, nahm das Hemd, das er ihr hingelegt hatte, und schüttelte es aus.

Weil er sie so erwartungsvoll ansah und dabei ganz und gar zuversichtlich wirkte, verflüchtigte sich endlich die Panik, die sie befallen hatte. Er machte ihr keine Vorwürfe, er schimpfte nicht mit ihr, weil sie so schusselig war. Stattdessen startete er durch und nahm die Sache in die Hand.

Sie brauchte ihm einfach nur zu vertrauen. Und ihn machen zu lassen.

Als das Taxi eintraf, war Kate noch oben. Rylan stand unten und sah aus dem Fenster. Als der Wagen vorfuhr, drehte er sich um und rief nach ihr.

Eine Minute später kam sie die Treppe herunter, und das eine musste er ihr lassen: Sie hatte sich wieder gut in den

Griff bekommen. Ihr Haar war ordentlich, und sie trug den Kopf hoch. Dennoch sah man ihr deutlich an, dass sie die Nacht mit einem Mann verbracht hatte und jetzt erst nach Hause kam. Wenn es nicht das fehlende Make-up gewesen wäre, dann der Knutschfleck, den er an ihrem Hals hinterlassen hatte. Dazu kam das übergroße, geliehene Hemd. Sie in seinen Klamotten zu sehen war total sexy, aber aus einem ganz bestimmten Grund. Dass sie sein Hemd trug, bedeutete, dass sie ihm gehörte und dass er sie vor kaum einer Stunde noch besessen hatte.

»Was ist denn?«, fragte sie und blieb auf der vorletzten Treppenstufe stehen.

Er versuchte, die Erinnerung aus seinem Kopf zu verscheuchen, wie er sie auf sein Bett gelegt und sie sich dann langsam und innig geliebt hatten. Oder wie sie ihn angesehen hatte, als sie sich um ihn zusammengezogen hatte und gekommen war.

Er schüttelte den Kopf und ging zur Tür. Sie hatte sich ihre Tasche über die Schulter gelegt, dazu die Kamera, und er verlor sich gleich wieder in Gedanken, als er an die Fotos dachte, die sie gemacht hatten. Doch er drängte diese Erinnerungen beiseite.

Er hatte noch nicht sehr viele Eltern von Freundinnen kennengelernt. Dazu war er zu selten lange genug mit einer Frau zusammen gewesen. Aber er hatte sein ganzes Leben lang mit Leuten zu tun gehabt, die älter waren als er, Leuten mit Einfluss und Macht, und er verstand sich gut darauf. Seien es nun Aufsichtsratsmitglieder oder Menschen von hohem sozialem Rang – er wusste, wie er sie gewinnen konnte. Das Gleiche konnte er auch mit ihrer Mutter machen.

Doch als sie zum Wagen kamen und er die Hand ausstreckte, um die Tür zu öffnen, wandte Kate sich zu ihm um. »Danke«, sagte sie, und es war mehr als nur ein einfacher Dank dafür, dass er ihr geholfen hatte. »Ich ruf dich an …«

Er unterbrach sie. »Ich komme mit.«

Ihr klappte der Unterkiefer herunter. Dann machte sie den Mund wieder zu. »Das brauchst du nicht. Meine Mutter ist …« Sie brachte den Satz nicht zu Ende, und Rylan sah sie irritiert an. Bisher hatte sie von ihrer Mutter immer sehr warmherzig gesprochen. »Sie kann ziemlich anstrengend sein.«

»Ich kann gut mit Müttern umgehen.«

»Trotzdem.« Sie wich seinem Blick aus, sah überallhin, nur nicht zu ihm.

Und dann dämmerte es ihm.

Ihre Mutter wusste nicht, dass sie zusammen waren. Es gab hundert andere mögliche Erklärungen, doch dies war die einzige, die sie vermutlich nicht laut aussprechen wollte. Schon gar nicht, nachdem sie auch vor ihren Freunden ein Geheimnis aus ihm gemacht hatte. Er schluckte mühsam, denn für ihn war es ein Schlag in die Magengrube. Er verstand ihre Beweggründe, aber ihr schmutziges Geheimnis zu sein … Das tat weh.

Das war die einzige Rechtfertigung dafür, weshalb er die Zähne zusammenbiss und das Erste sagte, was ihm in den Kopf schoss – eine scharfe, bissige Bemerkung.

»Glaubst du wirklich, es wäre besser, in diesem Zustand allein aufzukreuzen?« Er deutete auf sein Hemd und auf den Knutschfleck an ihrem Hals.

Sein Vater wäre stolz auf ihn gewesen.

Was war er doch für ein Arschloch. Sie zuckte zusammen, und das musste sie auch. So hätte jeder vernünftige Mensch reagiert. Im Stillen verfluchte er sich selbst. Er öffnete den Mund und wollte sich entschuldigen.

Doch bevor er etwas sagen konnte, riss sie die Autotür auf. Er wich zurück und rechnete damit, dass sie ihm die Tür vor der Nase zuschlagen würde – verdient hätte er es jedenfalls. Doch dann rutschte sie wie immer über die Rückbank. Einen kurzen Moment blieb er zögernd auf dem Bürgersteig stehen. Dann fragte sie von drinnen: »Kommst du jetzt, oder nicht?«

Wenn sie es so formulierte …

Er stieg ein und schloss die Tür hinter sich. Der Fahrer suchte über den Rückspiegel Blickkontakt mit Rylan und ratterte die Adresse herunter, die er am Telefon durchgegeben hatte. Rylan nickte nur knapp und gab ihm ein Zeichen, die Trennscheibe zum Fahrgastraum hochzufahren.

Der Wagen fuhr los, und Rylan wandte sich an Kate. »Tut mir leid, das war …«

»Die Wahrheit.«

Er zögerte. »Aber es war nicht nett.«

»Das hat die Wahrheit manchmal so an sich.«

»Ich dachte nur …« Eigentlich hatte er es nur gut gemeint, auch wenn es anders angekommen war. »Du warst vorhin völlig durch den Wund.« Sie hatte ihm einen Mordsschrecken eingejagt, und er war sofort in den Problemlösungsmodus gesprungen und hatte alles Mögliche geschlussfolgert. Er war zu voreilig gewesen. »Ich wusste nicht, ob sie dich dafür verurteilen …«

»Oh, das wird sie, glaub mir.« Aber so, wie sie es sagte, schwang noch etwas anderes mit. Ihre Worte hatten einen Doppelsinn.

Das Herz klopfte ihm bis zum Hals. Es war das Bedürfnis, sie zu beschützen, es war Liebe, und seine verkorkste Erziehung hatte ihm nur sehr eingeschränkte Möglichkeiten vermittelt, das zum Ausdruck zu bringen. Damit hatte er es gerade bei ihr versucht. »Ich will es nur leichter für dich machen.«

Ihre Schultern entspannten sich, und sie sah ihm endlich in die Augen. Er hatte mit den Händen über die Sitze gestrichen, hätte am liebsten ihre Hand genommen, war sich aber nicht sicher, ob ihr das recht war. Auch ihre Finger zuckten. Sie seufzte, legte die Hand auf seine, und plötzlich löste sich seine Anspannung. Er hatte es doch nicht völlig vermasselt.

»Ich weiß«, sagte sie.

Aber da war noch etwas, das sie ihm nicht erzählte.

KAPITEL 18 Kate eilte durch den Flur zu ihrer Wohnungstür. Dort blieb sie stehen, wandte sich zu Rylan um und legte eine Hand auf sein Handgelenk.

Er sah zu ihr hinunter und zog eine Braue hoch.

Sie wich seinem Blick aus und atmete tief durch. »Bist du sicher, dass du dir das antun willst?«

Herrje, was für ein Täuschungsmanöver. In Wirklichkeit ging es darum, ob *Kate* sich das antun wollte. Ihre Mutter war nicht völlig verschroben und konnte sich benehmen. Solange Rylan da war, würde sie bestimmt nett zu ihm sein.

Das, was danach kam, machte Kate Angst. Dann würde ihre Mutter nämlich alles auseinandernehmen, was Rylan gesagt oder getan hatte. Sie würde in den winzigsten Details Kates Vater wittern. Und der Umstand, dass Kate ihr Rylans Existenz so lange verschwiegen hatte, machte die Sache nicht besser. Andererseits hätte Kate sich erst recht eine Menge anhören müssen, wenn sie ihrer Mutter etwas erzählt hätte.

Kate mochte vielleicht extrem sensibel sein, wenn es um Notlügen und Halbwahrheiten ging. Und mit ihrem Vertrauen stand es auch nicht zum Besten.

Aber gegen ihre Mutter war sie ein Waisenkind.

Mit einer warmen, großen Hand hob Rylan ihr Kinn, sodass sie ihn ansehen musste. »Ich will.« Er biss die Zähne aufeinander und verengte die Augen zu schmalen Schlitzen. »Aber wenn ich gehen soll …«

Er sprach nicht weiter. Er wollte sie nicht verlassen, aber falls sie ihn darum bat, würde er sich fügen.

Wenn sie ihn aber stark und zuverlässig an ihrer Seite brauchte, stand er bereit.

Als ihr das bewusst wurde, strömte eine angenehme Wärme durch ihren Körper, und die Entscheidung war gefallen.

Sie schüttelte den Kopf, nahm seine Hand und küsste sie. »Dann komm.«

Jetzt mussten sie sich der Realität stellen. Gemeinsam.

Sie fing schon an, sich zu entschuldigen, bevor sie überhaupt durch die Tür war.

»Mom, es tut mir so, so leid …«

Ihre Mutter saß auf ihrem Schreibtischstuhl. Neben ihr stand das Gepäck. Und auf ihrem Schoß lag Kates Skizzenbuch. Aber nicht irgendein Skizzenbuch, obwohl ein ganzer Stapel davon neben ihrem Ellenbogen lag. Es war das Skizzenbuch aus Paris, in dem sich jede Menge Zeichnungen von Rylan befanden.

Kate stieß die Luft aus. »Oh.«

Ihre Mutter blickte zu ihr auf. Seit Kate sie zum letzten Mal gesehen hatte, hatte sie sich die Haare schneiden lassen. Sie trug jetzt einen Bob, und das Haar war rötlicher als sonst. Außerdem hatte sie eine neue Brille.

Sie zog auf ungewohnte Weise eine Braue hoch, und ihr Lächeln wirkte ein wenig verschlagen. »Du hast mir nie erzählt, dass sie so hübsche Modelle verpflichten, wenn du Aktzeichnen hast, Süße. Hätte ich das gewusst, hätte ich mich vielleicht auch eingeschrie…«

Kate beobachtete alles, als würde sie in Zeitlupe auf einen Autounfall zusteuern. Sie konnte nichts tun, um es zu verhindern. Es gab keine Möglichkeit, sich zu entziehen. Der Blick ihrer Mutter glitt an ihr vorbei, als Rylan hinter Kate hereinkam und die Tür zuzog. Mit großen Augen blickte sie auf die Zeichnung in ihrem Schoß und dann wieder zu Rylan.

Zu Rylan, der auf eine Weise lächelte, die Kate noch nie zuvor bei ihm gesehen hatte. Es war nicht das Lächeln, mit dem er junge Frauen verführte, und auch nicht das echte Lächeln, das sie inzwischen erkannte und das ihr ans Herz gewachsen war, seit sie sich selbst von ihm verführen ließ.

Es war ein Lächeln, das sie an sein anderes Leben erinnerte, von dem er ihr bisher kaum etwas erzählt hatte. Das Leben der Konferenzräume, der Verhandlungen und des Vaters, der immer mehr von ihm gewollt hatte.

Und dann schien auch er zu begreifen.

Es war wie ein Unfall auf einer eisglatten Straße. Kates erster Impuls war es, auszuweichen, sich von der Panik hinreißen zu lassen und die Flucht anzutreten. Aber manchmal darf man das Steuer nicht loslassen, wenn es gefährlich wird.

Schließlich war sie eine erwachsene Frau. Sie hatte erwachsene Beziehungen und Sex. Rylan war nicht der erste nackte Mann, den sie in ihrem Leben gesehen hatte, und verdammt, sie hatte bereits mehr als einen von ihnen gezeichnet. Natürlich nie so intim, nie so voller Bewunderung wie auf dem Blatt, das ihre Mutter zufälligerweise vor sich hatte, aber das sollte es ihr trotzdem leichter machen, damit klarzukommen.

Tat es aber nicht.

Trotzdem atmete sie tief durch. »Mom.« Sie wollte sich nichts anmerken lassen. »Darf ich vorstellen: Rylan. Rylan, das ist meine Mutter.«

Das schien die Spannung zumindest ein wenig zu lösen. Ohne den Skizzenblock zuzuklappen, legte ihre Mutter ihn zur Seite und stand auf. Für ihre Verhältnisse war sie ziemlich zurückhaltend gekleidet, ein schwarzer Rollkragenpullover und ein schwingender roter Rock. Um ihren Hals hing ein runder Anhänger aus Holz. Mit ihren Outfits überraschte sie Kate jedes Mal aufs Neue – wie farbenfroh und individuell sie waren. Damals, als es ihren Vater noch gab, hatte ihre Mutter sich das nicht getraut. Es war gut, das zu sehen, selbst jetzt.

»Rylan«, sagte ihre Mutter und warf Kate einen vielsagenden Blick zu. Eine ihrer Brauen schien permanent an ihrem Haaransatz zu haften. Es gab wohl kaum eine Chance, dass sie in absehbarer Zeit wieder herunterkam.

Rylan erholte sich schnell. Sein sanftes, glattes Grinsen wuchs, und er ging auf ihre Mutter zu und streckte die Hand aus. »Es ist mir eine Ehre.«

»Oh, so weit würde ich nicht gehen.« Kates Mutter schüttelte ihm die Hand. Auch als sie mit ihm sprach, ließ sie Kate nicht aus den Augen. »Ich würde jetzt gerne sagen, dass ich schon viel von Ihnen gehört habe, aber auf jeden Fall habe ich viel von Ihnen *gesehen.*«

Anscheinend redete sie nicht um den heißen Brei herum. Kates Gesicht wurde noch roter – sofern das überhaupt noch möglich war –, doch sie ließ sich nicht einschüchtern. »Ich habe dich nicht gebeten, in meinen Skizzenbüchern herumzuschnüffeln.«

Ihre Mutter rollte die Augen, als sie die Hand zurückzog.

»Ich musste mich doch beschäftigen, während ich auf dich gewartet habe.«

Autsch. »Es tut mir leid, ich bin nur ...«

»Wir haben die Zeit aus dem Auge verloren«, warf Rylan ein. Er kehrte zu ihr zurück und legte ihr eine Hand auf den Rücken. Die kleine Berührung reichte aus, um ihr das Gefühl von Wärme und Unterstützung zu geben. »Kate hat mir beim Einzug in meine neue Wohnung geholfen, wissen Sie.«

»Ach, das hat sie also getrieben?«

Unter anderem, hätte Kate am liebsten geantwortet, aber das behielt sie lieber für sich. »Mom ...«, sagte sie mit warnendem Unterton.

»Na, jetzt komm schon.« Sie streckte die Arme aus.

Und das war ein Angebot, dem Kate nicht widerstehen konnte.

Als sie sich umarmten, dachte sie an den Tag nach Rylans Rückkehr, als sie und ihre Mutter über deren Besuch in New York geredet hatten und sie vor Sehnsucht fast vergangen war. Ihre Mutter konnte eine Kratzbürste sein, und sie war misstrauisch, aber sie war immer noch ihre Mutter. Und ganz egal, was sie sich noch über die ganze Geschichte mit Rylan würde anhören müssen, plötzlich war Kate wahnsinnig froh, dass sie da war.

»Schön, dass du da bist.« Ganz plötzlich bekam sie feuchte Augen.

Ihre Mutter drückte sie noch fester. »Ich freue mich auch.«

Es dauerte eine Weile, bis sie sich voneinander lösten. Und dann standen sie da, alle drei in ihrem kleinen, unaufgeräumten Apartment, in dem es keine Couch, keinen Küchentisch und keine Stelle gab, wo sich drei Leute setzen konnten.

Zu sagen hatten sie sich anscheinend auch nichts.

Rylan ließ ein paar Sekunden verstreichen, dann räusperte er sich. »Haben Sie schon etwas gegessen?«

»Nicht seit dem Frühstück in Cleveland.«

Wie aufs Stichwort knurrte Kates Magen. Das Gebäck hatten sie heute Morgen nur halb geschafft, bevor ihnen ... etwas dazwischengekommen war.

Rylan legte ihr einen Arm um die Schulter. Er strich ihr über den Arm und schlug vor: »Brunch?«

Der Mann war genial.

Aus dem Brunch wurden ein Brunch und ein Spaziergang durch den Prospect-Park. Der Spaziergang dehnte sich aus, und schließlich landeten sie in diesem kleinen Independent-Film, der es noch nicht bis in die Filmkunstkinos im Wohnort ihrer Mutter geschafft hatte. Aufs Kino folgte ein Abendessen, und jedes Mal, wenn etwas Neues hinzukam, hatte Kate das Gefühl, ihr werde eine Galgenfrist gewährt. Aber jede Galgenfrist ist irgendwann einmal vorbei.

Nach dem Abendessen wollte Rylan gleich einen neuen Vorschlag unterbreiten, doch da kapitulierte Kates Mutter.

»Ich bin heute Morgen um vier Uhr aufgestanden, um meinen Flug zu bekommen.« Sie schüttelte den Kopf. »Ich bin erledigt.«

Rylan nickte knapp, warf Kate einen Blick zu und steckte die Hände in die Hosentaschen. »Natürlich.«

So waren sie den ganzen Tag herumgelaufen, und er hatte es nie an Höflichkeit fehlen lassen. Er war charmant und offen, und obwohl er von sich aus nicht viel erzählte, hatte er jedes Mal, wenn ihre Mutter ihm eine persönliche Frage stellte, mit schonungsloser Ehrlichkeit geantwortet. Er hatte wirklich den perfekten Musterfreund abgegeben. Kate war sehr beeindruckt gewesen, aber auch verwirrt.

Obwohl es für Rylan nicht viel Sinn ergab, gemeinsam mit ihnen den Heimweg anzutreten, war Kate nicht besonders überrascht, als das Taxi vor dem Restaurant vorfuhr, und er mit ihnen einstieg. Als sie vor ihrem Haus eintrafen, folgte er ihnen auf den Bürgersteig, ließ den Fahrer jedoch warten. »Ich bringe euch noch nach oben«, sagte er und deutete mit dem Kopf in Richtung Tür.

Als Kate ihre Mutter in die Wohnung ließ, blieb Rylan im Korridor stehen und sah sie vielsagend an. Kate bedeutete ihr, schon hineinzugehen und sagte: »Ich komme gleich nach.«

Als sich die Tür hinter ihrer Mutter schloss, blieben Kate und Rylan allein im Flur zurück. Rylan atmete tief aus, und Kate bemerkte erst jetzt, als er sich entspannte, wie steif seine Schultern gewesen waren.

Plötzlich war sie ihm sehr dankbar. Er hatte sich den ganzen Tag über so viel Mühe gegeben, dass es ihr überhaupt nicht wie eine Vorstellung vorgekommen war. Wie viel Mühe es ihm bereitet hatte, wurde erst jetzt sichtbar, als die Anspannung von ihm abfiel.

Sie atmete ebenfalls tief aus und sackte gegen die Tür. Kopfschüttelnd sah sie durch ihre Wimpern zu Rylan auf. »Das war wahrscheinlich nicht ganz das, was du dir vorgestellt hast, als du mich gebeten hast, den Tag mit dir zu verbringen.«

»Nicht so ganz, nein.« Er lehnte sich neben sie an die Wand und stupste sie mit dem Ellenbogen an. »Aber ich fand es nicht schlimm. Es war jedenfalls besser als das Ballett, oder?«

»Viel besser.« Als er den zweiten Abend erwähnte, den sie in New York zusammen verbracht hatten, fiel ihr wieder ein, worüber sie am Morgen geredet hatten, als er sie gefragt hatte, ob sie nicht Lust hätte, mit ihm Möbel kaufen zu gehen. »Wir brauchen den heutigen Tag ja nicht mitzuzählen, wenn du nicht möchtest.«

Sie hatte ihm sieben Abende versprochen, und das hier wäre eigentlich ihr fünfter gewesen. Es schien ihr nicht fair zu sein, wenn sie bedachte, welchen Verlauf der Tag genommen hatte.

Sein Lächeln verblasste ein wenig. »Ich weiß nicht. Du hast doch gesagt, es zählt schon, wenn wir den Tag zusammen verbringen.« Als sie dagegen argumentieren wollte, stieß er sich von der Wand ab und stellte sich vor sie. Er nahm ihre Hände in seine. »Ich möchte jede Sekunde, die ich mit dir verbringen kann. Aber ich werde nicht mit dir feilschen, damit du mir noch mehr Zeit gewährst. Du hast mir einen definierten Zeitraum eingeräumt, in dem ich dein Vertrauen gewinnen kann. Und wenn es mir nicht gelingt ...«

Er verstummte mitten im Satz, und sie erschrak. Darum ging es heute also? Er war nur nett zu ihrer Mutter gewesen, um sie zurückzugewinnen? Der Gedanke war nicht gerade schmeichelhaft, aber sie war in ihrem Leben schon oft manipuliert worden.

Doch bevor sie sich allzu sehr in diesen Gedanken hineinsteigern konnte, wurde sein Blick weich. Er neigte den Kopf und deutete zur Wohnung. »Sie erinnert mich sehr an dich, weißt du das?«

»Meine Mom?«

»Ja. Du hast ihre Augen.« Er ließ eine ihrer Hände los und streichelte ihre Wange. »Und ihr Feuer.«

Ihre Beklommenheit schwand, als sie seine Berührung an ihrer Wange spürte. Der warme Klang seiner Stimme sagte ihr, dass er sich nicht nur verpflichtet gefühlt hatte und nicht glaubte, seine Zeit verschwendet zu haben.

Sie senkte den Blick und konzentrierte ihn auf einen Punkt unter seinem Hals. »Das habe ich früher oft gehört. Die Leute haben ständig bestätigt, dass wir beide uns sehr ähnlich sind.«

Ihr Vater hatte das immer gesagt. Sie besäßen dieselben Fehler und dieselben Schwächen.

Und sie hatten tatsächlich oft dieselben Fehler begangen.

Eine Fingerspitze unter ihrem Kinn richtete ihren Kopf auf. Sanfte blaue Augen blickten in ihre. »Ihr seid beide sehr schön.«

Sie lachte und lehnte die Stirn an seine Brust. »Bitte sag, dass du mich nicht nur dazu benutzt, um an meine Mutter heranzukommen.«

»Ich will *dich,* du verrücktes Huhn.« Dann schlang er die Arme um sie und zog sie an sich. In seinen Armen fühlte sie sich so behütet. So sicher.

Wenn ihre Mutter nicht auf sie gewartet hätte, wäre sie vielleicht die ganze Nacht so stehen geblieben, doch nach einer Weile konnte sie die Füße nicht mehr stillhalten. Sie entzog sich ihm. »Ich rufe dich an, sobald sie weg ist, okay?«

»Oder früher, wenn du mich brauchst. Oder, wenn du einfach Lust dazu hast. Egal warum, hörst du?«

Sie nickte. Irgendwie glaubte sie, dass er wirklich meinte, was er sagte.

Er nahm sie ein letztes Mal in die Arme und gab ihr einen sanften Kuss, der sie mild von innen wärmte. Dann lächelte er und löste sich von ihren Lippen. »Gute Nacht.«

»Gute Nacht«, wiederholte sie. Es tat ihr fast körperlich weh, so sehr sehnte sie sich danach, die Nacht in seinen Armen zu verbringen. Sie hatte sich wieder daran erinnert, wie es sich anfühlen konnte, und darauf zu verzichten fiel ihr danach besonders schwer.

Sie blickte ihm nach, bis er das Ende des Korridors erreichte, und erwiderte sein letztes kleines Winken, bevor er die Treppen hinunterlief. Als er außer Sichtweite war, ließ sie den Kopf zurück an die Tür sinken. Sie atmete einmal tief durch, hielt den Atem an und zählte bis drei. Dann öffnete sie die Tür und ging hinein.

Ihre Mom saß mit vor der Brust verschränkten Armen auf demselben Stuhl, auf dem Kate sie am Morgen vorgefunden hatte. Ein bedrückendes Schweigen lag über der Wohnung. Kate ging in die Küche und holte zwei Gläser Wasser. Stumm reichte sie ihrer Mutter stumm das Glas und setzte sich aufs Bett.

»Also«, sagte sie, auf alles gefasst. »Raus damit.«

Ihre Mutter spitzte die Lippen. »Ich weiß nicht genau, was du von mir erwartest.«

Kate unterdrückte ein Lachen.

Nachdem ihr Vater sie verlassen hatte, hatte es sich für beide so angefühlt, als wäre ihnen ein Gewicht von den Schultern genommen worden. Plötzlich waren sie frei und ungebunden, und das war herrlich. Ihre Mutter hatte Kate allenfalls zu viel durchgehen lassen und ihr Mut gemacht, sich der Kunst zu widmen, ihren Freunden und allem, was sie sonst noch glücklich machte.

Mit einer einzigen Ausnahme: Niemals – kein einziges Mal – hatte Kate ihr einen Freund vorstellen können, ohne dass sie ihr hinterher all seine Fehler aufgezählt hatte. In dem ganzen Jahr, in dem sie mit Aaron zusammen gewesen war, hatte ihre Mutter insgesamt eine Stunde mit ihm verbracht – und die hatte ihr Munition für Monate geliefert. Kate schnaufte. Es konnte natürlich damit zu tun haben, dass er ihrem Vater sehr ähnlich war, aber damals war sie zu verschossen in ihn gewesen, um das zu bemerken.

Und verschossen war sie jetzt auch. Alle Zurückhaltung, die sie sich Rylan gegenüber auferlegt, alle Wände, die sie nach seinem Geständnis rings um ihr Herz errichtet hatte – alles hatte sich in Luft aufgelöst. Vielleicht sah ihre Mutter ja etwas, das ihr entging. Vielleicht konnte sie ihr dabei helfen, den nächsten Liebeskummer zu vermeiden.

Kate stellte ihr Glas beiseite und knetete ihre Hände. »Ich möchte, dass du mir sagst, was du denkst.«

Ihre Mutter musterte sie lange und ausgiebig. »Ich finde, du bist eine erwachsene Frau, die ihre eigenen Entscheidungen treffen sollte.«

Jetzt lachte Kate laut auf. Sie war nun schon eine ganze Weile für sich selbst verantwortlich, aber sie hatte immer das Gefühl, zwei Schritte vor dem Bankrott oder der Katastrophe zu stehen. Momentan kam es ihr so vor, als stünde sie so nah am Abgrund, dass sogar schon ein einziger Schritt genügte.

Die Stimme ihrer Mutter wurde weich. »Du bist ganz offensichtlich sehr angetan von ihm.«

»Er ist wirklich sehr gut zu mir gewesen.« Jedenfalls, wenn er ehrlich zu ihr war.

»Er ist unbestreitbar attraktiv, und Geldsorgen scheint er auch nicht zu haben.«

Die Untertreibung des Jahrhunderts.

»Aber ...« Ihre Mutter verstummte.

»Was denn?«

Der Gesichtsausdruck ihrer Mutter veränderte sich. Es war, als würde hinter ihrem Lächeln ein alter Schmerz erwachen. »Aber ... pass auf. Wenn du einen Mann triffst, bei dem du das Gefühl hast, er ist zu gut, um wahr zu sein ...« Sie blickte Kate in die Augen. »... dann stimmt meist auch etwas nicht. Vielleicht hat er eine Frau oder führt ein Doppelleben, oder es gibt etwas anderes, das er dir verschweigt.«

Und Kate hörte all die Dinge, die ihre Mutter nicht aussprach.

Irgendwann war Kates Vater auch einmal gut gewesen, zu gut, um wahr zu sein. Wie oft hatte ihre Mutter davon erzählt. Er war nett gewesen, und charmant, und sie hatte es gewusst ... Sie hatte gewusst, dass ein Mann wie er überhaupt keinen Grund hatte, sich mit einem Mädchen wie ihr einzulassen. Es hatte Jahre gedauert, bis er seine hässlichen Seiten zeigte – und selbst da waren es erst nur Kleinigkeiten gewesen. Kleine Sticheleien und missglückte Komplimente, die sich im Laufe der Zeit zu Forderungen und Beleidigungen steigerten, bis Kate und ihre Mutter sich schließlich in ihrer eigenen Wohnung wie Gefangene gefühlt hatten. Sie durften nichts hinterfragen und sich nur auf Zehenspitzen bewegen. Und davonzulaufen wagten sie nicht, weil er ihnen eingetrichtert hatte, sie seien zu dumm und zu kapriziös, um sich allein in der Welt zurechtzufinden ...

Kate ballte die Hände zu Fäusten.

»Er ist nicht wie Dad«, presste sie schließlich hervor.

Wie oft hatte ihr Rylan gesagt, dass sie unglaublich sei? Dass er ihre Arbeit bewunderte und ihren Blick aufs Leben, und dass sie nur das Allerbeste verdiente ...

Doch ihre Mutter sah sie mit traurigem Blick an. »Nein, *noch* nicht.«

Perplex sah Kate zu, wie ihre Mutter aufstand, den Koffer öffnete und die Sachen hervorholte, die sie für die Nacht brauchte. Geräuschvoll schloss sich die Tür zum Badezimmer hinter ihr.

Doch Kate saß immer noch unbeweglich da. Ihre Mutter irrte sich. Sie musste sich irren.

KAPITEL 19 »Und was ist mit dir?«

Kate saß ihrer Mutter gegenüber, die in den Resten ihres Mittagessens herumstocherte. Den ganzen Morgen über waren sie in Williamsburg einkaufen gewesen und hatten in einem kleinen Lieblingscafé von Kate eine Pause eingelegt, um etwas zu essen.

Ihre Mutter sah sie fragend an. »Was soll mit mir sein?«

»Wir haben gestern den ganzen Tag mit meinem Freund verbracht.« Es fühlte sich noch immer sehr seltsam an, Rylan so zu nennen. So irreal. »Und ich frage mich gerade, ob es in deinem Leben vielleicht auch jemanden gibt.«

Am Telefon erwähnte ihre Mutter nie, dass sie sich mit jemandem traf, und normalerweise fragte Kate auch nicht nach. Doch im persönlichen Gespräch war das etwas anderes.

Ihre Mutter verzog das Gesicht und legte die Gabel ab. »Ich habe wirklich kein Interesse daran, mich mit Männern zu verabreden. Das weißt du doch.«

»Dinge verändern sich.« Während ihrer Schulzeit hatte Kate sich nicht darüber gewundert, dass ihre Mutter nie mit einem Mann ausging, obwohl sie es sich manchmal gewünscht hatte. Die ersten paar Jahre nach dem Abgang ihres Vaters hatten ihnen Auftrieb gegeben, sie hatten ihre

Flügel ausgebreitet, nachdem sie so lange in einem Käfig eingesperrt gewesen waren, und ihre Freiheit genossen. Doch Kates Mutter schien zusehends einsamer zu werden, woran auch ihre neuen Freundinnen nichts änderten, die sie nach der Scheidung kennengelernt hatte. Als Kate von zu Hause auszog, ging sie davon aus, dass sich ihre Mutter jetzt vielleicht auch nach einem Mann umsehen würde. Aber das war schon vier Jahre her, und nichts war geschehen.

Kates Mutter schüttelte den Kopf. »Ich glaube nicht, dass sich das ändert.«

»Liegt es …« Kate biss sich auf die Zunge, bevor sie mit der Frage herausplatzen konnte, die ihr auf der Zunge lag. Aber es war doch richtig, oder etwa nicht? Denn wie lange hatte sie sich zurückgehalten, nur weil … »Liegt es an Dad?«

Ihre Mutter lachte. »Dein Vater hat seit zehn Jahren keinen Einfluss mehr auf mein Leben.«

Stimmte das wirklich? Seine Stimme verfolgte Kate noch immer. Er beeinflusste sie und ihre Entscheidungen weiterhin in einem Ausmaß, das sie nie für möglich gehalten hätte.

Daran hatte sich erst etwas geändert, als sie Rylan kennengelernt hatte. Sie hatte die ganze traurige Geschichte ihres Lebens vor ihm ausgebreitet, ihm von ihrem Vater erzählt und von ihren gescheiterten Beziehungen. Er hatte sich alles angehört, sie gehalten, als sie weinte, und ihr versichert, dass sie etwas viel Besseres verdient habe als das. Und sie hatte tatsächlich angefangen, es ihm zu glauben.

»Ich weiß nicht.« Kate senkte den Blick und betrachtete die Reste ihres Sandwiches. »Ich glaube, er hat mich ganz schön verkorkst.« An dieser Stelle musste sie sehr vorsichtig sein, damit es nicht vorwurfsvoll klang. »Und bei dir muss er noch viel Schlimmeres angerichtet haben.«

Ihre Mutter seufzte. »Ich möchte wirklich nicht darüber reden, Kate.«

»Aber vielleicht solltest du das. Wenn nicht mit mir, dann mit jemand anderem.«

»Kate.«

Kate kannte den Tonfall. Sie überschritt ihre Grenzen.

Schließlich streckte ihre Mutter den Arm aus und nahm ihre Hand. »Ganz ehrlich. Ich bin zufrieden mit meinem Leben. Ich brauche keinen Mann, damit es rund wird.«

Das hatte Kate nie bezweifelt. Damals, nachdem die Sache mit Aaron vorbei gewesen war, und auch im Sommer, als mit Rylan alles so schrecklich gewesen war, hatte Kate schließlich selbst den Entschluss gefasst, nie wieder einen Mann an sich heranzulassen. Weil es ihr so wehtat, und weil sie Angst hatte.

Sie drehte ihre Hand um und drückte die Finger ihrer Mutter, dann sah sie ihr in die Augen. »Okay. Ich mache mir einfach Sorgen um dich, weißt du?«

Sie machte sich Sorgen, weil ihre Mutter ganz allein in ihrer Wohnung saß und sich bei ihren Entscheidungen von den schlechten Erfahrungen beeinflussen ließ, die sie mit ihrem Vater gemacht hatte.

»Ich weiß. Aber das brauchst du nicht. Es geht mir gut.«

Doch ihre Worte klangen spröde und waren nicht dazu angetan, Kate zu beruhigen.

Mehr oder weniger schweigend aßen sie den Rest ihres Mittagessens. Als sie draußen vor dem Lokal standen, sah ihre Mutter sie erwartungsvoll an.

»Und wohin jetzt?«

Sie hatten beide nicht viel gekauft, aber Kate hatte keine Lust, noch mehr zu shoppen. Nachdenklich blickte sie die Straße hinauf und hinunter.

»Also eigentlich ...« Sie zögerte und klopfte auf ihre Handtasche. Den ganzen Morgen lang hatte sie an das schwere Ding denken müssen, das sie ganz unten darin verstaut hatte. Es kam ihr allerdings egoistisch vor, die knappe gemeinsame Zeit dafür zu verwenden, eigene Dinge zu erledigen. Sie kaute nachdenklich auf ihrer Lippe. Oje, warum fiel es ihr nur so schwer, um etwas zu bitten? Andererseits hatte ihre Mutter nichts vorgeschlagen, worauf sie Lust hatte. »Wenn du nichts dagegen hast, würde ich gern einen kurzen Abstecher machen.«

»Ach?«

»Ja.« Sie deutete mit dem Kopf nach links und setzte sich in Bewegung. »Ich arbeite in der Uni an einem Projekt. Einem Bilderzyklus. Dafür muss ich noch ein paar Fotos machen.«

Gemeinsam setzten sie sich in Bewegung.

»Das klingt doch interessant. Was ist das für ein Zyklus?«, fragte ihre Mutter.

»Überwiegend Kirchen.«

»Kirchen.« Ihre Mutter zog eine Braue hoch.

»Ich weiß, ich weiß.« Sie waren nie besonders religiös gewesen. »Ich habe mir das Thema nicht ausgesucht.«

Obwohl, irgendwie ja doch. Das Thema »Heilige Räume« war zwar vorgegeben, doch es bot vielfältige Interpretationsmöglichkeiten. Es war ihre Entscheidung gewesen, das Thema wortwörtlich anzugehen. Und dass es mit dem Projekt so schlecht voranging, hatte sie allein sich selbst zuzuschreiben.

Ihre Mutter zuckte mit den Schultern. »Na, dann los.«

Die große alte Kathedrale, an die Kate gedacht hatte, lag nur ein paar Blocks entfernt. Sie stand auf einem Eckgrundstück – ein schönes Gebäude aus verwittertem altem Backstein, das sich von den gelben Blättern der umliegenden Bäume und dem strahlend blauen Herbsthimmel abhob.

Beim Näherkommen reichte Kate ihrer Mutter die Einkaufstüte und kramte die Kamera heraus. Ihr Herz schlug einen Takt schneller, als sie mit den Einstellungen hantierte. Es war wahrscheinlich verrückt, Rylans uralte Kamera mitzubringen, anstatt ihre eigene kleine Digitalkamera zu verwenden. Doch gestern Morgen, als sie Rylan selbst damit abgelichtet, als sie die Furchen und Erhebungen seiner Bauchmuskeln, die starken Linien seiner Schultern und seines Gesichts fotografiert hatte, da hatte die Kamera sich in ihren Händen so gut angefühlt.

Vielleicht, nur vielleicht, konnte ihr die Seele des Films ja dabei helfen, das einzufangen, was ihr bei dem ganzen Projekt bisher fehlte. Vielleicht fand sie auf diese Weise einen Zugang dazu.

Sie kauerte sich auf den Bürgersteig und versuchte, das ganze Gebäude ins Bild zu bekommen, spielte mit der Perspektive und der Schärfentiefe. Während sie an dem Gebäude entlangging, hielt sich ihre Mutter im Hintergrund und ließ sie ihre Arbeit machen.

Schließlich richtete Kate sich auf und befestigte die Verschlussklappe auf dem Objektiv.

Ihre Mutter kam näher und fragte leise: »Hat *er* dir diese Kamera gegeben?«

Kate erstarrte.

Eine Sekunde lang brachte sie kein Wort heraus. »Wie bitte?«

»Das ist eine schöne Kamera. Ein wirklich gutes Gerät.« Und ihr Tonfall wurde ganz weich. »Weißt du, ich habe früher auch fotografiert. Irgendwelches Kunstzeug. Bevor du auf die Welt kamst.«

Ihre Mutter hatte ihre kreative Ader nie verhehlt. Doch ihr Vater hatte sie immer als Waffe gegen seine Frau verwendet. Wie oft hatte sie ihn sagen hören: *Den Mist hat sie von dir, Carol.*

Kate nickte, und ihr wurde ganz eng um die Brust.

»Weißt du, was das für eine Kamera ist?« Ihre Mutter tippte mit dem Finger auf das Gehäuse. »Ich habe immer davon geträumt, mir so eine zu kaufen, wenn ich genug Geld zusammengespart hätte.«

Oh.

Ihre Mutter ließ die Hand sinken und löste den Blick. Als sie wieder das Wort ergriff, klang sie wie von ganz weit her. »Das war damals, bevor wir geheiratet haben. Bevor er mich dazu überredet hat, die Uni zu verlassen. Als alles noch in Ordnung war …« Sie atmete tief durch. »Damals hat mir dein Vater auch so eine geschenkt.«

Rylan rechnete nicht damit, dass Kate ihn brauchte, solange ihre Mutter in der Stadt war. Er hatte es ihr jedoch angeboten, deshalb behielt er sein Telefon genauer im Auge als sonst. Das Einzige, was er von ihr bekommen hatte, waren ein paar Fotos – eines von einem Kleid, das sie anprobiert hatte und dem er aus vollem Herzen zustimmte, und später am Abend ein Schmollmund-Selfie von ihr. Auf dem Foto lag sie anscheinend auf einer Luftmatratze auf dem Fußboden.

Das tat ihm in der Seele weh. Sein eigenes, herrlich bequemes Bett erschien ihm plötzlich viel zu groß.

Als er am Montag ins Büro ging, hatte er noch nichts Wesentliches von ihr gehört. Aber noch war er voller Hoffnung, schließlich dauerte es nicht mehr lange, bis der Flieger ihrer Mutter abhob.

Bis dahin hatte er noch jede Menge zu tun. Er musste sich die neuesten Berichte durchlesen, und außerdem standen ein paar Telefonate an.

Er kämpfte sich gerade durch den neuesten stumpfsinnigen Businessplan, den McConnell in Umlauf gegeben hatte, als Lexie in sein Büro schneite.

»Anscheinend ist McConnell nicht nur ein Drecksack, sondern er kann auch nicht mehr rechnen.« Mit einem dramatischen Seufzer ließ sie sich in einen der Sessel vor seinem Schreibtisch fallen.

Rylan gab sich unbeeindruckt und wandte den Blick nicht von seinem Monitor ab. »Hallo, liebste Schwester, wie geht es dir? Mir geht es gut.«

»Spar dir das, Teddy.«

Er sah auf und warf ihr einen finsteren Blick zu, woraufhin sie die Augen verdrehte. Sie wusste, was sie tat.

Sie sah über ihre Schulter zur Tür und winkte jemanden heran. Ein Mann, den Rylan gar nicht bemerkt hatte, löste sich vom Türrahmen, trat zu Lexie und setzte sich in den Sessel neben ihr.

Rylan schob die Brauen zusammen. Wie hatte er diesen Mann übersehen können?

Er war groß, fast so groß wie Rylan, aber da war noch etwas anderes. Er füllte mit seiner Präsenz den ganzen Raum aus.

Lexie wandte den Blick keine Sekunde von dem Neuankömmling, und als er sich hinsetzte, lächelte sie ihn an. Zum Teufel. Bisher hatte man seiner Schwester noch keine sexuelle Belästigung am Arbeitsplatz vorgeworfen, aber Rylan ahnte Schlimmes. Womöglich würde sich das jetzt ändern.

Der Kerl war genau ihr Typ – jedenfalls, wenn man sich an den Männern orientierte, die sie früher ins Haus geschmuggelt hatte. Er hatte kurz geschnittenes aschbraunes Haar, und unter seinem Anzug ahnte man seine Muskeln.

Aber irgendwie war er auch anders. Er strahlte eine gewisse Robustheit aus, die nicht wirkte, als habe er sie sich in einem Fitnessstudio antrainiert. Und das passte nicht ganz zu dem vornehmen Büro in Manhattan.

»Rylan?« Sie betonte seinen Namen. »Hast du Dane schon kennengelernt?«

»Bisher hatte ich noch nicht das Vergnügen.«

Dane nickte. »Sir.«

»Ich habe ihn über eine Zeitarbeitsfirma engagiert. Er soll uns bei dieser Übernahmesache helfen.«

Rylan bedachte sie mit seinem besten »Das kann doch wohl nicht dein Ernst sein«-Blick. »Ist das deine neue Taktik, Lex? Willst du es so offensiv angehen?«

»Sie hat jeden Grund, es zu tun, Sir«, bemerkte Dane. Er zog ein Dokument aus dem Ordner, den er dabeihatte, und schob es Rylan über den Schreibtisch zu. Seine Stimme war dunkel und leise, der Tonfall gelassen. »Wir müssen ihnen zuvorkommen.«

Rylan musterte ihn kurz, dann nahm er das Dokument. Beim Lesen wanderten seine Augenbrauen höher und höher.

»Verstehst du jetzt, was wir meinen?« Lex lehnte sich in ihrem Stuhl zurück.

»Ja.« Er sah von dem Blatt hoch. »Wo habt ihr das her?«

»Dane hat es gefunden. Es lag irgendwo herum.«

Rylan blickte kurz zur Seite. Das eine musste er dem Kerl lassen – trotz der offensichtlichen Lüge zuckte er nicht mal mit der Wimper. Rylan warf seiner Schwester einen vielsagenden Blick zu. »Wir sollten uns wohl noch mal darüber unterhalten, ob wir zur Firmenübernahme auch noch Betriebsspionage hinzufügen wollen.«

Lexie winkte nur ab. »Konzentrier dich.«

Rylan stöhnte und gab sich geschlagen.

Noch einmal las er das vertrauliche Memo, das McConnell verschickt hatte, und legte es dann auf den Tisch. »Okay, er ist nicht gerade subtil.«

Neunzig Tage. Diesen Zeitrahmen hatte Rylan dem Aufsichtsrat vorgeschlagen, und dieser hatte dem zugestimmt. Neunzig Tage, in denen Rylan festlegen musste, welche Pläne er mit der Firma hatte. Es war seine letzte Chance zu verhindern, dass die Interimsgeschäftsführung auf Dauer installiert wurde.

»Das Meeting, zu dem McConnell einlädt«, sagte er, »ist in zwei Wochen.«

»Er scheint davon auszugehen, dass er genug Unterstützer hat, um dich aufs Abstellgleis zu schieben.«

Dane räusperte sich. »So ist es.« Er zog einen Tablet-Computer heraus und öffnete einen Kalender. »Er scheint zu glauben, dass der Golftrip, zu dem er die Hälfte Ihrer Unterstützer eingeladen hat, eine so große Versuchung für sie darstellt, dass sie dem Meeting fernbleiben werden.«

Rylan lief vor Wut rot an. Er ballte die Hände zu Fäusten. »Glaubt er im Ernst, die lassen sich so billig kaufen?«

»Eins können Sie mir glauben, Sir. Billig ist es nicht.«

Der Druck hinter Rylans Schläfen verstärkte sich. Das war gequirlter Bockmist, anders konnte man es nicht nennen.

Neunzig Tage – ihm war gar nicht klar gewesen, wie sehr er sich darauf verlassen hatte.

Um einen klaren Kopf zu bekommen. Um sein Leben zu ordnen.

Und um genügend Kraft zu sammeln, sich dem Vermächtnis seines Vaters zu stellen.

»Okay«, sagte er und biss die Zähne zusammen. »Wie es aussieht, ist unser Zeitplan etwas knapp.«

Wenn das hier vorbei war, würde Kate sich als Erstes einen Kalender kaufen.

Sie hatte zurzeit so viel um die Ohren, dass sie anscheinend nicht nur den Besuch ihrer Mutter vergessen hatte. Nachdem sie diese gleich nach dem Frühstück in ein Taxi zum Flughafen gesetzt hatte, blieben ihr noch etwa drei Sekunden, bis die Bahn zur Akademie losfuhr.

Ihr Studium war im Grunde ziemlich entspannt. Natürlich musste sie eine Menge Scheine machen, aber die einzigen verbindlichen Termine, die sie nicht verpassen durfte, waren die wöchentlichen Seminare mit ihren Kommilitonen.

Und die monatlichen Treffen mit ihrer Professorin.

Sie war völlig außer Atem, als sie endlich an Professor Robinsons Bürotür klopfte. Diese saß umgeben von wunderschönen Schwarz-Weiß-Drucken, die sie um sich ausgebreitet hatte, auf dem Boden. Sie blickte auf und lächelte sparsam.

»Ah, Miss Reid. Auf die Minute.«

Was eigentlich ein Wunder war.

Kate nickte, ihre Finger zuckten vor Nervosität. Zwar begegnete sie Professor Robinson regelmäßig im Unterricht, dies war allerdings erst das zweite Mal, dass sie sich unter vier Augen trafen. Sie wusste nicht, was ihr bevorstand.

Professor Robinson warf einen letzten Blick auf die Drucke, die vor ihr lagen, legte sie dann mit einer anmutigen Geste zu mehreren Stapeln zusammen und stand auf. Ein paar Minuten lang plauderten sie über Kates Klasse und wie sie sich eingewöhnt hatte. Die Professorin machte jedoch keine Anstalten, sich hinzusetzen oder Kate einen Platz anzubieten. Irgendwann deutete Professor Robinson zur Tür. »In Ordnung. Wollen wir mal sehen, woran Sie gerade arbeiten?«

Verflixt. Jetzt kam der Teil, vor dem Kate sich gefürchtet hatte.

Es war ihr schon immer äußerst unangenehm gewesen, Arbeiten zu zeigen, die noch nicht fertig waren, doch aufgrund der Blockade, unter der sie seit Semesteranfang litt, war aus ihrer Zurückhaltung geradezu eine Phobie geworden. Sie hatte seit Wochen nichts vorgestellt, und die Miene ihrer Lehrerin wirkte zusehends enttäuschter. Aber jetzt ließ es sich nicht weiter hinauszögern.

Wie zum Schafott folgte Kate ihrer Professorin in den Zeichensaal. Als sie vor dem Regalfach stand, in dem sie ihre Leinwände verstaut hatte, wurde ihr heiß und kalt, und die Stimmen, die sie immer zu verdrängen versuchte, redeten plötzlich alle gleichzeitig auf sie ein. *Du gehörst hier nicht her. Du kannst das alles gar nicht. Warum bist du nur so eine Versagerin ...*

Sie zog das wenige heraus, was sie vorzuzeigen hatte, ein missglücktes Bild nach dem anderen, und lehnte die Leinwände gegen die Wand. Zurzeit arbeitete nur eine Handvoll Leute im Atelier, doch sie war sich jedes Einzelnen von ihnen bewusst und spürte ihre Blicke auf sich. Es kam ihr vor, als müsste sie von innen verbrennen.

Man würde sie auslachen. Ihre Professorin würde bestimmt nur einen einzigen Blick auf diese Katastrophen werfen und sie dann ... dann ... der Akademie verweisen. Man würde sie auf die Straße setzen. Dabei hatte Kate doch so hart dafür gearbeitet, hier aufgenommen zu werden. Sie hatte es wirklich *versucht.*

Doch das genügte nicht.

»Die sind alle noch nicht fertig«, verteidigte sie sich. Ihre Hände waren feucht und klamm, ihre Brust wie eingeschnürt.

Professor Robinson winkte nur ab, legte die Hand an den Mund und schritt mit ernstem Blick die Reihe der Bilder ab. Kate versuchte, ihre Ängste im Zaum zu halten und wartete. Sie riss sich zusammen und schwieg, damit die Frau nachdenken konnte.

Nach gefühlten Stunden neigte Professor Robinson schließlich den Kopf zu Kate, ohne jedoch den Blick von den Leinwänden zu lösen, die vor ihr aufgestellt waren. »Erzählen Sie mir doch mal, was Sie sich dabei gedacht haben.«

»Okay.« Das konnte Kate tun. Der Sinn, zur Akademie zu gehen, bestand darin, mit Menschen zusammenzuarbeiten, die wussten, was sie taten. Und sich von ihnen helfen zu lassen. »Das sind Arbeiten für das ›Heilige Orte‹-Projekt.«

»Mmhmm.«

Das klang irgendwie besorgt, und Kates Magen rotierte.

»Und sie sind …« Ihre Verzweiflung gewann die Oberhand. Sie sagte es sich so oft selbst, doch es jemand anderem gegenüber laut auszusprechen war etwas ganz anderes. Es bedeutete, um Kritik zu bitten, und dann fühlte sie sich völlig schutzlos und wieder wie das kleine Mädchen, das nie gut genug war und immer alles falsch machte. Sie rang die Hände. Dann platzte es aus ihr heraus: »Ich hasse diese Bilder.«

Professor Robinsons Kopf schnellte herum. Für den Bruchteil einer Sekunde wurde die distanzierte Gelassenheit, die sie ausstrahlte, erschüttert, und ihre Mundwinkel zuckten. »Oh.«

»Ist einfach so.« Glücklicherweise war sie geistesgegenwärtig genug gewesen und hatte sich wenigstens ein bisschen vorbereitet. Sie wühlte in ihrem Rucksack und nahm ihre Skizzenbücher heraus. »Sehen Sie.« Das oberste Buch gehörte zu jenen, die sie auf dem Montmartre fertiggestellt hatte. Sie schlug es auf und blätterte zu den letzten Seiten. »Ich war im Sommer in Paris. Das habe ich mir selbst zum Abschluss geschenkt.«

Es war ein letzter, verzweifelter Versuch gewesen, ihre Muse zu finden und sich selbst zu beweisen, dass sie die nötigen Voraussetzungen für das Masterstudium mitbrachte.

Sie zeigte ihrer Lehrerin eine der Zeichnungen, die sie dort angefertigt hatte: ein Blick über die Stadt, auf den sie damals sehr stolz gewesen war. »Das war oben bei Sacré-Cœur, die anderen sind von Notre-Dame.«

»Ich verstehe.« Professor Robinson nahm ihr das Buch ab, sodass Kate die Hände frei hatte, um in den übrigen Skizzen zu blättern.

»Als Sie das Thema für die Mappen angekündigt haben, dachte ich sofort an diese Skizzen.« Sie hatte sich daran erinnert, wie es gewesen war, auf den Stufen dieser großen, alten Kathedralen zu sitzen, und wie ihre Kunst lebendig zu werden schien.

»Ich verstehe, weshalb.«

»Ja?« Zum ersten Mal seit dem Sommer – seit sie Rylan genau diese Bilder in die Hand gedrückt und mit angehaltenem Atem auf seine Reaktion gewartet hatte – keimte Hoffnung in ihr.

Professor Robinson schwenkte die Hand über dem Blatt. »Hier ist ein herrlicher Raum entstanden.«

»Genau darum ist es mir dabei gegangen.«

»Aber auf diesen Bildern hier ...«

Die Hoffnung, die sich in Kate zu regen begonnen hatte, erstarb. Professor Robinson sah wieder zu den Leinwänden, und Kate verließ der Mut.

»... ist davon nichts zu sehen«, sagte Kate.

»Noch nicht.«

Das war doch immerhin etwas, oder? Ihre Professorin erkannte zumindest ein Potenzial in den Bildern. Und glaubte, dass sie es noch entfalten konnte.

Sie wandte sich zu Kate um. »Ich muss zugeben, dass ich mir Sorgen mache.«

»Ich auch.«

»Wie Sie wissen, gehöre ich zu den Leuten, die Ihre Bewerbung begutachtet haben.«

Das hatte Kate bisher nicht gewusst. »Oh?«

»Ich habe eine Menge Potenzial gesehen. Und ich habe gehofft, dass Ihnen die Akademie hilft, einen persönlichen Ausdruck zu entwickeln. Einen eigenen Blick.«

Genau das hatte sich Kate auch erhofft. Sie nickte enthusiastisch.

»Aber«, fuhr Professor Robinson fort und deutete auf die Bilder, »das hier ist genauso durchwachsen wie Ihre früheren Arbeiten. Sie erreichen nicht das Niveau, das wir erwartet haben.«

Natürlich nicht. Kate wurde übel.

»Bei den Skizzen aus Paris ist das anders. Bei denen habe ich ein besseres Gefühl.« Sie gab Kate das Skizzenbuch zurück. »Was meinen Sie denn selbst? Wie wollen Sie wieder auf die Höhe kommen?«

»Ich weiß es nicht.« Kate kaute auf ihrer Lippe. »Ich habe mich noch nie so blockiert gefühlt.«

»Die Akademie übt eine Menge Druck aus, das weiß ich. Sie müssen nebenher auch noch jobben?«

»Nur ein bisschen kellnern.«

»Das ist eine Menge.«

Da hatte sie nicht unrecht. Was würde Kate nicht darum geben, wieder in Paris zu sein und eine ganze Woche ohne Termine und Verpflichtungen für sich zu haben. Die Freiheit hatte wesentlich zu ihrer künstlerischen Kraft beigetragen, davon war sie überzeugt.

Hinzu kam die Schönheit der Stadt. Die Gelegenheit, ein Museum nach dem anderen zu besuchen und sich mit Kunst und Architektur zu umgeben.

Ihr stockte der Atem. Auch etwas anderes hatte eine Rolle gespielt.

Rylan, der ihr all diese wundervollen Orte gezeigt und sie dazu gebracht hatte, ihm zu erzählen, was sie beschäftigte und wer sie war. Und in ihrem stillen Kämmerlein hatte er sie so zärtlich berührt. Und ihr ins Ohr geflüstert, dass sie etwas Besonderes sei.

Professor Robinson hatte weitergeredet, während Kate

sich in ihren Tagträumen verlor. Sie hörte sich selbst antworten, räumte ein, dass sie sich besser konzentrieren müsse und vielleicht einmal versuchen sollte, mit anderen Materialien zu arbeiten.

»Möglicherweise hat es auch etwas mit Ihrer Verbindung zu tun«, sagte Professor Robinson.

Plötzlich war Kate wieder voll da. »Verbindung?«

»In den Zeichnungen von Paris kann man Ihre Verbindung zu den Motiven spüren. Bei diesen Bildern hier kann ich sie nicht erkennen. Sie sollten sich genau überlegen, mit welchen Sujets Sie sich beschäftigen. Warum haben Sie gerade diese Orte ausgewählt? Was interessiert Sie an ihnen?«

Plötzlich ging ihr ein Licht auf, und zwar so abrupt, dass ihr fast schwindelig wurde.

»Nichts«, erwiderte sie.

Ihre Bilder waren nichtssagend, weil die Motive ihr nichts bedeuteten. Es waren *heilige* Räume, gewiss, aber nicht für sie.

Es klingelte in ihren Ohren, als hätte sie eine Gehirnerschütterung, und im Grunde lief es darauf hinaus.

All die Arbeit, die sie in diese Bilder gesteckt hatte ... vertane Zeit. Ihr war bewusst gewesen, dass sie nicht in Form war, doch sie war davon ausgegangen, die Bilder überarbeiten zu können. Wenn der erste Farbauftrag getrocknet war, wollte sie sie verbessern und ihnen Leben einhauchen.

Doch es gab nichts zu verbessern, nichts zu überarbeiten.

Sie musste ganz von vorn anfangen und wieder mit Skizzen beginnen.

»Mir ist bewusst, dass bald Abgabe ist«, sagte Professor Robinson, und Kate wurde flau im Magen. »Sie wissen, was Sie zu tun haben.«

Kate nickte wie betäubt und packte ihre Skizzenbücher ein.

Professor Robinson lächelte mitfühlend. »Ich bin gespannt, was Sie mir als Nächstes zeigen werden.«

Gespannt. So konnte man es auch ausdrücken.

Kate würde ihren Zustand eher als *von lähmender Angst erfüllt* beschreiben.

Kurz darauf verabschiedete sich die Professorin und ging wieder in ihr Büro. Kate blieb zurück und sammelte wie in Trance die Sachen zusammen. Am klügsten wäre es jetzt, sich ins Zeug zu legen und sofort an die Arbeit zu gehen. Sie spürte einen Druck, als läge ihr Kopf unter einem Fallbeil, das jeden Moment herabzustürzen drohte. Sie könnte es als Weckruf verstehen, um endlich in Gang zu kommen. Es ging nicht mehr nur darum, das Stipendium zu bekommen, es galt, ihren Kommilitonen, den Lehrern und sich selbst zu beweisen, dass sie auf diese Akademie gehörte.

Sie verstaute das letzte Bild im Regalfach und zupfte den Saum ihres Rocks zurecht. Dann blickte sie auf und zu der leeren Staffelei in der anderen Ecke des Raums.

Sie wusste, was jetzt das Beste für sie wäre.

Aber sie hatte absolut keine Lust mehr, noch eine Kirche zu malen …

Das war es nicht, was sie in ihren kunsttrunkenen Nachmittagen in Paris vorangebracht hatte. Herrgott, es war nicht die Kunst, die sie damals so beflügelt hatte, die meiste Energie verdankte sie etwas anderem.

Sie wusste, was es gewesen war.

Sie kehrte ihrer Staffelei den Rücken, stürmte aus dem Atelier und zückte das Telefon.

KAPITEL 20

Rylan hatte nicht übel Lust, den Anrufer einfach auf die Mailbox weiterzuleiten. Er brütete gerade über einem weiteren Stapel von Dokumenten, die McConnell verfasst und die Lexie und Dane in die Finger bekommen hatten. Das ihm so vertraute klaustrophobische Gefühl, das ihn seit mittlerweile zehn Jahren verfolgte, raubte ihm den Atem und trieb ein unruhiges Kribbeln durch seine Beine. Es war dieser Reflex zu fliehen oder zu kämpfen, den er früher so gut zu ignorieren gelernt hatte – bis er es nicht mehr ertragen und das Weite gesucht hatte.

Doch hier saß er nun wieder. Eingekeilt und ohne nennenswerten Handlungsspielraum. Wenn er ernsthaft verhindern wollte, dass die Firma einem dieser Mistkerle in die Hände fiel, musste er das Heft in die Hand nehmen. Er musste exakt der Mann werden, zu dem man ihn seit seiner Geburt hatte drillen wollen. So lange hatte er stumm und vergeblich gegen sein Schicksal angekämpft. Verdammt, er hatte nicht vorgehabt, einfach wieder in seinen Käfig zurückzumarschieren.

Er hatte gehofft, mehr Zeit zu haben.

Schon wieder klingelte das Handy in der Brusttasche seines Jacketts, und er zog es heraus. Wenn das schon wieder

Lexie war, würde er ihr diesmal sagen, dass sie sich zum Teufel scheren sollte.

Doch sie war es nicht.

Kates schöne Augen lächelten ihm vom Display entgegen. Und plötzlich war ihm, als ob er wieder atmen konnte.

Er drückte auf »Annehmen« und legte sich das Handy ans Ohr. »Hey, Süße.«

»Hey.«

Rylan richtete sich in seinem Stuhl auf. Sie hatte nur ein einziges Wort gesagt, aber er hörte sofort, dass es ihr nicht gut ging. »Was ist los?«

Sie lachte. »Nichts. Alles.« Er konnte förmlich hören, wie sie den Kopf schüttelte. »Ich dachte nur ... Hör mal, hast du heute viel zu tun?«

Wenn sie wüsste! Trotzdem packte er bereits die Dokumente zusammen und schickte den Computer schlafen. »Ich kann in einer halben Stunde in Brooklyn sein.«

»Nein, nein. Ich bin noch auf dem Campus und gehe gerade erst los.«

Mit der Maus in der Hand hielt er inne. War in der Uni was vorgefallen? Er hatte sofort vermutet, dass sie Ärger mit ihrer Mutter hatte, aber anscheinend war er nicht ganz auf dem Laufenden. »Sag mir, wo und wann wir uns sehen.«

»Bist du zu Hause?«

»Nein, ich bin unterwegs.« Er stand auf. »Kate, was ist los?«

Die Umgebungsgeräusche auf ihrer Seite veränderten sich, und Rylan hörte jetzt fernen Verkehrslärm und Wind. Sie musste ins Freie getreten sein. »Mir geht es gut. Ich bin ... na ja, ich weiß nicht, was ich bin, ich dachte nur ... es klingt vielleicht verrückt.«

Verglichen mit den anderen Dingen, die er heute schon gehört hatte? »Raus damit.«

»Können wir uns am Metropolitan Museum treffen?«

Okay, jetzt stutzte er doch. »Am Met?«

Bei Notrufen landete man normalerweise in Krankenhäusern oder auf Polizeiwachen. Aber in einem Museum?

»Geht das?« Ihre Stimme kletterte in eine höhere Tonlage.

»Bin schon unterwegs.«

Er brauchte nur eine Minute, um alles zusammenzupacken, die Papiere in eine Schublade zu stopfen und den Monitor auszuschalten. Er nahm sich gerade noch die Zeit, seine Anzugjacke gegen eine Lederjacke zu tauschen, und schon verschwand er aus seinem Glaskasten in den Wolken und kehrte zurück auf die Erde, wo er den Boden unter den Füßen spürte.

Er vernachlässigte seine Verpflichtungen jedoch nicht völlig. Noch im Fahrstuhl schickte er ein paar Textnachrichten an Lexie und seine Sekretärin, um sie darüber zu informieren, dass er für den Rest des Tages aus persönlichen Gründen nicht mehr ins Büro kommen würde. Damit handelte er sich bei seiner Schwester eine ganze SMS-Flut ein, doch er brachte sie mit einem einfachen Danke, Dad zum Schweigen.

Das war nicht nett, funktionierte aber, und ließ sein Telefon verstummen.

Du liebe Güte, sein Vater hätte ihm für so eine Nummer die Hölle heißgemacht. Aber der gute alte Dad war ja nun einmal nicht mehr da.

Das allein machte das Atmen leichter. Sauerstoff durchflutete seine Lunge, und er fühlte sich frei. Er lachte laut auf, und es war ihm völlig egal, ob ihn jemand hörte. Noch vor einer halben Stunde hatte er sich gefühlt, als hätte er sich selbst zu lebenslanger Haft verurteilt, doch jetzt nahm er sich einfach die Freiheit, das alles für einen Nachmittag zu vergessen ... Es war keine Flucht im Zorn wie im letzten Jahr. Er rannte nicht vor der Vergangenheit davon und steuerte auch nicht auf einen unvermeidlichen Abgrund zu. Es war kein Sprung ins Bodenlose – er hatte ein Ziel.

Jemanden.

Obwohl er gleich aufgebrochen war, war Kate vor ihm da. Er entdeckte sie oben an den Treppenstufen, und seine neu erwachte Energie verlieh ihm Flügel. Zwei Stufen auf einmal nehmend sprang er die Treppe hinauf und wand sich an zwei älteren Damen vorbei, bis er nur wenige Schritte von ihr entfernt war. Erst dann verlangsamte er das Tempo.

Sie sah furchtbar aus.

Nein, natürlich nicht, sie sah fantastisch aus in einem kurzen schwarzen Rock, Strumpfhosen und flachen Stiefeln, die ihre Beine noch länger wirken ließen. Doch das war es nicht, was ihm ins Auge fiel. Das Haar hing ihr wirr ins Gesicht, und sie wirkte äußerst zerbrechlich. Als könnte man sie mit einem Teelöffel umhauen, wenn man sie an der richtigen Stelle traf. Ihre Augen waren gerötet.

»Was ist passiert?«

Sie schüttelte den Kopf, und seine Brust schnürte sich zusammen. In ihren Augenwinkeln schimmerte ein feuchter Glanz.

Mit einem Schritt war er bei ihr. Sie warf sich in seine Arme, er zog sie an sich und drückte sein Gesicht in ihr Haar.

»Es ist okay, Süße. Alles in Ordnung.« Da spürte er, dass

sie zitterte, und er umarmte sie fester. Einen Moment lang blieben sie so stehen, inmitten all der Menschen, die sich an ihnen vorbeidrängten. Sie wollte sich von ihm losmachen, doch ehe sie sich zu weit von ihm entfernen konnte, hielt er sie fest. »Erzähl mir, was passiert ist.«

Sie schüttelte entschieden den Kopf und presste die Lippen zusammen. »Können wir nicht einfach ...?«

Er legte die Stirn in Falten. »Kate ...«

»Ich weiß.« Eine tiefe Verzweiflung schlich sich in ihre Stimme. »Ich weiß, aber ich ... ich will das alles vergessen.«

Herrje, was war nur passiert? Er biss die Zähne aufeinander. »Wenn dir jemand etwas angetan hat ...«

»Nein, das ist es nicht ... alles in Ordnung. Es war einfach nur ein wirklich ...«, sie verzog den Mund, »... ein wirklich schrecklicher Tag.«

Das konnte er nachvollziehen. Auch für ihn war es ein schlimmer Morgen gewesen, und er hatte genauso wenig Lust, darüber zu reden. Sie hatte angerufen, und er war gekommen, um sie zu sehen und Abstand zu gewinnen. Balsam für seine Seele. Es bedeutete Erleichterung und Freiheit – Dinge, von denen er vorher nicht gewusst hatte, dass er sie überhaupt haben konnte.

Er massierte beruhigende Kreise in ihre Haut. »Okay.«

»Es ist einfach alles so verfahren, und ich will ... Ich brauche ein bisschen Abstand von allem.« Plötzlich wurde ihr Blick unerträglich weich. »Und das Erste, was mir eingefallen ist, war ...« Sie sprach nicht weiter, sondern deutete hilflos zum Museum hinter ihr.

Ein reinigendes Feuer fegte durch seine Lunge.

Sie wollte flüchten, genau wie er. Und das Erste, was ihr in den Sinn kam, war ihre gemeinsame Zeit in Paris.

Und der erste Mensch, an den sie gedacht hatte, war er.

»Bitte«, sagte sie mit so viel Nachdruck, dass es ihm den Atem verschlug. »Können wir den Rest der Welt vergessen? Oder wenigstens so tun?«

Können wir wieder so tun, als gäbe es nur uns zwei?

Keine Kunstseminare und keine Firmen, keine Schwestern und keine Kommilitonen. Keine Geisterväter, die ihnen im Nacken saßen. Alles, was sie in ihrem Leben belastete, sollte einen Nachmittag lang von ihnen abfallen. Vielleicht für immer.

Mehr brauchte er nicht.

»Ja«, sprudelte es aus ihm heraus, und er beugte sich vor. Sie schmeckte nach der Freiheit, nach der er sich so gesehnt hatte.

»Ja, ja.« Er löste den Kuss und legte die Stirn an ihre. »Natürlich können wir das.«

Sie dankte es ihm mit einem so wunderschönen entwaffnenden Lächeln, dass er es unwillkürlich erwidern musste. Er strahlte sie an, dann schlang er die Arme um ihre Taille, hob sie hoch und wirbelte sie herum.

Und sie fühlte sich so gut an – all diese weichen, aufregenden Kurven. Die Freude darüber, sich einfach davonzumachen und mit ihr zu treffen, wich einem anderen Gefühl. Es knisterte zwischen ihnen, und er schluckte gegen die Enge in seiner Kehle an. Es war zwar erst ein paar Tage her, doch es fühlte sich an wie eine Ewigkeit, seit er sie zum letzten Mal berührt hatte.

Doch ein wenig konnte er sich noch gedulden.

»Na komm«, sagte er und setzte sie ab. Als er sie losließ, streiften sich ihre Körper, was seinen Wunsch noch verstärkte, sie ganz nah an sich zu spüren. Doch er hielt ihr den Arm hin, und sie hakte sich mit ihrem weichen, warmen Arm bei ihm unter. Er deutete auf die Eingangstür des Museums. »Verlieren wir uns.«

In der Kunst. In den Erinnerungen des letzten Sommers.

Ineinander.

Es war wie im Film. Rylan nahm ihre Hand und führte sie an den Warteschlangen vorbei durch den Eingang. Sie fragte nicht einmal, was er gemacht hatte, dass sie ohne Wartezeit einfach hineingehen konnten. Im Gebäude führte er sie gleich in den Flügel mit europäischer Kunst, und mit jedem Ausstellungsraum, durch den sie gingen, fiel etwas von der Anspannung in ihren Schultern ab.

Das war genau das, was sie brauchte. Ihr übriges Leben würde schon früh genug wieder auf sie eindonnern. Sie hatte eine Mappe vor sich, die einen völlig neuen Ansatz verlangte, einen Freund, von dem sie noch nicht genau wusste, ob sie ihm vertrauen konnte, eine einsame, misstrauische Mutter und einen Berg Schulden.

Doch hier, zusammen mit Rylan und umgeben von den Postimpressionisten, konnte sie das alles leicht vergessen.

Es war, als wäre sie wieder in Paris. Im Louvre oder im Musée d'Orsay.

Warum machte sie das bloß nicht öfter? Wenn man von der Muse geküsst werden wollte, musste man sich nicht unbedingt wochenlang freinehmen und quer durch die Weltgeschichte fliegen. Auch kleine Momente konnten inspirierend sein, ruhige Nachmittage fernab vom Druck des Alltags.

Sie hatte so viele Stunden damit verbracht, Kirchen zu malen, weil sie angeblich heilig waren. Aber vielleicht hätte sie die Staffelei besser hierhergebracht? Die hallenden Räume gemalt und die Gesichter der Museumsbesucher gezeichnet, die ihre Seelen an jahrzehnte-, jahrhunderte- und jahrtausendealter Kunst labten.

Als sie an einem Gruppenbild von Cézanne vorbeischlenderten, streichelte Rylan ihren Oberarm. Er fühlte sich so warm neben ihr an, so sicher. Und es machte sie noch immer fassungslos, wie er es fertigbrachte, ihren Körper mit ein paar winzigen Berührungen zum Schweben zu bringen. Schon wieder fiel ein Stück Sorge von ihren Schultern, und stattdessen spürte sie die Wärme unter ihrer Haut.

Scheiß auf Kirchen und Museen. Vielleicht sollte sie lieber *ihn* malen.

Sie dachte ernsthaft darüber nach. Vielleicht sollte sie das wirklich tun.

»Merk dir, was du gerade sagen wolltest.«

Sie entschlüpfte seinem Arm, und als er sie fragend ansah, schüttelte sie nur den Kopf. Seit er ihr die Kamera gegeben hatte, war sie zu Kates ständiger Begleiterin geworden. Sie besaß noch die Hälfte der Filmrollen, die er ihr gekauft hatte, und fädelte gerade eine neue in die Kamera ein.

Während sie den Apparat vorbereitete, fing er ihren Blick auf. Ohne Vorwarnung schoss sie das erste Bild von ihm, als er sie direkt durch die Linse ansah. Dann nahm sie die Kamera vom Auge und winkte ihm. »Kannst du dich einfach ganz normal verhalten?«

Er warf ihr einen fragenden Blick zu, doch schließlich tat er, worum sie ihn bat. Er wandte sich halb von ihr ab, drehte eine weitere Runde durch den Ausstellungsraum und legte vor jedem Gemälde einen Stopp ein. Sie schoss ein Dutzend Fotos von ihm. Rylan und Kunst, Kunst und Rylan, beide waren so schön. Beides zusammen …

Kein Wunder, dass sie in seinem Bett gelandet war. Schließlich hatte er sie anfangs genau damit um den Finger gewickelt. Er war mit ihr in ein Museum gegangen und hatte sie durch unzählige Räume voller Meisterwerke geführt.

Dann hatte er sie mit in sein Zimmer genommen und ihr das Meisterwerk seines Körpers gezeigt. Er hatte sie gelehrt, was er damit zu tun vermochte und was sie empfinden konnte, wenn sie ihren Körper an seinen presste.

Die nächste Erinnerung kribbelte unter ihrer Haut und ließ ihre Brüste anschwellen. Seit er wieder da war, hatten sie ein paarmal Sex gehabt. Vor zwei Tagen hatte er sie posieren lassen, sie hatten abwechselnd die Kamera genommen, sich Zeit gelassen und Bilder von nackter Haut und Leidenschaft gemacht. Es war schön gewesen, eine Offenbarung.

Doch wann hatte er es ihr zum letzten Mal so besorgt, dass sie darüber vergaß, wer sie eigentlich war? Wann hatte er ihr zuletzt etwas Neues gezeigt?

KAPITEL 21

Kaum hatten sie die Schwelle zu seiner Wohnung überschritten, da stürzte sich Kate schon auf ihn. Ihre Tasche fiel zu Boden, dann waren ihre Hände an seinen Schultern, ihr Mund auf seinem. Er stöhnte in den Kuss, und das schwelende Verlangen, das in ihm gärte, seit er sie auf den Museumstreppen im Arm gehalten hatte, loderte auf. Er schob sie rückwärts vor sich her, und sie zog ihn mit sich, bis er nicht mehr wusste, wer hier eigentlich wessen Schritte lenkte. Sie stieß mit dem Rücken gegen die Haustür, und er stemmte die Faust dagegen, um sie ganz zu schließen.

Zum Glück ging es nicht nur ihm so.

Sie hielt sich normalerweise bedeckt, wenn sie etwas wollte, aber die Glut in ihren Augen bildete er sich nicht nur ein. Wie sollte er auch? Alles, was sie taten, war eine Reminiszenz an Paris. Sie waren gemeinsam durch die Ausstellungssäle gelaufen, so wie damals, als sie sich gerade erst kennengelernt hatten und das Verlangen, das sie beide überwältigt hatte, noch unkompliziert, unverblümt und frisch gewesen war.

Er hatte sich von ihr mit den Augen einer Künstlerin betrachten lassen. So wie damals, als sie ihn nackt auf dem Hotelbett gezeichnet hatte. So wie neulich, als sie durch das

Objektiv der Kamera beobachtet hatte, wie er sich ausgezogen und mit langsamen, lüsternen Bewegungen selbst gestreichelt hatte.

Bevor er sie aufs Bett geworfen, sie genommen und auch davon Fotos gemacht hatte.

Er küsste sich von ihrer Wange zu ihrem Hals hinunter, zog ihren Kragen zur Seite und machte ihr einen Knutschfleck in dem Grübchen, wo die Schulter in den Hals überging – genau dort, wo der alte bereits zu verblassen begann. »Gott, Kate.«

An seiner Wirbelsäule schossen Blitze empor, als sie mit dem Fuß hinten an seinem Bein hinaufstrich. Sie legte einladend den Kopf zur Seite und schob eine Hand in seine Hose.

Das hatte er gebraucht. Sie mochte ihren miesen Tag verarbeiten, indem sie ins Museum floh und sich dort Bilder ansah, aber so und nicht anders wollte er seinen miesen Tag vergessen. Noch bevor er überhaupt gewusst hatte, was Sex bedeuten konnte, hatte er Frauen erobert, um wieder einen klaren Kopf zu bekommen. Er war gejoggt, er hatte Gewichte gestemmt, und er hatte gevögelt, um die Angst und die Anspannung loszuwerden. Und die Langeweile und die Ziellosigkeit, sobald er in Paris war.

Er hatte sich in seinem Körper verloren. Genau wie jetzt.

Seine Hand glitt unter ihrer Jacke von der Hüfte hinauf zu ihrer Brust und umrundete die warme Wölbung. »Was willst du, Baby?«

Er würde ihr alles geben. Er würde alles tun, damit sie sich gut fühlte, und um sich die Chance zu verdienen, so mit ihr zusammen zu sein.

»Ich will …« Sie brachte den Satz nicht zu Ende und

schnappte nach Luft, als er ihre Brust ganz umfasste. Dann kratzte er mit den Zähnen über ihre Ohrmuschel. Sie grub die Hand in sein Haar, und ja, verdammt, *ja,* er stand darauf, wenn sie so daran zog. »Es war so gut …«

»Das war es.«

Doch sie schüttelte den Kopf, obwohl sie sich immer noch seinen leidenschaftlichen Küssen entgegendrängte, die er auf ihrer Haut platzierte. »Das Museum.«

»Nur das Museum?« Er presste sich zwischen ihre Schenkel, rieb seine Erektion an ihr und unterdrückte sein lustvolles Stöhnen, das ihm dabei unwillkürlich entfuhr.

Sie klammerte sich fester an ihn. »Das Museum, alles. Als wären wir wieder in Paris.«

Das stimmte. Es war wieder genau wie in Paris.

Als er die Nägel auf seiner Kopfhaut spürte, zog er den Kopf zurück und sah sie leidenschaftlich an, fast so leidenschaftlich wie sie ihn. Ihr weicher roter Mund öffnete sich, und sie atmete in kurzen Stößen.

»Lass uns so tun, als wären wir wieder in Paris«, sagte sie, und es war, als würde sein ganzer Körper entflammen.

Ihre gemeinsame Zeit in jenem Sommer war wie ein unwiderstehlicher Wirbelsturm gewesen, der sich tief in seine Erinnerung gegraben hatte. Sie war so unschuldig und so schüchtern gewesen, aber er hatte mit geduldigen Händen und weichen Küssen das lüsterne, mutigste Wesen aller Zeiten aus ihr herausgekitzelt. Mit seinem *Mund.*

Er leckte sich über die Lippen und spürte, wie es immer enger in seiner Jeans wurde. »Mit Vergnügen.«

Direkt dort im Flur ließ er sich auf die Knie fallen. Mit festem Griff um ihren Knöchel schob er ihre Beine auseinander. Dieser blöde Herbst mit seinen Strumpfhosen und

Stiefeln. Er küsste sich seinen Weg über den Stoff von ihren Knien bis weit unter ihren Rocksaum empor.

Sie stöhnte, als sein Mund am Bund ihrer Strumpfhose ankam. Mit geballten Fäusten half sie ihm, den Stoff nach unten zu ziehen. Die Geräusche ihrer Lust vermischten sich mit einem erstickten, hohen Lachen. »Das habe ich nicht gemeint.«

»Nein?« Er erinnerte sich daran, damals eine ganze Menge mit ihr angestellt zu haben. Das hier war eines der wenigen Dinge gewesen, bei denen sie es nicht mit der Angst zu tun bekommen hatte, und es hatte wahre Wunder bewirkt. Selbst in ihrer ersten Nacht, als sie so angespannt gewesen war und Angst vor ihrer eigenen Lust gehabt hatte, als sie ihm nicht zugetraut hatte, sein Versprechen, ihr diese zu bereiten, auch einzulösen, hatte er sie so überzeugt – mit weichen, feuchten Küssen auf ihrer Scham und feuchten Zungenschlägen auf ihre Klitoris. Er hob eine Hand und reizte sie mit dem Daumen. Selbst durch die Stoffschichten hindurch spürte er, wie feucht und heiß sie war.

»Jedenfalls hatte ich nicht nur das gemeint.«

Ein neuer Schub der Lust durchfuhr ihn, und er drehte den Kopf, legte die Wange an ihren Schenkel und schaute zu ihr hoch, während er sie mit langsamen Daumenbewegungen auf Touren brachte. Ihr Gesicht war gerötet, und das Rot kroch weiter über ihren Hals, an den Spuren vorbei, die er dort hinterlassen hatte und bis hinunter zu ihren Brüsten. Und er kannte dieses Erröten von ihr. Er wusste, wie verlegen sie war, und was für ein hartes Stück Arbeit es jedes Mal bedeutete, sie über diesen Punkt hinauszubringen, bis sie alle Hemmungen fallen ließ und …

Sich ihrem Verlangen überließ. Sie *wollte* etwas von ihm.

Oh, das würde gut werden.

Er erkannte seine eigene Stimme kaum wieder, als er heiser vor Lust fragte: »Was meintest du noch?«

Sie spannte Hände und Kiefer an. Ganz offensichtlich kostete es sie große Überwindung. Doch irgendwann brachte sie den Mut auf und sah ihm in die Augen. »Mach mit mir, was du willst.« Ihr Hals zitterte. »Etwas, das du noch nie mit mir gemacht hast.«

Laut stöhnend vergrub er das Gesicht an ihrem Bein. »Oh, Baby.«

Sein Schwanz war so hart, dass es fast wehtat. Gleichzeitig ratterten tausend Möglichkeiten durch seinen Kopf. Er konnte sie mit dem Mund verwöhnen und sich gleichzeitig von ihr verwöhnen lassen, konnte sie in den Mund vögeln, während er es ihrer Muschi mit der Zunge besorgte. Er konnte sie umdrehen und gleich hier an die Wand nageln, oder sich von ihr reiten lassen und ihr dabei helfen, sich völlig zu vergessen. Dabei konnte er ihre Brüste schaukeln sehen. Er konnte sich von ihr auch umgekehrt reiten lassen und den Anblick ihres Hinterns genießen, oder …

Oh ja. Er wusste, was er zu tun hatte.

Es fiel ihm unendlich schwer, sich von ihr zu lösen. Lust pulsierte in seinem Schwanz und durch seine Venen, jeder Zentimeter von ihm verlangte danach, es ihr hier und jetzt richtig zu besorgen.

Obwohl. Nicht jeder Zentimeter.

Mit einer Bewegung, die viel anmutiger war, als er sich fühlte, stand er auf. Die Luft zwischen ihnen vibrierte und knisterte vor Erregung. Er hielt sich zurück, so gut er nur konnte, und strich mit dem Handrücken über ihre Wange. Von ihrer Stirn zum Kinn und tiefer hinab. Bis zur Mitte ihrer Brust.

Dann hob er den Blick und sah in die dunkle Glut ihrer Augen. Mit leiser, tiefer Stimme befahl er: »Ins Schlafzimmer. Sofort.«

Kate flog geradezu die Treppen hinauf. Ihre Lunge war gefüllt, ihre Nerven waren hellwach, über ihre Haut rannen Schauer von den Brüsten bis zum heißen Mittelpunkt ihrer Lust zwischen ihren Schenkeln und wieder zurück. Die Schritte auf dem nackten Holz hinter ihr ließen ihr Herz noch schneller schlagen und trieben sie zusätzlich an, und sie lachte laut auf. Sie wollte gefangen werden, doch darum ging es nicht. Gejagt zu werden verschaffte ihr einen Adrenalinschub, der über ihre kribbelnde Haut hinwegschoss – es war wundervoll ...

Doch das war nichts verglichen mit dem Moment, als er sie überwältigte. Als er seine starken Arme um ihre Taille legte und sie sich über die Schulter warf, unterdrückte sie einen Schrei. Sie strampelte mit den Beinen in der Luft, fühlte sich lebendig, und es war, als ob alles, was sie belastet hatte, auf einmal von ihr abfiel.

Die ganze Matratze schaukelte unter ihr, als sie auf dem Bett landete. Er warf sie ab, dann richtete er sich auf und stand über ihr. Mit einem raubtierhaften Glanz in den Augen sah er sie an, und sie wurde noch heißer und nasser.

Sie sah ihm dabei zu, wie er sich die Lederjacke von den Schultern streifte und sie polternd auf den Boden fallen ließ. Mit präzisen, effizienten Bewegungen machte er sich daran, die Manschettenknöpfe abzunehmen und sein Hemd aufzuknöpfen. Auf ihre bewundernden Blicke knurrte er nur schroff: »Zieh dich aus.«

Das ließ sie sich nicht zweimal sagen.

Ihre Kleidung perlte von ihr ab wie Wasser von den Fingerspitzen. Sämtliche Zurückhaltung, mit der sie sich früher selbst das Leben schwergemacht hatte, war verschwunden. Sie zog ihre Jacke aus, dann ihr Oberteil und den BH. Er hatte obenherum schon nichts mehr an, nahm ihren Fuß in eine Hand und zog an ihren Stiefeln. Sie schob das Gewirr aus Rock, Strumpfhose und Unterwäsche in einem Stück nach unten, und er erledigte den Rest. Dann packte er sie unter den Knien und zog sie an den Rand des Bettes.

Ihr stockte der Atem, als er sich vor ihr auf den Boden hockte und sie seine heißen Hände an ihren Schenkeln spürte, die sie aufspreizten. Seine Nasenflügel bebten, und er sah ihr mit entschlossenem, glutheißem Blick in die Augen.

Dann beugte er sich vor.

Ihre Beine lagen auf seinen Schultern, und um sie herum drehte sich alles. Er hatte ihr schon im Hausflur unmissverständlich zu verstehen gegeben, wie scharf er auf sie war. Doch obwohl sie wusste, was sie erwartete, und schon erlebt hatte, was es hieß, die unfassbare Hitze seiner Zunge zu spüren, hätte nichts sie auf die feuchten Küsse vorbereiten können, mit denen er jetzt ihre Vagina überzog.

»Rylan ...«

»Schsch.«

Als seine Zunge zum ersten Mal heiß über sie strich, bäumte sie sich auf, ihre Hände suchten etwas zum Festhalten, und sie klammerte sich in die Laken über ihrem Kopf. Doch er zog sie ihr mit funkelnden Augen weg.

»Gib mir deine Hände.«

Sie tat, wie ihr geheißen, und er legte sie auf seinen Kopf. Sofort machte sich sein Mund wieder an die Arbeit, er saugte fest an dem Punkt genau über ihrer Klitoris und schob zugleich zwei Finger in sie hinein. Sie klammerte sich an ihn, als ginge es um ihr Leben, doch jedes Mal, wenn sie schon fürchtete, zu fest zu ziehen, zu wild an seinen Haarsträhnen zu reißen, stöhnte er lustvoll auf.

Also ließ sie sich einfach fallen. Schamlos bäumte sie sich den Bewegungen seiner Zunge entgegen und wand sich, um seine Finger noch tiefer in sich zu spüren.

Doch dann ließ er die andere Hand tiefer gleiten. Sie erstarrte.

Es war nicht das erste Mal, dass er sie dort berührte. Sie zitterte, und als sie den sanften Druck an ihrem Anus spürte, blieb ihr die Luft weg. Sie erinnerte sich wieder daran, wie er sie ausgefüllt hatte, und wie der Orgasmus sie fast zerrissen hätte.

Und trotzdem fühlte sie sich so nackt. So ausgeliefert.

Für einen Moment löste er die Lippen von ihr. »Lass es zu, meine Schöne. Lass mich rein. Es fühlt sich wunderbar an, versprochen.«

Wie hätte sie sich sträuben können? Schließlich war sie es doch gewesen, die ihn angebettelt hatte, ihr etwas Neues zu zeigen. Das Blut rauschte in ihren Ohren, sie zog die Beine an, stellte die Füße auf seinen Bizeps und spreizte die Schenkel noch weiter für ihn. Sie ließ die Hand von seinem Haar zu den warmen, festen Schultermuskeln gleiten.

Es war ein doppelter Vorstoß, als er von Neuem den Mund auf sie herabsenkte. Diesmal drückte er nicht sanft gegen ihre andere Öffnung. Unaufhaltsam schob sich seine

Fingerspitze, nass von ihrer Lust, in sie hinein. Dann spürte sie das heiße Brennen, das sie erwartet hatte, doch als sie wimmerte, saugte er an ihrer Klitoris und bearbeitete diesen einen perfekten Punkt tief in ihr.

Ihr Körper leistete keinen Widerstand mehr und gab sich ganz hin, die Dehnung fühlte sich nicht mehr unangenehm an, sondern weckte viel mehr ein heißes, tiefes Verlangen.

»O Gott«, stammelte sie.

»So ist es gut. Lass dich gehen.«

Er drückte und drückte, bearbeitete ihre beiden Öffnungen gleichzeitig mit heißen Stößen, und sie war Licht. Licht, Gefühl und Fülle …

Doch dann entzog er sich ihr plötzlich, und zurück blieb ein wildes Verlangen.

»Nein …« Sie riss die Augen auf. Wann hatte sie sie eigentlich geschlossen?

Seine Hände landeten links und rechts von ihrem Kopf, und die Muskeln seiner Brust und seiner Arme schimmerten im Licht, als er sich über sie beugte.

»Ich zeig dir, wie es weitergeht«, sagte er, und ihre Wirbelsäule wurde zu Wachs. Seine Stimme drang knurrend aus seiner Kehle und vibrierte überall dort in ihrem Körper, wo sie sich nach ihm sehnte. »Du kümmerst dich darum …« – Er verlagerte sein Gewicht, nahm ihre Hand und platzierte sie auf dem Glutnest zwischen ihren Schenkeln – »… damit du bereit für mich bist.«

Sie strich mit einer Fingerspitze durch ihren Spalt und keuchte auf, als sie leicht und feucht dahinglitt. »Und was hast du jetzt vor?«

Sein Blick verdunkelte sich. »Ich gehe jetzt unser Spielzeug suchen.«

Sie rieb sich am Ansatz der Klitoris und biss sich von innen in die Wange.

»Kannst du dich noch daran erinnern?«

Wie sollte sie das je vergessen. Ein langes, kühles Glasobjekt mit einer kleinen Schwellung, die genau an der richtigen Stelle drückte, nachdem er ihr geholfen hatte, es in sie hineinzuschieben. Ein hübscher, surrender Vibrator, den er sie über ihre Klitoris hatte streichen lassen, während er sie von hinten in seinen Armen gehalten hatte, alle Seufzer von ihren Lippen gesaugt und ihr schmutzige Dinge ins Ohr gehaucht hatte. Dabei war er nackt gewesen und erregt; er hatte sich an ihrem Rücken gerieben, heiß von ihrer Lust und heiß auf sie ...

Er beugte sich hinunter und drückte seine Lippen neben ihr Ohr. »Und weißt du, wie es dann weitergeht?«

Sein heißer Atem, die feuchten Klänge seiner Worte sandten ihr wohlige Schauer durch ihren Körper. »Wie?«

»Dann werde ich dich ausfüllen. Zusehen, wie das hübsche Glasding in deine weiche rosa Muschi gleitet.« Seine Hand verschwand zwischen ihren Beinen, ein Finger glitt neben ihrem in sie hinein, und sie wand sich vor Lust. »Und dann gebe ich dir den Vibrator.«

»Ja?«

»Und dann besorgst du es dir selbst, nicht wahr? Machst dich so richtig heiß.«

Noch heißer, als sie es ohnehin schon war?

»Und ich werde dann genau da sein.« Er kratzte mit seinen perfekten, scharfen Zähnen an ihrer Kehle entlang. Seine Hand rutschte tiefer. »Genau hier.«

»O Gott.«

Wieder umkreiste seine Fingerspitze ihren Hintereingang, und es erregte sie bis ins Mark. »Weißt du noch, wie ich dir gesagt habe, dass du mich eines Tages anflehen wirst, dich da zu vögeln?«

Das hatte er. In jener ersten Nacht nach seiner Rückkehr.

Mit der Nase an ihrer Wange knurrte er: »Du wirst darum betteln, Kate. Du wirst so scharf darauf sein, und es wird der Wahnsinn. Es ist so eng ...«

Ihr Körper überschritt eine Schwelle, es war noch kein Orgasmus, aber eine Flutwelle der Lust, die bei ihr alle Dämme brechen ließ. Sie bäumte sich ihm entgegen, griff in seinen Nacken und zog ihn zu sich herunter. Ihre Lippen trafen sich, ihre Zungen und Zähne verbanden sich zu einem nassen, von wilder Lust getriebenen Kuss.

Dann schob sie ihn weg und rang nach Atem.

Sie war wie elektrisiert, und ihr Körper stand unter Hochspannung. »Worauf wartest du?«

Für den Bruchteil einer Sekunde besänftigte sich die heiße Glut seiner Augen.

»Du bist heißer als alles, was ich je erlebt habe«, sagte er. Und dann ließ er von ihr ab.

Sie tat genau, was er von ihr verlangt hatte, während er durchs Zimmer lief, Schubladen öffnete und im Badezimmer Wasser laufen ließ. Sie schloss die Augen und ließ die Finger durch ihre feuchte Spalte gleiten. Spreizte sich auf, massierte sich mit langsamen Kreisbewegungen und hielt sich warm.

Dabei konnte sie sich absolut nicht erinnern, jemals kalt gewesen zu sein. Er hatte sie schon öfter in ekstatische Höhen katapultiert, doch so wie jetzt war es noch nie gewesen. Es war eine Erregung wie ein Sturz ins Bodenlose, als ob sie schwebte, als ob sie hier auf dieser Wolkenbank verharren könnte und nie, nie wieder herunterzukommen bräuchte.

Die Spielzeuge fielen mit einem dumpfen Laut neben ihren Kopf. Als Nächstes kam das kleine Folienquadrat mit einem Kondom. Und dann – als sie die klare Flüssigkeit in der Flasche erkannte, pulsierte die nächste Hitzewelle durch ihren Körper. Das wollte er in sie hineindrücken, um sie dort zu öffnen, wo sie unnachgiebig war, wo sie noch keinem Mann Zugang gewährt hatte. Er wollte sie feucht und schlüpfrig machen, damit er seinen Schwanz in sie hineinschieben konnte, und sie würde es ihm erlauben.

Mit einer Hand auf ihrer Hüfte, drehte er sie herum und schob sie weiter auf das Bett. Warme, große Hände legten sich von hinten auf ihre Oberschenkel und spreizten sie noch weiter, damit er sich zwischen sie knien konnte.

»Heb den Po an.«

Sie legte die Arme unter sich und richtete sich auf den Knien auf. Er schob ihr ein Kissen unter die Hüften, und dann spürte sie weiche Lippen und feuchte Küsse auf der Wölbung ihres Pos, und zärtliche Finger, die über ihre Schamlippen strichen.

»Schön«, sagte er, und sie spürte es wie ein leises Beben tief im Zentrum der Lust, die er in ihr geweckt hatte.

Das Glas war kühl und glatt. Er schob den Kolben über ihrem Spalt hinauf und hinunter, über ihre Klitoris und wieder zurück, und ließ ihn über ihrer Öffnung schweben. Sie drückte sich dagegen, wollte, dass er ihn in sie hineinschob; er sollte sie ganz ausfüllen und ihr Begehren stillen.

Er schnalzte mit der Zunge und bedeutete ihr so, still zu halten, dann packte er sie mit stählernem Griff an der

Hüfte. Sie zuckte unerfüllt und keuchte frustriert auf. Ihre zitternden Arme gaben nach, und sie fiel nach vorn und drückte das Gesicht ins Laken.

»Rylan …«

Oh Gott, es war die reinste Folter. Sie schwebte nicht mehr, sie stürzte dem Boden entgegen, und jetzt brauchte … jetzt *brauchte* sie es.

»Sag es.«

»Bitte.« Ihr stockte der Atem, die Augen flossen über.

Und dann war es perfekt, genau wie es sein sollte, sie hielt dagegen, als sich der gläserne Stab in sie hineindrückte, und stöhnte bei jeder Bewegung. Ihr heißes Geschlecht öffnete sich zuckend, und sie war voll, voll.

»Ja«, stöhnte sie.

Dann führte er ihn ganz ein, strich mit dem Daumen fest um die Kante des Glases, schnippte mit dem Finger gegen ihre Klitoris, und sie wimmerte.

Er drückte sein Gesicht auf ihren Rücken, machte ein Geräusch, das nach purem Sex klang, und es pulsierte noch heißer durch ihre Venen.

»Du hast ja keine Ahnung«, sagte er, und es klang fast wie ein Knurren.

Er küsste sie auf die Hüfte und richtete sich auf. Dann ging er hinter ihr in Stellung. Baumwolle kratzte an ihrem Po, die harte Seite seines Gürtels, und dann die noch längere Seite seines Schwanzes, als die nackte Haut seiner Brust über ihre Wirbelsäule rieb.

Dann erfüllte das Brummen des Vibrators die Luft, und ihr Körper zuckte zusammen, sodass das Glas in ihrem Inneren jenen Punkt berührte, an dem sich so viel Lust zusammenballte. Er drückte den zitternden Kopf des Vibrators an ihren Kitzler, doch es war zu schnell. Sie riss ihre Hand nach unten, fasste den Griff und veränderte den Winkel, bis er stimmte.

Mit einem einzigen Keuchen stieß sie alle Luft aus ihren Lungen, und die heiße Glut der Lust durchströmte sie.

»Ja, genau so. Fühlt sich das gut an?«

Sie stöhnte, drückte das Gesicht in die Matratze und stieß ihre Hüften gegen seine. »Ja.«

»Hör nicht auf.« Er nahm die Hände weg und überließ es ihr, sich immer höher hinauf zu katapultieren. Er strich mit der Hand an ihrer Seite entlang, über die Schultern bis zum Hals. Dann nahm er ihr Haar, drehte ihren Kopf und presste seine Lippen auf ihre. Sein Kuss war so tief und feucht und *schmutzig*, und sie wollte mehr.

»Hör nicht auf.«

»Nie«, erwiderte er entschlossen.

Ihr ganzer Körper wurde kalt, als er plötzlich von ihr abließ. Sie drehte sich um und sah, dass er auf den Knien saß, er atmete schwer, und seine Bauchmuskeln waren angespannt. Sein Blick war glutheiß, als er nach der Flasche mit dem Gleitmittel griff.

Sie musste schlucken, ihre Kehle war trocken. Das Gleitmittel war für sie etwas Neues, doch sie wurde unweigerlich von neuen Erregungsschauern ergriffen, als er das glänzende Gel großzügig auf seinen Händen verteilte.

Sie spürte seinen bohrenden Blick, und er begann mit sanften feuchten Berührungen vom Ende ihrer Wirbelsäule aus tiefer und tiefer zu streichen. Sie presste die Lider zusammen und machte sich bereit.

Doch der Druck an ihrem Anus war ganz sanft. Was musste es ihn für Kraft kosten, sich so zurückzuhalten; sie zitterte selbst. Doch das Eindringen fühlte sich geschmeidig an, nicht unangenehm.

Sie schmolz in die Laken und überließ sich ihren Gefühlen. Das Vibrieren an ihrem Kitzler und der harte Dildo in ihrer Vagina, dazu Rylan, immer nur Rylan, der sich tiefer und tiefer in sie hineinarbeitete. Es dauerte eine Sekunde, dann kam ein dritter Finger hinzu und füllte sie noch weiter aus.

Sie drückte ihr Gesicht in die Matratze und schaukelte vor und zurück. Sie wollte fliehen und mehr, sie wollte weg und zugleich, dass er sie endlich *nahm.*

»Ich kann nicht.« Es klang wie ein Wimmern, ein hohes Geräusch, das unmöglich von ihr stammen konnte, obwohl ihr Hals davon schmerzte. »Ich kann nicht.«

»Du kannst, Baby, mach weiter, du bist so dicht davor. Entspann dich einfach und lass mich ...«

In ihrem Innern schmolz etwas dahin. Auf einmal wurde das Gleiten leichter, und die Fülle verwandelte sich in reine Lust.

»O Kate, das ist gut, das ist perfekt.«

Doch das war es nicht.

»Bitte.« Echte Tränen strömten ihr aus den Augenwinkeln. Sie fühlte sich feucht und ausgeliefert und offen und als ob sie gleich explodieren müsste. Sie wollte jetzt genommen werden. Um den Boden nicht zu verlieren. Um nur ihm zu gehören. *»Bitte.«*

Er fluchte laut. Dann zog er die Finger heraus, und alles geschah wie in Zeitlupe. Ein kristalliner Moment des leeren Wartens. Irgendwo weit entfernt raschelte Kleidung. Eine Folie wurde aufgerissen, und dann ertönte sein leises Knurren. Ein gleitendes Geräusch.

Sein hartes, heißes Glied presste sich gegen ihren Hintern, und sie zerfloss, bestand nur noch aus Verlangen und Lust und flehte ihn an, sie zu berühren, sie zu nehmen.

Eine heiße Hand landete auf ihrer Hüfte. Mit rauer Stimme fragte er: »Bist du bereit?«

Ihr Herz donnerte.

Wie viel Zeit ihres Lebens hatte sie damit verbracht, sich vor dem Schmerz zu fürchten? Sex hatte ihr einmal Schmerzen bereitet, deswegen hatte sie ihn so lange gemieden.

Weil sie zugelassen hatte, dass ein Mann sie ohne Geduld berührt hatte. Weil sie nicht imstande gewesen war, ihm zu sagen, was sie brauchte.

Jetzt konnte sie es.

Sie hatte sich einreden lassen, dass es wehtun würde, aber sie war mit Rylan zusammen. Sie brauchte keine Angst zu haben. Es tat nicht weh.

Sie öffnete die Augen, doch ihr Blick verschwamm. »Ja.«

»Vertraust du mir?«

Er hielt den Atem an, und sie wusste, diese Frage bezog sich auf mehr. Er bat sie, sich für ihn zu öffnen.

Sie hatte geschworen, niemandem mehr zu vertrauen – und schon gar nicht ihm.

Doch wie konnte sie nicht? Wie sollte sie sonst weitermachen und das hier von ihm nehmen – diese Berührung, diese Glut und diese Form der Zärtlichkeit, die sie zuvor nicht gekannt hatte und die er ihr gab, selbst, als er sie um das hier bat?

Wie hatte sie sich nur einbilden können, dass sie sich zurückhalten konnte?

Die Welt stand still.

Und sie hörte, wie ihr das Wort von den eigenen betäubten Lippen kam. *»Ja.«*

Sie war darauf vorbereitet, dass sein Schwanz größer sein würde als seine Finger, trotzdem raubte es ihr den Atem, als er die Spitze an ihre Öffnung drückte.

»Du kannst es, Baby. Ruhig, ganz ruhig, lass es einfach geschehen.«

Er drückte und drückte, und sie schloss fest die Augen, konzentrierte sich auf die Hitzewellen, auf die Vibration an ihrem Kitzler, auf die sanfte Spannung in ihrer Vagina, wo er sie auch gefüllt hatte, und darauf, wie ihr Körper ihren Verstand auszuschalten versuchte. Noch wollte sie widerstehen und ihn nicht ganz in sich hineinlassen.

Dann plötzlich glitt die Spitze seines Glieds ganz in sie hinein. Sie drückte den Rücken durch und schrie laut auf, doch es tat nicht weh.

»Es ist okay, es ist okay, verdammt, sag mir, dass es gut ist, Kate, sag mir ...«

Sie rang nach Atem. »Es ist gut.«

Es war fantastisch.

Er sank auf sie hinunter, als ob seine Arme nicht länger stark genug wären, um ihn zu halten. Sie sank unter ihm hinunter, bis sie flach auf der Matratze lag, schweißnasse Haut auf kühlen Laken. Ergeben, hilflos und mit dem Po in der Luft, unter den Hüften ein Kissen. Die Bewegung ließ ihn noch tiefer in sie hinein. Sie seufzte seinen Namen ins Bett, als er sie dehnte und sich Platz verschaffte, sie sich nahm und sie ausfüllte.

»Rylan.« Sie legte den Kopf auf die Seite und griff mit der freien Hand, die nicht zwischen ihren Schenkeln am Vibrator lag, nach oben, um ihn zu sich herunter zu ziehen, keuchte laut auf, als er dadurch noch tiefer in sie eindrang. Er bedeckte sie mit seinem heißen Körper. Sie war ganz von ihm umgeben, er hielt sie und ... und fickte sie.

Und er küsste sie. Seine Zunge strich über ihre Lippen, während er seinen Körper in ihren stieß. Sie stöhnte, keuchte und wimmerte, machte all die Geräusche, die sie normalerweise zu unterdrücken versuchte, und war ihm völlig ausgeliefert. Es gab nichts mehr, was sie noch zurückhielt, und keine Chance, die Energie zu stoppen, die ihre Wirbelsäule hinauf- und hinunterschoss.

Die blendende, unglaubliche Erlösung.

»Du bist so wunderschön, du bist unglaublich«, murmelte Rylan an ihrem Mund, vielleicht ebenso überwältigt wie sie selbst. »Du bist so eng, kannst du kommen? Ich will spüren, wie du ...«

Sie schrie wieder, dann schaltete sie den Vibrator eine Stufe höher, und sie stöhnten beide laut auf.

Er küsste ihre Wange, ihre Stirn und ihre Mundwinkel und packte sie dabei mit der Hand so fest an der Hüfte, dass es beinahe wehtat. Doch nichts anderes wollte sie. Seit Tagen. Und jede Spur, die er hinterließ, war ein neuer Beweis für die Glut – für etwas, das sie behalten wollte.

Denn sie könnte ihn behalten. Sie könnte das alles haben. Sie brauchte nur ...

»Kate, ich ...«

Er zog sich einmal zurück und stieß dann fest zu, löste eine Explosion aus – die Fülle in ihr, und die Glut ballten sich zu etwas zusammen, das zu groß und zu viel war. Es überwältigte sie, begrub sie unter sich, jede Zelle ein neuer Glutherd, der sich ins Nichts verströmte. Der Orgasmus erschütterte sie wie ein Erdbeben, sie war wie von Sinnen, sie liebte und gab sich hin, und sie nahm ihn in sich auf, und er war hier bei ihr und keuchte ihren Namen in ihr Ohr. Kurze Stöße, und dann fest und tief. So lange, bis er sich in sie ergoss.

Sie brauchte ihn nur in sich hineinzulassen.

Und sie erstrahlte in einem goldenen Glanz. Erfüllt.

KAPITEL 22

»Okay.« Kate ließ sich rücklings auf den Teppich fallen und streckte alle viere von sich. »Ich muss öfter blaumachen.«

Sie verdrehte den Hals, um Rylan anzusehen, und ihm wurde ganz warm ums Herz. Sie war hier, bei ihm zu Hause, fühlte sich wohl, war entspannt und glücklich – mehr konnte er sich in diesem Augenblick nicht wünschen.

Sie blinzelte ihn an, und der leicht verhangene Ausdruck in ihren Augen änderte sich. Er hatte sie viel zu lang liebeskrank angestarrt.

Er räusperte sich, griff in die Schüssel mit Weintrauben, die zwischen ihnen stand, und pflückte eine heraus.

Es hatte eine Weile gedauert, aber irgendwann war es ihnen gelungen, sich so weit zusammenzureißen, dass sie sich wieder anziehen und die Treppe hinunterstolpern konnten. Sein ganzer Körper fühlte sich noch wohlig befriedigt an. Er war überwältigt, wie rückhaltlos sie sich ihm hingegeben hatte. Danach hatte er sich den Kopf darüber zerbrochen, was er ihr als Nächstes bieten könnte. Doch er hätte sich keine Sorgen zu machen brauchen. Sie war in seine Küche eingefallen und hatte aus der Lebensmittellieferung vom Supermarkt ein Festmahl gezaubert. Ein Picknick, hier zwischen den Pappkartons und den mit Tüchern verdeckten Möbeln, die nach wie vor sein Wohnzimmer blockierten. Die Sachen lagen vor dem knisternden Kaminfeuer auf dem Boden ausgebreitet.

Perfekt.

Er drehte sich auf die Seite, stützte sich auf einen Ellenbogen, streckte den Arm aus und hielt ihr die Weintraube vor die Lippen. Mit einem Lächeln in den Augen öffnete sie den Mund und ließ sie sich von ihm auf die Zunge legen. Rylan war körperlich erst völlig ausgelaugt, doch als er mit der Fingerspitze über die Kontur ihrer Unterlippe strich, spürte er dennoch eine schwache Regung.

»Es scheint dir jedenfalls gutzutun«, pflichtete er ihr bei.

Sie seufzte, und er bemerkte einen Anflug der Erschöpfung, die er vorhin schon auf den Stufen des Museums gespürt hatte. Sie hatte nicht darüber reden wollen, was er ihr nicht verübelt hatte, doch auch jetzt schwieg sie sich aus. Was auch immer geschehen sein mochte, es brodelte dicht unter der Oberfläche.

Er schluckte, dann veränderte er seine Position und streichelte ihr seitlich über den Kopf. »Magst du mir erzählen, weshalb du dich so urlaubsreif fühlst?«

Sie zuckte mit den Schultern und wandte den Blick ab. »Nur Unikram.«

»Oh?«

Er musste sich erst daran gewöhnen und verspürte nach wie vor den Impuls nachzuhaken, doch im Laufe der vergangenen Wochen hatte er sich allmählich damit arrangiert, dass es längere Pausen in ihren Gesprächen gab. Er hatte jetzt ein besseres Gespür dafür, wann er einfach abwarten und sie in Ruhe lassen musste.

Ohne den Blick vom Feuer abzuwenden, sagte sie schließlich: »Erinnerst du dich noch an das Projekt, von dem ich dir erzählt habe?«

»Das Projekt, das dich so frustriert hat?«

»Genau das. Heute Morgen hatte ich deswegen eine Unterredung mit meiner Professorin. Es ist ... nicht so gut gelaufen.«

Sofort meldete sich Rylans Beschützerinstinkt. »Weshalb?«

»Sie hat mich im Grunde in meiner Auffassung bestätigt, dass das, was ich bisher gemacht habe, nicht gut genug ist.« Herrje, die letzten Worte sagte sie so mutlos, dass es ihm wehtat.

»So hat sie das bestimmt nicht gesagt.« Wie konnte sie es wagen? So unsicher, wie Kate immer war, und so viel Mühe, wie sie sich gab. Wie konnte jemand auf die Idee kommen, ihr so etwas an den Kopf zu werfen?

Sie stieß ein trockenes, trauriges Lachen aus. »Sie hätte es aber so sagen können. Ich glaube, ihre genauen Worte waren: ›Es entspricht nicht dem Niveau, das wir erwarten.‹«

Rylan hätte diese Professorin oder Lehrerin oder was auch immer sie war umbringen können. Am liebsten hätte er ihr einen Besuch abgestattet, nach dem sie garantiert bedauert hätte, so etwas überhaupt gedacht zu haben.

Doch Kate tat den Ärger, der ihm anscheinend im Gesicht geschrieben stand, mit einer Handbewegung ab. »Sie hat recht. Die Bilder sind einfach ... sie sind furchtbar. Ich bin ehrlich erleichtert, dass mal jemand bereit war, mir die Wahrheit ins Gesicht zu sagen.«

Die letzte Bemerkung versetzte ihm einen Stich. Die Wahrheit. Seit er wieder hier war, hatte er ihr nur die Wahrheit gesagt.

Und außerdem ... es schnürte ihm die Kehle zu, denn sie hatte ihm bisher keine einzige von den Arbeiten gezeigt, mit denen sie sich zurzeit beschäftigte. Ja, sie hatte sich sogar die Mühe gemacht, die Bilder jedes Mal vor ihm zu verstecken, wenn er sie in ihrer Wohnung besucht hatte.

»Ich habe deine Arbeiten gesehen.« Früher zumindest. »Ich kann mir absolut nicht vorstellen ...«

Doch Kate schüttelte den Kopf. »Die Zeichnungen, die ich in Paris gemacht habe, hat sie auch gesehen, und die haben ihr sehr gut gefallen. Es geht um die neuen Arbeiten. Was ich seit meiner Rückkehr gemalt habe. Ich trete einfach auf der Stelle.«

»Gibt es etwas, das ich tun kann?« Vielleicht brauchte sie ein besseres Atelier zum Arbeiten. Er war sich noch nicht ganz schlüssig, wie er ihr sagen sollte, dass das obere Stockwerk des Hauses für sie bestimmt war. Sie konnte es sofort haben. Wenn es ihr half, konnte sie alles bekommen, was es für Geld zu kaufen gab.

»Ganz ehrlich?« Sie sah ihn an. »Du hast schon was getan. Du hast dafür gesorgt, dass ich das alles mal für einen Tag aus dem Kopf bekommen habe.« Sie lächelte matt. »Das habe ich gebraucht.«

»Das freut mich.«

Sie stieß einen langen, leisen Seufzer aus, dann richtete sie sich mühsam auf. »Nachdem ich das jetzt los bin, sollte ich besser mal gehen.«

»Das musst du nicht.« *Bleib doch,* hätte er am liebsten gesagt. *Bleib für immer.*

»Schön wär's.« Sie setzte sich auf und kämmte mit den Fingern durch ihr Haar. »Ich glaube, ich bin dieses Projekt von Anfang an nicht richtig angegangen, weißt du? Ich war nicht richtig bei der Sache. Ich glaube, es liegt daran, dass ich keine klare Haltung dazu habe. Zu den Motiven, die ich mir ausgesucht habe.« Sie faltete die Hände in ihrem Schoß. »Ich muss mich mehr reinknien. Mich konzentrieren.«

Das Gleiche hätte sie auch über ihn sagen können, dachte er und erschrak.

Seit er aus Paris zurück war, hatte er sich auf einem sehr schmalen Grat bewegt. Er hatte den Aufsichtsrat um mehr Zeit gebeten und damit nur das absolut Nötigste getan, um ihnen alle Optionen offenzuhalten. Abgesehen davon jedoch hatte er sich nur oberflächlich um die Firma und seine Familie gekümmert und sich geweigert, eine Entscheidung zu treffen.

Und jetzt drohte der Aufsichtsrat, ihm die Entscheidung abzunehmen.

»Denn eins steht fest«, fuhr sie fort, und ihre Stimme klang, als käme sie von weit, weit her: »Man kann nicht ständig blaumachen.«

Als er aus seiner Erstarrung erwachte, sah plötzlich alles ganz anders aus.

Er richtete sich auf und legte ihr die Hand aufs Handgelenk. »Und wenn du es doch könntest?«

Die Idee kam wie aus dem Nichts, aber dann stand sie ihm kristallklar vor Augen. Er war auf einem schmalen Grat balanciert und hatte sich heute von seiner Schwester breitschlagen lassen, sich für eine Seite zu entscheiden. Dabei zwang ihn niemand dazu. Er konnte tun, wozu er Lust hatte, und entscheiden, was er für richtig hielt. Er konnte sich auch für den anderen Weg entscheiden. Bei seinem letzten Versuch hatte es nicht funktioniert, aber diesmal konnte es klappen. Diesmal konnte er es besser anstellen.

Ihr Lächeln, das ohnehin etwas aufgesetzt gewirkt hatte, verblasste. »Wie bitte?«

»Was wäre denn, wenn du für immer blaumachen könntest? Wenn *wir* es könnten?« Seine Pläne nahmen in Windeseile Gestalt an. Er hielt ihren Arm fest und ging auf die Knie. »Du musst dich mit dem ganzen Mist in der Akademie herumplagen, und ich habe den Scheiß in der Firma meines Vaters ...«

»Moment mal, was?«

Es war zu viel, um ihr das alles zu erklären. »Das spielt jetzt keine Rolle. Ich meine nur ... sie wollen mich dazu zwingen, anzutreten und CEO zu werden, und ich dachte, ich müsste da mitspielen. Aber wenn ich nun Nein sage?« Sein Puls raste, und ihm war, als könnte er wieder frei atmen. »Wir könnten einfach verschwinden. Wir steigen heute Abend in ein Flugzeug und lassen das alles hinter uns. Ich fahre mit dir irgendwohin, wo du schon immer einmal sein wolltest. Um diese Jahreszeit ist Florenz ein Traum. Oder Kioto – warst du schon mal in Japan? Es ist wunderschön. Oder wir gehen zurück nach Paris, da kannst du dann malen, was du willst.«

Er war nach New York gekommen, um sich ein Zuhause zu schaffen. Aber ein Zuhause musste nicht zwangsläufig ein bestimmter Ort sein. Kein Haus und keine Stadt. Manchmal war es auch ein Mensch.

Er nahm ihr Gesicht zwischen beide Hände. »Kate, ein Wort von dir und ...«

»Nein.«

»... wir verschwinden und ...«

Das war nicht das Wort, das er von ihr hatte hören wollen.

Er hielt inne und sah jetzt wieder den Raum, der ihn umgab, statt alle möglichen Regionen auf der Welt, zu denen sie fliegen konnten.

Er sah sie. Sie war blass. Und zitterte.

Sie wich seiner Berührung aus, und das traf ihn wie ein Schlag ins Gesicht. Mit einer einzigen schrecklichen, taumelnden Bewegung richtete sie sich auf. Er wollte sie festhalten, bekam sie jedoch nicht mehr zu fassen und griff ins Leere.

Alles, was er sich gerade noch erträumt hatte, fiel krachend zu Boden.

Kate hörte nur noch die Stimme ihrer Mutter in ihrem Kopf widerhallen.

... bevor er mich dazu überredet hat, die Uni zu verlassen.

Denn nichts anderes schlug Rylan ihr in diesem Moment vor. Er verlangte von ihr, alles aufzugeben, wofür sie so hart gearbeitet hatte. Und dann? Sollte sie seine Mätresse werden? Mit ihm durch die Welt ziehen, während er allem den Rücken kehrte?

Sie schloss fest die Augen, denn plötzlich standen ganz neue Probleme im Raum.

Sie wollten, dass er CEO wurde.

Das war ihr neu, und er erwähnte es nur so nebenbei. Sah keine Veranlassung, es ihr zu erklären. Und es war kein Problem für ihn, dass er diesen ganzen Lebensbereich vor ihr verborgen hatte.

Sie begriff natürlich, dass er gekommen war, um die Firma seines Vaters zu retten, doch seit wann ging es darum, dass er die Firma übernehmen sollte? Was trieb er eigentlich den ganzen Tag?

Wer *war* er?

Wenn du einen Mann triffst, bei dem du das Gefühl hast, er ist zu gut, um wahr zu sein … dann stimmt meist auch etwas nicht. Vielleicht hat er eine Frau oder führt ein Doppelleben, oder es gibt etwas anderes, das er dir verschweigt.

Und Kate hatte sich noch bemüht, ihrer Mutter zu erklären, dass Rylan anders war.

Dabei war es wieder genau wie in Paris. Vielleicht sogar noch schlimmer. Er vergaß einfach, ihr all diese Dinge über sich zu berichten. Vielleicht tat er es noch nicht einmal, um sie bewusst hinters Licht zu führen, aber er tat es trotzdem. Und das, nachdem sie sich schon einmal getrennt hatten, weil er sich ihr nicht offenbart hatte.

Nachdem sie ihn wieder in ihr Leben gelassen, sich über alle Zweifel hinweggesetzt und beschlossen hatte, ihm zu vertrauen. Dabei hätte sie es sich doch denken können.

Und jetzt war sie hier. Rylan kniete wieder vor ihr, doch das konnte sie nicht besänftigen. Es tat nur weh.

»Ist das dein Ernst?«, fragte sie.

Er blickte zu ihr hoch, als hätte er keine Ahnung, worüber sie sich aufregte. »Absolut.«

Ihr war übel. »Du willst also, dass ich das Studium hinschmeiße.«

Er zog die Brauen zusammen und wich zurück. »Das habe ich nicht gesagt.«

»Aber du willst, dass ich alles aufgebe, um mit dir durch die Welt zu ziehen? Wie soll das gehen, wenn ich nicht alles hinschmeiße?«

»Ich meine natürlich nur, wenn du willst.«

»Wie kommst du auf die Idee, dass ich das will?« Hatte er sie nur auf den Arm genommen? Sie hatte ihm doch von ihrer Ausbildung erzählt, und er war mit ihr durch die Galerien gezogen. Er hatte ihr doch gesagt, dass er ihre Kunst liebte.

»Du hast gerade gesagt, dass es nicht gut läuft …«

»Aber das heißt doch nicht, dass ich aufhören will.«

Sie hatte all ihre Kraft und Energie in dieses Studium investiert. Das wollte sie jetzt auf gar keinen Fall aufgeben. Aber für Rylan schien das eine verlockende Option zu sein. Seine Monate in Paris waren nichts anderes als eine Flucht vor der Verantwortung gewesen. Und sobald auch Kate auf ein Hindernis stieß, bot er ihr an, einfach wegzulaufen. Sagte das nicht alles über ihn?

Er biss die Zähne aufeinander. »Gut, in Ordnung. Lass es. Aber wenn das nicht hilft, kannst du dich ja immer noch entscheiden.«

»Und mich von dir abhängig machen?«

»Ich kann mich um dich kümmern und dir schöne Dinge zeigen.«

Ein hysterisches, bitteres Lachen brach aus ihr heraus.

Sie hatte es in der Ehe ihrer Eltern erlebt, als ihr Vater ihrer Mutter und ihr selbst hatte einreden wollen, sie bräuchten ihn, weil sie ohne ihn einfach nicht überleben könnten. Weil sie nicht gut genug waren. Und sie hatte es in ihrer Beziehung mit Aaron erlebt, der ihr nach und nach auch den Rest ihres Selbstwertgefühls genommen hatte.

Aber das war nicht die einzige Art, jemanden in die Falle zu locken. Offenbar hatte ihr Vater ihre Mutter anfangs auch unterstützt. Er hatte ihr Geschenke gemacht und sie zum Fotografieren ermutigt.

Doch das hatte sich bald geändert. Später, als er sie nicht mehr so hatte haben wollen, wie sie war.

»Wusstest du, dass mein Vater meiner Mutter einen Fotoapparat gekauft hat? Das war noch vor ihrer Hochzeit.«

Der harte Zug um seinen Mund wurde weicher, und er sah sie verwirrt an. »Was hat das denn mit uns ...?«

Sie schüttelte den Kopf. Ihre Augen brannten. Sie fühlte sich so gedemütigt und wütend, dass ihr Gesicht rot anlief. »Und ich habe ihr noch erzählt, dass du ganz anders bist als er.«

Sie hätte ihn genauso gut ohrfeigen können. Wut flammte in seinen Augen auf, dann erhob er sich und blickte auf sie hinunter. Unwillkürlich wich sie einen Schritt zurück.

»Das bin ich auch«, grollte er. »Wie kannst du nur ... Wo kommen diese Gedanken auf einmal her?«

Doch sie hatte es schon die ganze Zeit geahnt. Seit sie ihm zum ersten Mal begegnet war. Seit dem Moment, als sie ihn in ihr Herz gelassen hatte.

Ihr kam die Galle hoch. Seit sie so blöd gewesen war, ihn *ein zweites Mal* in ihr Herz zu lassen.

Sie stieß mit dem Rücken gegen die Wand. Eine Gänsehaut kroch über ihre Arme. Sie war eingekeilt. In diesem Raum war nicht genug Platz und in ihrer Lunge nicht genug Luft. Und er kam immer näher.

Sie richtete sich zu ihrer vollen Größe auf und reckte das Kinn vor. »Was soll das heißen, sie wollen dich zum CEO machen?«

Ihm fielen fast die Augen aus dem Kopf. »Was genau willst du eigentlich von mir?«

Es war genau die ausweichende Art, die sie erwartet hatte. Die sie verzweifeln ließ.

»Ich versuche nur zu begreifen, wer zum Teufel du eigentlich bist und was du von mir willst.«

Eine Sekunde lang wirkte er sehr verletzt, dann fing er sich wieder. »Geht das jetzt wieder los?«

»Haben wir denn jemals damit aufgehört? Du erzählst mir überhaupt nichts von deinem Leben, dabei hattest du es mir diesmal versprochen.« Das war es vielleicht auch, was ihr am meisten auf den Magen schlug. Er hatte Besserung geschworen, und sie war darauf hereingefallen.

»Ich erzähle dir die ganze Zeit von meinem Leben! Du bist doch heute hergekommen und wolltest den Rest der Welt vergessen. Sollte ich dir davor oder danach erzählen, wie mein Tag gelaufen ist?«

Sie lachte höhnisch. »Willst du mir sagen, das ist alles erst heute passiert?«

»Heute hat sich alles zugespitzt, ja. Ich dachte, mir blieben noch ein paar Monate, und heute habe ich festgestellt, dass es nur noch ein paar Wochen sind.«

»Aber du wusstest, dass das auf dich zukommt. Trotzdem hast du es nicht geschafft, mit mir darüber zu reden ...«

»Das habe ich doch versucht!« Er warf verzweifelt die Hände in die Luft, als er das sagte. »Weißt du eigentlich, wie oft ich versucht habe, dir zu erzählen, was ich den ganzen Tag über tue? Aber jedes Mal hast du das Thema gewechselt.« Seine Stimme wurde rau und schneidend. »Du sagst, du willst mich besser kennenlernen, aber wenn es darauf ankommt, willst du nichts wissen, das dein Konzept von der armen, kleinen Künstlerin, die am Hungertuch nagt, durcheinanderbringen könnte.«

Ihr blieb beinahe die Luft weg. »Das ist nicht fair.«

Er lachte zornig. »*Nicht fair?* Und das sagst du mir, nach all diesem ... diesem *Bockmist!*«

Jetzt war sie es, die sich fühlte, als sei sie geohrfeigt worden. Sie schwankte und ballte die Hände zu Fäusten. Sie konnte nicht mehr klar sehen, und verdammt, sie hasste es. Genau aus diesem Grund hatte sie geschworen, sich nie wieder darauf einzulassen.

»Ich wollte dich kennenlernen«, sagte sie, und es tat weh. »Ich wollte wissen, wer du bist. Ich habe dich immer wieder nach deinem Leben und nach deiner Familie gefragt. Als wir neulich im Haus deines Vaters waren, hattest du eine Million Gelegenheiten, mir etwas von deinem Leben zu zeigen, aber …«

»Ich habe dich zum Haus meines Vaters mitgenommen.« Jedes einzelne Wort triefte vor Gift. »Weißt du, wie lange es her ist, seit ich das zum letzten Mal gemacht habe? Hast du eine Ahnung, wann ich selbst zum letzten Mal dort war?«

»Darum geht es nicht.«

»Doch, genau darum geht es.« Seine Nasenflügel bebten, seine Augen brannten. »Ich unterbreite dir ein Angebot nach dem anderen, aber ich kann es dir nie recht machen. Es ist nie genug.«

Und sie hörte das dumpfe, raue Echo der Worte, die er nicht aussprach. *Ich bin nie gut genug.*

Das zumindest war etwas, das sie selbst nur zu gut kannte.

Doch sie behielt den Kopf oben, auch wenn sich ihr Inneres zusammenzog. »Du hast recht. Es ist nicht genug.« Ihre Stimme war dünn. »Denn ich verdiene etwas Besseres. Weißt du, wer mir das gesagt hat?«

Sein Blick verdunkelte sich, und sie konnte ihm ansehen, dass er es natürlich noch wusste.

Sie erinnerten sich lebhaft daran. Sie beide, nackt in diesem Bett in Paris, sie hatte sich an ihn geklammert und geweint. Damals hatte sie sich so verlassen gefühlt, und er hatte ihr gesagt, dass sie nur das Beste verdiente.

Aber er wollte es ihr nicht geben.

Sie drehte sich von ihm weg und stieß sich von der Wand ab. Die Tränen in ihren Augen nahmen ihr die Sicht, aber es waren Tränen der Wut. Heiße Tränen.

Aber auch unendlich traurige Tränen.

Er hatte recht. Sie waren wieder an demselben Punkt angelangt, und wenn das kein Zeichen war, was sonst?

Das hier konnte nicht funktionieren. Das mit ihnen würde niemals gut gehen.

Sie drängte sich an ihm vorbei zur Tür und rechnete fast damit, dass er versuchen würde, sie aufzuhalten. Was er auch tat. Aber er versuchte nicht, sie festzuhalten. Er versuchte es mit Worten.

»Weißt du, ich habe dich immer für sehr mutig gehalten, Kate.«

Kurz vor der Tür blieb sie wie angewurzelt stehen. Sie fühlte sich mutig. Immer wieder hatte Rylan sie dazu gebracht, einen weiteren ihrer Komplexe zu überwinden. Jedes Mal hatte sie sich getraut, ihn etwas näher an sich heranzulassen.

»Aber du bist feige.«

Ihr blieb die Luft weg.

Und er war noch nicht fertig. »Du bist verletzt worden. Das habe ich begriffen. Dein Dad war ein Monster, und deine Exfreunde waren Arschlöcher, aber ich bin keiner von denen. Ich bin der Mann ...«, er holte tief Luft, es rasselte, und es tat weh, »... ich bin der Mann, der dich liebt.«

Sie konnte kaum atmen. Sie schloss die Augen und legte

sich die Hand auf den Mund, versuchte, den Schmerzenslaut zu unterdrücken, der aus ihrer Kehle drang.

Er liebte sie. Und sie liebte ihn.

Jedenfalls dachte sie das einmal. Damals, als sie sich noch eingebildet hatte zu wissen, wer er war.

»Und ich gebe mir Mühe mit dir, Kate. Aber du hast so verdammt viel Angst davor, wieder verletzt zu werden oder jemanden an dich heranzulassen, dass du lieber allein endest.«

Es war, als bohrte sich ein heißes Messer in ihren Bauch.

Im Grunde hatte Kate ihrer Mutter am Wochenende genau dasselbe vorgeworfen. Dass sie sich in all ihrem Leid und ihrer Angst einigelte und nichts mehr an sich herankommen ließ.

Ihr Vater hatte immer gesagt, dass sie einander so ähnlich seien.

Aber jetzt lag die Sache anders. Das hier hatte mit Angst nichts zu tun. Es ging um Rylan, der sie schon wieder enttäuscht hatte. Genau so, wie sie es seither von ihm erwartet hatte.

»Du irrst dich«, presste sie hervor.

»Blödsinn. Nach allem, was wir heute getan haben, nach allem, was wir die ganze Zeit getan haben.« Sie waren sich an diesem Nachmittag so nahe, waren so verbunden gewesen. »Und dann fängst du mit diesem Quatsch an und versuchst, mich zurückzustoßen.«

Sie drehte sich ruckartig um. »Und wenn es so wäre?« Vielleicht war sie das Problem. Vielleicht war sie es immer gewesen. Vielleicht waren sie es auch beide. »Na schön.« Sie fuhr sich mit den Fingern durchs Haar und zerrte an ihrer Kopfhaut. Ihre Hände zitterten. »Das mit uns ist nur ein Traum.«

Denn nur unter solchen Umständen hatte es überhaupt funktioniert. Sie waren auf einer Traumwolke durch Paris geschwebt, auch heute durchs Museum, und das alles nur, weil sie keine ehrliche Kritik an ihrer Arbeit ertragen konnte, und er sich welchen Problemen auch immer nicht stellen wollte. Schließlich weigerte er sich immer noch, mit ihr darüber zu reden.

In der realen Welt passten sie nicht zueinander. Sie stritten sich und brachten es fertig, in einer Galerie eine Szene zu veranstalten.

Denn darauf lief es doch hinaus. Sie waren nur zwei Fremde, die für einen kurzen Moment zusammenfanden und einander guttaten. Vielleicht hatte er ihr wirklich Dinge gezeigt, wie es kein anderer vor ihm – und bestimmt auch niemand nach ihm – vermochte.

Aber auf Dauer funktionierte es nicht mit ihnen.

Sie sah ihn mit feuchten, brennenden Augen an, und ihre aufrechte Haltung fiel in sich zusammen. Genau wie dieser Traum. »Mehr ist das zwischen uns nie gewesen. Nur eine Fantasie.«

Er wich einen Schritt zurück, der sich anfühlte wie eine Meile.

Er war so hartnäckig gewesen. Irgendwie war sie immer davon ausgegangen, dass er am Ball bleiben würde. Dass er kämpfen würde.

»Für dich vielleicht«, sagte er mit zusammengebissenen Zähnen. »Aber für mich war es real.« Er starrte sie mit schmerzerfüllten Augen an. »Und wenn du das nicht glaubst, dann solltest du besser gehen.«

Was war hier los?

Rylan schüttelte den Kopf. Das war ein Traum. Ein *Albtraum.* So musste es sein. Sie lagen doch bestimmt noch auf dem Teppich, voller Liebe und Sex, mit Weintrauben, Brot und Käse, und er war eingeschlafen. Oder besser noch, sie waren noch nackt und lagen eng umschlungen auf dem Bett, dösten in postkoitaler Müdigkeit. Das war die einzige Erklärung. Er brauchte nur aufzuwachen, dann war alles wieder normal.

Noch vor einer Stunde – verdammt, noch vor fünfzehn Minuten – war er so glücklich gewesen wie noch nie in seinem ganzen Leben. Und jetzt sollte alles vorbei sein?

Kate stand vor ihm, und seine Worte hingen in der Luft. Sie war von Kopf bis Fuß ein Bild des Zorns. Und er auch – ihm tat schon alles weh, weil er sich so beherrschen musste, um sie nicht zu packen und zu schütteln. Seine Fingernägel pressten sich noch fester in die Handflächen. Es tat weh, ein fester Druck ins weiche Fleisch, der ihm half, sich zu konzentrieren und wieder zur Vernunft zu kommen.

Aber er wachte nicht auf. Das hier war kein Traum. Es war real.

Und dann, ganz plötzlich, hätte er am liebsten wieder zurückgenommen, was er ihr an den Kopf geworfen hatte. Sie sollte *gehen?* Das war das Letzte, was er wollte. Es würde alles nur noch schlimmer machen und den Bruch förmlich zementieren.

Wenn er noch eine Sekunde länger diesen anklagenden Blick von ihr ertragen musste, würde er ausflippen.

Wie konnte sie es wagen? Es lief doch alles so gut. Sie waren einander so nah wie nie zuvor, waren so vertraut und offen zueinander, und jetzt fing sie mit diesem Blödsinn an?

Er war nicht wie ihr Vater. Er verheimlichte nichts vor ihr.

Unbewusst bewegte er sich einen Schritt nach vorn. Er wusste selbst nicht genau, weshalb.

Das löste den Bann.

Ihre wütende, ablehnende Haltung zersplitterte, und die Tränen, die sie die ganze Zeit zurückgehalten hatte, begannen endlich zu fließen. Es tat ihm in der Seele weh. Doch bevor er reagieren konnte, machte sie auf dem Absatz kehrt.

Ohne ein einziges Wort rannte sie los, schnappte sich ihre Tasche, die sie vorhin an der Tür hatte fallen lassen, und lief weiter. Raus aus seinem Haus und hinein in die Nacht. Das ganze Haus bebte, so heftig donnerte sie die Tür hinter sich zu. Genau wie sein Herz. Und sein *Leben.*

Und dann war alles still und leer.

Eine Zeit lang stand er nur da, kämpfte gegen den heftigen Druck in seiner Brust an und rang um Atem. Jeder Muskel war angespannt.

Und dann fing das Zittern an.

Oh, verdammt. Verdammter, verdammter *Mist* ...

Zuerst gaben seine Beine nach. Er taumelte rückwärts und schaffte es kaum, seinen Sturz zu kontrollieren. Ein fester Schlag erschütterte seinen Körper, als er auf dem Boden landete. Er schlug die Hände vors Gesicht und versuchte, nicht laut loszuschreien.

Wie konnte sie nur. Er hatte ihr alles gegeben, was er hatte, er war auf Knien zu ihr gerutscht und hatte ihr sein Geld, seine Zeit und sich selbst geschenkt – das, was er wirklich niemandem zuvor gegeben hatte –, und sie schleuderte ihm alles vor die Füße. Genau deshalb hatte er es noch nie getan. Immer hatte er es vermieden, andere hinter seine Fassade blicken zu lassen, und nun, wo er es endlich einmal getan hatte …

Das Zittern wurde immer heftiger, und schließlich wurde ein Weinkrampf daraus, der alles mitriss.

Er konnte nicht *atmen*.

Es war wie ein Déjà-vu, und er raufte sich die Haare, riss so fest an ihnen, dass seine Kopfhaut schmerzte. Liebe war eine Falle. Das war die Lehre, die er aus seiner Kindheit mitgenommen hatte. Die Menschen sahen die Liebe in dir, benutzten sie und warfen sie dann weg. So hatten es seine Eltern miteinander gemacht, und so hatten sie es mit ihm gemacht, wieder und wieder und wieder. Seine Mutter hatte schließlich mitten in der Nacht ihre Sachen gepackt und war verschwunden.

Und sein Vater hatte ihn davon überzeugt, dass er in diese Schublade passen musste, die er für ihn vorgesehen hatte, dass er genau das tun, genau so arbeiten musste, wie er es Rylan vorgab, damit sein Sohn zu seinem Abziehbild wurde. Und wofür das Ganze?

Auch sein Vater hatte ihn verlassen, und es war nur verbrannte Erde zurückgeblieben. Als er aus der Tür gegangen war, hatte er das Einzige zerstört, das er im Leben je geschaffen hatte, und es Rylan überlassen, die Bruchstücke einzusammeln. Die zerschmetterten Überbleibsel von etwas, um das er nie gebeten und dem er trotzdem sein ganzes Leben gewidmet hatte.

Jetzt war auch Kate gegangen, und das Einzige, was Rylan blieb, waren die Bruchstücke einer Welt, die er um sie herum zu errichten versucht hatte. Dieses hohle, leere Trugbild eines Zuhauses – und er hatte noch immer diese Verantwortung am Hals …

Die Verantwortung, der er sich nur halbherzig gestellt hatte. Ohne sich wirklich dazu zu bekennen.

Genau jene, vor der er so gern davongelaufen wäre, wenn Kate Ja gesagt hätte.

Er lachte laut auf. Es klang rau und kratzte im Hals. Vielleicht sollte er genau das jetzt tun. Verschwinden, in ein Flugzeug steigen und nie wiederkommen. Lexie würde ihn umbringen, aber konnte ihm das nicht egal sein? Seine Schwester war ihm gegenüber ohnehin immer distanziert gewesen, und sie hatte dieselbe erbärmliche Kindheit überstanden wie er. Sie würde damit fertigwerden.

Er schloss die Augen und verschränkte die Hände hinter dem Kopf, und plötzlich wurde ihm etwas klar.

Sie würde es überstehen, genau wie sie es überstanden hatte, als ihre Mutter sie verlassen hatte, und ihr Vater, und als er selbst sie vor anderthalb Jahren im Stich gelassen hatte …

Als er zu dem geworden war, der er nie hatte werden wollen. Ein herzloser Mensch, der an nichts und niemanden glaubte und kein Vertrauen verdiente.

Kein Wunder, dass Kate von ihm abgestoßen war.

Und trotzdem, falls er blieb … Ihm wurde schwer ums Herz.

Er öffnete die Augen und blickte sich um.

Wie zum Teufel war er nur hier gelandet?

Wie ging es jetzt weiter?

Er löste die Hand aus seinem Nacken und legte sie sich auf die Brust. Seine Finger gruben sich in den Stoff des

Hemdes, aber sie griffen ins Leere. Er versuchte, etwas zu greifen, das nicht mehr da war …

Der Ring seines Vaters.

Rylan richtete sich auf und riss die Hand los, doch es war schon zu spät. Der leere Platz an seiner Brust brannte.

Wie viele Jahre hatte er diesen Ring um den Hals getragen. Er war ein Symbol der Hoffnung auf bessere Zeiten gewesen, doch es war die Hoffnung anderer Menschen. Das Band mit dem Ring hatte sich in eine Schlinge verwandelt, ihn festgehalten und daran gehindert, seine eigenen Entscheidungen zu treffen, sein eigenes Glück zu suchen. In der Nacht, bevor er nach New York zurückgekehrt war zu der Arbeit, dem Leben und den Menschen, die er zurückgelassen hatte, und zu Kate, hatte er ihn abgenommen.

Für ihn hatte sich diese kleine Geste wie ein Akt der Befreiung angefühlt. Zum ersten Mal seit Jahren hatte er aus freien Stücken eine Entscheidung getroffen, war in ein Flugzeug gestiegen, um sich all seinen Fehlern zu stellen.

Doch das hatte er im Grunde nicht getan. Es gab ein paar Dinge, denen er sich nicht gestellt hatte.

Über die er noch immer nicht sprechen konnte. Nicht einmal mit Kate.

Ihre Anschuldigungen schmerzten ihn.

Um ihn herum schien sich alles zu drehen, als er sich aufrichtete.

Er wusste jetzt, was er zu tun hatte.

KAPITEL 23

Es machte keinen Unterschied, dass Rylan eine Stunde früher als üblich in die Firma kam. Lexie war schon da und saß perfekt gestylt hinter ihrem Schreibtisch. Ihr gegenüber, wahrlich zu groß für ihre kleinen Bürostühle und zu kräftig für seinen Anzug, der neue »Assistent« Dane.

Das war zwar etwas ungünstig, ließ sich aber nicht ändern.

Rylan klopfte dreimal kurz und kräftig an ihre Tür.

Sie sah nicht einmal von ihrem Monitor auf. »Gut, dass du da bist. Wir müssen etwas ...«

»Pack deinen Kram zusammen. Wir fahren aufs Land.«

Das ließ sie innehalten. Sie legte den Kopf auf die Seite, und das Zucken an ihrer Wange war das einzige Anzeichen dafür, dass er sie überrascht hatte. »Aufs Land?«

»Aufs Land«, bestätigte er.

In Erwartung ihres Widerspruchs verschränkte er die Arme vor der Brust. Danes Blick pendelte zwischen Lexie und Rylan hin und her, er wirkte angespannt. Rylan ignorierte ihn und konzentrierte sich auf seine Schwester. Er drückte die Schultern durch und reckte das Kinn.

Spiel einfach mit, flehte er im Stillen. Er besaß jetzt nicht die Energie, sich mit ihr zu streiten.

Er hatte miserabel geschlafen und über alles gebrütet, was Kate ihm vorgeworfen hatte. Immer wieder den Moment durchlebt, als sie aus der Tür gerannt war. Vielleicht hätte er ihr hinterherlaufen oder sie wenigstens anrufen sollen, als sie wieder zu Hause war. Vielleicht hätte er sie aber auch schon früher hinauswerfen sollen.

Vieles von dem, was sie gesagt hatte, war totaler Blödsinn, aber mit ein paar Bemerkungen hatte sie auch ins Schwarze getroffen.

Ähnlich wie die Dinge, die sie ihm damals in Paris an den Kopf geworfen hatte, als sie aus der Tür gestürmt war. Als sie ihm vorgehalten hatte, er müsse herausfinden, was er eigentlich wollte.

Er drückte die Finger in seinen Bizeps, seine Kehle brannte.

Dabei hatte er gedacht, dass er seit seiner Rückkehr nichts anderes getan hatte, als herauszufinden, was er wollte. Doch im Grunde war er um den heißen Brei herumgelaufen und hatte alles Erdenkliche angestellt, um sich nicht damit auseinanderzusetzen.

Nun, damit war jetzt Schluss.

Er wollte seiner Zukunft ins Auge blicken, so viel stand fest. Doch zunächst musste er sich seiner Vergangenheit stellen.

Nur dass er absolut keine Lust verspürte, das allein zu tun.

Lexie musterte ihn prüfend, dann wurde ihr Blick unvermittelt milde. Rylan biss die Zähne aufeinander. Er strengte sich an, seine Gefühle im Zaum zu halten. Doch sie durchschaute ihn trotzdem.

»Das wird aber auch Zeit«, sagte sie.

Jeder Muskel in Rylans Körper entspannte sich vor Erleichterung. »Du kommst also mit?«

»Ich hatte schon überlegt, dich selbst dorthin zu schleifen, aber irgendwie war nie Zeit dafür.« Sie war bereits aufgestanden und verstaute Dokumente und Laptop in ihrer Tasche. »Ich hätte mir denken können, dass du dich besinnst, wenn McConnell diese Nummer abzieht.«

Dass er so berechenbar war, gefiel Rylan zwar nicht, doch er ließ ihre Bemerkung so stehen.

Er wandte sich an Dane, der ebenfalls aufstand. »Tut mir leid, dass ich einfach so hereingeplatzt bin«, sagte Rylan. »Sie können sie auf dem Handy erreichen, oder ...«

»Oder gleich im Auto, denn Sie begleiten uns.«

Rylans Brauen schossen nach oben, als er sich an Lexie wandte. »Wie bitte?«

Lexie sah ihn an, als hätte er den Verstand verloren und schüttelte den Kopf. »Die Fahrt dauert zwei Stunden. Wir haben einiges zu erledigen.«

Er hätte sich denken können, dass so etwas kam. Bislang war alles viel zu glatt gelaufen. Aber es war sinnlos, sein Glück herauszufordern. Er wandte sich zur Tür und führte die beiden in die Tiefgarage, wo ein Wagen wartete.

Schlussendlich war er Lexie fast dankbar dafür, dass sie den Ausflug zu einem Arbeitsausflug machte. Sie waren mitten in der morgendlichen Rushhour unterwegs, und es dauerte ewig, aus der Stadt herauszukommen. Wenn er sich nicht mit etwas hätte beschäftigen können, wäre er schier aus der Haut gefahren – oder hätte den Verstand verloren. Sich über Geschäftliches zu unterhalten war eine gute Ablenkung, und Dane hielt sie beide zuverlässig davon ab, darüber zu sprechen, was wirklich in ihren Köpfen vor sich ging.

Von dem Hünen ging eine seltsam beruhigende Wirkung aus. Er hatte zwar eine starke Präsenz, sprach jedoch wenig. Wenn Lex ihm Aufgaben übertrug, nickte er nur; er stellte Fragen, wenn es angebracht war, und hielt Lexie ein paarmal zurück, wenn sie sich zu sehr ereiferte.

Falls es dafür notwendig war, dass Dane ihr ein-, zweimal die Hand aufs Knie oder den Arm legte, sah Rylan gern darüber hinweg. Lex war ein großes Mädchen und konnte dieses spezielle Minenfeld alleine meistern.

Als das Auto schließlich die Geschwindigkeit verlangsamte und den Highway verließ, kam das fast überraschend. Rylan riss den Kopf hoch. Seine Kehle wurde trocken, als das Schild in Sicht kam. Ohne ein Wort zu sagen, fingen er und Lexie an, die Dokumente zusammenzupacken, die sie auf dem Sitz verteilt hatten. Dane runzelte die Stirn.

Wäre Rylan ein netterer Mensch gewesen, hätte er ihm erzählt, was ihm bevorstand. Stattdessen veränderte er nur seine Sitzposition, sah aus dem Fenster und spannte die Kiefermuskeln an.

Eigentlich hatte er selbst keine Ahnung, was ihn erwartete.

Man bildet sich gern ein, aus Zeitungen, Filmen und dem Fernsehen zu wissen, wie es in einem Gefängnis aussieht. Eisengitter und graue Wände aus unverputzten, groben Betonblöcken. Gereizte, unruhige Wärter mit undurchdringlichem Blick. Doch in Wirklichkeit war es noch viel schlimmer. Alles ging wie zäher Sirup voran. Rylan fand schon die Leibesvisitationen, das Warten und die Stille unmenschlich. Die Vorstellung, wie es sein musste, auf der anderen Seite zu stehen, erschreckte ihn zutiefst.

Wie wurde ein Mensch nur damit fertig, so etwas *fünfzehn Jahre* lang ertragen zu müssen? Eine unendlich lange, sinnlos vergeudete Zeit.

Ein verlorenes Leben.

Und Rylan hatte sein eigenes Leben so bedenkenlos verschwendet.

Schließlich wurden sie in einen fensterlosen Raum zu einem leeren Tisch geführt. Rylan setzte sich. In seinen Gliedern breitete sich Taubheit aus. Eigentlich hatte er damit gerechnet, dass Dane mit dem Fahrer im Auto warten würde, doch er folgte ihnen wortlos und schüttelte nur den Kopf, als Rylan den Mund öffnete, um ihm vorzuschlagen, doch draußen zu warten. Lexie saß steif und angespannt zwischen ihnen, die Hände im Schoß gefaltet, und setzte eine undurchdringliche Miene auf. Sie war schließlich nicht zum ersten Mal hier.

Rylan spürte einen Stich in der Brust. Was hatte ihr Vater ihr nicht alles zugemutet! Bei jeder Gelegenheit hatte er ihr das Leben verboten, das sie sich erträumt hatte, ihr jegliche Unterstützung verweigert und die Firma, für die sie so viel geopfert hatte, lieber den Geiern überlassen, anstatt ihr wenigstens versuchsweise die Führung zu übergeben. Und trotzdem hielt sie zu ihm und ließ ihn nicht im Stich.

Es war wirklich seltsam. Sein Vater hatte immer wie ein Phantom über Rylan geschwebt, ihm sein Verhalten diktiert und seine Optionen beschnitten. Er war überlebensgroß – selbst während der Gerichtsverhandlung und in Handschellen hatte er mit seiner Präsenz den ganzen Raum beherrscht.

So klein wie heute hatte Rylan ihn noch nie gesehen.

Natürlich war seine Körpergröße noch dieselbe, aber

seine Haltung schien verändert. Die Schultern hingen auf eine Weise herunter, wie Rylan es nicht von ihm kannte, graue Strähnen durchzogen sein dunkles Haar, und der Blick wirkte müde und erschöpft. Kakihemd und -hose ließen ihn blasser wirken, und er hatte Gewicht verloren – nicht so viel, dass man sich Sorgen machen musste, doch genug, dass seine Wangenknochen deutlich hervortraten.

Es schnürte Rylan die Kehle zu, und er spürte, wie ein leichter Schwindel von ihm Besitz ergriff.

Das also war der Mann, der ihn so eingeschüchtert hatte. Der Mann, von dem er sich sein Leben hatte diktieren lassen – und wofür? Zahllose Erinnerungen wurden wach, an Geschrei und Enttäuschungen, ein ohrenbetäubendes Rauschen, das immer lauter wurde – und dann ganz plötzlich verstummte.

Sein Vater war nur ein Mensch, kein Löwe und kein Gott. Nichts weiter als ein ganz gewöhnlicher Sterblicher.

Und dann blickte sein Vater auf.

Unwillkürlich richtete Rylan sich in seinem Stuhl kerzengerade auf. Sein Atem ging schneller, und seine Muskeln spannten sich. Die hängenden Schultern und die ausdruckslosen Augen seines Vaters waren verschwunden. Ihre Blicke trafen sich, und Rylans Miene erstarrte.

Das war das Gesicht des Tyrannen, mit dem Rylan gerechnet hatte. Und sofort meldete sich der Teil in ihm, der sich zurückziehen und wieder klein sein wollte.

Doch er verdrängte diesen Impuls. Über so viel Übung zumindest verfügte er inzwischen, dass er das im Griff hatte.

Man durfte sich nie anmerken lassen, wenn man Angst hatte.

Rylan blieb regungslos sitzen, während sein Vater quer durch den Raum geführt wurde. Dann nahm man ihm die Handschellen ab, er nickte dem Wärter zu und setzte sich auf seinen Platz ihnen gegenüber. Für einen langen Moment schwiegen alle.

Sein Vater lehnte sich in seinem Stuhl zurück. »Ihr habt also endlich beschlossen, mich mit eurer Anwesenheit zu beehren.«

Das war ein erster Schuss vor den Bug – Vorwurf und Begrüßung in einem, und Rylan tat, als hätte er beides nicht gehört. »Du siehst gut aus.«

»Ich bitte dich. Ich dachte, ich hätte einen besseren Lügner aus dir gemacht.«

Ja. Das hatte er.

Lexie räusperte sich und beugte sich vor. »Ich habe dir doch erzählt, dass sich Teddy in Europa um ein paar Dinge gekümmert hat, Daddy.«

»Vermutlich um sein selbstsüchtiges Ego.«

Damit lag er nicht einmal falsch. Rylans Kiefer knackte, und er knirschte mit den Zähnen. »Ich hätte dich schon früher besuchen sollen.«

»Da hast du verdammt recht.« Zum ersten Mal zuckte sein Blick zu Lexie. »Hast du wenigstens daran gedacht, mir ...«

»Selbstverständlich.« Sie schob eine braune Papiertüte über den Tisch.

Rylan zog die Stirn in Falten. Die Wärter hatten sich viel Zeit gelassen, bevor sie Lexie durchgewinkt hatten, doch ihm war nicht klar gewesen, dass es an den Geschenken gelegen hatte. Ihr Vater griff in die Tüte und zog einen Pullover, ein paar Taschenbücher und Snacks heraus. Nachdem er alles inspiziert hatte, wandte er sich wieder an Rylan.

Und da erwachte er plötzlich aus seiner Reserve. Verdammt, es war wie damals, als sie noch Kinder waren. Lexie war hartnäckig und nachhaltig – sie rackerte sich ab, ohne dass es ihr gedankt wurde, und alle Aufmerksamkeit richtete sich nur auf Rylan. Er blickte zu ihr hinüber und sah, wie sie rot anlief. Sie verschränkte die Arme vor der Brust, als könnte sie sich so vor der unendlichen Missachtung schützen.

Rylan ballte die Hände unter dem Tisch zu Fäusten und warf seinem Vater einen bösen Blick zu. »Du könntest dich wenigstens bei ihr bedanken.«

»Soll ich mich auch bei dir bedanken? Weil du dich mal blicken lässt?«

»Ich möchte nur, dass du dich deiner *Tochter* gegenüber ein bisschen dankbar zeigst.«

Lexie schüttelte den Kopf. »Schon in Ordnung, Rylan.«

»Kommt zur Sache«, sagte ihr Vater. »Das ist ja offensichtlich kein Höflichkeitsbesuch.« Er warf einen kurzen Blick zur Seite und reagierte zum ersten Mal auf die Anwesenheit von Dane. »Wen habt ihr da mitgebracht? Einen Anwalt? Einen Kampfhund? Habe ich euch nicht genug gegeben?«

»Sir«, sagte Dane, »ich bin ...«

Lexie fiel ihm ins Wort. »Mach dir um ihn keine Sorgen.«

»Na schön«, knurrte ihr Vater. »Ich werde ihn einfach ignorieren ...«

Jetzt war es um Rylans Geduld geschehen. Seine Schläfen pochten, und hinter seinen Augen begann sich ein dumpfer Kopfschmerz auszubreiten.

»Warum hast du das getan?«, platzte es aus ihm heraus.

Alles verstummte. Sein Vater zuckte zurück – ein kurzer Überraschungsmoment, in dem er seine Gesichtszüge nicht unter Kontrolle hatte –, dann starrte er Rylan an.

»Jetzt? Das fragst du mich jetzt?«

Es gab eine Menge Gründe, jetzt danach zu fragen. Kates Anschuldigungen, McConnells Machenschaften und Lexies ständiger Druck auf ihn.

Aber letzten Endes war es Rylan selbst, der die Antworten brauchte.

Er musste sich davon überzeugen, dass er nicht so war wie sein Vater.

»Besser spät als nie«, stieß er mit zusammengebissenen Zähnen hervor.

Schweigend musterte sein Vater ihn eine Weile und fast hätte Rylan nachgegeben und die Frage zurückgenommen. Oder wäre einfach aufgestanden. Hinausgestürmt und ohne die Antworten zurückgefahren, wegen derer er gekommen war. Hätte sich von der süffisanten Miene seines Vaters befreit, wie er es schon einmal getan hatte, als das Urteil gesprochen worden war und die Welt, wie er sie gekannt hatte, mit seinem Vater an der Spitze, krachend in sich zusammengestürzt war.

Doch er hatte erklärt, nicht mehr davonlaufen zu wollen. Er hatte ein Leben zu leben, mit oder ohne Kate, als Oberhaupt dieser Familie oder in einem neuen selbst auferlegten Exil. Er musste sich nur überlegen, wie.

Das Schweigen wurde durchbrochen, als sein Vater den Kopf in den Nacken legte. Der ganze Raum hallte von seinem Gelächter wider, und eine Eisschicht überzog Rylans Brust.

»Für dich, du undankbarer Mistkerl. Ich habe das alles für dich getan.« Er streckte die Arme aus, als wollte er damit Rylan, Lexie und, wer weiß, vielleicht sogar Dane umfassen. Womöglich sogar Evan und ihre Mutter, die sich auf der anderen Seite des Landes, vielleicht auch der Welt befanden. »Und das ist der Dank, den ich dafür erhalte. Fünfzehn Jahre in einer verdammten Zelle, ohne einen Besuch und ohne einen Brief.«

Rylan ballte so fest die Hände, dass seine Knöchel sich weiß färbten. »Wir haben nie von dir verlangt, dass du …«

»Man wartet nicht darauf, dass die Leute, die von einem abhängig sind, um etwas bitten.« Sein Vater verzog angewidert das Gesicht und warf ihm einen verächtlichen Blick zu. »Ihr wisst doch alle nicht, was gut für euch ist.«

»Und noch mehr Geld wäre gut für uns gewesen?« Das war das Einzige, von dem es immer reichlich gegeben hatte. Nur keine Zuneigung, keine Bestätigung.

»*Genug* Geld.« Als Rylan und Lexie sich ansahen, schüttelte ihr Vater den Kopf. »Der ganze Laden stand kurz vor dem Untergang. Wir hätten nie an die Börse gehen dürfen. Im Aufsichtsrat sitzen fast nur Idioten.«

»Und deshalb hast du etwas abgezweigt.«

»Es hat mir doch sowieso alles gehört!« Er blähte die Nasenflügel, und eine gefährliche Röte überzog sein Gesicht. »Ich habe den Laden aus dem Nichts aufgebaut, und dann tun die, als hätte ich ein Verbrechen begangen.«

»Aber genau das hast du getan.« Rylans Stimme klang heiser. Was zum Teufel sollte das werden? Diese Empörung, diese Selbstgerechtigkeit.

Sein Vater richtete sich auf und schaffte es, selbst im Sitzen von oben auf sie hinabzublicken. Obwohl er an diesem verdammten Tisch auf der falschen Seite saß. »Ich habe entschieden, wie ich die Mittel *meiner* Firma verwenden wollte. Ich hatte die Absicht, sie an dich zu übertragen, um *uns* einen Neuanfang zu ermöglichen. Mit dem Laden ging es unaufhaltsam bergab, und wir wären mit einem soliden Grundstock aus der Sache herausgekommen. Wir hätten alles neu aufgebaut.«

Rylan verschlug es die Sprache.

Das hatte er also mit *genug* Geld gemeint. Er wollte alles einsacken und den Rest den Bach runter gehen lassen.

Zeit seines Lebens, hatte Rylans Vater ihn darauf vorbereitet, eines Tages seinen Platz an der Spitze von Bellamy International einzunehmen. Er hatte die Schulen ausgesucht, die Universität und das Studienfach, und als all das erledigt war, hatte er ihm alles beigebracht, was es über das Geschäft zu wissen gab. Rylan sollte die Firma in- und auswendig kennen, diesem Zweck hatte er alles andere, seine gesamte Zeit geopfert. Für *diese Firma* hatte er alles gegeben, was man von ihm verlangte.

Es war noch schlimmer, als er gedacht hatte.

Denn die ganze Zeit über hatte sein Vater nicht nur von innen heraus Sabotage betrieben, sondern auch Pläne geschmiedet, das Ganze noch ein weiteres Mal abzuziehen.

»Sieh mich bloß nicht so überrascht an«, höhnte sein Vater. »Was dachtest du denn, warum ich das getan habe?«

Er hatte es bisher nicht gewusst. Er hatte nie richtig gefragt. Vielleicht hätte er das tun sollen.

Sein Blickfeld verengte sich und wurde an den Rändern unscharf.

Oh verdammt.

Es war Rylan so wichtig gewesen, *nicht* wie sein Vater zu werden. Aber war er überhaupt so anders?

Nicht kommunizieren. Niemandem erzählen, was er vorhatte, und wenn er ein Problem sah – wenn etwas nicht nach Plan lief –, dachte er gar nicht erst daran, es in Ordnung zu bringen.

Er kehrte ihm einfach den Rücken.

So wie ihr Vater seinen Kindern den Rücken gekehrt hatte, wie er seine eigene Frau mit seiner Treulosigkeit und seiner Arbeitswut aus dem Haus getrieben hatte, bevor er lachend alles, wofür er jemals gearbeitet hatte, angezündet und zugesehen hatte, wie es niederbrannte.

Rylan sprang so hastig auf, dass er den Stuhl umstieß.

Er hatte zugelassen, dass Kate sich von ihm abwandte. Und er war sogar bereit gewesen zuzusehen, wie ihm die Firma, die seinen Namen trug, durch die Finger glitt.

Sein Vater konnte unmöglich wissen, was in Rylans Kopf vorging, und dennoch lachte er. »Tu doch nicht so geschockt. Ich habe das für euch getan, und ich habe mich damit abgefunden, dass ich nur meine Zeit verplempert habe. Ich habe mich all die Jahre für euch abgerackert, und ihr wollt nichts mit mir zu tun haben, mit eurem Erbe. Alle meine Kinder – reine Zeitverschwendung.«

Jetzt stand auch Lexie auf. Dane tat es ihr gleich, und es sah aus, als ob sich der Mann instinktiv zwischen Lexie und ihren Vater schob. Davon ließ Lexie sich jedoch nicht abhalten.

»Du bist ein verblendeter, egoistischer alter Mann«, stieß sie hervor. Mit geballten Fäusten und hochgezogenen Schultern lief sie um Dane herum.

Ihr Vater winkte nur ab. »Du bist die Schlimmste von

allen. Glaubst du etwa, ich wusste nicht, dass du die Firma für dich selbst haben wolltest? Du hattest doch schon alles vorbereitet, um mich abzuservieren und deinem Bruder in den Rücken zu fallen.«

Sie lief noch roter an. »Das hätte ich nie getan.«

»›Lass mich einfach mit am Tisch sitzen, Daddy‹«, höhnte er und äffte sie spöttisch nach. Er deutete auf Rylan. »Und du hast ihr immer nur nach dem Mund geredet.«

Anscheinend ließ er jetzt alle Zurückhaltung fahren. Über ein Jahr war verstrichen, seit alles den Bach runter gegangen war – ein Jahr, in dem jeder still vor sich hingebrodelt hatte –, und jetzt kochte es auf einmal über.

»Sie hat den Platz im Aufsichtsrat verdient«, sagte Rylan.

»Da nimmt sie doch keiner ernst. Selbst wenn sie keine Frau wäre.« Ihr Vater schüttelte den Kopf. »Du stolzierst in deinen kleinen Kleidchen herum, bellst jeden an und schläfst mit den Angestellten.«

Aus Lexies Gesicht wich alle Farbe. Sie öffnete den Mund, um etwas zu sagen, doch es kam kein Laut heraus.

Dane ergriff an ihrer Stelle das Wort. »Ich kann Ihnen versichern …«

»Oh, Sie meine ich nicht. Obwohl, schön für Sie, wenn sie mit Ihnen schläft.« Ihr Vater deutete auf Lexie. »Am Ende hatte ich sogar etwas Zuversicht, was dich betrifft, aber du hast es ja noch nicht mal geschafft, von Jordan einen Antrag zu bekommen.«

Rylan wurde plötzlich aus einem ganz anderen Grund schwarz vor Augen. *»Jordan?«* Er hatte den Namen kaum ausgesprochen, als sich plötzlich die Puzzlesteine zusammensetzten. Jordan kannte die Wohnung seiner Schwester, und Lexie hatte ihn nicht auf die Liste gesetzt. Und dann ihr Gesichtsausdruck, als Rylan die Sprache auf ihn gebracht hatte. Aber ... »Er ist fünfzehn Jahre älter als du.«

Lexies Hände zitterten, doch sie sah ihn nicht an. Sie konzentrierte sich voll und ganz auf ihren Vater. Die Vene an ihrem Hals pochte, doch sie fand ihre Stimme wieder. Ruhig und rasiermesserscharf sagte sie: »Ich habe mich nicht mit ihm verlobt, weil er mich nur benutzt hat, um an dich heranzukommen.«

Es stimmte also.

Rylan würde den Dreckskerl umbringen.

Noch immer zitternd machte Lexie auf dem Absatz kehrt. Es war nicht der dramatische Abgang, auf den sie vielleicht gehofft hatte, weil sie warten musste, bis die Wachen sie hinausließen. Kaum dass sich die Tür öffnete, wischte sie sich über die Augen und rannte hinaus. Dane sah Rylan und seinen Vater an, dann folgte er ihr und ließ die beiden allein zurück. Doch es gelang Rylan einfach nicht, die Füße zu bewegen. Seine Kehle brannte.

»Und du stehst da bloß so rum?« Sein Vater saß noch auf seinem Stuhl, die Ruhe in Person, und sah ihn derart selbstgefällig an, dass Rylan ihm seine Blasiertheit am liebsten mit der Faust aus dem Gesicht geprügelt hätte.

Es gelang ihm gerade noch, sich zurückzuhalten. Dafür war hier nicht der richtige Ort. Und nicht der richtige Zeitpunkt.

Er bemühte sich, die Fassung zu bewahren, und richtete sich zu seiner vollen Größe auf. Dann setzte er die gleiche selbstgefällige Miene auf, wie sein Vater sie zur Schau stellte. Das hatte er von ihm gelernt.

»Nein, ich werde hier jetzt einfach rausspazieren, denn ich bin ein freier Mann.«

In seiner Brust loderte ein Feuer. »Ich werde meine Schwester trösten und mich um das ganze Chaos kümmern, das du hinterlassen hast.«

Er würde endlich tun, wogegen er sich so lange gesperrt hatte. Das, was er schon lange hätte tun sollen.

»Ich bin jetzt das neue Familienoberhaupt«, sagte er. Das Feuer in seiner Brust breitete sich aus und verlieh ihm einen Energieschub. »Ich werde das tun, was du nie geschafft hast.«

Das, was allein Rylan vermochte.

KAPITEL 24

Lexie konnte nicht atmen.

Sie lief durch die letzte der dreihundert verdammten Türen hinaus und wurde von einem strahlend blauen Herbsthimmel empfangen, der sich über ihr wölbte. Doch dann verengte sich ihr Blickfeld, und in ihren Ohren begann es zu rauschen.

Sie ging einfach weiter. Das immerhin gelang ihr noch. Ihre Pumps machten sie fertig, die Wäsche von Spanx schnürte sie ein, und ihre Augen brannten nicht nur vom Wind, doch sie war schon mit Schlimmerem fertiggeworden.

Am liebsten hätte sie den Kopf in den Nacken geworfen und gelacht.

Wie oft hatte sie ihren Vater seit dem Prozess besucht? Ein Dutzend Mal mindestens. Die Begegnungen waren vielleicht nicht immer perfekt gewesen, aber wenigstens höflich.

Sie schüttelte die Hände aus und blinzelte in die Sonne.

Welcher Teufel hatte sie nur geritten, mit Rylan hierherzukommen? Sie konnte sich nicht einmal damit herausreden, dass er sie dazu genötigt hatte. Eine kleine Andeutung von ihm hatte genügt, schon war sie darauf angesprungen. Es war ihr so wichtig, Rylan zu zeigen, wie sehr ihr Vater sie inzwischen schätzte. Zudem hatte sie diejenige sein wollen, die den verlorenen Sohn schließlich heimholte.

Vielleicht auch um endlich als diejenige anerkannt zu werden, die dageblieben war.

Doch wie es aussah, lernte sie nie dazu.

Gott, ihr Vater hatte sich heute wahrlich nicht zurückgehalten. Sobald er Rylan erblickte, hatte er begonnen auszuteilen. Sie war einfach nur ins Kreuzfeuer geraten, das war alles. Er hatte es nicht so gemeint. Er wollte sie nicht verletzen.

Doch das alles hatte er ihr auch schon früher gesagt, wenn auch nicht so unverblümt. Er hatte ihr nie zugetraut, in den Vorstandsetagen zu bestehen. Sie sei nicht gut genug, um die Führung einer Firma zu übernehmen, an deren Eingangstür ihr Name stand. Sie sei leichtsinnig und albern und ...

Aber er hatte sie noch nie als Schlampe bezeichnet.

Sie blieb mitten auf dem Bürgersteig stehen, der Wagen schien noch meilenweit entfernt zu sein, und schloss fest die Augen.

Jordan. Wie zum Teufel hatte er von Jordan erfahren? Wussten etwa *alle* Bescheid?

Das Lachen, das sie gerade eben noch hinuntergeschluckt hatte, brach jetzt unaufhaltsam und rau aus ihr heraus. Mein Gott, es war alles so klischeehaft.

Das naive kleine Ding. Das Mädchen mit dem Vaterkomplex, das sich von einem alten Mann verführen ließ, der ihr erzählte, dass sie etwas Besonderes sei.

Und der sie verließ, als ihre ganze Welt in Trümmern lag.

»Ms Bellamy?«

Das Rauschen in ihren Ohren wurde leiser und verstummte, als mitten im Chaos hinter ihr eine Stimme nach ihr rief.

Ach ja.

Ihr Vater hatte sich nicht nur darüber ausgelassen, dass sie eine Enttäuschung und ein Witz war – und ein Flittchen noch dazu –, er hatte es auch noch vor Dane tun müssen.

Sie setzte sich wieder in Bewegung. Ihre Absätze klackerten über den Asphalt. Doch dann hörte sie hinter sich die festen Schritte eines Mannes. Alles in ihr drängte zur Flucht.

Bisher war noch nichts zwischen ihnen gelaufen. Als sie jemanden gesucht hatte, um ihr im Büro auszuhelfen, hatte sie sich an eine Zeitarbeitsfirma gewandt. Dane gehörte zu einer Handvoll Bewerber, die sie in die engere Wahl genommen hatte. Seine Referenzen waren weder besser noch schlechter als die der anderen. Sie hatte nicht viel erwartet.

Und dann war dieser *Mann* in ihr Büro gekommen. Seine Schultern waren so breit wie die Tür, er strahlte eine unerschütterliche Ruhe aus, und seine tiefgründigen blaugrauen Augen schienen tief in ihr Herz blicken zu können. Er war äußerst effizient und außergewöhnlich ruhig, und als er zum ersten Mal die Distanz zwischen ihnen überquert hatte – den Wall, den sie um sich herum aufgebaut hatte, als könnte sie sich damit irgendwie schützen –, hatte sie seine Wärme bis in die Knochen gespürt. Eine einzige Berührung an ihrer Hand oder in ihrer Armbeuge – und schon drohten alle kalten Stellen in ihr sich zu verflüssigen.

In diesem Moment jedoch brannte ihre Haut, und Feuer raste durch ihre Nervenbahnen. Wenn er ihr jetzt zu nah kam, würde sie ihn verbrennen. Sie hatte schon oft Leute verbrannt. Das war ihre Spezialität.

Wenn er sie berührte, würde sie nicht schmelzen. Sie würde explodieren.

»Ms Bellamy. Warten Sie.«

»Gehen Sie weg«, stieß sie hervor.

Eine große warme Hand griff nach ihrem Handgelenk. Sie versuchte sie abzuschütteln, doch die Hand ließ sie nicht los.

Kopfschüttelnd hastete sie weiter, doch dann stand Dane plötzlich vor ihr. Abrupt blieb sie stehen und versuchte, wieder zu Atem zu kommen.

Es hatte schon viele kleine, bestätigende Berührungen gegeben, doch er war ihr noch nie zuvor so nahe gekommen. Sein holziger Duft umfing sie, und sie sah nichts als seine breite Brust vor sich.

»Miss Bellamy.« Die Vene an seinem Hals pulsierte. »Lexie.« So hatte er sie noch nie genannt.

Normalerweise war sie ziemlich schlagfertig und nie um eine spitze Erwiderung verlegen. Doch ihre Zunge war wie versteinert.

Er war gerade Zeuge ihres schlimmsten Albtraums geworden, hatte miterlebt, wie sie schrecklich gedemütigt worden war.

Er war ihr Angestellter.

Und jetzt, in diesem Moment, wollte sie nur getröstet werden. Eigentlich wollte sie nie etwas anderes, aber das hatte sie sich nur selten eingestanden. Doch plötzlich stockte ihr panisch der Atem.

Was hatte sie sich denn beim letzten Mal eingehandelt, als sie jemanden an sich herangelassen hatte?

Sie zitterte und versuchte erneut zu entkommen. Offenbar hatte sie verletzt und gekränkt gewirkt und das Bedürfnis ausgestrahlt, dass sich bitte, bitte jemand um sie kümmern sollte. Aber falls er jetzt versuchte, sie in die Arme zu schließen, falls er versuchte …

Er legte eine warme Hand auf ihre Schulter. Sein breiter Daumen streichelte über ihr Schlüsselbein.

»Gibt es etwas, das ich für Sie tun kann?«

Und damit trat er ihr nicht zu nahe. Er gab ihr nicht das Gefühl, ein kleines, verhätscheltes Mädchen zu sein. Anstatt sie niederzumachen, half er ihr einfach nur, sich wieder etwas gefestigter zu fühlen.

Er gab ihr Kraft.

Sie senkte den Blick.

Und fühlte sich stark genug, ihn zu bitten: »Ich möchte, dass Sie mich allein lassen.«

KAPITEL 25

Kate wusste nicht, was sie tun sollte.

Es war jetzt fast eine Woche her, seit sie aus Rylans Haus gestürmt war, und jeder Tag, an dem sie nichts von ihm gehört hatte, erfüllte sie mit überwältigender Erleichterung. Und dem stechenden Schmerz der Enttäuschung.

Er war so verschlossen und so verantwortungslos, und sie war besser dran, wenn sie nie wieder etwas mit ihm zu tun hatte. Wenn man einen Fehler einmal beging, war es ein Ausrutscher, doch wenn man dasselbe noch mal und noch mal tat, wurde ein Muster daraus.

In Paris war er vor seiner Familie und seiner Verantwortung davongelaufen. Nach seiner Rückkehr hatte er sich zwar geläutert gegeben, doch dann hatte er ihr einfach so, und mit einer Entschlossenheit im Blick vorgeschlagen, wieder davonzulaufen … Es war ihm ernst gewesen. Wenn sie ihm auch nur das kleinste Zeichen der Zustimmung gegeben hätte, wären sie am nächsten Tag auf und davon gewesen.

Auf einen Mann, der sich bei der erstbesten Gelegenheit aus dem Staub machen wollte, sollte man nicht setzen. Er war ganz offensichtlich nicht bereit, die Ärmel hochzukrempeln oder dranzubleiben, wenn es einmal anstrengend wurde – und wie lange hätte es wohl gedauert, bis es zwischen ihnen beiden anstrengend geworden wäre? Wie lange hätte es gedauert, bis er auch vor ihr geflüchtet wäre?

In ihrem Beruf wie in ihrem Leben ging es darum, hartnäckig zu bleiben. Künstler zu sein, das war eine Geduldsübung, und es bedeutete, sich Tag für Tag von Neuem vor die Staffelei zu setzen. Wenn sie gleich beim ersten Mal aufgegeben hätte, als es anstrengend wurde ...

Nun, dann wäre sie nie so weit gekommen – nicht einmal annähernd.

Und dann sein Schweigen. All die Dinge, die Rylan ihr nicht über sein Leben, nicht über seine Vergangenheit und auch nicht über das, was ihn *ausmachte*, erzählen wollte. Als er ihr damals in Paris zum ersten Mal etwas vorenthalten hatte, nannte sie es Betrug. Doch jetzt fand sie es nur noch traurig. Was war das für ein Mann, der die Frau, die er angeblich liebte, dermaßen von sich fernhielt?

Was für ein Leben hätten sie miteinander geführt, wenn er sie belog und nicht mit ihr redete?

Aber was für ein Leben würde sie ohne ihn leben?

Das Herz pochte ihr immer schneller in der Brust, als sie in die Straße einbog, in der er wohnte.

Sie hatte sich schon fast damit abgefunden gehabt, dass die Sache zwischen ihnen aus und vorbei war. Schließlich lief er ständig vor seinen Problemen davon – es war durchaus möglich, dass er sie aufgegeben hatte. Dass es sein Ernst gewesen war, als er ihr sagte, sie sollte gehen.

Sie hätte es besser wissen müssen.

Doch dann hatte er sie angerufen. Seine Stimme am anderen Ende klang gefasst und neutral, und sie war drauf und dran gewesen, gleich wieder aufzulegen. Bis er sie daran erinnert hatte, dass sie ihm noch eine Nacht mehr versprochen hatte. Eine letzte Chance, sich ihr zu beweisen – und tief in ihrem Innern ...

Er war ja nicht der Einzige gewesen, der die Flucht angetreten hatte, als es kompliziert wurde.

Zweimal hatte sie ihm jetzt schon den Rücken gekehrt. Die kleinste Spur von Verrat, und schon steuerte sie auf die Tür zu. Herrgott, vielleicht stand sie sowieso immer mit einem Bein bereits auf der Straße.

Vielleicht war es doch so, wie Rylan gesagt hatte.

Sie war feige. Sie hatte Angst. Sie würde allein enden.

Genau wie ihre Mutter, nachdem sie sich endlich befreit hatte. Sie war einmal betrogen worden und zu verletzt, um jemals wieder einem anderen Mann eine Chance zu geben.

Beim ersten Mal war sie viel zu lange geblieben, aber jetzt ließ sie keinen mehr an sich heran.

Auf dem Feld der Liebe konnte man viele Fehler machen. Kate balancierte auf einem äußerst schmalen Grat zwischen der Möglichkeit, Rylan zu schnell oder gar nicht zu vertrauen. Und ein Absturz, egal zu welcher der beiden Seiten, bedeutete Gefahr.

Sie atmete tief durch und konzentrierte sich darauf einen Fuß vor den anderen zu setzen.

Auf halber Höhe der Straße ragte Rylans Haus in die Höhe. Sie war versucht, noch langsamer zu gehen, aber dann seufzte sie und ging im selben Tempo weiter. Sollte er doch sagen, was er zu sagen hatte – dann hörte sie es sich eben an. Sie musste bloß einen klaren Kopf behalten. In irgendeinem verrückten Paralleluniversum würde er ihr gleich vielleicht genau das Richtige sagen, aber sie hatten es bereits zweimal versucht, und sie konnte sich das nicht länger antun. Es spielte keine Rolle, wie gut er aussah oder welche Gefühle er in ihr auslöste. Und es war auch ganz egal, wie anziehend sie die kleinen Einblicke fand, die er ihr gewährte.

Sie öffnete das Tor und ging die Stufen zu seiner Haustür hinauf. Sie klopfte zweimal, dann holte sie den Schlüssel hervor, den er ihr gegeben hatte – was sie bis heute nicht verstand. Sie schloss hinter sich ab, ging in die Diele und rief seinen Namen.

»Hier oben.«

Kate drückte sich den Bart des Schlüssels in ihre Daumenspitze. Als er sie das letzte Mal angefleht hatte, ihm zu verzeihen, hatte er es ausgenutzt, dass sie ihn so sehr begehrte – und sie bedauerte es nicht einmal, ihm nachgegeben zu haben. Aber heute würde das nicht funktionieren. Ganz gleich, wie sehr sie sich körperlich nach ihm sehnte, Sex allein reichte einfach nicht, um zwischen ihnen alles ins Reine zu bringen. Diesmal nicht.

Ihr wurde eng ums Herz. Sie drückte die Schultern durch und machte sich an den Aufstieg. Doch als sie gerade den Kopf in sein Schlafzimmer stecken wollte und ihr gesamter Körper sich schon auf das gefasst machte, was er wohl vorhaben mochte, rief er noch einmal nach ihr.

»Noch weiter oben. Hier.«

Oh.

Das riesige, offene zweite Stockwerk mit den vielen Fenstern war ihr Lieblingsort in diesem Haus, und anscheinend wusste er das. Der Raum sah fast noch so aus wie beim letzten Mal, als sie hier gewesen war: Die Stereoanlage stand an der gegenüberliegenden Wand, und die Lichterketten hingen über den Fenstern. War es wirklich erst eine Woche her, seit sie ihm beim Einzug geholfen hatte?

Seit sie diese alte Platte aufgelegt und miteinander getanzt hatten? Dass er sie in seinen Armen gehalten und sich endlich alles so leicht und richtig zwischen ihnen beiden angefühlt hatte?

Sie betrachtete ihn. Er stand mitten im Raum und sah so gut aus, dass es mit Worten nicht zu beschreiben war. Seine dunklen Haare waren zerzaust, und seine Augen strahlten in einem durchdringenden Blau. Er war lässig gekleidet, etwa so, wie er in Paris herumgelaufen war, und sie beschwor sich im Stillen, nicht zu viel hineinzulesen und sich keine Hoffnungen zu machen.

Er war von Kartons umgeben.

Sie sah ihn skeptisch an und blieb ein Dutzend Schritte von ihm entfernt stehen. Als sie ihm beim Auspacken geholfen hatte, war der Raum bereits voller Kisten und Kartons gewesen, doch jetzt waren es noch mehr geworden.

Und sie waren alt.

Kate blickte von einem Karton zum nächsten und studierte die Aufkleber, die von einer Frauenhand mit schwarzem Filzstift beschriftet worden waren: *Teddy, 5 Jahre alt. Alben 1995–2000. Teddys Zimmer.*

Ihr wurde eng ums Herz, als sie Rylan schließlich ansah. »Was ist das hier alles?«

Er schluckte. »Das ist alles, was ich besitze. Und wenn du möchtest, gehört es dir.«

Diese Sache mit der Ehrlichkeit war eine komplizierte Geschichte.

Im Umgang mit Geschäftsleuten und Hedgefonds-Managern, unter der Anleitung eines Mannes, der seine Unterschlagungen hinter gefälschten Zahlen und autoritärem

Gehabe verbarg, hatte Rylan möglicherweise einen etwas gestörten Blick darauf bekommen. Als er Kate kennengelernt hatte, war er ganz bewusst nicht ehrlich zu ihr gewesen, und nun zahlte er den Preis dafür, weil sie ihm nicht vertraute.

Diesmal war er absolut ehrlich zu ihr gewesen, doch er hatte es auf die einzige Art getan, die er kannte. Passiv. Er hatte nicht gelogen, und er hatte nicht versucht, etwas vor ihr zu verbergen.

Doch Ehrlichkeit war wie Liebe oder Freundlichkeit. Sie gehörte zu den Dingen, auf die es in der Welt wirklich ankam. Es reichte nicht aus, einfach nur nicht zu lügen. Er war wütend auf Kate gewesen, weil sie ihm vorgeworfen hatte, nicht offen zu ihr gewesen zu sein, doch genau betrachtet, hatte sie recht.

Wenn es einem wirklich ernst damit war, die Wahrheit zu sagen, lief es auf eine bewusste Handlung hinaus. Man musste sich bewusst dafür entscheiden, es zu tun, und man musste auch wissen, warum man es tat.

Und so stand er jetzt hier.

Zwischen ihnen klaffte eine große Lücke, und der ganze Raum war voll mit Erinnerungsstücken aus seinem Leben, die er in der vergangenen Woche hergebracht hatte. Beklommen und fröstelnd war er in das Haus seiner Eltern zurückgekehrt und auf den geräumigen Dachboden hinaufgestiegen. All die Kisten, die er beim letzten Mal übersehen hatte, jene Kartons, die es Kate so angetan hatten, standen noch dort.

Und so hatte er sie geöffnet. Er hatte sein Leben und seine Vergangenheit an sich vorbeiziehen lassen, und dann alles, was er gefunden hatte, mit hierhergebracht.

Damit es ein Teil seiner Gegenwart wurde. Ein Teil seines Zuhauses.

Kates Blick strich über die Kartons, und er zwang sich, ruhig dort stehen zu bleiben, wo er stand. Mit schiefgelegtem Kopf zeigte sie auf den Karton mit dem Aufkleber *Teddys Zimmer.* »Ist das …?«

Rylan hatte ihr davon erzählt, wie alle Erinnerungen an seine Kindheit verschwunden gewesen waren, als er für die Ferien aus dem Internat zurückgekehrt war. Dass man sie ihm gestohlen hatte.

Aber anscheinend waren sie nicht ganz verloren gewesen.

Er nickte. Sie trat einen Schritt vor und hielt inne. »Darf ich?«

»Natürlich.«

Ihm schlug das Herz bis zum Hals, als ihre Fingerspitzen über die Pappe glitten und sie ihm einen kurzen Blick zuwarf.

»Lass mich.« Er schob den Daumen unter den Deckel und öffnete den Karton.

Und dann begann er, Licht in all die dunklen, staubigen Ecken seines Lebens zu werfen. Und es mit ihr zu teilen.

So zeigte er ihr seine Liebe auf genau die Weise, wie Kate es sich gewünscht hatte.

Sie wahrte einen gewissen Abstand zu ihm, während er Flugzeugmodelle und Bücher auspackte. Einen uralten Spiele-Computer. Als er einen blauen Stoffhasen hervorholte, legte sie die Hand an den Mund, und ihr Lächeln strahlte bis in die dunklen Winkel seines Herzens.

»Wer ist das?«, fragte sie und streckte die Hand danach aus.

O Gott, an den hatte er schon ewig nicht mehr gedacht. »Fitzwilliam.« So hatte der Name dieses abgewetzten, lächerlichen Stoffkaninchens gelautet. Seine Augen brannten. »Meine Mutter war mit Lexie in dem Film *Stolz und Vorurteil*.« Und deshalb hatten sie dieses Ding nach Mister Darcy benannt – aber nach seinem geheimen Namen, seinem Vornamen.

»Hast du den jede Nacht mit ins Bett genommen?« Kates Stimme hatte einen feinen, spöttischen Unterton, doch davon ließ er sich nicht beirren.

»Ja, hab ich.« Das Kaninchen hatte Nacht für Nacht neben seinem Kopfkissen gehockt, und zwar noch lange über das Alter hinaus, in dem ein Junge Angst vor Monstern hatte.

Das war lange, bevor er begriffen hatte, dass es Monster wirklich gab und dass eines davon das Gesicht seines Vaters trug.

Sie blickte ihn aus ihren warmen braunen Augen an. Ihre Daumen rieben über den abgewetzten blauen Pelz. Nach einem Moment, der scheinbar nie vergehen wollte, sah sie wieder auf das Stofftier in ihrer Hand hinunter und schürzte die Lippen. »Also, der darf natürlich nicht wieder zurück in den Karton.«

»Wo würdest du ihn hintun?«

Sie stellte ihn oben auf einen der Stapel. »Irgendwohin, wo er die Sonne sehen kann.« Ihre Mundwinkel zuckten. »Vielleicht müssen wir ihm eine Elisabeth suchen.«

Was war jetzt besser? Dass sie sich um ein Happy End für den Gefährten seiner Kindheit kümmerte, oder dass sie so redete, als ob sie es zusammen tun würden?

Sobald der Karton geleert war, machten sie sich an den nächsten, setzten sich zusammen auf den Fußboden und betrachteten dessen Inhalt. Rylans Stimme wurde so staubig wie die Dinge, die sie hervorholten, und die Geschichten waren in seiner Erinnerung altersgrau, doch er breitete sie ungefragt vor ihr aus. Er zeigte ihr seine Babyfotos und seine Trophäen aus der Mittelstufe. Sogar seine entsetzlichen Zeichenversuche aus dem Kindergarten waren erhalten geblieben.

»Hast du gewusst, dass deine Eltern das ganze Zeug aufbewahrt haben?«

Er schüttelte den Kopf. »Ich hatte keine Ahnung.« Sein ganzes Leben lang hatte man ihn glauben lassen, dass all diese Erinnerungsstücke auf dem Müll gelandet waren. Deshalb hatte er sie innerlich auch längst abgeschrieben gehabt, weil es schon wehtat, nur daran zu denken.

»Sind das hier Lexie und Evan?«

Er blickte ihr über die Schulter, um besser sehen zu können, und seine Brust strich über die warme Kurve ihres Rückens. Das Foto, das sie in der Hand hielt, war irgendwann offenbar mal so wichtig gewesen, dass es einen Rahmen erhalten hatte. Auf dem Bild war er etwa neun, seine Geschwister entsprechend jünger.

Er nickte. Lexie, Evan und er lächelten in die Kamera, aber es war kein gutes Lächeln. Es war das Lächeln, das ihnen ihr Vater beigebracht hatte.

Sein eigenes Lächeln schwand, als er ihr den Rahmen abnahm. »Dad wollte, dass wir schon von frühester Kindheit an lernten, wie man mit den Medien umgeht.« Das Training war ihm von Nutzen gewesen. Sie waren mehrmals fotografiert worden, wenn sie das Firmengebäude betreten oder verlassen hatten, und auf all diesen Fotos zeigten sie dieselben toten Augen.

Er legte das Bild in den Karton zurück und nahm stattdessen ein einzelnes Foto heraus. »Das hier ist besser.« Er erinnerte sich noch, wie seine Mutter kopfschüttelnd auf den Auslöser gedrückt hatte. »Ich glaube, meine Mutter hat es mit der Kamera fotografiert, die ich dir gegeben habe.«

Kate betrachtete das Foto lange. Die Kinder sprangen in einem Hotelzimmer herum; anscheinend durften sie sich endlich einmal austoben. Ihr Vater musste bei der Arbeit gewesen sein.

Sie streckte die Hand aus und zeichnete mit der Fingerspitze die Linie seines kindlichen Gesichts nach. »Du siehst glücklich aus.«

»Ab und zu waren wir das.«

Er legte das Foto auf den Stapel, sah auf und stellte fest, dass sie bereits ein anderes betrachtete. »Sind das hier deine Eltern?«

Das Foto war eindeutig in einen falschen Ordner gerutscht. Der Aufnahmezeitpunkt lag ein paar Jahre vor seiner Geburt. Die Falten rings um den Mund seines Vaters waren noch nicht so tief, und die Augen seiner Mutter strahlten glücklich. Wie oft hatte er sie so gesehen? So vital und präsent?

»Ja, das sind sie«, bestätigte er.

Ihre Finger strichen über den Rand der Fotografie. »Sie sehen fantastisch aus.«

Und ganz plötzlich fühlte er sich wieder wie damals im Museum, an ihren ersten gemeinsamen Tagen. Kate war so hübsch und anmutig gewesen, ihr Blick so traurig und doch irgendwie voller Hoffnung.

Rylan hatte sie zu einem Bild geführt, das ihn immer an seine Eltern erinnerte, und daran, wie glücklich sie gewesen sein mussten, bevor die Verbitterung eingesetzt und sie sich voneinander entfernt hatten.

»Ja, das stimmt.«

Draußen ging allmählich die Sonne unter, doch davon ließen sie sich nicht stören. Kates Aufmerksamkeit schien ungebrochen.

Doch auch weiterhin scheute sie davor zurück, ihn zu berühren. Er öffnete sich ihr, und doch herrschte noch immer eine Distanz zwischen ihnen. Eine, die Kate bewusst wahrte.

Irgendwann war er heiser, und sein Herz von Kummer erfüllt. Der Staub und die Erinnerungen hatten sich auf seine Lunge gelegt, und er klappte das letzte Album aus dem Karton zu. Das Geräusch der Plastikseiten, die gegeneinander klatschten, hallte durch den Raum.

»Es gibt bestimmt noch mehr Alben«, sagte er. Es gab sie, er hatte sie gesehen. »Aber …«

Doch er fühlte sich erschöpft. Sich ihr so weit zu öffnen war anstrengend für ihn gewesen und forderte seinen Tribut. Es war wie ein Muskel, den er sonst nie benutzte. Doch er musste lernen, ihn zu stärken – er wollte ihn trainieren und sich verbessern. Wenn sie es ihm nur erlaubte.

Denn darum ging es doch schließlich, oder nicht?

Sie schwiegen sich an. Die Stille legte sich auf sie, wurde bedrückend, und er wollte sie durchbrechen. Doch was sollte er noch sagen?

Schließlich wandte sie sich zu ihm um, blickte ihn aber nicht direkt an, sondern fixierte einen Punkt knapp neben seinen Augen. »Das ist eine ganze Menge. Viel zu verarbeiten.«

»Und das ist erst der Anfang.« Er legte das Album beiseite und die Hände mit den Handflächen nach oben auf seine Knie. Es war eine Einladung. »Du kannst hier gerne jederzeit heraufkommen. Ich kann dir die Sachen zeigen, du kannst dir aber auch allein alles ansehen.« Er schluckte gegen die Enge in seiner Kehle an. »Ich bin ein offenes Buch. Jedenfalls bemühe ich mich, eines zu sein.«

Doch es gab noch mehr, was er ihr sagen wollte.

Bisher hatte er seine Vergangenheit vor ihr ausgebreitet, doch seine Gegenwart ... Ob sie auch nur die leiseste Ahnung hatte, welche Rolle sie darin spielen sollte?

»Rylan ...«

»Weißt du, warum ich dieses Haus gekauft habe?«

Sie runzelte die Stirn und blickte auf – jetzt endlich auch in seine Augen. »Du ...«

Denn er hatte nicht nur das Buch seines Lebens für sie aufgeschlagen. Vielmehr schuf er einen Platz darin und bat sie, ihn auszufüllen. Wenn sie ihn nun ablehnte ...

So bald konnte die Leere nicht in Vergessenheit geraten.

Aber wenn er nicht fragte, konnte sich auch nichts ändern. Bevor er Kate begegnet war, hatte in seinem Leben Leere geherrscht, und das war ihm mittlerweile schmerzlich bewusst.

»Deswegen. Wegen dieses Zimmers.« Er wies mit dem Arm in den Raum. »Ich habe mir dich darin vorgestellt«, sagte er, und seine Stimme brach.

Sie atmete lautstark ein, das Geräusch hallte von den Wänden wider.

»Es sollte dein Zimmer werden. Als Atelier oder was auch immer du damit machen wolltest.« Die müßigen Tagträume, in denen er sie sich hier vorgestellt hatte. Voller Farbkleckse und ganz im Schaffensrausch.

Und wie er dann die Treppe hinaufstieg, sie fand und nackt auszog. Mit den Fingerspitzen über die Farbpigmente auf ihrer Haut streichelte und sie im herrlichen Licht des Morgens liebte.

»In meiner Fantasie habe ich dich überall gesehen. In der Küche, in der Dusche und im Bett. Wie deine Staffelei hier oben unterm Dach steht, und deine Sachen in unserem Wandschrank hängen. Ich wollte ein Zuhause.« Das letzte Wort sprach er nicht ganz aus, weil er damit noch mehr von sich verriet. Zu viel – aber so und nicht anders sollte es sich auch anfühlen. Ehrlich zu ihr zu sein bedeutete auch, ihr alles zu erzählen, und das gehörte dazu. Es war der wichtigste Teil.

Er nahm ihre Hände in seine, zog sie näher und strich mit den Daumen über ihre Handrücken. Wenn er doch seine Empfindungen mit Berührungen auf ihre Haut übertragen könnte.

Doch er musste es mit seiner Stimme tun.

»Ich habe ein Zuhause gesucht und es gefunden. Mit dir. Ich wollte mit dir ein Zuhause schaffen. Ich wollte es mit dir teilen. Mit allem, was dazugehört.« Mit der Vergangenheit, der Gegenwart und der Zukunft. Seine Brust zog sich zusammen, und es fiel ihm schwer zu atmen, aber eines brachte er noch heraus: »Für den Rest meines Lebens, Kate.«

Er hatte keinen Ring für sie. Das schien ihm zu voreilig, doch wenn er einen gehabt hätte, hätte er ihn ihr hier und jetzt angeboten – und alles andere noch dazu.

Seine Worte hingen bedeutungsvoll in der Luft, und sein Herz pochte. Sie blinzelte und starrte auf ihre Hände.

Ihre Stimme zitterte. »Das ist eine Menge, Rylan.«

»Ich weiß.« Verdammt, er hoffte wirklich, dass es nicht zu viel war.

»Ich ...«

Und er wartete und wartete, doch es sah nicht so aus, als ob noch etwas folgen sollte.

Doch dann lachte sie kurz auf, und es klang wie ein Schluckauf. »Ich dachte, wir machen heute richtig Schluss. Endgültig.«

Sein Herz setzte einen Schlag aus, und er sah bereits alles zusammenbrechen. »Willst du das?«

»Ich dachte, wir hätten uns bereits so gut wie getrennt. Wir stoßen immer wieder auf dieselben Probleme.«

»Aber es wird jedes Mal ein bisschen besser.« Und so war es wirklich. Langsam, aber stetig hatten sie gelernt, miteinander umzugehen. Er hob die Hand, mit der er noch immer die ihre hielt, und schwenkte sie, wie um den ganzen Raum zu umfassen. »Was ich dir heute gezeigt habe, ist nur der Anfang.«

Sie standen erst ganz am Anfang.

»Und was ist mit dem, was du neulich nachts gesagt hast?«

Verdammt. Wovon redete sie? Was hatte er im Streit nicht alles gesagt. Er war zu Recht wütend auf sie gewesen, doch das sollte keine Entschuldigung dafür sein, blindlings auszuteilen und ihr wehzutun.

Ihre Lippe zitterte. Sie zog ihre Hand aus seiner. Sofort vermisste er schmerzlich ihre Wärme.

»Das hier ...« Sie deutete auf das Kaninchen, auf die Fotoalben und die Pappkartons. »Das war unglaublich. Aber wenn es nun an mir liegt?«

Wie bitte?

Sie schüttelte den Kopf. »Was ist, wenn es an mir liegt,

weil ich einfach niemandem vertrauen kann?« Sie presste die Lippen aufeinander und schickte mit glänzenden Augen einen Blick zum Himmel. »Ich hatte solche Angst, dass es mir so geht wie meiner Mutter, weißt du? Dass ich bei jemandem lande, der mich zu kontrollieren versucht oder mir ständig erzählt, dass ich nicht gut genug bin. Aber wenn es nun genau das Gegenteil ist?«

»Kate …«

»Sie ist jetzt alt und allein und wird es vielleicht immer bleiben. Das ist mir plötzlich klar geworden, als sie letzte Woche hier war. Die Wunden von damals haben Narben hinterlassen, und vielleicht …« Sie blickte ihm ins Gesicht, und ihr Lächeln war schmerzhaft und bitter. »Vielleicht ist es bei mir ganz genauso. Vielleicht *kann* ich einfach nicht.«

Das konnte nicht ihr Ernst sein. Sie hatte so ein großes, offenes Herz. Das hatte sie ihm oft genug bewiesen.

»Das glaube ich nicht.« Er streckte die Hände nach ihr aus, doch sie entzog sich ihm nicht einfach nur. Sie stand auf, und … Wenn sie jetzt wieder davonlief, wenn sie ihm jetzt keine Chance gab, nachdem er sich so für sie geöffnet hatte …

»Aber du hast es doch selbst gesagt.«

»Was genau meinst du damit?«

»Dass ich nach Gründen suche, dir nicht zu vertrauen.«

Das hatte er gesagt. Er hatte es ihr in seiner Wut an den Kopf geworfen und anscheinend ins Schwarze getroffen.

»Kate …« Was konnte er nur sagen? Was konnte er nur tun?

Vielleicht, ihr das Letzte geben, das er noch für sich behalten hatte. Genau das, womit er am besten begonnen hätte.

Er stand auf. Das Herz zerriss ihm wieder der Brust, doch

er zwang sich, die Worte auszusprechen. Jene nämlich, die er ihr im Zorn an den Kopf geworfen hatte, als sie zum letzten Mal hier gewesen war.

»Kate. Ich liebe dich.«

So wie er noch nie zuvor einen Menschen geliebt hatte. Als hätte er vorher gar nicht gewusst, dass er so lieben konnte.

Ihre Mundwinkel zuckten. »Aber wenn das allein nicht ausreicht?«

Das gab ihm den Rest. Alle Hoffnungen zerplatzten, und die Hand, die er ihr hingehalten hatte, fiel hinunter, zusammen mit den Steinen, die auf ihn herabprasselten und sich schwer auf seine Brust legten, als ob er nie wieder atmen könnte.

Sie schlang die Arme um ihren Körper und trat einen Schritt zurück – es hätten ebenso gut hundert sein können. »Danke. Danke, dass du mir das alles gezeigt hast.«

Es hatte ihr doch schon immer alles gehört.

»Ich sage nicht Nein.«

»Es klingt aber so.« Er konnte sich den bitteren Unterton nicht verkneifen.

Mit hoher Stimme und tränenfeuchten Augen sagte sie: »Kannst du mir einfach noch etwas Zeit lassen? Bitte?«

Zeit. Verdammt. Darum hatte sie ihn doch gebeten, als er aus Paris zurückgekehrt war. Und das hier war jetzt ihre siebte Nacht.

Ganz plötzlich bereute er jede einzelne davon. Was wäre gewesen, wenn er ihr gleich am ersten Abend seine Liebe gestanden hätte? Wenn er von Anfang an so offen gewesen wäre, wie sie es von ihm verlangte?

Hätte es überhaupt eine Rolle gespielt?

Auch er trat jetzt einen Schritt zurück. »Nimm dir alle Zeit, die du brauchst«, sagte er, und es klang hohl in ihm.

Viel Hoffnung hatte er nicht.

»Und du? Kommst du damit klar?«

Nein. Kam er nicht.

Zählte es schon als Lüge, nur mit den Schultern zu zucken? »Ich komme schon zurecht.« Dann atmete er tief durch. Denn es gab noch mehr, was er ihr erzählen wollte. Auch wenn es sich anfühlte, als hätte er alles Wichtige bereits gesagt. »Ich habe sowieso eine Menge zu tun.«

Sie legte fragend den Kopf schief.

»Ich habe vor, nächste Woche in der Firma meines Vaters die Leitung zu übernehmen.«

»Oh.« Sie sagte es so leise, dass es kaum zu hören war. »Ich dachte, das wolltest du nicht.«

Wollte er auch nicht. Tatsächlich war es einmal das Allerletzte auf dieser Welt gewesen, was er wollte.

Doch damals war er noch ein anderer Mensch gewesen. Und es war eine andere Welt.

»Es wird Zeit«, sagte er und drückte die Schultern durch, »mich meiner Verantwortung zu stellen und die Fehler wiedergutzumachen, die mein Vater begangen hat.« Die Dinge richtig zu machen – etwas, das sein Vater nie geschafft hatte. »Es wird Zeit, dass ich das Leben lebe, das für mich bestimmt ist.«

Nicht weil man ihn dazu zwang, sondern weil er sich dafür entschieden hatte.

»Das ist …«, setzte sie an, doch er fiel ihr ins Wort.

»Ich möchte dieses Leben mit dir gemeinsam leben.« Es kostete ihn alle Kraft, noch einen Schritt zurückzutreten. »Aber die Entscheidung liegt bei dir.«

KAPITEL 26

Zeit. Irgendwie hatte Kate immer zu wenig davon. Der Tag hatte zu wenige Stunden, das Semester nur noch wenige Wochen, und ihr blieben nur noch wenige Tage, bis die Mappe fertig sein musste.

Und was Rylan anging, war ihre Zeit restlos aufgebraucht. Sie schuldete ihm keine einzige Sekunde mehr.

Aber eine Antwort.

Mit klammen Fingern fummelte sie mit dem Dunkelkammerschlüssel der Kunstakademie herum und ließ ihn zweimal fast fallen, bis es ihr endlich gelang, ihn im Schloss zu drehen. Sie lachte finster. Es kratzte sie im Hals, und ihre Augen brannten. Gott allein wusste, wie sie es überhaupt geschafft hatte hierherzukommen. Die Bahnfahrt von Rylans Haus zum Campus lag im Nebel, in Gedanken war sie ganz woanders gewesen. Sie hatte nachgedacht.

Sie hatte um Bedenkzeit gebeten, und Rylan hatte ihr gesagt, sie solle sich so viel Zeit nehmen, wie sie brauchte. Und das nach der ganzen Zeit, die sie bereits gemeinsam verbracht hatten. Sieben Dates. Zu diesem letzten hatte er sie überreden müssen, indem er sie moralisch unter Druck gesetzt und an ihre Abmachung erinnert hatte, und dann hatte er ...

Verdammt. Er hatte den letzten Abend dazu benutzt, ihr

seine Seele zu offenbaren. Während all der gemeinsam verbrachten Zeit hatte sie sich nichts sehnlicher gewünscht, als dass er sie in seine Welt hineinließ und ihr Vertrauen rechtfertigte.

Und dann ... heute Abend ...

Er hatte sein ganzes Leben vor ihr ausgebreitet und ihr Antworten auf Fragen gegeben, die sie noch gar nicht gestellt hatte – mit Fotografien, mit altem Spielzeug und mit Geschichten. Er hatte ihr von seinen Plänen erzählt. Von seiner Verantwortung. Und geredet und geredet – all diese Worte, die er noch nie in den Mund genommen hatte – und jene drei, von denen sie noch immer nicht glauben konnte, dass er sie tatsächlich ausgesprochen hatte.

Er hatte geredet, bis ihr der Kopf schwirrte. Bis der einzige Mensch im Raum, dem sie nicht trauen konnte, sie selbst gewesen war.

Sie ließ ihre Tasche auf die Ablage fallen und stützte sich auf dem Rand ab. Dann schloss sie fest die Augen, um nicht loszuheulen.

Er hatte so viel für sie getan. Als sie völlig kopflos gewesen war, weil sie den Besuch ihrer Mutter vergessen hatte, hatte er das Ruder übernommen. Er hatte ihr geholfen, sich zu verstecken, als sie es so dringend gebraucht hatte. Und wenn er sie berührte ...

Von Anfang an hatte er ihr all diese Dinge gezeigt, die ihr Körper tun und empfinden konnte, und es war kein Ende in Sicht. Sex mit ihm war nie unangenehm oder reine Pflichterfüllung gewesen – er war eine Offenbarung.

Sie wollte ihm vertrauen. Er hatte genau das getan, was er ihr versprochen hatte – er verdiente es.

Doch sie wusste nicht, wie. Sie hatte so lange versucht,

sich zu schützen – wie konnte sie ihn nun an sich heranlassen? Diesen Menschen, den sie ... liebte.

Kate biss sich fest auf die Unterlippe und holte tief Luft. Sie fühlte sich so zerrissen. Jetzt liebte sie ihn schon so lange, dass sie fast vergessen hatte, wie es sich anfühlte, ohne diese Liebe zu sein. Obwohl sie sich so bemüht hatte, sie zu leugnen. Im Grunde hatte sie nie aufgehört, ihn zu lieben.

Doch das hatte sie nicht daran gehindert, ihn so anzufahren wie neulich nachts. Die Gründe dafür wirkten damals überwältigend, doch jetzt kam ihr alles so unbedeutend vor.

Sie löste die Unterlippe von ihren Zähnen und unterdrückte ein verzweifeltes Lachen. Wahrscheinlich hatte sie ihn gerade deshalb so angefahren. *Weil* sie ihn liebte. Es war genau so, wie er gesagt hatte – sie war so verdammt verletzt, sie hatte so viel Angst. Ihr war jede Entschuldigung recht, um die Flucht zu ergreifen.

Sie würde immer davonlaufen. Es sei denn, sie fand einen Weg – oder einen Grund –, damit aufzuhören.

Kate hob den Kopf und löste ihren Griff von der Ablage. Ihre Hände kribbelten, als das Blut in sie zurückfloss. Sie wischte sich mit dem Handrücken über die Augen und atmete tief durch.

Zeit. Rylan hatte ihr Zeit eingeräumt.

Und sie hatte etwas zu erledigen.

Sie musste ihre Mappe fertigstellen. Vernünftigerweise sollte sie jetzt im Atelier sein, einen Plan machen und das ganze Projekt noch einmal von vorne aufrollen. Aber sie konnte sich nichts mehr vormachen. Sie fühlte sich wie ein Wrack, und alles, was sie jetzt zu malen versuchte, konnte nur ein wütendes, emotionales Chaos werden. Aber sie konnte etwas anderes tun. Schon seit einer ganzen Weile hatte sie endlich die Fotos aus der Kamera entwickeln wollen, die Rylan ihr geschenkt hatte. Vielleicht fand sich etwas, irgendwo auf einem der über hundert Bilder, das sie benutzen konnte.

Sie verließ sich auf ihre Routine und machte sich an die Arbeit. Es war zwar schon lange her, dass sie selbst Fotos entwickelt hatte, doch nach und nach kehrte die Erinnerung zurück. Sie spulte den Film ab und legte ihn in den Entwicklertank. Dann mischte sie die Chemikalien. Der Geruch der Entwicklerflüssigkeit und die manuelle Arbeit wirkten beruhigend auf sie. Schon bald wurden ihre Bewegungen sicherer. Das Beben, das Rylan in ihr ausgelöst hatte, legte sich allmählich.

Es war schon tiefe Nacht, als die Negative fertig waren, und sie fühlte sich, als müsste sie gleich zusammenbrechen. Doch jetzt war sie schon so weit gekommen. Bei dem Gedanken an die Fotos die sich irgendwo dazwischen fanden, bekam sie ganz heiße Ohren. Dieser Raum wurde selten benutzt, aber es war bestimmt am besten, die Abzüge jetzt zu machen, solange keine Gefahr bestand, dass jemand anders hinzukam.

Am Ende legte sie fast schon zu viel Material ins Entwicklerbad, um alle Kontaktbögen und Probeabzüge zu bekommen. Sie wagte es nicht zuzusehen, wie die Bilder langsam auf dem körnigen Papier hervortraten, und zwang sich zu warten. Als schließlich alles entwickelt war, spülte sie die Fotos ab, legte die feuchten Bögen auf ein Tablett und nahm sie mit in den großen Saal. Ins Licht.

Ihr Mut schwand, als sie begann, sie aufzuhängen. Sämtliche Fotos von Kirchen oder »heiligen Räumen« wirkten völlig nichtssagend. Okay. Sie hatte die Beziehung mit Rylan ruiniert, und jetzt ruinierte sie auch noch ihre akademische Laufbahn, ihre Karriere und ...

Und dann bekam sie plötzlich das erste Foto der Serie in die Hände, die sie im Museum von Rylan aufgenommen hatte. Er blickte nicht einmal in die Kamera. Doch die Konturen seines Profils, die Neigung seiner Schultern, die Art, wie er dastand, ganz entspannt und auf ein Gemälde konzentriert ...

Sie nahm das nächste Bild zur Hand, und dann noch eins. Er war einfach ... schön. In Schwarz-Weiß war er eine Studie von Kontrasten – dunkles Haar und klare Augen, das Schimmern seiner schwarzen Lederjacke, die Bartstoppeln auf seinem Kinn und seiner Wange. Er war für sich allein betrachtet schon ein Kunstwerk, und das inmitten der ganzen anderen Kunst, die ihn umgab.

Doch die Fotos von Rylan stammten nicht nur aus den Ausstellungsräumen.

Ihr stockte der Atem, als sie zum ersten Mal Haut sah, und einen Atemzug später war alles wieder da. Sein Schlafzimmer im sanften Morgenlicht, als sie ihn bat, sich für sie auszuziehen, und sie alles, was er nach und nach enthüllte, auf den Film gebannt hatte. Die Kamera liebte die gewölbten Muskeln, die Grübchen und die Täler seiner Bauchmuskulatur und seiner Schultern, und sie, sie liebte ...

Und dann kam ein Foto von ihr selbst.

Es machte ihr nichts aus, sich selbst auf Fotos zu sehen. Doch dieses Foto war anders, und das nicht nur, weil man ihre Brüste sah. Die Bilder waren nicht so ausgewogen oder fokussiert wie jene, die sie von ihm gemacht hatte, und die

Komposition verriet deutlich, dass es Amateurfotos waren. Doch alle Kunstfertigkeit, die sie in ihrem Leben erworben hatte, hatte nicht genügt, um ihre Kathedralen-Fotos lebendig wirken zu lassen – diese Bilder hingegen *strahlten*.

Sie hatten sich die Kamera ein paarmal hin und her gereicht, und es gab Fotos von ihr und von ihm.

Bilder von ihnen beiden. Überbelichtet, unscharf und kaum zu erkennen. Lippen, die sich an Lippen pressten, ein sanftes Kinn, ein markanter Kiefer, eine Zunge.

Bilder ihrer Vagina. Aufgespreizt und fremdartig, eine große Hand vor einem blassen Schenkel – es hätte ihr peinlich sein sollen. Es gab eine Zeit, da wäre sie vor Scham vergangen. Aber nicht mit ihm zusammen. Selbst jetzt verspürte sie keine Spur von Verlegenheit.

Mit ihm zusammen konnte sie ganz sie selbst sein und sich auf jede erdenkliche Art entblößen.

Und das hatte sie weggestoßen, hatte sich ihm verschlossen – doch wofür? Um sich zu schützen? Sie hatte einen Kloß im Hals.

Was hatte sie nur getan?

Sie blätterte sich durch die restlichen Fotografien, bis sie eine Nahaufnahme seines Gesichts fand. Er sah sie durch die Linse hindurch direkt an. Es war ein warmer Blick, ein leichtes Lächeln lag auf seinen weichen, vollen Lippen, und es berührte sie im Innersten.

Mit zitternden Händen hängte sie die letzten Fotos auf, dann taumelte sie rückwärts. Sie sank in einen Stuhl in der Ecke und schlug die Hände vors Gesicht, doch diese Bilder wurde sie nicht mehr los – die Bilder von ihm und die von ihnen beiden. Sie waren wunderschön. Sie waren ...

Sie waren ...

Sie hob den Blick, und plötzlich stand es ihr mit erschreckender Klarheit vor Augen.

Sie waren heilig.

KAPITEL 27 »Bist du bereit?«

Rylan sah den Blick seiner Schwester im Spiegel an der Rückseite seiner Bürotür. Sie war durchgestylt wie immer, kein Haar, wo es nicht hingehörte, doch ein Zug um die Augen verriet ihre Anspannung.

Als er sich selbst im Spiegel betrachtete, fand er denselben Ausdruck auch in seinem Gesicht.

Es war eine ganze lange Woche her, seit er vor Kate seine Vergangenheit ausgebreitet und ihr sein Leben angeboten hatte – seitdem hatte sie kein Wort von sich hören lassen. Ihr Schweigen lag ihm wie ein kalter Stein im Bauch, der ihn bei jedem Schritt herunterzog, aber davon hatte er sich nicht abhalten lassen, zu tun, was getan werden musste.

Kate hatte seinen Traum, allem den Rücken zu kehren, zunichtegemacht. Jetzt stand er hier seinen Mann. Und er hatte etwas zu erledigen.

Er strich seine Krawatte glatt, dann nickte er kurz. »Bereit und entschlossener denn je.«

Heute waren sie nur zu zweit, denn Lexies Zeitarbeiter war woanders beschäftigt. Das war auch besser so. Denn schon immer lautete das Motto: die Bellamy-Kinder gegen den Rest der Welt. Unwillkürlich musste Rylan leise lachen. Wenn jetzt noch Evan hier sein könnte, wäre das Bild komplett.

Rylan schlug sich diesen Gedanken aus dem Kopf. Evan versuchte, auf der anderen Seite des Landes seinen Traum zu verwirklichen. Lexie verwirklichte ihre Träume hier.

Und Rylan ...

Und Rylan versuchte, der Mensch zu sein, der er schon immer sein sollte. Doch jetzt wollte er es selbst.

Einen letzten langen Moment betrachtete er sein Spiegelbild.

Wie oft hatte er schon sein eigenes Gesicht begutachtet und die dickköpfige Grausamkeit seines Vaters und die egoistische Treulosigkeit seiner Mutter darin entdeckt.

Heute zog er es vor, etwas anderes zu sehen. Hinter seiner Sturheit verbarg sich Stärke. Hinter dem Bedürfnis wegzulaufen trat der Wille zu bleiben hervor.

Sie mochten ihm sein Leben aufgezwungen haben, doch er konnte es zu seinem eigenen machen.

Er wandte sich vom Spiegel ab, drückte die Schultern durch und reckte das Kinn vor. »Haben wir genügend Stimmberechtigte auf unserer Seite?«

»Das sollten wir.«

In den letzten Wochen hatten sie sich bemüht, McConnells Machenschaften zu unterlaufen und Licht in seine dunklen Pläne zu bringen. Es war ein hartes Stück Arbeit gewesen, und sie hatten allen Grund, sich einer ganzen Reihe von Menschen verpflichtet zu fühlen. Jetzt hatten sie jedoch die Unterstützung, die sie brauchten.

Und Rylan besaß die nötige Entschlossenheit.

»Jetzt ziehen wir es durch.«

Die Konzentration, die sein Vater ihn gelehrt hatte, gewann die Oberhand in ihm, und er blendete alles andere aus. Adrenalin rauschte durch seine Venen, und die Menschen machten ihnen Platz, als Lexie und er den Korridor entlanggingen. Vor ihnen öffnete sich die Tür zum Managerfahrstuhl.

Und all die Energie und Kraft, die ihm in den Knochen steckte, sprudelten plötzlich hervor.

»Hey.« Jordan trat aus dem Fahrstuhl und kam auf ihn zu. »Auf dem Weg zum großen Meeting ...?«

Ohne darüber nachzudenken, krachte Rylans Faust wie von selbst in Jordans Gesicht.

»Was zum ...«

Hinter ihm kreischte Lexie auf, aber Rylan hörte sie nicht. Jordan kam wieder hoch und hielt sich das Kinn, an dem sich bereits ein heftiger Bluterguss ankündigte. Rylans Knöchel schmerzten, aber er sah immer noch rot. Er packte Jordan am Hemd und nahm ihn sich zur Brust.

Seine Stimme klang gefährlich und tief: »Wenn du meine Schwester noch einmal anfasst, mach ich dich fertig.«

»Rylan!«

Er ließ Jordan los und stieß ihn zurück, dann stürmte er mit unvermindertem Furor in den Fahrstuhl.

»Was zum Teufel ...«, stammelte Lexie, sobald die Türen sich hinter ihnen geschlossen hatten.

Er blickte ihr tief in die Augen. »Du kannst tun, was immer du willst und mit wem du willst. Aber wenn dir jemand wehtut, dann bekommt er es mit mir zu tun.«

Es war ihm ernst gewesen, als er seinem Vater seine Absichten dargelegt hatte. Von jetzt an würde er sich um diese Familie kümmern. Um die Firma und um alle Menschen, für die er verantwortlich war.

Er nickte dem Fahrstuhlführer zu, der sich die ganze Zeit bemühte, sie nicht anzusehen.

»Neunundfünfzigste Etage, Marcus.«

»Ja, Sir.«

Als der Aufzug sich in Bewegung setzte, starrte Lexie ihn an. »Das letzte Jahr hat dich wirklich verändert, nicht wahr?«

Rylan spürte einen Stich.

Er hatte geglaubt, dass die Verbrechen seines Vaters ihn verändert hatten. Dass der Schmerz über seinen Verrat ihm die Kraft gegeben hatte, alles hinter sich zu lassen.

In Wahrheit stand er immer mit einem Fuß auf der anderen Seite der Tür. Da er nie das Gefühl gehabt hatte, selbst über sein Leben bestimmen zu können, war er stets bereit gewesen, die Flucht anzutreten.

Ganz gleich, ob Kate ihn jemals lieben konnte oder ihm vertrauen würde – was ihn wirklich verändert hatte, war das Bedürfnis, sich ihrer würdig zu erweisen.

Er atmete tief durch. »Jedenfalls versuche ich es.«

»Ich war mir nicht sicher, ob ich Hühnersuppe oder Whisky mitbringen soll, deshalb habe ich beides dabei.« Liam lächelte Kate zurückhaltend, aber hoffnungsvoll an, als er in ihrer Tür stand. In jeder Hand hielt er eine braune Papiertüte.

Kate lachte und ließ ihn eintreten. »Kaffee hätte noch besser gepasst.«

»Ich weiß nicht. Wenn jemand eine Woche nicht zum Unterricht erscheint, liegt er normalerweise gerade im Koma: entweder hat er die Pest oder einen schweren Kater.« Etwa einen Meter hinter ihrer Tür blieb er wie angewurzelt stehen, und Kate schlug das Herz bis zum Hals. »Obwohl es vermutlich unterschiedliche Formen von Kater gibt.«

Ihr schwaches, aufgesetztes Lachen klang nun höher. Etwas verstört.

»Da sagst du was Wahres.«

Der Begriff *Kater* war gar nicht so schlecht, um zu beschreiben, wie es ihr nach der vergangenen Woche ging. Nur war sie nicht vom Alkohol, sondern von Farben und Formen berauscht gewesen. Sie hatte sich ganz in weiten Pinselstrichen über Schlüsselbeine und Schulterblätter verloren, in den türkisfarbenen Akzenten strahlend blauer Augen.

»Meine Güte, Kate.« Liam wandte sich zu ihr um. »Hast du die alle wirklich erst diese Woche gemacht?«

Sie rieb sich mit der Hand über die Augen. »Das sind nicht einmal alle.«

Es gab noch Zeichnungen. Vorbereitende Studien für ihre Arbeit auf der Leinwand. Linien und Flächen, die sie übers Blatt verteilt hatte, während sie darum rang, das Geheimnis eines Gesichtes zu entschlüsseln, zu begreifen, wie alles zusammenhing, um anschließend zusammenzusetzen, was sie zuvor auseinandergenommen hatte.

»Hast du überhaupt geschlafen?«

»Ab und zu.« Allerdings nicht genug. Nicht annähernd.

Dazu war sie überhaupt nicht imstande gewesen. Immer wieder hatte sie mitten in der Nacht ihre Staffelei aufgebaut, weil sie von der Form seiner Hüften oder dem Lichtspiel zwischen Lippen und Haar geträumt hatte.

Bis sie heute in den frühen Morgenstunden schließlich ihre Pinsel beiseitegelegt hatte und einen Schritt zurückgetreten war, um die anspruchsvollste Arbeit der Serie zu betrachten. Da hatte sich endlich, endlich etwas in ihrer Brust entspannt.

Ihr Blick wanderte zu der Leinwand. Zu Rylans Gesicht in einer zehnfach vergrößerten Nahaufnahme. Es beherrschte das gesamte Zimmer.

Sie fand Raum in seinen Augen, in seiner Brust und in der Kerbe an seinem Kinn. Sie fand Raum in ihrem Herzen.

Einen Raum, den er geschaffen hatte.

Die Muse hatte sie wieder geküsst, und natürlich in seiner Gestalt.

Im vergangenen Sommer hatte sich seine Anwesenheit in jeder Zeichnung bemerkbar gemacht, selbst in jenen, für die er nicht Modell gesessen hatte. Er war in ihren Gedanken gewesen, und in ihrem Atem – wie war es nur möglich, dass sie das vorher nicht bemerkt hatte?

Wie kam sie dazu, ihn verlassen zu wollen?

Sie zitterte und schlang sich die Arme um den Körper. Wie hatte sie das, was zwischen ihnen beiden war, nur so lange unkommentiert lassen können? Jetzt hatte sie es kapiert ... jetzt hatte sie alles begriffen ...

Ob er sie wohl wieder zurückkehren lassen würde? Sie löste die Fäuste und atmete tief durch. Liam hatte die Suppe und den Whisky abgestellt, trat tiefer ins Zimmer und beugte sich vor, um eines der Bilder genauer in Augenschein zu nehmen.

Sie stockte.

Die ganze Woche über war sie so seltsam überzeugt von allem, war sie sich so sicher gewesen. Doch jetzt tauchten Zweifel auf.

»Was hältst du davon?«

Er riss den Kopf herum und blickte sie über die Schulter hinweg an, die Brauen hochgezogen, mit einem fragenden Ausdruck um den Mund. »Was ich davon halte?«

»Das ist schließlich eine berechtigte Frage.«

Er richtete sich auf und drehte sich ganz zu ihr um.

Es war seltsam, eigentlich hatte er sich ihr gegenüber immer als körperlicher Mensch gezeigt und ihre Nähe gesucht. Leichte Berührungen hier und da, manchmal stand er sogar etwas zu nah neben ihr.

Doch hier und heute achtete er darauf, Abstand zu halten. Er stand so weit von ihr entfernt, dass er sie gerade noch erreichen und ihr kurz den Arm drücken konnte.

»Kate, die Bilder sind *unglaublich.*«

Die Erleichterung ließ alle Anspannung von ihr abfallen. Sie trat ein paar Schritte zurück und stützte sich mit dem Rücken an der Wand ab.

Liam ließ erneut den Blick durch den Raum voller Gemälde schweifen, dann fragte er: »Wie willst du das Ganze begründen?«

»In meinem Begleitschreiben?« Sie musste eine schriftliche Stellungnahme zu ihren Bildern verfassen und erläutern, welche Vorstellungen sie bei der Arbeit geleitet hatten.

»Ich vermute doch, das ist deine Bewerbungsmappe?«

Das war sie. Ihre heiligen Räume waren die Mulden an Rylans Körper. Es waren die Konturen seines Mundes und seiner Augen.

»Ganz ehrlich? Ich habe keine Ahnung. Aber das ist mir auch egal.«

Aber wenn ihr alles egal war, konnte das für die Prüfungskommission ein Ablehnungsgrund sein. Sie schüttelte über sich selbst den Kopf und fummelte an ihren Nägeln herum. Das war nicht okay. Sie hoffte, mit ihrer Arbeit zu bestehen und das Stipendium zu bekommen, auf das sie sich so konzentriert hatte.

Aber wenn sie es ihr nicht geben wollten, würde sie das nicht umbringen. Das Urteil ihrer Lehrer war nicht das, worauf es ihr ankam.

Ihr Abschluss und ihre Arbeit waren nicht das Wichtigste in ihrem Leben.

Liam warf ihr einen wissenden Blick zu. »Dir wird schon noch was einfallen.«

»So oder so.«

»Genau.« Er fuhr mit der Fingerspitze am Rand einer der Leinwände entlang, vermutlich um zu testen, ob die Farbe noch feucht war. Das war nicht unwahrscheinlich. »Wollen wir die jetzt einpacken, oder was?«

»Hast du deinen Pick-up dabei?« Das war natürlich nicht der einzige Grund gewesen, warum sie ihn gebeten hatte vorbeizukommen. Sie wollte die Meinung eines Außenstehenden, brauchte ein rationales Urteil von jemandem, der nicht in ihrem Kopf saß.

Aber in dieser Stadt war ein Kumpel mit einem Pick-up der beste Freund, den ein Kunststudent haben konnte.

»Na klar.«

Eine Welle von Dankbarkeit stieg in ihr auf. »Danke, Liam.«

Er zog die Brauen hoch.

»Dafür, dass ...« Wie sollte sie es nur in Worte fassen? »Dass du gekommen bist, für deinen Pick-up, für dein Feedback und ...«

Dafür, dass er trotz allem ein guter Freund geblieben war.

Als ob er auch die Teile verstand, die sie nicht laut aussprach, trat er einen Schritt auf sie zu, und plötzlich schien ihre gemeinsame, wenn auch kurze Geschichte auf ihnen zu lasten.

Die zaghaften Einladungen, der Abend in der Galerie und die seltsame Art, wie Rylan sie damals mit Beschlag belegt hatte.

In seinem liebevollen Blick veränderte sich etwas, und sein Lächeln wurde sparsamer. »Du liebst ihn wirklich, hm?«

Plötzlich zersprang etwas in ihr. »Ja«, brachte sie mühsam hervor, und ihre Augen wurden feucht. »Das tue ich.«

Noch viel mehr als damals, als sie ihn kaum gekannt hatte, obwohl sie da schon so verliebt in ihn gewesen war.

Und jetzt war der Zeitpunkt gekommen, es zu vertiefen. Durchzuatmen und den Sprung zu wagen – wenn er sie ließ ... Wenn er sie noch wollte ...

Und kopfüber hineinzutauchen.

Ihm zu vertrauen wie der Luft, die sie zum Atmen brauchte.

KAPITEL 28

Es war geschafft.

Theodore Rylan Bellamy III. war offiziell als CEO von Bellamy International eingesetzt. Und morgen um diese Zeit würde die Tinte unter dem Vertrag trocknen, mit dem Alexis Claire Bellamy als Chefin des Nordamerikageschäfts und aller europäischen Operationen bestätigt wurde. Das Familienerbe war gerettet, und er hatte seine Bestimmung gefunden. Es war sein größter Triumph – alles, was sich sein Vater je für ihn gewünscht hatte. Wenn auch vielleicht nicht ganz so, wie dieser es sich vorgestellt hatte.

Doch als Rylan die Stufen zu seiner Haustür hinaufstieg, erfüllte ihn ein Gefühl der Leere. Lexie und die anderen feierten noch ihren Sieg, doch Alkohol und laute Musik entsprachen nicht seinen Vorstellungen von einer Siegesfeier.

Er hatte gewusst, dass sie gewinnen konnten, aber irgendwie war nie wirklich zu ihm durchgedrungen, dass er seinen Sieg womöglich ganz alleine würde feiern müssen.

Er schloss auf und trat ins Haus, seine Schritte hallten durch die Räume.

Mit jedem neuen Tag, an dem er nichts von Kate hörte, schmolzen seine Träume etwas mehr dahin. Was hatte er sich nur gedacht, ihr zu sagen, sie solle sich so viel Zeit nehmen, wie sie brauchte? Er hätte sie wenigstens darum bitten sollen, dass sie an einem bestimmten Tag anrief und sich zumindest meldete oder ...

Ein düsteres Lachen wollte aus den Tiefen seiner Kehle hervorbrechen.

Er hatte sie um *alles* gebeten. Um den Rest ihres Lebens, wenn sie bereit war, es mit ihm zu verbringen.

Eine Woche Schweigen war auch eine Antwort, dachte er.

Er streifte den Mantel ab und biss die Zähne zusammen. Drei Dinge waren es, nach denen ihm jetzt der Sinn stand – zwei davon konnte er haben: eine heiße Dusche und eine gute Mütze Schlaf. Darauf wollte er sich konzentrieren. Er öffnete den Garderobenschrank im Flur ...

... und erstarrte.

Inmitten all seiner schwarzen, grauen und dunkelblauen Jacken und Mäntel leuchtete ein lebhaftes Grün. Eine kleine Jacke, die heute Morgen noch nicht da gewesen war. Für einen Augenblick blieb ihm das Herz stehen. Es konnte natürlich auch Lexies Jacke sein, aber Lexie war noch im Klub.

Dann entdeckte er Spuren von Zeichenkohle am Ärmel.

»Kate?« Es klang fast wie ein Krächzen.

Doch wie konnte er sich zu der Hoffnung versteigen und ihren Namen rufen? Er bildete sich bestimmt etwas ein, vielleicht schlief er gerade auf irgendeiner Samtcouch in einer dröhnenden Disco. Aber von Jacken träumte er normalerweise nicht. Er betastete den Ärmel, dann trat er einen Schritt zurück, blickte die Treppe hoch und versuchte, sein klopfendes Herz zu beruhigen.

»Kate?«, rief er, diesmal lauter.

»Rylan?«, antwortete es von oben.

Ihm schmolz das Herz in der Brust. Er ließ seinen Mantel fallen und die Schranktür offen stehen. Mit wenigen ausholenden Schritten war er am Fuß der Treppe – ihre Stimme kam aus dem ersten Stock, oder etwa nicht?

»Rylan, bist du das?«, rief es noch einmal.

Nein, das kam aus dem zweiten Stock.

Er rannte los. Zum ersten Mal seit einer gefühlten Ewigkeit erwachten seine Muskeln und seine Lunge wieder zum Leben. Zwei oder sogar drei Stufen auf einmal nehmend stürmte er nach oben.

Und dort, auf der Hälfte des letzten Treppenlaufs, stand Kate.

Er wünschte sich nichts sehnlicher, als schon bei ihr zu sein, sie in die Arme zu schließen und zu küssen, bis ihnen der Atem schwand. Seit Wochen hatte er kaum ihre Haut berührt, jetzt wollte er sich darin verlieren. Er wollte sie unter sich, über sich, nackt, hinreißend – er wollte, dass sie ihm gehörte.

Doch die Anspannung in ihrer Haltung ließ ihn zögern. Drei Schritte vor ihr blieb er stehen, streckte links und rechts die Arme aus und griff nach dem Geländer, um etwas zum Festhalten zu haben. Er zwang sich zur Zurückhaltung und betrachtete sie von Kopf bis Fuß. Ein grauer Pullover schmiegte sich locker um ihre Kurven. Schwarze Jeans umschmeichelten ihre Beine, und sie trug die lilafarbenen Turnschuhe, die sie auch getragen hatte, als sie sich kennenlernten. Heute kam es ihm vor, als sei das eine Ewigkeit her. Die dunkle Lockenpracht, die über ihre Schultern floss, und ihr Gesicht …

Ihm war beklommen zumute, als er ihrem Blick begegnete. Sie sah so aus, wie er sich noch vor ein paar Minuten gefühlt hatte. Erschöpft, bedrückt und ... Mist. Vielleicht lief das hier nicht auf die Wiedervereinigung hinaus, nach der er sich gesehnt hatte.

Doch wenn es so war – wenn sie gekommen war, um ihm das Herz zu brechen, hätte sie es dann ausgerechnet hier getan? Dort, wo er ihr seine Liebe gestanden hatte?

Wäre sie überhaupt zu ihm gekommen?

Dann veränderte sich ihre Haltung, sie verschränkte die Arme vor der Brust und biss sich auf die volle, weiche Unterlippe. Zwischen ihren Augen bildete sich eine kleine Falte. Und dann dämmerte es ihm. Das hatte er schon einmal gesehen.

Er kannte diesen Blick an ihr. Die Erschöpfung, die Anspannung und die Nervosität.

Und plötzlich war er wieder in jenem Hotelzimmer in Paris. Sie hatte ihn gerade gezeichnet, und sie lagen beide nackt auf dem Bett. Kate schaute zu ihm auf und bot ihm an, sich die Sachen anzuschauen, die sie gezeichnet hatte.

Er wusste nicht mehr, was er sagen sollte. Nur noch ein Wort.

»Kate ...«

»Tut mir leid«, sagte sie. Herrgott, wofür entschuldigte sie sich? »Ich hoffe, du bist nicht böse, dass ich einfach hereingekommen bin.«

»Wie sollte ich?« Er sagte es fast ein wenig zu ungestüm, aber er konnte kaum noch atmen, so viel Liebe und Verlangen pulsierten unter seiner Haut.

Ihre Stimme zitterte. »Ich möchte dir etwas zeigen.«

Er wäre ihr bis ans Ende der Welt gefolgt. Dagegen waren die paar Schritte nichts, die er brauchte, um ihr zu dem Raum zu folgen, den er in seinem Haus für sie bereithielt.

Er kam nur bis zur Schwelle, dann wollten seine Füße nicht mehr weitergehen.

»Wow!« Mehr brachte er nicht heraus. Es verschlug ihm die Sprache. An Wänden und Kartons lehnten mindestens ein Dutzend Gemälde. Sie waren wunderschön, mit strahlenden Farben und kräftigen Schatten. Kate hatte den Raum mit den kleinen Lichterketten erhellt, die sie um die Fenstergriffe gewunden hatte, dazu kam warmer Kerzenschein. Und all das warme, flackernde Licht brachte zum Vorschein, was die Leinwände verströmten ...

Liebe.

Dieser Raum, den er ihr gegeben hatte ...

Sie hatte ihn mit ihm gefüllt.

Ausschnitte und Ansichten von ihm, Nahaufnahmen von Muskeln, sein Gesicht im Profil. Details, die nur den Schwung der Wirbelsäule zeigten oder die Wölbung einer Hüfte – doch er erkannte sich in jedem dieser Bilder.

Er sah den Mann, der er immer sein wollte – den Mann, der zu werden er sich in den vergangenen Wochen mit seiner ganzen Kraft bemüht hatte. Die allerbeste Ausgabe seiner selbst. Der Mensch, dem sie vertraute.

Er sah sie an, und der hellste Glanz im Raum war das Leuchten ihrer sanften braunen Augen, war die Andeutung eines Lächelns in ihren Mundwinkeln.

War ein Funke, der sich in seiner Brust entfachte – und in seiner Seele.

Er erstrahlte.

Warum hatte Kate nur so viel Angst davor gehabt?

Sich Rylan zu öffnen, ihm ihre Geheimnisse anzuvertrauen und ihm Einblick in die sorgfältig verborgenen

Winkel ihres Herzens zu erlauben – es war immer gut gewesen. Er hatte sie stets mit Respekt behandelt und war behutsam mit ihr umgegangen.

Sie hatte ihm ihren Körper hingegeben, und er sie im Gegenzug auf Höhen geführt, die sie nie gekannt hatte. Sie hatte ihm von ihrem Vater, von ihren Exfreunden und von ihren Träumen erzählt, und seine zärtlichen Hände und seine Wärme waren immer zuverlässig bereit gewesen, die Kälte zu vertreiben.

Und dann ihre Kunst.

Es war wie ein süßer Taumel, eine köstliche Erregung, die sie ergriff, als sie sah, wie er die improvisierte Ausstellung betrachtete, die sie für ihn aufgebaut hatte.

Ihre Kunst gehörte zu den allerersten Dingen, die sie ihm gezeigt hatte. Aufmerksam, konzentriert und nachdenklich hatte er in ihrem Skizzenbuch geblättert.

Nur ein einziges Mal hatte er nicht verstanden, was sie ihm zeigte.

Nachdem sie ihn das erste Mal gezeichnet hatte. Als er ihre Skizzen ohne den leisesten Hauch des Verständnisses angestarrt und nicht kapiert hatte, wie viel Gefühl in die Seite geflossen war. Vielleicht hatte er sich zu sehr darauf konzentriert, wie er auf den Bildern wirkte, und deshalb übersehen, wie sehr sie ihn liebte – damals schon. Obwohl sie zu diesem Zeitpunkt nicht den Hauch einer Ahnung gehabt hatte, was für ein Mensch er wirklich war.

Dazu musste er sich ihr erst öffnen.

Diesmal jedoch entging ihm nichts.

Seine klaren, hellen Augen wurden von Leinwand zu Leinwand weicher, die Anspannung in seinen Schultern und seine Zurückhaltung ließen allmählich nach.

Und als er sich wieder zu ihr umwandte, fiel auch die letzte Reserviertheit von ihm ab. Bis sein Gesicht nur noch pure Hoffnung ausdrückte.

Die nervöse Angst, die sie auf ihrem ganzen Weg hierher begleitet und sich auch nicht gelegt hatte, als sie hier in der Stille auf ihn wartete, umgeben von ihren Interpretationen seiner Augen, seines Mundes, seiner Haut – auch diese Angst verblasste.

Trotzdem brachte sie es nicht über sich, den Abstand zwischen ihnen zu überbrücken. Es gelang ihr kaum, die Fassung zu wahren, ihr inneres Chaos notdürftig zusammenzuhalten. Wenn er sie berührte, würde sie sich auflösen, und dazu war sie noch nicht bereit. Noch nicht ganz.

»Es ist schon seltsam.« Sie kämmte sich mit zitternden Fingern durchs Haar. »Die ganze Zeit, seit Paris, habe ich nichts mehr richtig hingekriegt.«

Alle ihre Leinwände und ihre Zeichnungen waren nur schwache Kopien der flüchtigen Skizzen gewesen, die sie in jenem Sommer angefertigt hatte. Sie hatte sich Zeichenkohle und Pinsel zwischen die Finger geklemmt, aber das Einzige, was dabei herauskam, war Asche gewesen.

Sie schob sich eine Strähne hinters Ohr, griff sich in den Nacken und bohrte die Finger fest hinein. »Ich sollte ›Heilige Räume‹ darstellen, aber ich habe nur hohles Zeug produziert.«

Rylan trat einen Schritt auf sie zu, doch sie wich unbewusst zurück. Er blieb stehen und streckte die Hand aus, aber sie schüttelte den Kopf.

Erst musste sie das hier durchstehen.

»Ich habe so verdammt hart daran gearbeitet, einen Sinn in den Dingen zu finden, die angeblich etwas Heiliges darstellen, verstehst du?«

Sie hatte auf alle anderen gehört, nur nicht auf ihre innere Stimme. Auf die Professoren mit ihrer Ablehnung und ihre Mutter mit ihrer Angst. Auf die Stimmen ihres Vaters und Aarons in ihrem Kopf, die ihr sagten, dass sie nie gut genug sein würde. Und selbst, wenn sie es doch war, spukte da auch noch der Geist ihres früheren Ichs in ihrem Hinterkopf herum, das ihr bei jeder Wendung des Schicksals einflüsterte, sie sei es nicht wert und es würde ihr das Herz zerreißen, wenn sie jemandem vertraute. Rylans Fehler, sich ihr nicht vollkommen zu offenbaren, hatte die Litanei in ihrem Kopf nur noch verstärkt.

»Du hattest recht.« Ihre Stimme drohte zu versagen, und die Tränen, die sie unterdrückte, alle Dämme zu brechen. »Ich hatte so verdammt viel Angst. Du hast mir Angst gemacht.«

»Aber ich habe doch nicht ...«

Sie fiel ihm ins Wort. »Das, was ich für dich empfinde ...«

Alles, was sie sich jemals gewünscht hatte, war die wunderschöne Liebe gewesen, von der man in Büchern las. Doch die einzige Art von Liebe, die sie bisher gekannt hatte, war hässlich und falsch. Sie war etwas, das Menschen benutzten, um andere zu kontrollieren oder fertigzumachen. Menschen, die andere glauben machen wollten, dass sie nichts wert waren.

Rylan war nie so gewesen. Er hatte sie in die Arme genommen, wenn sie weinte, er hatte sie beschworen, dass sie nur das Beste verdiente, und sie in diesem Glauben bestärkt. Er blickte sie mit so viel Bewunderung an und berührte sie, als ob ihr Körper das Paradies sei, auf das er gewartet hatte. Als wäre sie seine Erlösung.

»Ich habe mir immer neue Entschuldigungen ausgedacht, warum ich dir nicht vertrauen kann.« Sie hatte sich gleich in die allerersten Anzeichen verbissen, dass er jemand anders war, als er vorgab. Auf diese Weise hatte sie die Dinge ignorieren können, die sie noch nicht hatte hören oder fühlen wollen.

»Ich habe so getan, als wärst du derjenige, der mich nicht an sich heranlässt.«

Aber in Wirklichkeit war sie es gewesen. Sie war diejenige, die mit einem Fuß draußen stand und stets bereit war, sich aus dem Staub zu machen.

Ihre Augen brannten, und eine einzelne, heiße Träne drängte aus ihrem Augenwinkel, doch sie wischte sie nicht ab. Sie stellte sich dem Gefühl und ließ sie laufen.

»Und dann hast du mich hierhergebracht.« Sie deutete auf den Raum, in dem sie standen. Das Leben, das er ausgegraben hatte, umgab sie noch, quoll aus jedem dieser Kartons, und er hatte sie alle für sie geöffnet. Schließlich sah sie ihm in die Augen. »Du hast mir das alles gezeigt, und dann habe ich diese Fotos entwickelt.«

Schwarz-Weiß-Bilder, Einblicke in die Vertrautheit, die zwischen ihnen entstanden war, ohne dass sie es bemerkt hatte. Standbilder aus einem bewegten Leben. Und sie waren wunderschön.

Befreiend. Anstatt sie mit Angst und Selbstzweifeln zu erfüllen, hatten diese Bilder sie erleuchtet.

Es fiel ihr schwer zu sprechen, ihre Wangen mussten inzwischen ganz nass sein, aber das eine musste sie noch sagen: »Ich habe aufgehört, in der Weltgeschichte herumzusuchen und angefangen, dich zu malen.«

Und von diesem Moment an war ihr die Kunst ganz mühelos von den Fingern geflossen.

Die Tage waren vergangen wie im Flug, selbstvergessen im Schaffensrausch. Aus den Grautönen auf ihrer Palette wurden immer leuchtendere Farben, und immer wieder musste sie neue nachlegen. Sie hatte ihre Wohnung nur noch verlassen, wenn sie keine Leinwände mehr hatte, um sich neue zu besorgen und auch diese zu bemalen.

In seinem markanten Kinn hatte sie ihre eigene Verletzlichkeit entdeckt. In den Schatten zwischen seinen Rippen sein Herz. Sie hatte sich selbst gefunden.

»Du hast mich gar nicht ausgeschlossen«, stieß sie hervor, und obwohl es ihr schwerfiel, sich ihm so zu offenbaren, heilten die Worte eine Wunde in ihr, von der sie nicht einmal gewusst hatte, dass sie noch blutete. Sie deutete auf die Leinwände. »Du hast dich mir ganz und gar geöffnet.«

»Auf jede Weise, auf die ich es konnte«, sagte er, und seine Augen waren ebenso glasig, wie sich ihre anfühlten. Ein Lachen gluckerte aus ihm heraus, wunderschön und gebrochen. »Und ich habe einiges dazugelernt. Für dich … für dich hätte ich alles getan.«

Endlich hörte sie auf, sich der Anziehung zwischen ihnen zu widersetzen, und bewegte sich, wie von Magneten gezogen, auf ihn zu.

»Liebe muss keine Schwäche sein. Sie nimmt dir nichts und macht nicht weniger aus dir, als du bist.«

Liebe gab Menschen die Macht, einander zu verletzen. Aber wenn man dem richtigen Menschen vertraute … Wenn man den richtigen Menschen in sein Herz ließ …

Dann konnte er einen in einen besseren Menschen verwandeln.

Und Rylan gab ihr Kraft.

Er machte ebenfalls einen Schritt auf sie zu. Sein Blick war so voller Gefühl, dass ihre Knie weich wurden. »Nicht jeder wirft deine Liebe weg«, sagte er.

So wie sein Vater es getan hatte. Oder wie sie, als sie weggelaufen war.

Sie nagte an ihrer Lippe. »Ich will dich nicht wieder wegstoßen.«

»Dann tu es auch nicht.«

Und plötzlich war er bei ihr und schloss sie so innig in seine starken Armen, wie noch kein Mensch sie je umarmt hatte.

»Ich vertraue dir«, sagte sie an seinem Hals, und er drückte ihr die Luft aus der Lunge, so fest presste er sie an sich.

»Ich werde dir nie wieder einen Grund geben, es nicht zu tun.«

»Und ich werde nie wieder nach einem Grund suchen.«

Denn das war Liebe, oder nicht? Es bedeutete, die Zugbrücken hinunterzulassen. Es bedeutete, einem Mann sein Herz zu schenken und gelassen darauf zu vertrauen, dass er es beschützte.

Sie rückte gerade so weit von ihm ab, dass sie ihm in die Augen sehen konnte, und sein Gesicht war so schön, dass alles andere verblasste. Ihr Herz öffnete sich weit, und sie ließ es geschehen. Sie wollte keine Angst mehr haben.

»Ich liebe dich.«

Er legte die Hände an ihre Wangen, die Daumen weich und warm unter ihre Augen. »Und ich liebe dich.«

Und da zerriss es ihr die Brust, jeder verletzliche Teil von ihr lag frei.

Und es ging ihr besser als jemals zuvor.

Ihr blieb kaum mehr als ein Atemzug, um ihn anzulächeln, dann eroberte er ihren Mund. Ihre Lippen trafen sich, während er sie hochhob und an sich presste. Kate hielt sich an seinen Schultern fest, öffnete den Mund für die weiche Hitze seines Kusses, und er wirbelte sie durch die Luft, ohne dass ihre Füße den Boden berührten. Es war perfekt, es war wie fliegen. Sie ließ sich von ihm tragen und halten.

Dann legte sie die Beine um seine Hüften, und plötzlich verwandelte sich der helle Funke in ihrem Herzen. Er wurde nicht schwächer, er verblasste nicht.

Er wurde noch heißer, und alles glühte.

Rylan stöhnte leise, verstärkte seinen Griff und ließ die Hände tiefer gleiten.

»Kate ...«

»Ja, ja«, sagte sie und beantwortete so die unausgesprochene Frage in seinen Augen. Und dann veränderte er seine Haltung. Ein leises Stöhnen löste sich aus ihrer Kehle, als ihr Schoß Zentimeter für Zentimeter tiefer rutschte, bis er den seinen berührte.

»Wir sollten reden«, stieß er mühsam hervor, während er die Schenkel beugte, seine Erektion an ihr rieb und heiße Blitze durch ihre Mitte jagte.

War es wirklich erst eine Woche her? Sie war so lange ohne Sex ausgekommen – in all den Monaten ohne Rylan, und ohne eine Hoffnung, ihn jemals wiederzusehen. Aber selbst damals hatte es sich nicht so angefühlt wie in diesem Moment.

Vielleicht lag es daran, dass jetzt alle Schutzmauern eingerissen waren. Oder daran, dass er sie so hielt, als gäbe es keine Ängste mehr und nichts zu vergeben. Vielleicht war es der dunkle, entschlossene Blick, mit dem er ihr in die Augen sah.

»Das sollten wir«, pflichtete sie ihm bei, beugte sich hinunter und küsste ihn gierig, mit Zähnen, Lippen und Zunge.

»Ich meine es ernst«, brachte er keuchend zwischen den Küssen heraus. »Ich möchte dir alles geben. Mein ganzes Leben.«

»Ich nehme es.« Er sollte auch alles von ihr bekommen. Ihren Körper, ihr Herz und ihr Vertrauen.

Er kratzte mit den Zähnen über ihre Zunge. »Keine Geheimnisse mehr.«

»Kein Davonlaufen mehr.«

Er stöhnte, vertiefte sich in den Kuss, und einen Augenblick fürchtete sie schon, sie könnten hinfallen, weil er wankte. Sie standen mitten im Raum, konnten sich nirgends abstützen, umgeben von seiner Vergangenheit und ihrer Zukunft – von ihren Werken, entstanden aus Liebe und Verlangen.

»Wir schaffen es nicht mehr bis nach unten, oder?«, fragte er in ihr Keuchen hinein.

Sie schüttelte den Kopf und umklammerte ihn fester.

Wie gelang es ihm nur, sie gemeinsam auf den Boden zu befördern? Eben noch hatten sie gestanden, gehalten von seiner Kraft, und plötzlich lag sie auf dem Rücken, ohne dass sie es schmerzlich gespürt hatte. Er kniete über ihr, und ihre Kehle wurde trocken. Seine heiße Hand legte sich auf ihre Brust.

»Alles, was du willst«, sagte er. »Ganz egal was.«

»Dich.« Sie legte ihre Hand auf seine, und die Hitze brannte sich bis in ihr Herz. »Ich will nur dich.«

Sie wollte endlich loslassen. Sie wollte nehmen, was er ihr anbot, und keine Angst mehr haben. Vor nichts.

Das Verlangen beseelte sie wie ein lebendiges, atmendes Wesen, es erhitzte ihr Blut, es spannte ihre Brüste, und die Stelle zwischen ihren Schenkeln wurde feucht und heiß. Es wäre so leicht, einfach dazuliegen, ihn sich auf und in ihr bewegen zu lassen und die Lust zu genießen, die er ihrem Körper schenkte.

Doch hier ging es um mehr. Sie wollte die Liebe nicht nur geschehen lassen, sondern sie geben, sie wollte bewusst vertrauen.

Sie wollte lieben und den ersten Schritt tun. Nicht darauf warten, bis er nach ihr griff.

Nicht nur nehmen, sondern geben.

Sie schluckte mühsam, dann schloss sie die Augen. Für einen kurzen Moment versuchte sie, sich Bilder vorzustellen, und die Bilder, die in ihr entstanden, hatten leuchtende, lebendige Farben.

Dann sah sie wieder zu ihm hoch und schob seine Hand weg.

Mit klopfendem Herzen drängte sie ihn, sich auf den Rücken zu legen. Dann kletterte sie auf ihn und sah ihm in die strahlend blauen Augen, in denen jetzt Verlangen glühte.

Und sie hatte keine Angst mehr.

KAPITEL 29

Und Rylan hatte gedacht, er müsste seinen Sieg alleine feiern.

Das war fast zu gut, um wahr zu sein. Er hatte seine Bestimmung und seine Zukunft angenommen, aber die Zukunft, die er sich erträumt und von der er bereits gefürchtet hatte, dass sie ihm entglitten war –, hatte die ganze Zeit hier auf ihn gewartet.

Kate hatte die vergangene Woche nicht damit verbracht, ihm aus dem Weg zu gehen oder sich zu überlegen, wie sie sich am besten endgültig von ihm trennen konnte. Sie war die ganze Woche nur auf ihn fixiert gewesen. Er hatte schon erlebt, wie es war, wenn sie beim Malen in einen Schaffensrausch geriet. Er kannte die Konzentration und die Leidenschaft, mit der sie sich auf ein Thema stürzte und auf einem leeren Blatt ein Kunstwerk entstehen ließ.

Sie hatte eines aus ihm gemacht, sowohl auf ihren Leinwänden als auch in seinem Leben.

Doch nichts übertraf das Bild, das sie selbst abgab, hier auf ihm. Sie strahlte geradezu, während sie selbstbewusst über ihm thronte. Vergessen war das schüchterne Mädchen, das er zu jeder Berührung hatte verführen müssen und das nicht imstande gewesen war, sich auch nur das kleinste

Vergnügen der Lust gefallen zu lassen. An ihre Stelle war diese Göttin getreten, und zum ersten Mal war er sich sicher, dass sie ganz genau wusste, wie umwerfend sie war. Und wie wunderschön er sie fand.

Sie stützte die Hände auf seine Schultern und warf ihr Haar zurück. Ihre Wangen waren gerötet, und das Rot lief an ihrem Hals bis zu ihrer Brust hinunter. Ihre hübschen Nippel waren ganz fest und empfindsam; sie warteten auf seinen Mund. Er wollte daran saugen, bis sie wund waren. Sein Schwanz, der schon so hart für sie war, dass es wehtat, zuckte, als sie ihr Gewicht verlagerte und über ihn rutschte. Er nahm die Hände von ihren Seiten und krallte sich in ihre Hüften. Dann legte er den Kopf in den Nacken und ließ sie noch einmal langsam über sich gleiten. Es war, als würden sie angezogen miteinander vögeln, und es fühlte sich so gut an.

Er stöhnte und malte sich aus, wie es erst ohne Kleider sein musste. »Gefällt dir das, Baby? Willst du mich reiten?«

Sie keuchte und beugte sich vor, um ihn zu küssen. Die Hitze ihres Mundes vergrößerte sein Verlangen noch, und er strich mit der Zunge über ihre Lippen. Schabte mit den Zähnen über die feuchte Haut.

»Du entscheidest«, bot er an. »Nimm dir von mir, was du brauchst. Nimm mich schön langsam oder reite mich hart. So tief wie du willst. Ist es das, was du willst?«

Er ließ die Hände über ihre weit gespreizten Schenkel gleiten. Sie stöhnte und rieb sich an ihm, und es fühlte sich einfach gut an.

»Oder ...« Er schluckte hart, und von seinen Augen war fast nur das Weiße zu sehen. »Oder willst du dich auf mein Gesicht setzen? Und überall meine Zunge spüren?«

Daraufhin schnappte sie scharf nach Luft und rieb sich so fest an ihm, dass es fast schmerzte.

»Ja?«, fragte er, und sie errötete noch stärker. Ihr Blick war wild, und ihre Hände krallten sich in seine Schultern. Verdammt, daran konnte er sich gewöhnen. Die Erregung fuhr ihm wie ein Blitz zwischen die Beine, seine Eier zogen sich zusammen, und seine Zunge löste sich. »Klingt das gut? Wenn mein Kinn ganz feucht von dir ist? Knie dich über mich und reite meinen Mund, bis ich keine Luft mehr bekomme. Bis ich nichts anderes mehr schmecke und rieche und an nichts anderes mehr denken kann als an deine hübsche Muschi …«

»O Gott, Rylan.« Sie riss sich von seinen Lippen los, einen Ausdruck der Ekstase im Gesicht. »Gibt es wirklich Frauen, die …«

»Die einzige Frau, die hier zählt, bist du.« Sie war die einzige Frau, die in seinem Leben jemals wieder eine Rolle spielen sollte. Er stöhnte und schob einen Finger in den Bund ihrer Jeans. »Und wenn du nicht in fünf Sekunden auf meinem Mund bist …«

Es hätte ihn nicht gewundert, wenn sie es jetzt mit der Angst bekommen und sich, erschreckt von seiner Unverfrorenheit, wieder in das schüchterne Mädchen zurückverwandelt hätte. Seine Kehle wurde trocken, als sie ihre Hände auf seine legte. Zusammen knöpften sie ihre Jeans auf und zogen den Reißverschluss herunter. Sie stand auf, pellte sich den Baumwollstoff und die Spitze darunter vom Leib und zog die lilafarbenen Sneakers aus, während er noch immer im Anzug flach auf dem Boden lag. Als sie sich den Pullover und den BH abstreifte, richtete er sich gerade weit genug auf, um sich zumindest seiner Jacke zu entledigen. Er warf Krawatte und Manschettenknöpfe zur Seite, dann waren ihre Finger zur Stelle und schoben einen Knopf nach dem anderen durchs Knopfloch seines Hemds. Warme Fingerspitzen tanzten über seine Haut und strichen über sein Herz. Mit nacktem Oberkörper packte er sie an den Hüften und wuchtete sie hoch. Sein Schwanz drohte aus der Hose zu platzen, aber er konnte nicht mehr warten. Er wollte sie schmecken, wollte links und rechts ihre Schenkel an den Wangen spüren. Das brauchte er jetzt.

Sie hockte breitbeinig über seiner Brust und wurde plötzlich noch einmal nervös. »Bist du dir sicher?«

War er sich in seinem Leben jemals einer Sache so sicher gewesen?

»Gib es mir«, forderte er und schob sie das letzte Stückchen hinauf.

Das brachte sie aus dem Gleichgewicht, doch sie fing sich schnell wieder und platzierte zuerst das eine Knie, dann das andere neben seinem Kopf. Er legte die Hände an ihre Schenkel und leckte sich die Lippen. Weiche Fingerspitzen gruben sich in sein Haar, und sie blickte zu ihm hinunter. Sie wirkte verunsichert, doch gerade als er dachte, jetzt wollte sie doch noch den Rückzug antreten, senkte sie sich auf ihn hinab.

Schon ihr Duft ließ ihn schwindlig werden, und er hatte schon gedacht, er werde sie nie wieder so erleben. Nie wieder den Mund an sie legen, ihr keinen Orgasmus mehr schenken und sie nie mehr im Arm halten dürfen. Selbst in seinen wildesten Fantasien über ihre Rückkehr hatte er sie sich niemals *so* vorgestellt.

»So unglaublich köstlich«, murmelte er in ihren Spalt und leckte daran. Der erste heiße Zungenschlag ließ ein erstickktes Stöhnen aus ihr hervordringen, und sie schwankte über ihm. Er streckte eine Hand hoch, verschränkte seine Finger mit ihren und gab ihr etwas zum Festhalten. Sie drückte seine Hand.

»Rylan ...« Sie rieb sich an seinem Mund, und ihr zu erlauben, sich an ihm zu befriedigen war besser, als er es sich vorgestellt hatte.

Er saugte an ihrer Klitoris, er umklammerte ihre Schenkel und drückte ihre Hand. Die Finger in seinem Haar packten fester zu, lenkten ihn buchstäblich, und sie war so enthemmt wie nie zuvor. Hatte sie sich jemals so selbstvergessen völlig der Lust hingegeben, die er ihr bereiten konnte?

»Genau so. Das ist herrlich«, stieß er hervor, als sie sich kurz von ihm hob und ihm Sekunden zum Atmen ließ, bevor sie wieder seinen Mund versiegelte.

Herrgott, wie er sie liebte! Er liebte es, wie sie klang, wenn er mit den Zähnen über ihre äußeren Lippen strich, und wie die Röte mit jedem Zungenschlag an ihrem Kitzler weiter ihre Brust hinunterkroch. Wie sich ihre Erregung über seine Zunge ergoss und wie sie seinen Namen keuchte. Die leisen, glitschigen Geräusche, die er beim Lecken verursachte, waren ihr peinlich und erregten sie zugleich.

Sie veränderte ihre Position, presste ihre Klitoris in einem ganz leicht veränderten Winkel auf ihn, und ihr ganzer Körper reagierte.

Er war kurz davor zu explodieren, abzugehen wie eine Rakete, ohne auch nur eine Hand an seinem Schwanz zu haben. Sie fühlte sich so gut an und schmeckte einfach großartig. Er löste die Hand von ihrem Schenkel und tauchte in diese Süße ein, schob zwei Finger hinein und krümmte sie ...

Und sie schrie. Sie riss an seinen Haaren, erstarrte über ihm, pulsierte um seine Finger und wand sich über seiner Zunge. Er konnte nicht mehr atmen, aber das war ihm völlig egal.

Sie kam und kam und kam, und als sie sich von ihm erhob, schnappte er nach Luft. Er ließ ihre Hand los, fasste ihren Schenkel und versuchte, sie wieder zu sich hinunterzuziehen, weil er noch nicht genug hatte.

Er konnte einfach nie genug von ihr bekommen.

Doch sie schüttelte den Kopf, ihre Augen waren schwarz vor Lust, ihre Lippen rot, als sie sich auf alle viere sinken ließ und auf ihm nach unten rutschte. Seine Finger glitten aus ihr heraus, und er ließ sie feucht über ihren Körper gleiten, über die Haut bis zu ihren Brüsten, wo er sie um ihre Nippel kreisen ließ.

Dann fand ihr Mund zu seinem, sie leckte ihm ihren Geschmack von den Lippen, und er war so hart unter ihr, dass es wehtat.

»Das«, keuchte er. »War so. Wahnsinnig. Geil.«

Sie hatte ihm erlaubt, das zu tun. Sie hatte es sich *selbst* erlaubt.

Sie blickte verwundert zu ihm hinunter, strich mit der Hand über seinen Körper und ließ sie auf seiner Brust ruhen. »Du hast wohl immer etwas Neues für mich auf Lager, was?«

Früher oder später war es wahrscheinlich damit vorbei. Sie würden es in jedem Winkel seines Hauses treiben, in jeder Position, die er sich nur vorstellen konnte, und vielleicht auch in so mancher, die bisher noch gar nicht erfunden worden war. Ihr ganzes restliches Leben lang.

Und es würde nie, nie langweilig werden.

Nicht mit ihr. Dieser faszinierenden Frau, die ihn herausforderte und in ihm Dinge sah, die er sich selbst nie zugetraut hätte. Die einen besseren Menschen aus ihm machte.

»Wir werden noch vieles entdecken«, versprach er. »Gemeinsam.«

Sie verzog die Lippen zu diesem strahlend schönen Lächeln, das ihr Gesicht und sein Leben erhellte. »Das klingt aufregend.«

Dann beugte sie sich für einen neuen Kuss wieder zu ihm hinunter, und ihre Lippen waren warm und weich.

Als sie sich wieder aufrichtete, war ihr Lächeln lüstern und ihr Blick verhangen. »Weißt du, was jetzt auch aufregend klingt?«

Er stöhnte, fasste ihre Taille und leckte sich die Lippen. Sie drängte ihre Hüften gegen seine, eine aufreizende Bewegung, die ihn fast aus der Haut fahren ließ und seinen ganzen Körper in Flammen setzte.

»Ich glaube, da fällt mir was ein«, sagte er, und schon überschlugen sich seine Fantasien.

Und ihre Augen glänzten: »Geht mir genauso.«

Bevor sie Rylan getroffen hatte, war Kates Verständnis von Sex eher wirr gewesen.

Einen Mann zu verwöhnen bedeutete, einen Teil von sich selbst aufzugeben. Es war unangenehm, manchmal tat es sogar weh, und das, wovon die Leute berichteten – warum sie sich danach verzehrten –, schien sich ihr nicht zu erschließen.

Dann war Rylan in ihr Leben getreten und hatte ihr gezeigt, was ihr entgangen war. Auch sie konnte jetzt die Intimität und die Nähe, konnte die Hingabe genießen. Sie konnte wieder und wieder explodieren – unter seinen Händen oder ihren eigenen. Um seinen Schwanz herum oder an seiner Zunge. Er hatte ihr mit Geduld und Leidenschaft den Weg zu rückhaltloser Ekstase gezeigt.

Bevor sie ihn kennenlernte, hatte sie bereits gewusst, dass sie dafür auch etwas geben musste. Doch sie hatte nie begriffen, was sie dabei gewinnen konnte.

Sie kauerte über ihm, rieb ihre lüsterne Spalte dort, wo er so hart für sie war, ein langer Streifen Lust unter dem Hosenstoff, und sie kam sich vor, als hätte sie die ganze Welt erobert.

Worum hatte er sie da nur gebeten? Lustvolle Schauer tanzten über ihren Rücken, als sie daran dachte, wie sie über seinen Mund gerutscht war und sich auf diesem Wege Befriedigung verschafft hatte. Und wie er es geliebt hatte.

Er liebte sie.

Da ballte sich etwas tief in ihrem Inneren zusammen, eine unbändige Lust, der es nicht nur um den Sex ging, sondern auch um alles andere. Rylan blickte mit erwartungsvoller Miene zu ihr hoch, und sie wollte in ihm ertrinken, mit ihm leben und all ihre unerfüllte Sehnsucht mit ihm stillen.

Sie wollte am Morgen sein Gesicht zeichnen, wollte gemeinsam mit ihm kochen lernen, wollte abends Geschichten von der Arbeit mit ihm tauschen, und sie wollte ihn vögeln. Sie wollte alles.

Zitternd zog sie die Luft in ihre Lunge und schob die Hände an seiner Brust hinunter. Ihre Finger glitten über warme Haut und feste Muskeln, bis sie das Leder seines Gürtels berührten. Sie zog das Ende durch die Schnalle und fand jenen kleinen Extrahaken, der im Hosenbund versteckt war. Sie drückte sich hoch, und er half ihr, den Stoff hinunterzuschieben.

Und dann war es, als sähe sie ihn zum allerersten Mal nackt. Er lag unter ihr. In seinem Körper steckte so viel Kraft, doch er beherrschte sich für sie und berührte sie sanft.

Als sie die Hand um ihn schloss, erwachte die Glut in ihr von Neuem. Er bäumte sich ihr entgegen und legte den Kopf in den Nacken. Kate ließ ihn los und schob sich über sein heißes Glied. Tief in ihr pochte es. Als sie mit dem Kitzler über seine Spitze strich, war er ganz nah. Sie brauchte nur die Stellung ihrer Hüfte zu ändern und ihn in sich aufzunehmen.

»Ich habe …« Sein Adamsapfel hüpfte, und seine Stimme stockte. Er griff nach seiner Hose.

Da schoss ihr etwas durch den Kopf. Denn sie konnte es. Sie konnte es. Wie aus weiter Ferne hörte sie ihre eigene Stimme. »Wann hast du dich zum letzten Mal testen lassen?«

Mit großen Augen packte er ihre Schenkel, und unter ihr zuckte sein Schwanz. »Bevor ich aus Paris zurückgekommen bin. Es gab keine andere, aber …«

»Es ist sicher«, sagte sie. Nie im Leben war sie sicherer gewesen.

Sie nahm die Pille, sie war sauber und mit diesem Mann zusammen. Der Mann, der ihr Flügel verlieh und trotzdem dafür sorgte, dass sie mit beiden Beinen auf der Erde stand.

»Verdammt, Kate.« Er packte sie noch fester, die Zurückhaltung und das Verlangen waren ihm deutlich anzusehen. »Bist du dir sicher?«

»Absolut.« Sie wollte es. Sie wollte ihm ganz nah sein, ohne dass etwas sie von ihm trennte. Und … »Ich vertraue dir.«

Sie hielt den Atem an, rutschte noch ein kleines Stück nach vorn und spürte seine schlüpfrige Spitze an ihrer Öffnung.

Und dann drang er in sie ein.

Der Laut, der aus ihm herausbrach, schoss durch ihre Brüste und bis hinunter in ihre Klitoris, es war wie ein Blitzschlag tief in ihrem Inneren.

»Oh, Kate.« Er legte die Hand an ihre Hüften, damit sie langsam machte, aber sie nahm ihn gleich ganz in sich auf.

Er füllte sie aus, war nackt und bloß in ihr und unter ihr. Sie bäumte sich auf, und die Energie erfasste jede einzelne ihrer Nervenzellen.

Und sie war zu Hause. Sie fühlte sich vollständig.

Mit einem erstickten Stöhnen zog er sie zu sich hinunter. Ihre Münder trafen sich. Nie hatte sie ihn so entfesselt gesehen oder gespürt. »Du fühlst dich ... du hast ja keine Ahnung ...«

Doch. »Das geht mir genauso. Für mich ist es ...« Einfach alles.

Wie in Zeitlupe bewegte sie sich auf ihm, mit jedem Heben und Senken schien er tiefer in sie vorzudringen. Die Sehnen an seinem Hals spannten sich unter seiner Haut, sein Unterleib wurde fester, und der Atem rasselte durch seine Lunge. Die Hand an ihrer Hüfte glitt nach innen, bis sein Daumen gegen ihren Kitzler drückte, und als sie ihre Stöße beschleunigte, bildete sich in ihr ein heißer Ball der Lust.

»Baby«, sagte er, »bitte.«

Und sie war so knapp davor – vielleicht so knapp wie er. Ihr fehlte nur ein Wort. Nur noch ein Atemzug.

Sein Schwanz zuckte in ihr, und sie sah in seine warmen

blauen Augen hinunter. In dieses Gesicht, das sie zuerst zu ihm hingezogen hatte, und auf sein Herz, das sie zu bleiben gelehrt hatte. Und tapfer zu sein.

Als das Gefühl in ihr immer stärker wurde, schnappte sie nach Luft, aber dazu war kein Raum. Denn in ihrer Brust war für nichts anderes mehr Platz als für eines: »Liebe«, keuchte sie. »Ich liebe dich.«

Er öffnete den Mund, und sein Daumen drückte fester. »Ich liebe dich.«

Und ihr Körper zuckte. Heiße Wellen eines nicht enden wollenden Höhepunktes schlugen über sie hinweg, ihr schwindelte, aber mittendrin war Rylan. Rylan, der ihren Namen rief und sie an sich zog und ausfüllte – es wurde warm und nass, als sie gemeinsam ins Bodenlose fielen. Zusammen. Vereint.

KAPITEL 30

»Dein Kaninchen starrt uns an.«

Rylan hob den Kopf und verdrehte den Hals. Tatsächlich. Das Stoffkaninchen, das sie neulich ausgegraben hatten, saß noch in der anderen Zimmerecke oben auf einem der Kartons und richtete seine kleinen Plastikaugen genau auf sie.

Er lachte und ließ den Kopf wieder sinken. »Der arme Kerl ist sicher völlig geschockt.«

Sie lagen noch immer nackt auf dem Boden, sein Anzugjackett zusammengeknüllt als Kopfkissen unter seinem Kopf, Kate eng an ihn gekuschelt, eine Hand auf seinem Herzen, den Kopf auf seiner Schulter. Auf Dauer würde es sicher ungemütlich werden, dann mussten sie sich bewegen, doch in diesem Augenblick hätte der ganze Laden in Flammen aufgehen können, und es hätte ihn nicht weiter gestört.

Er war zu Hause.

Sein Herz war so voll, dass es kaum noch auszuhalten war, und er drückte Kate noch enger an sich und küsste ihr auf das Haar. Einen langen Moment blieben sie einfach so liegen, stumm und glücklich.

Dann streichelte sie mit der Hand an seiner Brust hinunter und veränderte ihre Position, damit sie ihn ansehen konnte. »Hast du das wirklich so gemeint?«

Grundsätzlich ja, aber ... »Was?«

Er hatte viel gesagt und jedes einzelne Wort genau so gemeint, sowohl heute als auch bei ihrer letzten Begegnung.

Sie sah abwechselnd in sein Gesicht und in den Raum, in dem sie sich befanden. Als würde auch ihr gerade bewusst, dass die Auswahl ziemlich groß war. Nach einem Moment sagte sie: »Zunächst einmal, was diesen Raum betrifft.«

»Dass er dir gehört?« Er nickte. »Ich kann morgen jemanden vorbeischicken, solange ich im Büro bin, und die ganzen Kartons raustragen lassen. Du kannst deine Staffelei mitbringen oder was immer du willst.«

Er hoffte, dass sie das tun würde.

»Das möchte ich gerne«, antwortete sie, und die Wärme in seinem Herzen verdoppelte sich. Aber sie verbrannte ihn nicht.

Sie füllte ihn aus, drang in alle Hohlräume und erweckte ihn zum Leben.

Es verging wieder ein Augenblick, dann fragte sie: »Im Büro, ja?«

Stimmt ja. Darüber hatten sie noch gar nicht geredet. »Ja. Neben dir liegt der neue CEO von Bellamy International.«

Es tat ihm nicht mehr weh, es auszusprechen. Trotzdem spannte sich etwas in ihm an.

Kate hingegen machte einfach nur »Hmmm« und streichelte kleine Kreise auf seine Haut. »Und, kommst du damit klar?«

»Ja.« Er war lange davor davongelaufen, aber diese Zeiten waren jetzt vorbei.

»Ich hatte nie den Eindruck, dass du das willst ...«

»Wollte ich auch nicht, damals in Paris.« Er war so voller Wut gewesen, hatte an nichts anderes denken können als an seinen Vater, der alles zugrunde gerichtet hatte, und an die Schublade, von der er glaubte, hineingezwungen worden zu sein. Jene Schublade, in der er jahrelang beinahe erstickt wäre.

Aber nur, weil er sich in ihr hatte einschließen lassen und keine eigenen Entscheidungen getroffen hatte.

Jetzt hatte er seine Wahl getroffen und sich für dieses Leben entschieden. Und er war zutiefst davon überzeugt, dass es das Richtige war.

Rylan kämmte mit den Fingern durch ihr Haar und atmete tief durch. Ihr Kopf hob und senkte sich mit seinen Atemzügen. »Aber ich hatte viel Zeit, über alles nachzudenken. Ich ...« Davon hatte er ihr auch noch nicht berichtet. »Ich habe meinen Vater besucht, als du auf Tauchstation warst.«

»Ehrlich?«

»Es war eine Katastrophe.« Die Vorwürfe ihres verbitterten Vaters hatten ihn und Lexie schwer getroffen. »Aber es war auch gut.«

Kate machte ein ermutigendes Geräusch und legte ihm die Hand flach auf die Brust.

»Ich bin der Sohn meines Vaters«, sagte er, und es bedrückte ihn nicht mehr. »Aber ich brauche nicht für seine Fehler zu bezahlen. Ich kann aus ihnen lernen.« Er blickte ihr in die Augen. »Ich kann seine Firma leiten und sie zu meiner eigenen machen. Ich kann mich um meine Familie kümmern ...«

Das Wort traf ihn selbst bis ins Innerste.

Er hatte sein ganzes Leben hart darum gekämpft, Evan und Lexie zu beschützen, ihnen zu helfen, im Leben das zu erreichen, was sie sich erhofften. Eigentlich war es jedoch immer darum gegangen, sie vor seiner Familie zu schützen.

Doch jetzt *waren* sie seine Familie.

Kate war jetzt seine Familie.

»Ich kann es richtig machen«, sagte er mit heiserer Stimme und rauer Kehle.

Die ganze Zeit über hatte er sich romantischen Vorstellungen über die ersten Jahre seiner Eltern hingegeben und gehofft, dass sie irgendwann vielleicht sogar ineinander verliebt gewesen waren. Dass sie einmal glücklich miteinander gewesen waren, bevor es nur noch Zank und Streit gegeben hatte.

Aber trotzdem hatte ihn die bittere Distanz, die irgendwann zwischen den beiden entstanden war, davon abgehalten, sich selbst auf einen anderen Menschen einzulassen.

Jetzt war er glücklich. Er war verliebt. Daran konnte er sich festhalten. Und das wollte er.

Und es war, als ob Kate ihn bei seinen Gedanken begleitete, als ob sie in ihn hineinsehen konnte. Denn ihr Atem klang genauso zittrig wie seiner.

»Und hast du das andere auch so gemeint?« Ihr Schlucken war deutlich zu hören, so still war es im Zimmer. »Das mit dem Rest deines Lebens?«

Eigenartig, wie die Zeit ihnen immer wieder Streiche spielte. Das Schicksal hatte ihnen sieben Nächte in Paris gewährt, und dann waren es am Ende doch nur fünf geworden. Hier in New York hatten sie sich auf sieben weitere Verabredungen geeinigt, doch am Ende brauchten sie acht.

Rylan hatte keine Lust, sich noch mal auf so etwas einzulassen. Er wollte seine Zeit mit ihr nicht mehr abzählen müssen.

Er wollte sie für immer.

Seine Kehle brannte, als er antwortete: »Von ganzem Herzen.«

Und plötzlich löste sich die Welt um sie herum in nichts auf. Die Konturen verschwammen, und übrig blieb nur dieser Moment, in diesem Zimmer. Mit dieser Frau.

Diese Frau sah jetzt zu ihm auf und nickte, und ihr Gesicht erstrahlte mit dem schönsten Lächeln.

Ein Glücksgefühl, wie er es noch nie zuvor erlebt hatte, breitete sich wie ein Sonnenaufgang in Rylans Brust aus. Seine Mundwinkel hoben sich, und in seinem Kopf riss endlich der Himmel auf, aber ...

Aber ...

Er hätte sich verfluchen können. Er hatte immer noch keinen Ring.

Verdammt, und das bei einem Leben, das ihm alle Mittel an die Hand gab. Er hätte ihr einen Ring mit einem Stein kaufen können, so groß, dass man ihn noch aus dem Weltraum sah, etwas Funkelndes, Teures und Maßloses.

Oder einen glatten Ring, in den die Steine eingelassen waren, damit sie ihn mit Farbe beklecksen konnte.

Aber hier und jetzt hatte er nur sich selbst.

Sich selbst und sie und all die Geschenke, die sie in sein Leben gebracht hatte.

Allmählich nahm die Umgebung um sie herum wieder Gestalt an, und er konnte klar sehen. Er neigte den Kopf zur Seite, denn genau da, kaum eine Armlänge von ihm entfernt ...

Da standen ihre Bilder. Die Bilder, die ihre Gefühle ausdrückten. Und die sie zu ihm zurückgebracht hatten – sie zeigten alle ihn. Nur eins von ihnen nicht. Er erinnerte sich, wie er das Foto geschossen hatte, das ihr vermutlich als

Vorlage gedient hatte. Sie hatten sich geküsst, ineinander verloren, und dann hatte er die Kamera hochgehoben, auf sie beide gerichtet und den Auslöser betätigt.

Und da waren sie nun zusammen auf der Leinwand. Ihre Augen waren geschlossen, die Lippen fest aufeinandergepresst. Feine Leinenfäden durchschnitten die Schichten des Pigments und verbanden sie miteinander. Rylan streckte die Hand aus. Das abgeschnittene Ende der Leinwand stand an der Seite vor, einzelne Fäden hingen lose aus dem Gewebe. Er wickelte die Hand um einen losen Faden und zog daran.

Der Faden löste sich leicht.

Rylan setzte sich auf und nahm ihre Hand in seine. Ihm stockte der Atem. Er hatte nur noch Augen für sie und diesen Raum.

Ganz langsam wickelte er den Leinenfaden um ihren Finger.

Um den vierten ihrer linken Hand. Er hielt die Enden in seinen zitternden Händen und blickte in die Augen, die die Farben seines Lebens trugen und die der Kunst und des Vertrauens. Die Farben der Liebe.

»Kate. Möchtest du …« – Er brachte es kaum über die Lippen.

Dein Leben mit mir verbringen? Heirate mich.

Dann lagen ihre Lippen auf seinen, und es fühlte sich an wie der erste und der letzte Kuss seines Lebens.

»Natürlich«, sagte sie.

Er verknotete den Faden und verknüpfte sie beide miteinander.

Und all die leeren Orte in seinem Herzen waren erfüllt.

KAPITEL 31

Pünktlich um siebzehn Uhr klingelte es an der Tür.

Kate sah von den Gedecken auf, die sie mindestens zum dreizehnten Mal auf dem verrückt großen Esszimmertisch arrangiert hatte, den Rylan als unverzichtbar betrachtete, und blickte quer durch den Raum zu ihm hinüber.

Sein Mundwinkel zuckte nach oben. »Bist du bereit?«

Sie war nervös. »Was bleibt uns anderes übrig?«

»Es wird schon gut gehen.« Sein schwaches Lächeln verstärkte sich und wirkte aufrichtig. Er kam zu ihr und verschränkte seine Finger mit ihren.

Sie atmete tief durch. Alles würde gut werden. Das Haus war noch sauberer, als seine Putzfrau es normalerweise hinterließ. Endlich war alles ausgepackt, und was sie sonst noch gekauft hatten, war kunstvoll auf den Regalen und an den Wänden verteilt. Schon vor Stunden hatte die Cateringfirma das Essen angeliefert, und was im Ofen erwärmt werden musste, verbreitete ein leckeres Salbeiaroma und ließ das ganze Haus heimelig duften.

Tatsache war – das letzte Dutzend traditioneller Thanksgiving-Familienessen hatte Kate allein mit ihrer Mutter und ein paar Pappschachteln vom Chinesen verbracht. Der Gedanke, ihr Haus jetzt für all diese Menschen zu öffnen …

Mittlerweile war es ihr gemeinsames Haus geworden. Kate hatte ihre Wohnung zwar noch nicht aufgegeben, das wollte sie erst tun, wenn der Mietvertrag auslief, aber nach und nach waren immer mehr von ihren Sachen herübergewandert. Langsam, aber sicher entstand im zweiten Stock ihr Atelier.

Es klingelte wieder an der Tür, und ihr Herzschlag beschleunigte sich. Rylan drückte ihre Hand. Sie nickte und ließ sich von ihm zur Tür führen.

Schließlich war das Ganze ihre Idee gewesen. »Thanksgiving für Verwaiste« nannte man es wohl. Ein paar Leute, die sonst nicht wussten, wo sie hinsollten, verabredeten sich, um das Fest gemeinsam zu begehen und zusammen das Brot zu brechen. Allerdings war das hier eine ziemlich spezielle Runde.

Liam und ein paar andere Kommilitonen aus der Akademie, die es sich dieses Jahr nicht leisten konnten, nach Hause zu fliegen, Chase und Sophie, deren Eltern sich zum Skifahren in den Alpen beziehungsweise auf einer Safari in der Serengeti befanden. Rylan, der jetzt hier zu Hause war, und Lexie und ...

Sie rissen die Tür auf, und nun musste Kate tatsächlich ein zweites Mal hinsehen.

Da lehnte ein dunkelhaariger Mann mit blauen Augen und einem markanten Kinn am Treppengeländer.

»Evan«, sagte Rylan. Wer anders konnte es sein?

Rylans Bruder grinste sie beide auf eine Weise an, die Kate beinahe schmerzlich vertraut schien. Rylan begrüßte ihn, bat ihn herein und streckte die Arme aus. Kate legte den Kopf zur Seite.

Es gab sogar eine Umarmung. Vielleicht war es die kürzeste, befangenste Umarmung, die sie im Leben gesehen hatte, aber immerhin eine Umarmung.

Auf den ersten Blick sahen die beiden sich verblüffend ähnlich. Doch als sie dann so nah beieinanderstanden, fielen ihr die Unterschiede auf.

Evan trug sein Haar länger, vielleicht sogar noch zerzauster als sein Bruder, und er hatte Nieten an der Lederjacke und den Stiefeln. Unter seinem Ärmel lugte ein Tattoo hervor.

Nach kaum einer Sekunde löste sich Evan und ging an Rylan vorbei ins Haus. Ihre Blicke trafen sich. »Du musst seine zukünftige Braut sein.«

Kates Wangen liefen rot an, und ihre Finger suchten instinktiv das neue Gewicht an ihrer linken Hand. Sie drehte den Ring am Finger, ein einfacher Platinreif mit Saphir, den sie gemeinsam ausgesucht hatten, und hielt ihn hoch, damit Evan ihn sich ansehen konnte.

Für einen kurzen Moment erschien eine Falte auf seiner Stirn, doch sie glättete sich sofort. »Hübsch«, sagte er und streckte die Hand aus. »Evan.«

»Kate.«

Er nahm ihre Hand und küsste sie auf den Handrücken. Im Hintergrund knurrte Rylan.

»Ruhig Blut«, ließ sich eine andere schneidende Stimme hören.

Kate hatte gar nicht mitbekommen, dass Evan gemeinsam mit Lexie gekommen war. Jetzt blickte sie dankbar zu ihr hinüber. Lexie tätschelte Rylans Schulter, ging an ihm vorbei, schubste Evan aus dem Weg und schloss Kate in die Arme. Das war neu, aber Kate protestierte nicht.

Als sich die Arme wieder lösten, sah Kate sich um. »Wo ist Dane?«

Sie hatte Lexies Assistenten erst einmal getroffen, als sie im Firmensitz der Bellamys vorbeigeschaut hatte, um Rylan zum Essen abzuholen, aber der große Mann an Lexies Seite hatte sie nachhaltig beeindruckt.

Lexie verdrehte die Augen, aber hinter dieser flapsigen Geste steckte noch etwas anderes. Etwas ... Bitteres. Sie winkte ab. »Eine Familienangelegenheit.«

»Wie schade.«

»Für ihn vielleicht.« Sie blickte woandershin und hielt eine Flasche hoch. Über die Schulter rief sie: »Ich habe Daddys Weinkeller geplündert.«

Rylan nickte ihr zu. Er und Evan waren an der Tür stehen geblieben und unterhielten sich leise. Kate konnte zwar nichts verstehen, aber die Anspannung war den beiden deutlich anzusehen.

»Es ist besser, wenn die zwei das unter sich ausmachen«, riet Lexie, machte sich auf den Weg Richtung Küche und gab Kate ein Zeichen, ihr zu folgen.

»Bist du sicher?«

»Das kann genauso schlimm werden, wie zwischen Rylan und unserem Vater.« Sie verzog den Mundwinkel und holte einen Korkenzieher aus der Schublade. »Sie sind sich viel zu ähnlich, aber sie sehen sich zu selten, um einander richtig zu verstehen.«

»Aber Rylan spricht immer nur positiv über Evan.«

»Hinter seinem Rücken bestimmt. Aber damals, als Evans aufs Internat gegangen ist, sind ein paar Sätze gefallen ...« Lexie verstummte und zuckte mit den Schultern. »Das müssen die beiden unter sich klären.«

Noch bevor Kate sich allzu große Sorgen machen konnte, klingelte es wieder an der Tür, und was sich zwischen Rylan und seinem Bruder abspielen mochte, trat in den Hintergrund. In Windeseile war das Haus voll, und Kate blieb keine Zeit, über die Spannungen nachzudenken, die in der Luft lagen. Sie gab ihr Bestes, dem Bild nachzueifern, das sie von einer guten Gastgeberin hatte, obwohl sie es eigentlich nur aus dem Kino kannte – sie schenkte Wein ein und stellte die Gäste einander vor. Als Liam eintraf, hielt sie kurz die Luft an. Doch Rylan legte nur beiläufig den Arm um ihre Taille und streckte Liam die andere Hand zum Gruß hin – so entspannt, wie sie es sich noch vor wenigen Wochen kaum hätte vorstellen können.

Die Lässigkeit stand ihm gut.

Irgendwann piepte die Uhr des Backofens, und der Truthahn und die Beilagen wurden auf Serviertabletts verteilt und ins Esszimmer getragen. Rylan zog für Kate einen Stuhl zurück und nahm dann neben ihr am Tischende Platz.

Plötzlich wurde ihr – und deren aufmerksamer Miene nach zu schließen offenbar auch Lexie und Evan – bewusst, dass Rylan am Kopf der Tafel saß.

Dort, wo er immer hingehört hatte.

Evan erholte sich als Erster von dem Anblick. Er schüttelte den Kopf, griff nach seinem Messer und schlug es an sein Glas. Die ganze Tischgesellschaft wurde still, und nach und nach richteten sich alle Augen auf Rylan.

Als der sich erhob, so groß, attraktiv und selbstsicher, spürte Kate, wie ihr das Herz in der Brust pochte. Das hier war ihre Zukunft. Ihre Gegenwart und ihre Ewigkeit. Ihre Familie, die bei ihr zu Hause rings um den Tisch versammelt war.

Sie hatte sich noch nie so wohlgefühlt.

Rylan sah sich einen Moment im Raum um und ließ alles auf sich wirken. Schließlich glitt sein Blick zu Kate, und das Lächeln auf seinen Lippen war weich und aufrichtig.

Er nickte. »Ich möchte euch allen dafür danken, dass ihr heute Abend hergekommen seid.« Sein Adamsapfel zuckte, und seine Stimme wurde etwas tiefer, als sie einen Teil der Anspannung verlor, die ihn erfasst hatte. »Wie einige von euch wissen, war ich im letzten Jahr an Thanksgiving nicht zu Hause.«

Es versetzte Kate einen Stich, als sie sich Rylan in Paris vorstellte, auf der Flucht, weil seine Welt zerbrochen war. Er war wütend und einsam gewesen.

Er reichte ihr die Hand, und sie nahm sie. Den Blick auf sie gerichtet, sagte er: »Deshalb bedeutet es mir umso mehr, in diesem Jahr hier zu sein. Ich bin so ... dankbar dafür, den heutigen Tag mit euch allen verbringen zu können.« Dann sah er wieder auf und räusperte sich. »Und ich bin auch noch für ein paar andere Dinge dankbar.«

Er drückte ihre Hand ein bisschen fester, und der ernste Zug um seinen Mund verschwand.

Oje.

»Die Preisträgerin des diesjährigen Ehrenstipendiums der Fakultät der bildenden Künste an der Columbia Universität wird heute Abend mit uns essen.«

Kate lief knallrot an und schüttelte den Kopf, doch er ließ sich nicht davon abbringen.

»Herzlichen Glückwunsch, Kate Reid.«

Sie schnaufte und verneigte sich zum Dank für das höfliche Klatschen. Der etwas weniger höfliche, aber dafür umso frenetischere Applaus kam vom anderen Ende des

Tisches, wo ihre Kommilitonen saßen. Liam blickte zu ihr hinüber, hob das Glas auf ihr Wohl, und sie prostete ihm zu.

Nach all ihren Sorgen, nach all ihrer Angst, niemals zu einem eigenen Blick oder zu ihrer eigenen Ausdrucksweise zu finden, und obwohl sie die Themenvorgabe des Vergabekomitees zu wenig gewürdigt hatte ...

Aber sie hatte ihre eigene Stimme gefunden, und an dem Tag, nachdem sie Rylan ihre Gemälde gezeigt hatte, hatte sie sie gleich wieder in Liams Pick-up geladen und zur Akademie gebracht. Sie war in ihren Termin marschiert und hatte ihrer Professorin erklärt, dass der Eindruck, etwas sei heilig, erst durch die Wertschätzung entstünde. Es bedeute, etwas – oder *jemanden* – anzuschauen und so viel mehr darin zu sehen als das, was nur oberflächlich zu sehen sei. Dafür müsse man bereit sein, alle Vorbehalte und alle Ängste aufzugeben.

Es bedeutete Liebe. Es bedeutete Vertrauen.

Und ihr heiliger Raum würde immer in Rylans Armen liegen.

Anscheinend war sie ziemlich überzeugend gewesen.

»Und ich habe noch etwas zu verkünden«, sagte Rylan. Er strich mit dem Daumen über ihren Ring und lächelte sie strahlend an.

»Nächstes Jahr im Juni möchten wir euch alle einladen, noch einmal mit uns zu essen.«

Kate wurde reichlich nervös, als er an ihrer Hand zog und sie so nötigte aufzustehen. Sie ließ sich von ihm an seine Seite ziehen.

Und dann konnte sie es nicht mehr für sich behalten und vergaß, dass die Hälfte der Leute, die um den Tisch saßen, es bereits wusste. »Wir werden heiraten«, verkündete sie.

Rylan neigte den Kopf und küsste ihr Haar. Es war ein fester, heißer Lippendruck. Kaum hörbar fügte er hinzu: »Sag ihnen, wo.«

Wo schon?

Sie sah ihm in die Augen, und ihr Herz war so von Liebe erfüllt, dass sie fürchtete, es könnte platzen.

»In Paris.«

Dort, wo ihre Liebesgeschichte begonnen hatte. Wo ein gut aussehender, einsamer Mann ihren Weg gekreuzt hatte, der damals kaum etwas von ihr oder von sich selbst erwartete. Und wo sie trotzdem mehr gefunden hatten, als sie es sich beide je erträumt hatten.

Genau dort sollte der Rest ihres Lebens seinen Anfang nehmen.

DANK Dieses Buch wäre ohne die Hilfe vieler Menschen nicht zu dem geworden, das es ist. Mein Dank geht an:

Meine Lektorin Megha Parekh, weil sie genau verstanden hat, wie diese Geschichte aussehen musste.

Meine Agentin Mandy Hubbard, die mir stets den Rücken stärkt.

Meine kritischen Leser: Heather McGovern, die sich für mich eingesetzt, mir beigestanden und an mich und meine Charaktere geglaubt hat, selbst wenn mich mein eigener Glaube verließ. Und Brighton Walsh, die Stimme der Vernunft und ein Fels in der Brandung inmitten zahlreicher Stürme.

Mein Dank geht auch an die fantastischen, bloggenden Ladys von *Bad Girlz Write*, die meine Arbeit stets gewürdigt und mit Lob und Anerkennung begleitet haben, und den großartigen Leuten bei Capital Region Romance Writers of America, die mir mit Rat und Hilfe zur Seite standen.

Ich danke meinen Professoren vom College dafür, dass sie mir geholfen haben, meine Vision zu finden und sie lebendig werden zu lassen.

Ich danke meinem unglaublichen Ehemann, meiner Familie und meinen Freunden, die sich nie an der Unordnung bei mir zu Hause stören oder daran, dass ich irgendwelche Pläne über den Haufen werfe, weil ich in diesem unordentlichen Haus bleiben und schreiben muss.

Und ich danke Sebastian. Für sein Gesicht.